KB253539

소설

시경 · 서경

詩經 · 書經

김영수 저

명문당

소설(小說) 사서오경(四書五經)에 붙여

내가 〈논어〉를 이야기로 쓰려 했던 것은 세 가지 이유에서였다.

첫째는 쉬운 내용의 참된 가르침이 어려운 한문으로 되어 있기 때문에, 쉬운 우리 말로 바꿔 보려는 생각에서였다.

둘째는 가장 위대한 인류의 영원한 스승인 공자를 잘못 알고 있는 사람이 너무도 많기 때문에, 그런 사람들의 잘못된 인식을 바로잡아 주려는 생각에서였다.

셋째는 개인적 이기심과 가치관의 혼란으로 인해 갈피를 잡지 못하는 오늘날의 현대인에게, 옳고 그름을 판단하고 참된 가치를 일깨우는 올바른 양식의 기둥이 되고자 하는 이유에서였다.

수천년을 통해 내려오면서 우리 동양인의 사고와 행동을 지배해 온 〈사서오경〉은 우주원리를 밝히고, 그 원리에 따라 인간이 나아가야 할 바른길과 도리를 제시하여 주기 때문이다.

〈사서오경〉을 써나가면서 〈논어〉의 경우는 쉬운 내용이므로 한문을 우리말로 옮겨 쓰면 된다는 생각이 들었었으나, 〈논어〉에 담긴 가르침의 주인공인 공자가 과연 어떤 분이었으며, 그분의 생애와 그분이 살았던 시대적 배경과 사회적 분위기가 과연 어떠했던가를 정확히 하는 것이, 흥미와 함께 이해를 높일 수 있다는 것을 깨닫게 되어 〈논어〉와 공자의 가르침이 담긴 이야기를 포함시키는 방향으로 써나가게 되었다.

〈사서오경〉이란 이름은 사실 정확한 이름이 아니다. 〈사서삼경〉인 경우는 〈사서〉와 〈삼경〉이 전혀 다른 내용을 담고 있지만 〈사서오경〉의 경우는 그렇지가 않다. 〈사서〉 중의 〈중용〉과 〈대학〉이, 〈오경〉중의 하나인 〈예기〉 속에 들어 있기 때문이다. 그러므로 〈사서오경〉이라고 하기보다는 〈이서오경〉이라 불러야 옳다. 결국 〈사서삼경〉이란 고정된 관념에서 〈사서오경〉이란 부정확한 이름이 붙게 되었다고도 말할 수 있다.

그러나 또 어떤 면에서는 우리와 친숙해져 있고 이미 독립되어 있는 〈대학〉과 〈중용〉을 다시 〈예기〉 속에 되돌려 넣기 보다는, 〈대학〉과 〈중용〉을 독립분리 시키고 남은 그 〈예기〉를 포함한 〈오경〉이란 뜻으로 풀이해도 무방하다고 할 수 있다. 결국 〈예기〉 속에서 가장 중요한 〈대학〉과 〈중용〉을 뺀 〈예기〉가 〈오경〉으로 남게 된 셈이다.

〈사서오경〉 가운데 가장 쉬운 말로 되어 있고 가장 알기 쉬운 내용으로 되어 있는 〈논어〉가 모든 유교 경전의 바탕이 되어 있다는 것에 우리는 새삼 감탄을 금할 수 없다. 그와 동시에 참이니 진리니 하는 것은 바로 쉽고 가까운 곳에 있다는 것을 깨닫게 된다. 그것은 기독교의 성경에 있어서 가장 바탕이 되는 〈마태복음〉을 비롯한 〈4대 복음서〉가 가장 쉬운 말과 내용으로 되어 있다는 것과 너무도 흡사하다. 그 모양만이 아니라 그 속에 담겨 있는 깊은 뜻도 같다는 것에 새삼 진리는 하나라는 것을 우리는 느끼게 된다.

맹자는 이런 말을 했다.

"순(舜)은 그의 난 곳과 죽은 곳을 놓고 볼 때 동쪽 오랑캐의 사람임이 분명하다. 문왕(文王)은 난 곳과 죽은 곳으로 볼 때 서쪽 오랑캐 사람이 틀림없다. 땅의 거리가 천 리가 넘고 시대의 차이가 천 년이 넘건만 그들이 뜻을 얻어 나라를 다스린 것을 보면 하나도 다를 것이 없다."

공자와 예수의 경우도 맹자의 이 말이 그대로 적용될 것으로 여겨진다. 다만 두 분을 둘러싼 시대적 사회적 여건으로 인해 표현 방법에 차이가 있을 뿐이다.

〈논어〉 다음으로 쉬운 내용은 〈맹자〉다. 공자의 짤막한 말씀을 확대해서 설명하기도 하고, 공자가 드러내 놓고 하지 못한 말을 맹자는 드러내놓고 하기도 했다. 맹자가 산 시대는 언론자유가 보장되어 있던 백가쟁명의 시대였기 때문이다.

공자는 〈논어〉에서 임금이 묻는 말에 대해

"임금은 신하를 예로써 대하고, 신하는 임금을 참으로써 섬겨야 합니다."

라고 대답했는데, 맹자는 권위주의와 독재사상에 물들어 있는 제나라 왕을 일부러 찾아가서 이렇게 경고한 일까지 있다.

"임금이 신하를 손발처럼 아끼면 신하는 임금을 가슴과 배처럼 소중히 여기지만, 임금이 신하를 지푸라기처럼 여기면 신하는 임금을 원수처럼 생각합니다."

〈논어〉에는 없고 〈예기〉의 〈예운편〉에 나와 있는 공자의 대동사상(大同思想)을 바탕으로 맹자는 이런 말을 하고 있다.

"백성이 가장 소중하고 그 다음이 나라고, 가장 가벼운 것이 통치자인 임금이다."

중국 혁명의 아버지로 불리우는 손문(孫文)은 〈예기〉에 나오는 공자의 대동사상을 바탕으로 〈삼민주의〉라는 것을 창안했다고 한다.

그런데 혁명기나 개화기의 얼치기 지식인들은 공자의 케케묵은 봉건사상 때문에 중국이 병들었다며 공자를 배척하는 것이 보통이었다. 우리나라도 마찬가지였다.

그것은 공자를 간판으로 내세우고 있는 집권층들에 의해 공자가 잘못 인식된 때문이기도 했고, 흐려진 물을 보고 샘물자체가 원래 흐린 것으로 아는 것과 같은 지식인들의 속단과 과신에서 빚어진 현상이었다.

그것은 어느 목사 한 사람이 어떤 잘못을 저지르거나 또는 어떤 교회가 마음에 들지 않는 일을 하거나 했을 때, 성경의 말씀이나 예수의 가르침이 그런 결과로 나타났다고 판단하는 것과 같은 것이라 볼 수 있다.

누구나 손쉽게 구해볼 수 있는 우리말로 된 기독교 성경의 경우도 그러하거든, 하물며 한문지식이 없이는 알 수 없는 유교 경전이야 더 말해 무엇하겠는가?

그래서 나는 쉬운 〈논어〉나 〈맹자〉뿐 아니라 어려운 내용의 유교 경전, 다시 말해 삼경이니 오경이니 하는 것 속에 있는 내용들을 누구나 알 수 있게끔 하기위해 범위를 확대하게 되었던 것이다.

특히 〈예기〉의 경우는 따분한 설명만으로는 흥미를 느낄 수도 없고, 숨은 뜻을 밝힐 수도 없는 일이므로 대화체를 빌어 토론형식으로 현대적인 감각의 접근을 시도해 보았다. 그리고 지난날 집권층의 어용학자들이 공자의 말씀이 아니라고 부인하려 했던 〈예운편〉을 깊이있게 다뤄보려 했으며, 그와 곁들여 우리의 귀중한 종교적 철학적 유산인 〈삼일신고〉의 특강을 넣어두기도 했다.

유명한 종교개혁가 루터는 종교개혁의 가장 급하고 근본적인 문제로, 어려운 라틴어나 히브리어로 되어 있는 성직자만의 독점물이었던 성경을 쉬운 독일어로 옮겨 누구나 읽음으로써 성직자들의 예수를 빙자한 독재와 특권의식을 뿌리뽑고, 그들이 말하는 하나님이 얼마나 위장된 것인가를 신도들에게 알려 주려 했던 것이다.

외람된 비유일지 모르나 내가 이 책을 내는 나름대로의 보람이라면, 공자니 유교니 선비니 하는 것에 대한 그릇된 인식을 바로잡을 수만 있다면 그보다 더한 보람은 없을 것 같다.

예수도 석가도 진리를 말한 점에 있어서는 공자와 다를 바가 없다. 그러나 그 삶과 행동에 있어서는 서로의 차이가 뚜렷하다. 우리로서는 따를 수 없는 점이 너무도 많다. 그러나 공자는 그렇지 않다. 우리가 그대로 본받으면 되는 것이다. 독신생활도 필요없고 처자를 버리고 굳이 절간으로 들어갈 것도 없는 것이다.

〈맹자〉에 보면 이런 내용이 있다.

제나라 재상이 맹자를 보고 물었다.

"임금께서 몰래 사람을 시켜 선생님을 엿보곤 합니다. 과연 남다른 무엇이 있습니까?"

그러자 맹자는 이렇게 말했다.

"어떻게 남다른 것이 있을 수 있겠는가? 아무리 위대한 성인이라도 생긴 모양과 하는 일은 보통사람과 똑같다."

대승불교의 최고 경전이라면 〈유마경(維摩經)〉을 들 수 있을 것이다. 〈유마경〉의 주인공인 유마거사는 거사(居士)라는 그 이름이 말해 주듯이 아내와 자식을 거느리고 집안에 있으면서 도를 닦은 사람이다 작게 말하면 선비요 학자였고, 달리 크게 말한다면 공자와 석가같은 성인이었다.

불교에서도 공자를 이상적인 인물로 여기고 있었음을 알 수 있다. 공자를 알고 공자를 모방해서 〈유마경〉을 지은 것이 아니라, 이상형의 인물로 등장시킨 유마거사가 우리들이 흔히 말하는 한 선비에 지나지 않았다는 점에서 더욱 그러하다.

이 책을 통해 공자와 유교의 경전에 대해 잘못되었던 지난날의 인식에서 벗어나, 정치 사회 철학 종교와 같은 문제들에 대해 보다 깊이 있는 무엇을 얻게 된다면 그보다 더 다행한 일은 없을 것 같다.

　시간에 쫓기어 보다 완전한 책을 내지 못한 것을 못내 아쉬워 하며 다음 기회에 그런 것들을 보완할 수 있었으면 하고 바라마지 않는다.

김영수

차례
詩經

書經

小說 四書五經

詩經

시경이란 무엇

시 삼 백　일 언 이 폐 지　왈 사 무 사
詩三百 一言以蔽之 曰思無邪.
"시경(詩經) 삼백편(三百篇)에 한마디로 이를 덮으면 가론 생
각에 거짓이 없는 것이다."

시경의 본래의 이름은 시(詩)였습니다. 뒤에 경(經)이란 글자를 붙
여 시경이라 부르게 되었습니다. 경이란 말은 다른 모든 것의 바탕
이 되고 본보기가 될 수 있는 훌륭한 글이란 뜻입니다.

그래서 성인이 남긴, 성인의 글이란 뜻으로 성경이라 부르고 성인
다음으로 어진 분들이 남긴 글을, 어진 분들이 남긴 것이란 뜻으로
현전이라 부르며 모든 훌륭한 글을 통틀어 '성경현전' 이라 부릅니
다.

시는 쉽게 말해서 노랫말이라 할 수 있습니다. 노랫말을 가사라고
도 합니다. 요즈음은 노랫말이 아닌 시가 많지만, 그 시도 거의가
노랫말이 될 수 있는 것들입니다. 옛날에는 노랫말이 곧 시가 된 것
입니다.

노래는 말에 가락을 붙인 것입니다. 기쁨을 나타내는 노래는 자연

그 가락도 기쁠 수 밖에 없고, 슬픔을 나타내는 노래는 슬플 수 밖에 없습니다. 노여움을 나타내는 노래와 즐거움을 나타내는 노래도 마찬가지입니다.

공자가 지었다고도 하고 공자의 제자 자하가 지었다고도 하는, 〈시경〉 맨 앞에 있는 머리말에는 이런 내용이 실려 있습니다.

"시는 뜻을 나타낸 것이다. 그것이 마음 속에 있을 때는 뜻이 되고, 그 뜻이 말로 나타났을 때는 시가 된다. 느낌이 마음 속에 움직이게 되면 그것이 말로 나타나게 된다. 말만으로 그 느낌을 다 풀 수 없기 때문에 감탄하는 소리가 나오게 되고, 감탄하는 것만으로도 모자라기 때문에 길게 가락을 붙여 노래를 부르게 된다. 길게 노래를 불러도 마음 속의 느낌을 다 풀 수 없기 때문에 자기도 모르는 사이에 손이 올라가 춤을 추게 되고, 발이 올가가 땅을 구르게 된다."

우리가 〈시경〉을 배운 옛날에는, 〈시경〉이라고 부르지 않고 시전(詩傳)이라 불렀습니다. 그것은 주자가 시경을 풀이하여 〈시집전(詩集傳)〉이란 이름으로 세상에 펴냈기 때문입니다.

주자는 그 시전 머리말에서 이렇게 말했습니다.

"사람이 타고난 성품은 원래 조용한 것이다. 그러나 바깥 사물과 접촉하여 어떤 느낌을 받았을 때는 그 느낌에 따라 움직이게 된다. 그것은 타고난 욕망 때문이다. 욕망이 있는 한 생각이 없을 수 없고, 생각이 있는 한 말이 없을 수 없다. 말만으로 그 느낌과 생각을 다 나타낼 수 없어 감탄을 곁들이게 되는 것이다. 감탄을 하게 되면 자연 거기에는 그에 맞는 가락과 소리가 따르기 마련이다. 이렇게 해서 시란 것이 생겨난 것이다."

이것 역시 노랫말로서의 〈시경〉의 시를 풀이한 것입니다.

짐승도 소리로 기쁨과 슬픔과 노여움과 두려움을 나타냅니다. 단지 사람처럼 말을 못할 뿐입니다. 새는 짐승보다 한결 더 아름답고 독특한 소리로 그 느낌을 나타냅니다. 꾀꼬리나 노고지리의 울음소리를 가리켜 노래를 부른다고 하지 않습니까?

말을 할 줄 모르는 어린아이들도 곧잘 목소리만의 가락으로 흥얼거리며 즐거움을 나타내곤 합니다.

그러나 느낌이 소리와 가락으로 모두 나타난다고 볼 수는 없습니다. 그것을 말로 나타낸 것이 노랫말입니다. 노랫말이 없는 음악을 통해 우리는 그 음악이 담고 있는 뜻을 알 수 있습니다.

옛날에는 생활이 단순했기 때문에 소리와 가락만으로 느낌을 나타냈습니다. 시경에 있는 시들이 비슷한 낱말로 되풀이되는 것은 그 때문입니다.

먼 옛날로 거슬러 올라갈수록 느낌을 나타내는 방법은 단순했습니다. 악기가 없어 옆에 있는 아무것이나 악기 대신 쓰곤 했습니다. 우리가 손뼉과 발로 장단을 맞추는 것이 바로 옛날의 그 모습입니다.

중국 옛날 기록에는 많은 것들이 전해지고 있습니다.

신농씨 이전의 갈천씨 때는 세 사람이 소 꼬리를 잡고 발로 땅을 탕탕 구르며 부르는 노래가 여덟 곡이 있었다고 기록에 나와 있습니다.

노랫말은 전하지 않지만 곡 이름이 전해지고 있는 것으로 보아, 노래 내용보다 그 가락과 장단에 따라 발을 구르고 몸을 흔들며 불렀던 것 같습니다.

우리 노래의 아리랑이니 무슨 타령이니 하는 것처럼 말입니다.

우리 단군 할아버지와 같은 시대의 임금인 요임금은 천자된 50년에 자기 정치가 어떤지를 알아보기 위해 거리로 시찰을 나갔습니다.

그랬더니 한 노인이 일을 하다 말고 쉬며, 들고 있던 호미나 괭이 같은 것으로 땅을 치며 장단을 맞추어 이런 노래를 불렀습니다.

해가 뜨면 일하고,
해가 지면 쉰다.
우물 파서 물 마시고,
밭을 갈아 밥 먹는다.
임금이 나를 위해
무엇을 해 주었나?

노인의 이 노래를 듣고 요임금은 매우 흐뭇해 했다는 것입니다.

가장 훌륭한 정치는 백성들 하나하나가 자기 스스로의 힘으로 사는 줄로 느끼게끔 하는 것이기 때문입니다.

도둑이 없고 전쟁이 없이, 모두 다 자기 힘으로 즐겁게 일하며 편안히 살 수 있기 때문에 그렇게 느끼는 것이 아니겠어요?

또 복희씨 때는 물고기를 잡는 그물 노래란 것이 있었고, 신농씨 때는 농민들이 풍년을 빌고 풍년을 즐기는 풍년가란 것이 있었다고 합니다.

또 순임금이 훈훈한 바람이 불어오는 것을 반가와하며,
남쪽에서 불어오는 훈훈한 바람이여!
우리 백성의 마음을 풀어주도다!
하고 부른 남풍가란 것이 있었다 합니다.

이런 따위의 노래는 어느 겨레나 다 가지고 있습니다. 우리라고 다를 것이 없지요. 다만 기록에 없는 것뿐입니다.

시경에 실려 있는 시는 모두 3백 5편입니다. 원래는 3천 편이 넘는 것을 공자가 쓸만한 것만 골라 새로 엮은 것이라고 전해지고 있습니다. 그러나 그것이 과연 공자의 손으로 그렇게 된 것인지는 확실치 않습니다.

그 3백5편은 풍·아·송(風·雅·頌) 셋으로 나뉘어집니다.

풍(風)은 바람이란 뜻으로, 바람이 한번 일면 풀과 나무와 모든 것이 바람을 따라 함께 움직이고 흔들리기 때문에 따온 이름으로, 요즈음 우리가 말하는 유행가와 같은 뜻입니다.

그 바람처럼 지나가는 유행가는 각 나라마다 때에 따라 다르기 때문에, 풍이란 글자 위에 나라의 뜻인 국(國)을 붙여 국풍(國風)이라고 합니다. 각 지방의 유행가란 뜻입니다. 모두 열 다섯 지방의 160편으로 되어 있습니다.

아(雅)는 점잖고 좋다는 뜻으로, 나라의 잔치 때나 조회 때 쓰던 아악(雅樂)을 말하는 것입니다. 아는 다시 작다는 뜻의 소아(小雅)와 크다는 뜻의 대아(大雅)로 나뉘어지는데 모두 105편이 있습니다.

송(頌)은 찬송의 뜻으로 제사 때 조상의 덕을 찬송해 부르는 노래였습니다. 송은 다시 세 나라로 나뉘어지는데 모두 40편입니다.

시경에 실려 있는 시는 공자가 태어나기 전 해인 서기전 552년서부터 위로 약 570년 동안에 지어진 것으로 알려져 있습니다.

공자는 시에 대해 이런 말을 했습니다.

"시 3백 편의 특성을 한마디로 말하면 그 생각에 거짓됨이 없는 것이다."

이 말은 자기가 느끼고 생각하는 것을 솔직하게 그대로 나타내지 않으면 시가 될 수 없다는 뜻입니다.

자기 생각에도 없는 딴소리를 한다거나, 어느 누구에게 잘 보이거나 또는 어느 누구를 헐뜯을 목적으로 없는 내용을 담거나 한 것은, 그것이 아무리 잘 다듬어지고 아름다운 말로 되었다 해도 참다운 시가 될 수 없다는 것입니다.

슬프지도 않은데 슬픈 말을 늘어놓고, 기쁘지도 않은데 기쁜 말을 늘어놓거나 하면 그건 시가 될 수 없는 것입니다.

그럼 〈시경〉에 있는 차례에 따라 어떤 내용의 시들이 있나 더듬어 보기로 하겠습니다.

해 뜨면 일하고 해지면 쉬고

樂不必尋 去其苦之者而樂自在.
"즐거움은 꼭 찾을 필요가 없다. 고민만 없어지면 즐거움은
절로 존재한다."

국풍(國風)

국풍이 각 지방의 작은 나라에 유행하던 노래라는 것은 앞에서 이
미 말했습니다. 그 유행하던 노래가 기록에 남게 된 것은 천자가 각
나라의 정치를 살피는 한 방법으로 사관을 시켜 각 나라를 돌아다
니게 하여, 그때그때 그 나라에 유행하는 노래를 적어 올리게 했기
때문이라고 합니다.

그러므로 국풍 가운데는 즐거운 노래보다는 고통스러운 노래가
더 많습니다. 그 지방 정치인들이 듣기에 거북한 노래도 있습니다.
이 유행하는 노래를 바탕으로, 왜 그 같은 노래가 유행하게 되었는
가를 다시 알아보게 하여 상도 내리고 벌도 내렸다 합니다.

유행하는 노래 가운데 바람직한 바른 노래는, 바른 바람이란 뜻인

정풍(正風)이라 부르고, 그 바르게 불어야 할 바람이 좋지 못한 바람으로 바뀌었다 하여, 슬픔과 고통과 방탕한 내용으로 된 노래를 변풍(變風)이라 부릅니다. 이것은 후세 사람이 붙인 이름입니다.

열 다섯 나라 국풍 가운데 맨 앞에 나오는 주남(周南)과 소남(召南) 둘만을 정풍이라 하고 나머지는 모두 변풍이라고 부릅니다.

주남은 문왕의 아들 주공이 다스린 남쪽 땅이란 뜻이고, 소남은 같은 문왕의 아들인 소공이 다스린 남쪽 나라란 뜻입니다.

주남은 모두 11편이고 소남은 모두 14편입니다.

그럼 순서에 따라 중요한 시들을 골라 풀이하기로 합니다.

(1) 주남(周南)

1. 우는 징경새(關雎)

　　짝을 찾아오는 징경새여!
　　저 강물 섬 속에서 사는 구나!
　　저 아리따운 착한 아가씨는
　　나의 좋은 짝이 될 수 있으련만…

이것이 〈시경〉 맨 첫머리에 나오는 국풍 주남의 첫 편 첫 장의 노랫말입니다.

징경새는 다른 비둘기와 마찬가지로 암컷과 수컷이 늘 함께 어울려 다니고, 죽을 때까지 짝을 바꾸는 일이 없다고 합니다.

그러므로 그 새들이 짝을 부르는 소리가 들리자, 평생을 함께 할 처녀를 맞아 결혼할 생각이 떠오른 것입니다.

　　길고 짧은 조아기 나물을,
　　이리 찾고 저리 찾고 하누나.
　　아리따운 저 착한 아가씨를

자나 깨나 그리워 한다.
그리워 해도 만날 수 없어
자나 깨나 그녀의 생각,
아아 끝없는 그리움에,
이리 뒤척 저리 뒤척.

이것이 둘째 장의 내용입니다.
징경새가 짝을 찾아 우는 그 물가에는 그가 그리는 아가씨가 나물
을 캐고 있는 것입니다.
주공이 이 땅을 다스리기 이전 같으면, 당장 달려가
"여보, 나물 캐는 아가씨!"
하고 말을 붙인 다음,
"잠깐 나하고 이야기 좀 할 수 없읍니까? 나물은 이따가 나도 함
께 거들어 드릴 테니…"
하고 속을 떠 볼 수도 있고, 있는 곳을 묻거나 만날 약속을 다시 할
수도 있는 일이었습니다.
그러나 지금은 주공의 바른 정치와 바른 가르침으로 처녀들이 전과
달리 자기 몸을 단정히 가다듬고 지키려 하므로, 옛날 그런 식으로
가까이 가서 섣불리 말을 걸었다가는, 될 일도 안될 것이 뻔하므로
그럴 수도 없는 것입니다.
그래서 생각만 있을 뿐 손쓸 방법이 없으므로, 날이면 날마다 바
라보기만 할 뿐 밤에도 잠을 이루지 못하고 그 아가씨에 대한 생각
으로 몸만 이리저리 뒤척 거리고 있는 안타까운 심정을 노래한 것입
니다.

길고 짧은 조아기 나물을,
이리 캐고 저리 캐고 하던

아리따운 그 착한 아가씨와

거문고 타며 사귄다.

길고 짧은 조아기 나물을,

이리 고르고 저리 고르던,

아리따운 그 아가씨와

종 치고 북 치며 즐긴다.

이것이 마지막 장의 내용입니다.

자나 깨나 그리워하며 몸만 뒤척거리던 끝에, 마침내 부모에게 말씀을 드리고, 중매를 놓아 결혼을 하기에 이른 것입니다. 거문고 타며 사귄 다는 것은 새 가정을 꾸미고 정답게 친구처럼 지내게 된 것을 말한 것입니다. 거문고의 뜻인 금슬이란 말은 남편과 아내의 정다움을 나타내는 말로 쓰이며, 부부의 정이 좋은 것을 금슬이 좋다, 혹은 금실이 좋다 하는 것도 여기서 나온 말입니다. 금은 작은 거문고로 줄이 다섯이었고, 슬은 큰 거문고로 줄이 스물 다섯 줄이었다고 합니다.

그리고 맨 끝에 종 치고 북 치며 즐긴다고 한 것은, 크게 출세하여 조상의 위패를 사당에 모시고 제사를 지낼 때, 종과 북을 치는 것을 말한 것으로 남편과 아내가 뜻이 맞고 마음이 맞아 집안을 크게 일으킨 다음, 많은 아들 딸, 많은 손자 손녀들을 거느리고 조상의 제사를 받들게 된 것을 노래한 것입니다. 아니면 그렇게 되기를 바라며 노래부른 것으로 볼 수도 있습니다.

공자는 이 우는 징경새 노래를 이렇게 평했습니다.

"이 노래는 즐거워 해도 그것이 방탕하지가 않고, 슬퍼해도 그것이 마음을 상하게 하지 않는다."

그리고 젊었을 때 악부에 가서 악사장으로부터 이 노래를 담은 곡을 들었을 때의 이 마지막 장의 웅장하고 통쾌한 가락의 음악 소리가 늙도록 귓속에 남아 있다고 했습니다.

노랫말보다도 그 노랫말 속에 담겨 있는 느낌과 생각으로 곡을 만들고 그 곡을 타는 사람의 솜씨가 얼마나 뛰어났던가를 알 수 있게 해 주는 말이었습니다.

3. 도꼬마리(卷耳)

주남 셋째 편은 이름이 도꼬마리입니다. 한자로는 권이라고 합니다.

앞에서 감상했던 우는 징경새 노래도 그러했고, 이 도꼬마리도 그렇듯이 시의 제목은 내용과는 별 관계가 없이 맨 앞에 나와 있는 말을 따서 부른 것뿐입니다.

도꼬마리는 풀 이름으로 나물로도 먹고 약으로도 쓴다고 합니다.

이 노래는 멀리 국경지대로 나가 적의 침입을 경계하며 지키는 군인이 집 생각을 하며 노래한 것이라 합니다.

첫 장은 남편을 멀리 떠나보내고, 그리워하며 애타하고 있을 아내를 상상하며 부른 것이고, 다음 장부터는 자기가 사랑하는 아내를 애타게 생각하는 마음을 나타낸 것입니다.

도꼬마리를 캐고 또 캐도
기운 광주리에도 차지 않네.
아아, 내 그리운 사람이여!
광주리를 큰길에 버려두었도다!

저 높은 산에 오르려 하나,
내 말이 지치고 병들었다.
내 잠시 금잔에 술을 따라,

오랜 그리움을 잊어 볼거나.

저 높은 산등성이에 오르려 해도,
내 검은 말이 누렇게 병들었다.
잠시 쇠뿔잔에 술을 부어,
오랜 근심을 잊어 볼거나.

저 바위 산에 오르려 해도,
내 말이 병들어 있고,
내 종이 병들었으니,
어디서 어떻게 바라볼거나!

말을 타고 다니고 종을 거느리고 있으며, 값비싼 술잔을 말한 것으로 보아 꽤 지위가 높은 장교였을 것으로 여겨집니다.

말이 병들고 종이 병든 것으로 보아 변방을 지키는 일이 몹시 고되다는 것을 알 수 있습니다.

그 고된 군대의 일을 보는 사이에도 집 생각과 아내의 생각을 잠시도 잊지 않는 군인의 마음 속에, 나라에 대한 충성과 아내에 대한 사랑이 겹쳐져 있음을 우리는 알 수 있습니다.

자기가 아내를 그리워 하는 마음을 미루어, 집에 있는 아내가 변방에 나와 있는 자신을 더 그리워 하며 애타할 것을 생각한 것으로, 아내에 대한 남편의 지극한 사랑을 엿볼 수 있습니다.

어쩌면 그 아내는 전 같으면 광주리를 들고 밖에 나가 나물을 뜯거나 할 여자가 아니었을지도 모릅니다. 그러나 변방에 나가 고생할 남편을 생각하며 집에만 편안히 있을 수 없어 광주리를 들고 나물을 뜯으러 나왔을지도 모르는 일입니다. 다른 면에서 본다면, 군인인 남편이 잠시 쉬는 틈을 타서 높은 곳으로 올라가 집이 있고 아내가 있을 고향땅을 바라보려는 자기 심정을 미루어 그렇게 상상한 것일 지도 모릅니다.

남편을 그리는 마음을 잊고자 광주리를 들고 밖으로 나왔지만, 나물인들 제대로 뜯어질 리가 없습니다. 큰길가에 비스듬히 기대어 놓은 광주리에 반도 차지 않은 것을 상상하고 그려본 그의 마음에서 참다운 사랑이 어떻다는 것을 짐작할 수 있습니다.

남의 나라를 침략하기 좋아하는 나라에서는 나라를 위해 목숨을 바치는 것을 영광으로 알라고 가르치고, 전쟁터로 나가는 아들과 남편을 보고,

"살아오지 말고 죽어서 돌아오라"

고 격려하라고 강요하곤 했습니다.

그런데 이 주남에서는 나라 일을 보면서도 집과 아내를 그리워하는 군인의 마음을 그대로 나타내고 있습니다. 이것이 바로 공자가 말한

"시 3백 편은 모두가 똑같이, 생각에 거짓이 없다."

하는 것이 그대로 나타난 것이라 볼 수 있습니다.

높은 곳으로 올라가 바라본다고 마음이 풀릴 일도 아닙니다. 그러나 그렇게라도 해보고 싶은 것에 사랑의 애절함이 나타나 있는 것입니다. 그것마저 할 수 없자 술이라도 마시며 마음을 달래 볼까 하는 마음에는, 군인이기에 앞서 아내를 가지고 집을 가진 가장이란 것이 잘 나타나 있는 것입니다.

그것이 바탕이 되어 있으므로 해서, 변방에서 임무를 마치고 돌아오면 평화를 사랑하는 떳떳한 사람으로서 집과 나라를 위해 일하게 되는 것입니다.

10. 여수의 방축(汝墳)

이 시는 나랏일로 밖에 나가 있던 남편이 돌아온 것을 기뻐하는 여인이 읊은 시로 주남 열째 편입니다.

첫 장에서는 남편을 보내고 애타게 기다리던 심정을 읊고, 둘째 장에서는 그 이듬해 남편이 돌아와 만나게 된 기쁨을 읊었습니다. 그리고 셋째 장에서는 나라 일이 몹시 급한 것을 말하고, 그러나 그런 가운데서도 부모가 계신 집을 소홀히 할 수 없다는 것을 말했습니다.

이것 역시 나라 일도 중하지만 그에 못지 않게 집도 중하다는 것을 말하고, 내가 남편을 기다리는 것이 꼭 부부의 정만을 위하는 것이 아니고, 시부모를 모신 며느리로서 집안일을 소중하게 여기지 않을 수 없음을 말한 것입니다.

저 여수의 방축을 따라
작은 가지와 줄기를 벤다.
님을 뵙지 못해
그리움은 배고픔만 같네.

저 여수의 방축을 따라
돋아난 새 가지를 벤다.
이미 님을 뵈었으니
나를 버리지 않으셨네.

방어(魴魚)의 꼬리가 붉어지듯
나라 일은 불타듯 급하여라.
아무리 불타듯 급하다 해도
부모님이 더욱 가까웁니다.

이 시는 나라가 어지러워져 장정들이 자주 징발되어 나가, 언제 무슨 일이 벌어질지 모르는 불안한 시대에 지어진 것으로 보고 있습니다.

앞에 도꼬마리 시에서는, 아내가 광주리를 들고 나물을 뜯는 것을 남편이 상상하는 것으로 시작되었는데, 이 시는 아내가 강둑을 따라 작은 나뭇가지와 줄기들을 베며 남편을 못내 그리는 것으로 시작하고 있습니다.

앞의 시가, 신분이 높고 집안이 넉넉한 군인이 아내를 못잊어 부른 것임에 반해, 이 시는 신분이 낮고 집안이 어려운 여인이 남편을 징발당한 안타까움에 손으로 나뭇가지들을 베며 부른 것입니다.

삶의 고통을 직접 겪으며 외로움과 걱정까지 겹쳐 있었으니, 남편에 대한 그리움은 한결 더 컸을 것입니다. 배고픈 것 같다는 짤막한 말 속에 가난에 시달리며 고된 일을 직접 해야만 하는 여인의, 남편에 대한 아쉬움과 그리움이 잘 나타나 있습니다.

둘째 장에서는 작년에 잘라버린 줄기에 새로 돋아난 가지를 벤다는 말로써 힘겹던 한 해가 지나갔음을 비추고 있습니다.

혹시 영영 못 돌아오는 것은 아닐까 하는 두려움을 떨쳐버릴 수 없었던 여인은, 남편을 다시 만나는 순간 돌아온 남편이 마치 자기를 버리고 갔다가 되돌아온 것 같은 반가움과 기쁨과 원망 비슷한 심정을, 역시 나를 버리지는 않았다는 한마디로 잘 나타내고 있습니다.

끝 장의 방어의 꼬리가 붉다고 한 것은, 방어의 꼬리는 원래 흰색인데, 싸우던가 쫓기던가 하여 몸이 고달프면 붉어지기 때문에 비유로 든 것입니다.

나라의 일은 원래 조용한 가운데 이루어지는 것인데, 밖에서는 오랑캐들이 자주 쳐들어오고 안에서는 반란이 자주 일어나기 때문에 마치 불이 나 계속 타고 있는 것처럼 정신을 못차리고 허둥대고 있음을 말한 것입니다.

　그러나 집을 지키는 주부로서는 나라일이 아무리 중하다 해도 늙은 부모가 계신 집이 더 소중하다는 생각이 앞설 수밖에 없습니다. 또 부모를 핑계로 다시는 남편을 떠나보내고 싶지 않은 심정을 노래한 것이기도 합니다.

(2) 소남(召南)

5. 팥배나무(甘棠)

　이 시는 소남 다섯째 편입니다.

　소공이 어진 정치를 편 것을 잊을 수 없어 백성들이 부른 노래라 합니다. 낱말들이 단순하고 같은 말들이 되풀이되고 있는 것에, 소박한 백성들의 마음이 잘 나타나 있는 것 같습니다.

　팥배나무를 한자로는 감당이라고 했습니다. 소공이 이곳 팥배나무 밑에서 백성들을 모아 놓고 나라의 법령을 직접 설명하기도 하고, 관리들에 대한 불평을 직접 듣기도 하며, 백성들의 억울한 일들을 바로잡아 주었기 때문에 그때의 그 고마움을 잊지 못해 부른 것이라 합니다.

　　가지가 우거진 팥배나무
　　자르지 마라 베지 마라.
　　소백님이 머무시던 곳이다.

　　가지가 우거진 팥배나무
　　자르지 마라 꺾지도 마라.
　　소백님이 쉬시던 곳이다.

가지가 우거진 팥배나무
자르지 마라 쉬지도 마라.
소백님이 계시던 곳이다.

6. 긴 이슬(行露)

소남 여섯째 편입니다.
 이 시는 아리땁고 마음이 곧고 굳센 처녀가, 세력을 믿고 강제로
데려가려는 남자와의 결혼을 거절하는 시라고 합니다.

축축히 젖은 길 이슬에
어떻게 밤에 나다니리?
길에 이슬이 많기 때문이라오.

누가 참새 보고 뿔이 없다 하리?
뿔이 없이 어떻게 지붕을 뚫으랴?
누가 너 보고 집안의 힘이 없다더냐?
힘이 없으면 어떻게 나를 죄인으로 부르랴?
아무리 나를 죄인으로 불러도
나를 아내 삼지는 못하리라.

누가 쥐 보고 어금니가 없다더냐?
어금니가 없으면 어떻게 내 집 담을 뚫지?
누가 너 보고 집안의 힘이 없다더냐?
힘이 없으면 어떻게 나를 송사로 괴롭히지?
송사로 아무리 나를 괴롭혀도

　너의 뜻을 따르지는 않으리라.

　첫째 장의 길은 세상을 말한 것입니다. 세상을 살아가는 것이 길을 걸어가는 것과 같기 때문입니다.

　그 길에 이슬이 축축히 젖어 있다고 한 것은, 세상이 더럽고 구질구질해서 가만히 곱게 살려는 사람을 자꾸만 더럽혀 주고 있음을 비유로 말한 것입니다.

　길에 축축히 이슬이 내려 있어서, 곱게 지나가려 해도 옷을 적시게 되므로 이슬이 많이 내린 밤에는 나다니지 않는다고 한 것입니다. 즉 세상에는 잡초같은 인간들이 많이 살고 있어, 이슬이 내리듯 축축히 물들어 있는 손으로 후미진 곳이나 어두운 곳에서 착하고 깨끗한 여자들을 더럽히려고 하기 때문에 함부로 밖에 나다닐 수 없다는 것을 비유로 말한 것입니다.

　둘째 장에서는, 상대를 남의 지붕을 뚫는 참새와 비유하였는데 참새는 실제로는 뿔이 없지만 뿔이 있는 것처럼 남의 집 지붕 밑을 뚫고 들어와 그 속에 살려고 하듯, 상대편 남자는 자기가 결혼하고 싶어하는 처녀가 말을 듣지 않자 관리들을 등에 업고, 처녀에게 없는 혐의를 씌워 오너라 가너라 하며 힘으로 위협해서 목적을 이루려 하고 있음을 말한 것입니다.

　그러나 마음이 곧고 굳센 처녀는 그런 그를 더욱 야비하게 보고, 그 생각이 잘못되었음을 꾸짖고 있는 것입니다.

　끝 장에 쥐를 비유로 든 것도 앞의 장과 마찬가지입니다. 쥐는 사나운 짐승처럼 어금니를 가지고 있는 것도 아닌데, 곧잘 담 밑을 뚫고 굴을 파듯, 상대편 남자는 관리들의 힘을 빌어 없는 트집으로 송사를 꾸며 귀찮게 하고 있다는 것을 말한 것입니다.

　그러나 아무리 그런 야비한 수단을 쓴다 해도 내가 그 수단에 말려들거나, 견디지 못한다 해도 너의 뜻을 따르지는 않겠다고 밝히고 있는 것입니다.

옛날 같으면 세력에 눌려 가기 싫은 시집도 마지못해 가곤 했지만, 소공의 바른 정치와 바른 가르침으로 처녀들의 마음이 이토록 깨끗하고 굳세어졌음을 나타내고 있는 것입니다.

9. 떨어지는 매화열매(摽有梅)

이것은 소남 아홉째 편입니다.

나이찬 처녀가 결혼할 시기가 자꾸만 늦어져가는 것을 안타까워하며 부른 노래라고 합니다.

> 다 익어 떨어지는 매화열매
> 나무에 남은 것은 일곱뿐이네.
> 나를 원하는 총각님 네들,
> 좋은 때를 놓치지 마오.
>
> 다 익어 떨어지는 매화열매
> 나무에 남은 것은 셋뿐일세.
> 나를 원하는 총각님 네들,
> 지금에 어서 와 주어요.
>
> 다 익어 떨어진 매화열매를,
> 광주리에 주워 담는다.
> 나를 원하는 총각님 네들,
> 말씀이라도 건네주어요.

매화열매가 다 익어 떨어지는 것은, 이미 봄이 다 지나고 첫 여름이 찾아 왔음을 나타낸 것입니다. 그것은 꽃처럼 곱고 아름답던 얼굴이 벌써 시집가서 아이를 낳은 여자처럼 보이는 것을 말한 것입니다.

그 익어버린 수많은 매화열매가 하나하나 거의 다 떨어지고, 이제 7개밖에 남지 않았다는 것은 세월이 안타깝게 자꾸만 지나가는 것을 말한 것입니다. 전 같으면 처녀들이 밖으로 뛰어나가 마음에 드는 남자를 보고 애교를 떨며 유혹을 했을 테지만, 지금은 부모와 친척들이 중매를 놓아 혼처를 구해 주기만을 기다려야 했기 때문에, 혼기를 놓친 처녀들이 홀로 혼자 애타하는 마음은 더욱 컸던 것입니다.

나무에 남아 있는 열매가 7개뿐이라고 했다가, 다시 3개뿐이라고 했다가 나중에 다 떨어져 하나도 남지 않았다고 한 것은 어쩌면 시집 못간 노처녀들이 어느새 하나하나 다 시집가 버리고 자기 혼자만이 남아 있는 것 같은 조바심을 나타낸 것일지도 모릅니다.

그래서 7개가 남았을 때는 좋은 때를 놓치지 말라고 했다가, 3개가 남았을 때는 지금 당장 청혼을 해 주었으면 하고 바랬고, 그 3개마저 떨어지고 말자 정식 청혼은 못하더라도 중매쟁이라도 다녀갔으면 하는 아쉬움을 말한 것입니다.

(3) 패풍(邶風)

위에 소개한 주남과 소남의 시와는 달리 나머지 각 나라의 시들은 떳떳치 못한 일을 가슴아파하는 것들이 대부분입니다.

세 번째인 패풍은 지금 위(衛)나라 땅이 된 패(邶)나라의 지방에서 모은 시들로 모두 19편이 있습니다.

맨 첫 편인 잣나무배(柏舟)는, 어진 사람이 간신의 모함을 받아 혼자 안타까워하며 분해하는 내용입니다.

둘째 편인 녹색 저고리(綠衣)는 본 부인이 남편의 사랑을 첩에게 빼앗기고 한탄하는 시입니다.

또 넷째 편인 해와 달(日月)도 마음이 변한 남편을 원망하는 시입니다.

모두가 이렇게 떳떳하지 못한 일로 불행해진 사람들의 원망과 안타까움을 나타내는 것이므로 변풍이라고 부르게 된 것입니다.

7. 훈훈한 바람(凱風)

이 시는 효자의 시로 불리우고 있는 것으로 패풍 일곱째 편입니다.

옛날 주석에는 좀 색다른 이야기가 살려 있습니다. 즉 위나라에 풍기가 문란해져서, 아들을 일곱 명이나 둔 어머니가 바람을 피우는 것도 부족해 자식을 버리고 시집을 가려 하므로, 아들들이 이 시를 지어 어머니의 마음을 돌렸다고 나와 있습니다.

    훈훈한 바람이 남쪽에서 불어와
    저 대추나무 새 싹을 어루만진다.
    대추나무 새 싹이 고이 자라니,
    어머님의 애쓰신 일이 생각나누나.

    훈훈한 바람이 남쪽에서 불어와
    저 대추나무 줄기를 어루만진다.
    어머님은 거룩하고 착하시건만
    우리는 하나도 어질지 못하네.

    차가운 맑은 샘물이

온 고을을 적시며 흐르네.
아들 일곱을 기르시느라
어머님은 고생만 하셨네.

곱고 귀여운 꾀꼬리는
그 울음소리도 듣기 좋다.
아들이 일곱이나 있건만
어머님 마음을 위로할 사람이 없네.

이렇게 자식을 버리고 시집을 가려는 어머니를 조금도 원망하는 말이 없이, 어머니가 우리 일곱 아들을 기르느라 그토록 애를 쓰셨건만 그 어느 한 사람도 어머니의 마음을 위로해 주지 않기 때문에 우리를 버리고 가시려 한다고 자기들의 효성이 부족함을 탓하고 있는 내용입니다.

남쪽에서 불어오는 훈훈한 바람으로 어머니의 따스한 정을 나타내고, 그 바람 속에서 고이 자라는 대추나무 싹을 자신들에 비유한 것입니다.

차고 맑은 샘물이 흘러 아래 있는 들의 곡식들을 적셔 주듯, 어머니의 젖을 먹고 무럭무럭 자라난 자신들을 생각하며, 어머니의 무한한 은혜를 고마워 한 것입니다.

곱고 귀여운 꾀꼬리의 울음소리가 듣기 좋다고 한 것은 얼굴이 곱고 정답던 어머니의 말씀도 항상 거룩하고 착하기만 했는데, 이제 와서 갑자기 우리에게 듣기 싫은 말을 하며 집을 나가려는 것은, 일곱 명이나 되는 아들 중에 한 사람도 어머니의 외로운 마음을 위로해 드리지 못했기 때문이라고 스스로를 꾸짖은 것입니다.

9. 박에 마른 잎(匏有苦葉)

박에 마른 잎이 달리며
앞 강의 물이 깊어졌네,
깊으면 배 타고 건너고
옅으면 옷을 걷고 건너지.

앞 강의 물이 불으며
까투리 우는 소리 들린다.
물이 불어도 수레는 건널 수 있다.
까투리는 울며 수컷을 찾누나.

끼욱끼욱 기러기 울고
해가 떠오르는 이른 아침.
도련님 장가 들고 싶거든
얼음 녹기 전에 하구려.

손짓해 부르는 사공아.
남들은 건너도 나는 아니간다.
남들은 건너도 나는 아니간다.
나는 내 벗을 기다리겠노라.

이 시는 해석이 여러 가지로 전해지고 있습니다. 위나라 선공(宣公)의 음란한 행동이 많은 것을 비꼬아 부른 노래라는 것이 옛날 해석이었습니다.

물이 깊으면 배를 타고 건너고, 물이 얕으면 옷을 걷고 건너는 것이 세상 이치인데, 임금은 그런 세상 이치를 외면한 채, 자기 아버지의 첩과 몰래 사귀기도 하고, 며느리로 맞이하려던 여자를 자기가 가로채는 일을 하는 등, 상식에 벗어나는 짓을 마냥 저지르고 있었기 때문에 부른 노래라는 것입니다.

일반 백성들도 때를 알고 형편을 살펴 거기에 맞게끔 시집장가를 가는 법인데 어찌 그럴 수 있느냐고 비꼬는 것이라고 볼 수도 있을 것 같습니다.

끝 마디에 있듯이, 사공이 손짓해 부르고 사람들이 다 나룻배로 몰려가도 거기에 휩쓸리지 않고 기다릴 사람을 기다렸다가 함께 건너가는 태도와 마음가짐이 아쉽다는 뜻으로도 볼 수 있을 것 같습니다. 그러나 원래 지은 사람의 목적이 어디에 있었는지 분명하지 않은 내용입니다.

〈논어〉에 보면 어지러운 세상을 만나 벼슬이 하고 싶어도 자기를 불러 주는 임금이 없음을 아쉬워 하며, 숨어 사는 어진 사람의 마음을 노래한 것으로도 볼 수 있을 것 같습니다.

〈논어〉의 내용은 다음과 같습니다.

공자가 세상을 건질 생각으로 각국을 돌아다니던 중, 위나라에 머물러 있을 때의 일입니다.

공자는 음악의 천재로서 악기라는 악기를 모두 잘 다루었는데, 마침 이때는 경쇠라는 악기를 치고 있었습니다. 길고 짧은 여러 개의 돌을 매달아두고 두들기는 이 악기는 가장 다루기 어려운 악기 중의 하나였습니다.

맑고 고요한 소리를 되풀이할 뿐, 그 소리의 가락을 느끼거나 뜻을 알기는 매우 어려운 악기이기도 합니다. 공자의 제자들도 공자가 치는 경쇠의 가락에 담긴 참뜻을 아는 사람이 없었습니다.

그런데 이때, 삼태기를 괭이 끝에 걸어 어깨에 메고 그 앞을 지나가는 노인이 있었습니다. 농사 일을 직접 하는 가난한 농부였겠지요.

노인은 문득 발길을 멈추며,

"깊은 뜻이 있구나, 저 경쇠 치는 소리여!"

하고 귀를 기울여 듣고 있었습니다.

다 듣고 나서는 이런 말을 했습니다.

"너무도 속되구나, 저 융통성 없는 돌의 울림이여 ! 나를 알아주는 사람이 없으면 그만둘 일이지 무얼 그렇게 안타까워 하는가? 옛글에도 말하지 않았던가? 깊으면 옷을 입은 채 건너고, 얕으면 옷을 걷고 건너라고 말이야. ?"

하고 못마땅하다는 듯이 가버렸던 것입니다.

이 삼태기노인이 말한 옛글이란 것이 바로 이 시의 첫마디 끝 부분을 말한 것입니다. 노인은 세상이 극도로 어지러워진 상태를 물이 깊은 것에 비유한 것입니다. 그리고 그런 어지러운 세상을 바로잡겠다고 물로 뛰어들지 못해 안타까워 하는 공자를 지혜롭지 못한 사람의 미련한 생각으로 보고 한 말이었습니다.

못 오를 나무는 쳐다보지도 않는 것이 좋다는 뜻이기도 합니다. 그 노인이 공자가 치는 경쇠 소리를 듣고 공자의 마음을 환히 들여다본 것으로 보아, 숨어 있는 놀라운 인물이었음을 알 수 있습니다. 결국 자기처럼 살라는 뜻이기도 합니다.

공자는 그 노인이 한 말을 제자들로부터 얻어듣고 이렇게 말했습니다.

"세상을 너무 쉽게 단념하지 못하는 것이 거룩한 마음이 아니겠느냐? 세상을 남의 일처럼 보는 것이야 뭐가 어렵겠느냐?"

깨끗이 살려는 지혜로운 사람과, 인류를 자기 몸처럼 생각하는 성인의 생각 차이를 잘 나타낸 내용입니다.

이것은 시집갈 나이가 된 처녀와 장가들 나이에 있는 총각과의 속마음을 읊은 것으로도 볼 수 있습니다. 세상을 위해 자기 재주를 펴고 싶은 사람이 자기를 찾아줄 임금이나 추천해 줄 사람을 기다리는 마음은, 혼기에 이른 남녀가 짝을 구하는 마음과 다를 것이 없는 일입니다.

〈시경〉에 나오는 많은 시를 두고, 모시(毛詩)로 불리우는 옛날 해석은 거의가 세상을 걱정하는 어진 사람이 그 주인공인 것처럼 말하고 있고, 우리가 지금 주로 보게 되는 주자의 해석은 보통 남녀들의 애정을 노래한 것으로 보고 있는 것도, 그 성격이 같은 데서 오는 결과로 볼 수 있습니다.

우리나라의 유명한 사미인곡(思美人曲)도 임금에 대한 지은이(정송강)의 그리움을 읊은 것인데, 곡에 담긴 말은 완전히 아내가 남편을 그리워 하는 것으로 되어 있습니다. 애정이니 슬픔이니 원한이니 하는 것이 남녀의 관계처럼 절실한 것이 없기 때문이 아니겠읍니까?

이 시를 남녀의 관계로 풀이하는 것이 이해하기가 쉬운 것은 물론입니다. 그렇게 보고 풀이하면 다음과 같은 것이 되겠지요.

전부 4마디로 되어 있는데, 첫 마디는 지붕에 있는 박넝쿨에 마른 잎이 생겨난 것을 보고 벌써 봄이 지나고 여름이 깊어졌음을 문득 느끼며, 앞 냇물이 불어나 마음대로 건너다닐 수 없게 되었음을 말하는 것으로써 세월의 빠름과 형편이 바뀌었음을 나타낸 것이라 볼 수 있습니다.

봄 가을이면 옷을 걷어올리고 마음대로 냇물을 건너다닐 수 있어, 그리운 사람끼리 자주 만날 수 있어 좋기도 했지만, 마음만 있으면 나룻배를 타고도 얼마든지 오갈 수 있지 않겠느냐는 말로써, 사랑이 알뜰하고 마음만 있으면 문제될 것이 하나도 없다는 뜻으로 풀이될 수 있습니다.

둘째 마디는 이렇게 풀 수 있습니다.

물이 불기는 했지만 아직은 수레로 건널 수 있다는 말로써, 물이 더 불기 전에 소달구지라도 타고 신부를 데리러 갈 수도 올 수도 있으니 어서 혼인을 치렀으면 하는 바램을 나타낸 것입니다.

먼저 까투리가 운다는 말로, 여자 쪽에서 먼저 소식이 왔음을 말하고, 아직은 물이 그리 깊지 않으니 소달구지라도 타고 장가를 들어야 하겠다는 남자의 심정을 말한 다음, 까투리가 수컷을 찾는다는 말로, 자기가 급한 것이 아니라 처녀 쪽의 급한 마음을 생각해서 **빨리 장가를 가야겠다는 남자 쪽의 점잖은 태도를 보인 것으로 볼 수 있습니다. 아니면 여자 쪽에서 그렇게 호소하는 것으로도 볼 수 있겠지요?

셋째 마디는 벌써 여름 가을이 지나고 추운 겨울도 지나 철새인 기러기가 북으로 날아가는 소리가 들리기 시작하며, 머지않아 얼음도 풀리게 생겼으니, 얼음이 녹기 전에 나를 데려가 달라는 노처녀의 안타까운 마음을 노래한 것이라 볼 수 있습니다.

끝 마디는 마음에 있는 사람을 기다리며 조급한 마음에 아무에게나 함부로 가지 않겠다는 뜻을 밝힌 것으로 그 당시의 남녀의 관계가 비교적 자유롭고 문란한 가운데서도 약속과 지조를 지키며 끝까지 마음에 맞는 배우자를 기다려 결혼하겠다는 뜻을 밝힌 것이라 볼 수 있을 것 같습니다.

11. 아 못살겠네(式微)

아 못살겠네, 못살아!
어이하여 돌아가지 못하는가?
님의 탓 아니라면
어이하여 이슬 속에 지내리?

아 못살겠네, 못살아!
어이하여 돌아가지 못하는가?
님의 몸 아니라면
어이하여 진흙 속에 지내리?

이 시도 해석이 여러 가지로 전해지고 있습니다. 국풍이란 어느 한 지방에 유행하고 있는 노래를 기록에 담은 것이므로 노래가 널리 유행하게 되었을 때는, 노래가 처음 생기게 된 때와는 상당한 시간의 거리가 생긴 뒤일 수밖에 없습니다.

그러니까 그 노래를 기록에 올리는 사람이 적당히 짐작으로 꾸며 넣는 경우가 많을 수밖에 없습니다. 꾸며넣지 않고 전해진 이야기를 기록에 올리는 경우라도 그 전해진 것 역시 짐작으로 된 것이 많을 것이므로 사실과는 전혀 다를 수도 있는 일입니다.

우리나라의 경우를 놓고 보더라도, 고려가사라고 전해지는 것이 사실은 신라와 백제시대의 노래가 고려시대의 것으로 된 경우가 많습니다.

보기를 들면, 유명한 고려가사의 '가시리'란 노래는 김유신 장군의 소년시절의 애인이었던 천관(天官)이란 나이어린 기생이, 반가워하며 맞이하는 자기 손을 뿌리치고 떠나가버린 김유신을 원망한 노래였습니다.

그 천관이란 어린 기생은 그 길로 자기 집을 천관사(天官寺)란 절로 만들어 평생 여승으로 도를 닦으며 지냈다는 전설과 함께 그녀가 그때 지은 원망의 노래(怨詞)가 전해지고 있다고만 기록되어 있습니다.

그런데 고려가사에는 누가 지었는지도 모르는 '가시리'란 노래가 실려 있지 않겠습니까?

'가시리'를 누가 지었고 어떤 사연으로 짓게 된 노래였는지는 밝혀지지 않은 채 전해지고 있습니다. 그러나 그 노래가 어느 노래보다 절실하고 짜임새 있게 된 것만은 누구나가 다 인정하는 바입니다.

그래서 나는 이 '가시리'란 노래가 바로 천관이 지은 '원망의 노래'가 틀림없다는 것을 지방신문에 발표한 적이 있었고, 교사들의 모임에서 강의한 일도 있었습니다.

그랬더니 몇 해 뒤에는 유명한 국문학자가 같은 이야기를 방송을 통해 하더군요.

나는 또 고려가사의 유명한 '청산별곡'을, 신라때 물개자(勿稽子) 란 불우한 충신이요 장군인 사람이 남긴 '물개자의 노래'라고 함께 발표했었습니다.

물개자란 장군은 내물왕(奈勿王) 때 나라를 위해 큰 공을 세우고 도, 세력 있는 사람에게 아첨하지 못하는 성격이라 그들의 미움을 받아, 그의 공이 임금에게 알려지지 않자 세상을 비관하고 사체산 (師彘山)으로 들어가 숨어 살며 시냇물 소리와 대나무 울림을 본따 노래를 지어 불렀는데, 그 노래가 '사체산곡'으로 전해지고 있다고 기록에는 나와 있습니다.

그런데 '청산별곡'은 고려 때 전해지고 있은 노래일 뿐 누가 언제 어떤 이유에서 지은 것인지는 전해지지 않고 있습니다. 그래서 나는 이 '청산별곡'이 바로 물개자의 사체산곡이라고 보았던 것입니다.

사르리랐다 청산에 사르리랐다.

……

얄리얄리 얄랑셩얄리

라고 한, 그 소리와 가락이 시냇물의 흐름과 대나무의 울림을 연상 하게 될 뿐 아니라 노랫말의 내용이 상당한 지위에 있던 정치인이 세상을 비관하고 자기 신세를 한탄하는 것이, 물개자의 모든 것과 너무도 닮아 있기 때문입니다.

나는 고려가사의 '만전춘'도 같은 이유에서 백제의 열녀 도미(都 彌)의 아내가 임금의 강압적인 요구를 뿌리치기 위해 지어 보낸 노 래라고 보고 있습니다.

대궐의 화려한 생활보다는 정든 내님과 가난하게 사는 것이 더 행복하다는 것을 속속들이 알려주기 위해서였지요.

얼음 위에 댓잎을 깔고 누워 자도, 정든 내님과의 사랑이 너무도 행복한지라 날이 더디 밝아오기를 빈다는 말로, 화려한 대궐의 봄을 비웃은 것으로 볼 수 있습니다. 그러므로 '만전춘'의 참뜻은 도미의 아내에 대한 사연을 모르고는 풀이될 수 없다는 것이 내 생각입니다.

내가 이런 생각을 하기에 이른 것은 국문학자로 유명했던 이병기 선생의 강의에서 암시를 받은 때문이었습니다.

"고려가사에 나오는 '사모곡'은 삼국시대의 백제 노래로 이름만이 전해지는 '목주가(木州歌)'가 틀림없다. 목주는 지금의 충남 목천(木川)으로 목천 읍지(邑誌)에서 그것을 확인했다."

하는 말을 듣고, 고려가사의 거의가 삼국시대에서 전해져 왔을 가능성이 많다는 생각에서, 비교연구를 해본 결과였습니다.

그럼 이 식미(式微)란 시의 뜻을 보기로 합시다. 식(式)은 뜻이 없는 글자라고 했으니, 아! 하는 한숨 소리로 보아 좋겠지요. 미(微)는 작다는 뜻과 불행하다, 고달프다 하는 여러 가지 뜻으로 쓰이고 있으므로 못살겠다고 풀이해 두었습니다.

옛날에 된 '모시'의 주석에 따르면 이런 내용으로 되어 있습니다.

지금의 산서성에 있는 여(黎)나라 임금이 오랑캐에게 쫓기어 위(衛)나라로 잠시 피난해 왔었는데, 위나라 임금은 그를 도와 오랑캐를 내쫓을 생각은 하지 않고, 다만 그에게 작은 고을 둘을 주어 먹고 살도록 해 주었습니다.

여나라 임금 역시 오랑캐가 두려웠는지 돌아갈 생각은 하지 않고 답답한 피난살이에 만족하는 모습이었습니다.

따라온 신하들이 그런 임금을 원망하며 어서 본국으로 돌아가기를 권하는 뜻에서 이 시를 지었다는 것입니다.

그런데 한나라 때 유향이 지은 〈열녀전〉에는 이런 내용이 실려 있습니다.

위나라 임금의 딸이 여나라 장공(莊公)에게로 시집을 왔는데, 임금이 그녀를 푸대접하며 돌아보지 않았습니다. 그러자 그녀를 따라 함께 여나라로 오게 된 유모가 그만 본국으로 돌아가자는 뜻에서 이 시를 지었다는 것입니다.

임의 탓으로, 임의 몸을 위해 따라와 고생하는 사람의 애타는 심정을 털어놓은 노래로 본 점에 있어서는 공통되는 점이라 할 수 있습니다.

15. 북쪽문(北門)

북쪽문 나서니
걱정이 끝이 없네.
누추한 집 가난한 살림
내 어려움 그 누가 알리!
그만두자꾸나!
하늘이 하는 일을
말은 해서 무엇하리?

임금의 일은 내게로 돌아오고
나랏일은 모두 내게로 와 쌓인다.
내가 밖에서 집으로 돌아오면
아내는 겹치기로 나만 꾸짖는 구나!
그만두자꾸나!
하늘이 하는 일을
말은 해서 무엇하리?

임금의 일은 나만 몰아대고
나랏일은 모두 내게 와 떨어진다.

내가 밖에서 집으로 돌아오면,
아내는 겹치기로 나만 몰아세운다.
그만두자꾸나!
하늘이 하는 일을
말은 해서 무엇하리?

위나라의 벼슬아치가 불우한 자기 신세를 한탄한 글입니다.

북쪽문이란 예나 지금이나 가난한 사람들만이 모여 사는 곳입니다. 조정에서 일을 마치고 고단한 몸을 이끌고 북쪽문을 나서는 순간, 집에 가서 편안히 쉬는 홀가분한 마음 대신 걱정이 끝도 없이 이어진다는 그 한 마디로 지식인의 고민과 갈등을 잘 나타내고 있다고 할 수 있습니다.

그 고민과 갈등의 연속은, 일터에서의 눈코 뜰 새 없는 격무 끝에 뒤따르는 누추하고 비좁은 집과 방 그리고 헐벗고 굶주린 식구들의 모습을 떠올리는 데서 시작되는 것임을 말하고 있습니다.

끝도 없이 이어지는 걱정은 아무리 하고 또 해 보아야 늘 제자리걸음일 뿐, 무슨 해결책이 떠오를 리는 없습니다. 가장 슬기로운 방법은 다 잊고 마는 일입니다.

그것이 힘도 없고 남을 속일 줄도 모르며 다른 무슨 남다른 재주도 가지고 있지 않은, 고지식하고 마음씨 곧은 지식인들의 공통된 고민이요 슬픔입니다. 그 마음의 고통을 벗어나는 길은 아쉬운 대로 잊고 마는 것뿐입니다.

모든 것을 하느님의 뜻으로 돌리고 불평이나 불만 같은 것을 입밖에도 내지 않는 것이 유일하게 현명한 방법임을 말한 그 속에서, 우리는 어둡고 깊은 절망의 늪 같은 것을 엿볼 수 있습니다.

그리고 둘째 마디에 가서는, 첫마디에서 막연하게 가난과 어려움을 한탄한 것과는 달리 구체적으로 말하고 있습니다. 임금이 사사로

이 부탁한 일이, 요즈음으로 말하면 장관 국장 과장을 거쳐 자기에게로 와 떨어지고 자기가 맡은 본래의 업무는 자꾸만 쌓이고 또 쌓여, 퇴근시간이 지나도록 일을 해도 다 해낼 수 없다는 것입니다.

그래서 늦게까지 바깥 일을 보고 집으로 돌아오면, 아내의 따뜻한 위로의 말이라도 듣고 싶은 고달픈 심정을 모르고 아내는 기다렸다는 듯이 불평의 소리를 인사인 것처럼 하는 겁니다. 이른바 바가지라는 것이지요. 마치 남편이 아내의 속을 몰라주는 듯이 말입니다. 쌀이 없네, 장작이 떨어졌네, 쥐꼬리만한 월급으로 어떻게 살아가란 말이냐며 말입니다.

이로써, 첫 마디에서 북쪽문을 나서는 순간 걱정이 끝이 없는 원인이 밝혀진 것입니다.

셋째 마디도 둘째 마디와 같은 내용으로 호소할 곳이 없는 답답함을 토해낸 것으로 볼 수 있습니다.

말하지 말자는 그 말은 할 말이 너무도 많다는 뜻이며, 모든 것을 하늘의 뜻으로 돌리고 마는 것은 탓하고 싶은 사람이 너무도 많기 때문이란 뜻으로 볼 수 있습니다.

모시에서는 다음과 같이 말하고 있습니다.

위나라의 못된 임금을 섬기는 충신이 자기 뜻을 펴지 못하고 낮은 벼슬로 가난하게 살아가며 나랏일이 점점 어려워져 가고, 자신의 가정생활 또한 불운해져 있는 것을 안타까와 하고 괴로와 하며 읊은 시라는 것입니다.

그런데 우리는 여기서 정직한 벼슬아치란 예나 지금이나 이런 불만을 안고 산다는 것을 알아줄 필요가 있을 것 같습니다. 아주 남다른 훌륭한 사람이 아니고서는 그것을 참고 견디기가 어려운 일입니다.

이 시는 정직하고 성실한 벼슬아치들의 고충을 대변한 것이라 볼 수도 있습니다. 이 시의 첫마디에 나와 있는, '누가 알아 주랴?'고 한 말은 과연 어떤 뜻이 담겨 있는 것일까요? 그가 남모르는 고통을 받고 있은 것은 무엇 때문이었을까요?

그것은 곧고 어진 마음 때문입니다. 나라에서 주는 얼마 안 되는 봉급만으로 겨우 끼니를 이어가면서도 아랫 사람이 바치는 뇌물의 성격을 띤 것들을 일체 받지 않고, 적당한 이름을 붙여 공금을 쓰거나 하는 일이 없기 때문입니다.

우리 나라의 유명한 분들의 이야기를 들으면 충분히 알 수 있습니다.

황희 황정승 하면 곧기로 유명한 분입니다. 정승으로 있으면, 설과 추석을 비롯해 생일이다 아들 딸 결혼이다 하면 돈과 온갖 값비싼 물건들이 세찬이니 축하금이니 하고 정신 못차릴 정도로 들어오기 마련입니다.

그것은 뇌물이란 이름을 듣지 않아도 되는 것이므로 죄가 되지 않습니다. 그러나 황정승은 절대로 받지 못하게 했습니다. 그러니 가난할 수 밖에요.

이런 소문이 임금의 귀로 들어갔습니다. 임금은 고마우면서도 안타까운 생각에 도움을 줄 수 있는 방법은 없을까 하고 생각한 끝에 하루는 이런 명령을 내렸습니다.

"내일 하루 남대문으로 팔러 들어오는 모든 물건을 사서 모조리 황정승의 집으로 보내 주라!"

임금의 명령으로 주는 것이니 거절할 수는 없는 일입니다. 남대문으로 들어오는 물건은 남대문 시장을 비롯해 서울의 10만 인구가 먹고 입고 쓰고 때고 할 온갖 곡식과 옷감과 땔감과 생선 채소 등 이루 다 말할 수 없을 정도로 많습니다.

한마디로 가난을 벗기 싫어도 활짝 벗을 수 있는 일이었습니다.

그러나 하늘이 황정승의 곧은 마음을 살리기 위해서였는지, 이틀

날은 아침부터 저녁 새때까지 장대 같은 비가 그치지 않고 쏟아졌습니다.

남대문으로 팔러 오는 물건은 눈을 닦고 보아도 눈에 뜨이지 않았습니다. 그러다가 저녁 새때쯤에 비가 그치고 날이 개이자 웬 할머니가 달걀을 몇 꾸러미 머리에 이고 들어왔습니다. 그날 들어온 물건이라고는 그뿐이었습니다. 그래서 그 달걀 몇 꾸러미만을 사서 임금님의 명령이라며 황정승의 집으로 보내 주었습니다.

그런데 그 달걀마저 너무 오래 된 것이어서 반쯤 병아리가 되려다가 만 것이었으므로 먹을 수가 없었습니다.

그래서 먹을 복이 없는 사람은 달걀에도 뼈가 있다는 말이 전해지게 되었다고 합니다.

황정승과 같은 분으로 맹사성 맹정승이 있습니다. 황정승과 같은 때의 몇 살 아래인 사람이었습니다.

맹정승은 호가 고불이었으므로 맹고불이란 이름으로 흔히 부르고 있습니다.

맹정승은 고향인 온양으로 어머님을 뵈러 가끔 내려가곤 했는데, 백성들에게 폐를 끼친다 하여 농사꾼 차림으로 삿갓을 쓰그 소를 타고 다녔던 것은 유명한 이야기로 전해지고 있습니다.

그 맹정승이 벼슬을 그만두고 고향집으로 돌아가 살 때였습니다.

정승으로 있을 때도 가난을 면하지 못했으니, 벼슬에서 물러난 뒤에야 오죽했겠습니까? 여름 장마철이면 초가 지붕이 썩어 방안으로 빗물이 뚝뚝 떨어지곤 했습니다. 비가 심하게 내릴 때는 하는 수 없이 방안에서 우산이나 삿갓을 쓰고 있었다고 합니다.

그러니 부인이 가만히 있을 리가 없었겠지요. 정승까지 지내면서 집 하나 변변한 것을 마련하지 못했다고 원망을 할 수밖에요.

그러면 맹정승은 웃으며,

"어디 비 새는 집이 우리뿐이겠소? 그래도 우리는 우산도 있고 삿갓도 있지 않소? 이런 것도 없어서 비를 그대로 맞는 사람이 있다는 것을 생각해야지요.”
하고 말했다는 것입니다.

좀 과장해서 꾸며낸 이야기였을지도 모르지만, 나라 재물을 축내지 않고 남이 주는 옳지 못한 재물도 받지 않으며, 주는 봉급만으로 산다는 것이 얼마나 힘든 것임을 잘 알 수 있습니다.

이율곡 선생에게는 보다 비참한 이야기가 전해지고 있습니다.

지방장관으로는 누구나가 부러워 하는 평안 감사를 지냈고, 국방장관인 병조판서와 내무장관인 이조판서를 지낸 율곡 선생이었지만, 벼슬에서 물러나 고향 파주로 돌아와 살 때는 끼니도 제대로 이을 수가 없어, 세끼 내내 국물만 멀건 나물 죽에 좁쌀알 몇 개가 둥둥 떠있는 것으로 배를 달래며 살았다고 합니다.

그런데 그 파주 고을에 새 군수로 온 사람이 율곡선생과 친한 친구였으므로 찾아온 일이 있었습니다.

군수가 찾아왔으니 이웃 집에 꾸어서라도 밥을 해서 대접해야 했을 터이지만, 율곡선생은 늘 집에서 먹는 그 나물 죽을 겸상해서 내오게 했습니다.

군수는 젓가락으로 죽을 몇 번 휘저어 보고는
“이런 것을 먹고 어떻게 지낸단 말인가?”
하고 율곡선생을 바라보았습니다.

그리고는 돌아가 즉시 쌀 40섬을 달구지에 실려 보냈습니다. 그러나 율곡선생은 사립문 밖에서 그대로 돌려보내고 말았습니다.

온 식구들은 낙심하지 않을 수 없었습니다. 보다 못한 아들이 말했습니다.

“친구간에는 서로 어려움을 돕는다고 공자께서도 말씀하셨습니다. 군수가 친구를 위해 보낸 것을 굳이 사양하시는 까닭은 무엇이온지요?”

그러자 율곡선생은 이렇게 대답했습니다.

"군수가 자기 곡식을 보내준 것이라면 굳이 사양할 일도 아니지. 그러나 우리나라 법에는 군수는 봉록이 없다. 고을에서 살림을 해줄 뿐이다. 그 쌀 40섬은 나라의 곡식이 틀림없다. 법대로 따지면 군수는 나라 곡식을 가로채 남을 도우려 한 것이다. 내 어찌 그로 하여금 죄를 짓게 할 수 있겠느냐? 그것이 죄가 되는 줄을 알면서 내가 어찌 받을 수 있겠느냐?"

이 시를 지은 사람도 이와 같이 비슷한 처지에 있었던 곧은 벼슬아치였음을 알 수 있습니다. 다만 아내가 같은 마음이 아니었다고나 할까요.

19. 두 아들 배를 타고(二子乘舟)

패풍 마지막 편인 제19편의 시입니다.

이 시에는 극도로 문란해진 위나라 임금의 집안 사정이 얽혀 있습니다.

위나라 임금 선공은 자기 아들인 세자 급(伋)을 위해 제나라 임금의 딸을 며느리로 맞이하려 했었는데, 심부름으로 왔다갔다 하던 사람에게서 제나라 딸 제강이 절세미인이란 말을 듣자, 갑자기 생각이 달라져 며느리로 데려오려던 그녀를 자기 부인으로 맞고 말았습니다.

그러나 마음씨 착하고 효성이 지극한 세자 급은 아버지를 조금도 원망하지 않았습니다.

며느리로 들어오려다가 아내가 되고만 제강이 뒤에 두 아들을 낳았습니다. 큰아들은 이름을 수(壽)라 하고, 작은아들은 이름을 삭(朔)이라 불렀습니다.

제강은 자기 남편이 될 뻔했던 세자 급을 죽이고 자기가 낳은 큰

아들 수를 세자로 앉히려고, 교활하고 욕심이 많은 작은아들 삭과 음모를 꾸밉니다.

수는 마음씨가 착하고 세자 급을 어릴 때부터 무척 따랐는데, 이 두 배다른 형제는 뜻이 서로 맞아 잠시도 떨어져 있지 않는 그런 사이였습니다.

그러므로 제강은 큰아들 수가 알지 못하게 세자 급을 없애버릴 생각으로 작은아들 삭과 계획을 짜고 있었습니다.

그런데 이 삭이란 아들은 형인 수와는 너무도 정반대의 성격을 가지고 있었습니다. 마치 놀부와 흥부가 뒤바뀐 것처럼 말입니다.

삭은 어머니 제강과 급을 없앨 숨은 꾀를 상의하면서도, 그 자신은 또 다른 생각을 품고 있었습니다. 형인 수를 제치고 자기가 세자가 되겠다는 욕심 때문이었습니다.

이때 삭의 나이는 15살이었습니다. 그는 어머니와 짜고 세자 급을 모함하기 시작했습니다.

아버지 선공은 세자 급을 착한 사람으로 믿고는 있었지만, 자기가 아버지로서 떳떳하지 못한 일을 했기 때문에, 사랑하는 제강과 나이 어린 삭의 말을 차츰 믿게 되었습니다.

언젠가 세자 급의 생일날, 수와 삭 형제는 세자가 있는 동궁으로 찾아가 생일을 축하하는 인사를 올려야만 했습니다.

세자는 두 형제를 반갑게 맞아 술자리를 벌였는데, 급과 수가 너무 가까이서 정답게 이야기를 나누는 통에 삭은 끼일 수도 없게 되었습니다.

이때 삭은 급과 함께 형 수에 대한 원한 같은 것이 더욱 불타오르기 시작했습니다. 그는 마음 속으로

"두 형을 다 없애지 않고는 내가 세자가 될 수 없다. 급을 없애기 위해서는 수를 먼저 없애야 할지도 모른다."

하는 생각을 품기 시작했습니다.

삭은 술자리에서 먼저 일어나 동궁을 나오자, 곧장 어머니 제강이 있는 별궁으로 돌아와 터무니 없는 거짓말로 연극을 벌였습니다.

정치를 연극에 비유하는 사람도 있습니다. 연기가 좋아야 주연 배우가 될 수 있듯이, 거짓을 참인양 그럴 듯하게 잘 꾸미는 사람이 대통령도 될 수 있고 당수도 될 수 있다는 것이지요.

그런 뜻에서는 이 나이 어린 삭도 훌륭한 연극배우였습니다.

그는 어머니 제강앞에서 슬프지도 않은 눈물을 비오듯 흘러내리게 했습니다. 제강이 놀라 물을 수밖에요.

"아니 왜 그러느냐? 무슨 일이 있었느냐?"

"……"

"형과 같이 가서 왜 혼자만 온 거냐? 형은 지금 어디 있느냐?"

"……"

"무슨 일인지 어서 말을 해라!"

그제야 삭은 하는 수 없다는 듯이 다음과 같이 있지도 않은 일을 이야기 했습니다.

세자 급은 처음에는 반갑게 맞이하여 형제의 정을 나누는 척 했습니다. 그러나 술이 여러 잔 거듭되자, 차츰 속에 있는 숨은 원한을 드러내기 시작했습니다.

"오늘에야 말이지만, 따지고 보면 너희 두 사람은 내 아우이기보다는 내 아들이 되어야 옳다. 너희 어머니 제강은 원래 내 아내가 될 여자였으니 말이다. 아버지가 며느리를 가로채는 짐승같은 짓만 하지 않았어도 너희 둘은 내 아들로 태어나지 않았겠니? 내 말이 틀렸느냐?"

하며 당장 무슨 일이라도 저지를 기세를 보였습니다.

나이 어린 삭은 발끈하는 성질에

"세자의 몸으로 어찌 그런 말을 입에 담는단 말이요?"

하고 자리에서 일어나 눈을 부릅뜨고 노려보았습니다.

그러자 급도 자리에서 일어나며

"세자인 내가 아비가 될 뻔한 것은 너도 들어서 알 것이다. 네놈이 감히 나를……"

하며 주먹을 휘둘러 삭을 치려 했습니다.

그러나 이때는 수도 함께 자리에서 일어나 있었으므로.

"형님! 왜 이러십니까? 형님 취하셨습니다. 그만 고정하십시오."

하고 팔을 잡고 억지로 앉히는 바람에 삭을 때리지는 못했습니다.

삭은 그길로 뒤쳐나오고 만 것입니다.

이것은 삭이 없었던 일을 그럴듯하게 꾸며서 한 이야기였습니다.

삭의 분해하는 태도와 비오듯 흘리는 눈물은 어머니 제강을 믿게 하고도 남았습니다.

사람은 술이 취하면 속에 숨겨 두었던 비밀이나 원한 같은 것을 곧잘 자기도 모르는 사이에 내뱉곤 하논 것이 보통이므로 더욱 믿게 된 것입니다.

없는 사실도 꾸며 내려던 참이었으니, 이런 이야기를 듣고 가만히 있을 제강이 아닙니다.

저녁에 선공임금이 들어오자 삭이 한 이야기를 더 보태어 보고를 했습니다.

선공은 이튿날 삭을 불러 사실인지를 확인했습니다. 삭이 제강의 보고와 거의 같은 내용의 이야기를 하자, 선공은 다시 수를 불러 물어보았습니다.

"어제 삭과 함께 세자의 생일을 축하하기 위해 동궁에 갔었다면서?"

"네, 갔었습니다."

"왜 삭이 먼저 온 거지?"

"볼일이 있다면서 먼저 일어나고 말았습니다."

"세자가 삭에게 듣기 거북한 말을 했다면서?"

"듣기 거북한 말이라니오? 세자형님은 저와 함께 이야기를 나누었고, 삭은 듣고만 있었습니다. 그래서 삭이 재미가 없어 먼저 일어나 가버린 것으로 알고 있었습니다. 삭이 무슨 말을 하던가요?"

"아니다. 삭이 못마땅한 얼굴로 먼저 돌아왔다고 하기에 물어본 것 뿐이다."

아버지 선공은 수의 태도로 보아 그의 말을 믿지 않을 수 없었습니다. 그러나 제강의 이야기와 삭의 이야기를 거짓말이라고 할 수만도 없는 일이었습니다.

이러지도 저러지도 못하고 혼자 고민하던 선공은, 세자의 친 어머니인 이강에게 화풀이를 했습니다.

이강은 제강에게 사랑을 빼앗기고 혼자 외롭게 지내고 있던 참에, 뜻밖에도 임금으로부터 세자를 잘못 가르쳤다는 호된 꾸중을 들은데다가, 세자가 차마 입에 담지 못할 말을 내뱉았다는 말을 듣자 이강은 하늘이 무너지는 것만 같았습니다.

이것은 제강 모자가 자기 모자를 해치고, 그 자리에 대신 앉기 위한 음모가 틀림없다고 여겨진 이강은 분하고 원통한 나머지 스스로 목숨을 끊고 말았습니다.

세자 급은 어머니의 죽음도 속으로만 슬퍼할 뿐, 겉으로는 아무런 내색도 하지 않았습니다.

어머니마저 스스로 목숨을 끊어야만 했으니 세자의 마음이 편할 리가 없었습니다.

마음이 편하지 않은 것은 임금도 마찬가지였습니다. 삭이 꾸며서 한 이야기가 임금의 머릿속을 잠시도 떠나지 않았습니다.

선공은 세자가 두려워지기 시작했습니다. 떳떳하지 못한 일을 한 사람은 그일로 인해 늘 양심의 가책을 받게 되고, 그것이 두려움으로 변하게 되면 보다 더 옳지 못한 것도 서슴지 않게 되는 것입니다.

착하지 못한 사람은 작은 거짓말로 인해 더 큰 거짓말을 하게 되고, 작은 잘못으로 인해 더 큰 잘못을 저지르게 되는 것이 보통입니다.

그러나 어진 사람은 그렇지 않습니다. 작은 거짓말과 잘못을 곧 뉘우치고 그것을 밝힘으로써 마음의 편안을 찾곤 합니다.

보통사람의 인격에도 못 미치는 선공은 세자에 대한 두려움으로 그를 폐하고 수로서 세자를 삼으려 했습니다. 그리고 제강을 정식 부인으로 앉히려 했습니다.

임금의 생각을 전해 들은 제강은 이런 지혜를 말했습니다.

"조정에는 세자의 편을 드는 대신들이 많이 있습니다. 그들이 반대하고 일어나면 뜻을 이루기 전에 나라 안만 시끄러워지게 됩니다."

"하긴 그도 그래……"

"그러니 아무도 모르게 세자를 없애버리는 것이 가장 뒷탈이 없는 슬기로운 일입니다."

"아무도 모르게…?"

"세자를 나라 일로 다른 나라를 다녀오게 하고, 그 오가는 도중에 사람을 시켜 없애버리면, 도둑들의 소행인줄로 알 것이 아니옵니까?"

"……"

그러던 참에 제나라에서 사신이 왔습니다. 전날 약속한 기나라를 함께 치자는 부탁을 하기 위해서였습니다.

위나라 임금 선공은 곧 세자 급을 불러 제나라로 가 군대를 움직이는 날짜를 서로 상의하여 정하고 돌아오라는 지시를 내렸습니다.

삭이 거짓말을 한 것을 알고 있는 수는, 세자 급을 굳이 보내려는 아버지의 속마음을 의심하지 않을 수 없었습니다.

"그만한 일로 세자를 보낼 것까지야 없지 않사옵니까? 다른 사람을 보내도록 하시지요?"

하고 말해 보았으나

"그보다 더 중한 일이 또 어디에 있겠느냐? 이번 일은 세자가 다녀와야 한다."

하고 듣지 않는 것이었습니다. 수는 아우 삭의 움직임을 살피기 시작했습니다.

삭은 떳떳하지 못한 욕망을 품고 있었기 때문에, 그의 밑에는 건달 무사와 폭력배들이 패를 지어 있었습니다.

삭이 어머니와 단둘이서만 자주 수군거리며, 폭력배들과 만나고 있다는 것을 안 수는 어머니 제강을 조르고 구슬러 숨은 비밀을 알아냈습니다.

임금의 명령으로 세자 급은 배를 타고 신야라는 곳에서 뭍으로 올라, 거기서 수레를 타고 군대의 호위를 받으며 제나라로 가게 되어 있었습니다.

신야에서 기다리고 있을 호위대에게 세자라는 것을 알리기 위해, 세자가 탄 배에는 흰 기를 꽂고 가게 되어 있었습니다.

그런데 신야에서 기다리고 있는 호위대는 나라에서 보낸 군대가 아니고 삭이 거느리고 있는 폭력배로서, 급의 목을 베어 가지고 오면 후한 상을 주기로 되어 있었습니다.

수는 세자를 대신해 자기가 죽을 결심을 했습니다. 자기가 대신 죽음으로써 세자를 살리게 될 뿐만 아니라, 아버지도 잘못을 깨닫게 되었으면 하는 바램도 없지 않았습니다. 그리고 세자를 그런 방법으로 죽이고 자기가 그 자리에 올라 임금이 된다는 것은 죽기보다 더 무섭고 죄스런 일로 생각되었기 때문입니다.

수는 급이 떠나는 날, 다른 배에 술과 안주를 싣고 급이 나타나기를 기다렸다가, 환송하는 술자리를 베풀게 되었습니다.

급은 자기가 죽을 것을 알고 있었습니다. 짐작으로도 알고 있었지만 수가 직접 말해 주며 다른 나라로 도망가라고 권했기 때문입니다.

그러나 급은 거절했습니다. 아버지의 명령을 거역하고 도망쳐 나온 자식을 어느 누가 맞아 주겠느냐는 것이 핑계였습니다. 구차한 목숨을 연명하여 아버지의 흉을 퍼뜨리기보다는 한 목숨 고이 죽는 것이 훨씬 떳떳하다고 여겨졌기 때문입니다.

두 배다른 형제는 친형제보다 더 다정한 마음을 누를 길이 없어 서로가 눈물이 떨어진 술잔을 받아 마시곤 했습니다.

그러나 수는 숨은 계획이 있는지라 자신의 술을 남기고 엎지르며 거듭거듭 형에게만 권했습니다. 급은 슬픔을 달래기 위해 주는 대로 받아 마셨습니다. 그는 마침내 술 기운을 이기지 못해 눕고 말았습니다.

수는 배에 탄 세자의 부하들을 보고 말했습니다.

"세자께서 술이 취하셨으니, 술이 깨거든 모시도록 해라. 그러나 임금의 명령이 계시고 기다리는 사람이 있으니, 내가 먼저 가서 그들을 만나 기다리도록 일러야만 하겠다. 이 편지를 두고 가니 올리도록 해라. 이 흰 기는 내가 가지고 가겠다."

하고, 흰 기를 자기 뱃머리에 꽂고 돛을 올렸습니다. 배는 쏜살같이 달리기 시작했습니다.

밤이 깊어서야 신야에 닿았습니다. 흰기를 꽂은 배가 언덕에 와 닿자, 갈대밭 속에 숨어 있던 폭력배들이 우우 몰려나왔습니다.

수는 그들을 향해 소리쳤습니다.

"나는 세자 급이다! 어서 와 맞이하렷다!"

그리고는 흰 기를 뽑아들고 뭍으로 올라갔습니다.

자신이 세자 급이라고 소리치고 흰 기를 들고 올라왔으므로 폭력배들은 망설일 것도 없이 달려들어 그의 목을 치고 말았습니다. 그리고는 준비해 두었던 함에 머리를 담아 흰 기와 함께 배에 싣고, 배를 돌려 거슬러 올라가기 시작했습니다.

사냥개처럼 주인의 명령대로 움직이는 그들은 공자 삭으로부터 들을 칭찬의 말과, 제강으로부터 받을 상을 머릿속에 그리며 부지런히 노를 젓기 시작했습니다.

수가 데리고 온 배에 탔던 사람들은 수가 죽는 것을 보는 순간 모두 도망치고 돌아가는 배에는 아무도 남아 있지 않았습니다.

한편 술이 깬 급은 부하들이 올리는 수의 편지를 보자 눈앞이 아찔했습니다.

"형님 제가 대신 가서 죽겠습니다. 형님은 이 길로 즉시 다른 나라로 떠나십시오."

하고 적혀 있었기 때문입니다.

"이거 큰일 났구나! 어서 돛을 올리고 노를 저어라! 잘하면 따라 붙을 수 있을지도 모른다."

돛이 순풍을 받고 노까지 저었으므로 배는 위험할 정도로 급히 달렸습니다.

수를 구하려는 급의 마음은 순간순간이 너무도 길게만 느껴졌습니다. 시간이 얼마나 지났는지, 배가 어디쯤에 와 있는지도 알지 못한 채 노젓는 사람만을 독촉하고 있는데, 문득 바라보니 배가 한 척 앞에 가고 있는 것이 보였습니다.

"배다! 배야! 다행히 늦지는 않았다!"

하고 기뻐 소리쳤습니다.

그러나 그것은 앞에서 내려가는 배가 아니고, 다시 거슬러 올라오는 배였습니다.

삭의 부하들은, 삭이 보낸 마중나온 배로 알고 있었습니다. 그러므로 급이 뱃머리에 서서,

“거기 오는 배는 어디서 어디로 가는 배냐?”
하고 묻자,
“네, 신야에서 서울로 가는 배올시다.”
하고 대답했습니다.
순간 급은 그것이 삭의 부하들이란 걸 알아챘습니다. 그래서 배를 멈추고,
“시킨 일은 무사히 잘 마쳤느냐?”
하고 넘겨짚고 물어보았습니다.
“네 무사히 일을 끝냈습니다.”
“그럼 세자 급의 머리는 어디 있느냐?”
“네, 여기 함에 들어 있습니다.”
하고 뱃전 너머로 함을 올렸습니다.
급이 급히 함을 열고 보니 수의 머리가 틀림없었습니다. 급은 울음을 터뜨렸습니다.
“수야! 이 멍청한 것아! 너마저 이렇게 죽으면 나라는 장차 누구의 손으로 넘어간단 말이냐?”
죽는 마당에서도 급은 수가 세자가 되기를 바랬던 것입니다. 그마저 죽었으니 삭이 세자가 될 수밖에 없는 것이 두려웠던 것입니다.
울음을 그친 세자는 영문을 몰라 어리둥절해 있는 폭력배들을 바라보며 꾸짖었습니다.
“네놈들은 죄없는 착한 사람을 죽였다. 세자는 바로 나다. 어서 내 목을 쳐라!”
그들 가운데 세자의 얼굴을 알아보는 사람이 있었습니다.
“큰일 났어! 저게 진짜 세자야. 저자의 말대로 공자 수를 죽였다면 상은커녕 목숨이 달아날지도 모르는 일이야.”
“도리 없지. 스스로 세자 행세를 했으니 우리의 책임이랄 것도 없잖아.”

“아니야. 공자 삭은 속으로 잘됐다고 생각할 게 틀림없어.”
하며 저희들끼리 수군거렸습니다.

“이놈들 무얼 꾸물대느냐? 어서 내 목을 치라는데도!”
하고 급은 호령했습니다.

그리하여 착한 두 배다른 형제는 한스러운 세상을 마치고 말았습니다. 그리고 그 교활하고 욕심뿐인 공자 삭이 세자가 되어 위나라 임금의 뒤를 잇게 되었습니다.

이들 두 착한 아들의 죽음을 안타까워한 나라 사람들이 그 사연을 밝힐 수는 없어 이렇게만 읊었다는 것입니다.

두 아들이 배를 타고
둥실둥실 떠가는 모습이여!
그리운 그님들을 생각하면
가슴속만 안타까워라.

두 아들이 배를 타고
둥실둥실 떠나가누나!
아까운 그님들을 생각하면
행여 무슨 일이 있을까 두렵네.

(4) 용풍(鄘風)

별이 한 가운데(定之方中)
_{정 지 방 중}

이 시는 위나라의 땅이 된 용이라는 지방에서 노래하던 시로, 용풍 제6편의 시입니다.

이 시는 망한 위나라를 다시 일으킨 위문공(衛文公)을 찬양한 것이라 합니다.

여기 잠시 위나라가 망하게 된 웃지 못할 사연을 소개하겠습니다.

어린이든 어른이든 공부만 하고 일만 하고 살 수는 없는 일입니다. 사람마다 공부나 일을 하는 것 외에 남은 시간을 즐겁게 보내려는 취미라는 것이 있기 마련입니다.

그런데 그 취미가 공부와 일을 방해할 정도로 지나치거나 엉뚱한 쪽으로 흐르게 되면, 정말 큰일이 되고 맙니다. 개인의 신세를 그르치게 되기도 하고, 그가 몸담고 있는 일터나 나라까지 어지럽히게 되는 것입니다.

위나라를 망하게 만든 임금은 의공이었습니다. 이 의공이란 임금은 나랏일은 생각하지 않고 자기 취미에만 빠져 있은 끝에 마침내는 목숨까지 잃고 나라까지 망치고 만 것입니다.

위의공의 취미는 또 별난 것이었습니다. 한자로 학이라고 하는 두루미를 좋아했던 것입니다.

처음에는 취미삼아 기르며 구경하던 두루미가 나중에는 사람보다 더 소중하게 여겨지게 되었습니다. 두루미가 임금을 위해 있는 것인지, 임금이 두루미를 위해 있는 것인지 알 수 없을 지경이었습니다.

두루미의 수는 열 마리에서 백 마리로 늘어나고, 그 백 마리가 다시 천마리로 늘어났습니다. 두루미를 기르기 위해 두루미세라는 세금을 백성들이 물어야만 했습니다. 그 두루미를 기르는 양육사와 훈련시키는 훈련사는 대신과 맞먹는 봉급을 받게 되었습니다.

어떤 취미든 그것에 빠지게 되면, 사람은 마음이 어려지게 되고, 어려지다 못해 나중에는 미치광이가 되거나 넋을 잃게 되는 것입니다.

두루미 취미에 빠진 의공은 나이가 늙어가며 점점 어린아이로 변해 갔습니다.

수레를 탈 때는 지금까지 데리고 다니던 호위무사 대신 두루미를 태우고 다녔습니다. 그리고는 그 두루미를 학장군이라 부르게 하고, 1품 장군 2품 장군 하는 계급을 붙인 다음 그 품계에 맞는 옷을 입히기까지 했습니다.

뿐만 아니라 학부대라 하여, 소대·중대·대대·연대 하는 식으로, 패를 나누어 사열을 받기도 하고, 행차 때는 군대 대신 학부대란 것을 거느리고 다녔습니다.

처음에는 학부대를 거느린 임금의 행차를 구경하려고 사람들이 길가에 늘어서곤 했으나, 나중에는 끽끽 하는 소리만 들어도 모두 눈살을 지푸리고 침을 탁탁 내뱉곤 했습니다.

나라 꼴이 이 지경에 이르자 어진 사람들은 하나 둘 벼슬을 그만두고 물러나고, 어린아이같은 임금의 비위만 맞추려는 간사한 무리들이 들어와 제 세상인양 백성들만 괴롭히고 있었습니다.

백성들은 빨리 나라가 망하거나 임금이 죽거나 하지 않으면 살 수가 없다고 아우성들이었습니다.

이때 중원을 치고 내려와 재물과 여자들을 약탈해 가려고 틈만 엿보고 있던 적이란 오랑캐들이 쳐들어왔습니다.

오랑캐가 쳐들어왔다는 말을 들은 의공은, 그제야 무기를 들고 오랑캐를 용감하게 무찌를 군대가 필요하다는 것을 깨달았습니다. 그러나 그때는 학부대가 사람을 대신하고 있었으므로 적과 싸울 장수나 병사는 한 사람도 없었습니다.

임금은 즉시 심복들을 시켜 군대를 징발해 오라고 시켰습니다. 그러나 젊은이들은 다 달아나고, 끌려 온 것은 걸음도 잘 걷지 못하는 늙은이들 뿐이었습니다.

끌려온 늙은이들은 임금이 묻는 말에 이렇게 대답했습니다.

"우리가 내는 세금으로 두루미를 기르고 훈련시키셨으니, 그 학장군과 학부대로 적을 물리치면 되지 않겠습니까?"

착한 백성들은 반란을 일으킬 생각은 없었지만, 새나 짐승을 백성들보다 더 소중하게 여기는 임금을 위해 목숨을 바칠 생각은 조금도 없었던 것입니다.

위의공은 죄인 잡아들이듯 끌고 온 얼마 안 되는 군대와, 그래도 임금에게 충성하는 몇몇 장수들을 거느리고 나가 적과 싸웠습니다.

임금은 늦기는 했지만 자신의 잘못을 뉘우치는 한편, 도망가는 추한 꼴만은 보일 수 없다 하여, 적과 용감히 싸우다 죽고 말았습니다.

오랑캐들은 사방에 불을 질러 도망쳐 나오는 처녀와 젊은 여자들을 묶어 수레에 싣고, 창고들을 털어 곡식과 비단과 귀한 물건들을 챙겨 실려 보내는가 하면, 대궐과 관청 집을 차지하고 앉아 그대로 나라까지 빼앗고 말 작정으로 눌러 있었습니다.

이때 5패의 한 사람인 제나라 환공이 제후들의 군대와 함께 쳐들어와 적을 내쫓고 말았습니다.

그러나 위나라 서울은 완전히 불타고 말았으므로, 제환공은 의공의 뒤를 이은 문공의 의견에 따라 초구란 곳을 새 서울로 정하고 여러 이웃 나라들의 도움으로 성도 쌓고 대궐도 짓고 했던 것입니다.

이 시는 새 서울 초구가 서울다운 모습을 갖추어 가고 있는 것을 기뻐하며, 망한 위나라를 다시 세운 문공을 기리는 내용으로 되어 있습니다.

북쪽의 별이 하늘 한 가운데 왔을 때,
초구에 새 대궐을 짓는다.
해로써 방향을 잡아
초구의 궁전을 짓는다.
개암나무 밤나무 심고
가래나무 오동나무 노나무 옻나무 심어
뒷날 베어서 거문고 만들리라.

저기 언덕에 올라가
초구를 바라본다
초구와 그 옆의 땅을 둘러보고
큰 산과 높은 언덕을 살피고,
내려와 뽕나무밭을 구경한다.
점괘도 좋게 나와서,
끝내는 정말 좋으리란다.

단비도 넉넉히 내려
시중드는 사람에게 명령하여
비 개이거든 일찍 수레를 꺼내어
뽕나무밭으로 나가 보잔다.
원래 어지실 뿐 아니라
마음가짐이 참되고 깊어
기르는 말이 3천이나 된다.

첫 장에서는 대궐 터를 잡아 대궐을 세우고, 그곳에 장차 귀하게 쓰일 온갖 나무들을 심을 것을 말함으로써 원대한 계획을 세우고 있음을 비추고, 둘째 장에서는 임금이 산에 올라가 이곳 초구에 새 서울을 꾸밀 것을 결심하고 점을 쳐 보았더니 점괘도 좋게 나왔음을 말함으로써, 위나라의 앞날을 축복하는 뜻을 나타내 보였고, 또 뽕나무밭을 둘러보았다고 말함으로써 백성들의 생업을 독려하는 임금의 자상함을 아울러 비추고 있습니다. 그리고 끝 장에서 비갠날 수레를 타고 뽕나무밭으로 나가 보자고 명령한 것을 들어 문공임금의 알뜰하고 자상한 마음을 나타내는 한편, 말이 3천이나 된다고 끝을 맺은 것은 밭을 갈고 짐을 실어나르고 싸움터로 타고 나갈 수도 있

는 말의 소중함과, 두루미를 기르던 전 임금과는 달리 아주 경제적
인 생각을 갖고 있는 임금이 새삼 돋보인다는 것을 나타낸 것이라
말할 수 있습니다.

(5) 위풍(衛風)

2. 오두막 짓고(考槃)

이 시는 위풍 둘째 편으로 임금이 간사한 무리들을 가까이 하며
나랏일을 돌보지 않자, 어진 사람들이 벼슬을 그만두고 물러나와
깊숙한 외딴 곳에 숨어 살며, 가난 속에서도 참된 삶을 즐기고 있는
것을 찬미한 시라 합니다.

　　　개울가에 오두막 짓고
　　　거룩하신 분 마음 한가로워라.
　　　혼자서 자나 깨나 하신 말씀
　　　길이 맹세코 잊지 않으리.

　　　언덕 위에 오두막 짓고
　　　거룩하신 분 마음 너그러워라.
　　　혼자서 자나 깨나 부르는 노래
　　　길이 맹세코 버리지 않으리.

　　　높은 들판에 오두막 짓고
　　　거룩하신 분 마음 편하여라.
　　　자나 깨나 외로이 지내는 것을
　　　길이 맹세코 누구에게도 말하지 않으리.

첫 장에서는 숨어 사는 그분의 거룩한 말을 길이 잊을 수 없음을 말하고, 둘째 장에서는 그 분이 외로움을 달래며 자연을 즐기는 노래 속에 세상을 걱정하는 마음이 숨쉬고 있으므로, 그 노래들을 길이길이 버릴 수 없다는 것을 말했습니다. 그리고 마지막 장에서 그 분이 혼자 외로이 지내는 것을 마음 편해 하고 있으므로, 그 분이 숨어 살고 있다는 것을 누구에게도 알리지 않겠다고 한 것은, 그분들이 돌아와 벼슬을 할만한 세상이 영영 오지 않을 것만 같은 안타까움을 말한 것이라 볼 수 있습니다.

(6) 왕풍(王風)

나라 망한 슬픔

위풍 다음 여섯 번째에 있는 국풍을 왕풍(王風)이라 합니다. 천자가 있는 낙양을 중심으로 한 지방에서 유행하던 노래를 모은 것들입니다.

주나라가 오랑캐의 침략이 두려워 서쪽에 있던 원래의 서울을 버리고 동쪽에 있는 낙양으로 서울을 옮긴 것은 12대 평왕(平王) 때였습니다. 그리하여 그 이전의 주나라를 서주라고 부르고, 평왕 이후의 주 나라를 동주라고 부릅니다.

결국 이 왕풍은 나라가 망한 슬픔을 담은 노래가 많을 수 밖에 없습니다. 특히 맨 앞에 있는 기장 이삭이 넘실거린다는 뜻의 '서리'란 시는 그 대표적인 것이라 말할 수 있습니다.

이 시에 대한 설명을 위해, 먼저 주나라가 동쪽 낙양으로 서울을 옮겨 와야만 했던 사연을 말하지 않을 수 없습니다.

주나라는 9대 여왕(厲王) 때부터 그 뿌리가 흔들리기 시작했습니다.

여왕은 포학한 임금으로 전쟁을 좋아 했습니다. 이웃 오랑캐들도 무서워 멀리 물러갈 정도였습니다. 남쪽에 있는 초나라는 한 때 스스로를 왕이라 부르며 천자로 행세하기도 했었는데, 여왕의 위세에 겁을 먹고 왕이란 이름을 버리기까지 했습니다.

그러자 여왕은 그만 우쭐한 생각에 사치와 놀이를 즐기며 백성을 돌보지 않게 되었습니다. 임금이 그러니 밑에 있는 관리들도 그 본을 받아 사치와 놀이를 즐기게 되었습니다.

힘없는 백성들만 세금에 시달리고 부역에 시달려 점점 살기가 어려워졌습니다. 그래서 이곳저곳에 도둑이 생기기 시작하며, 착한 백성들은 잠시도 마음 편하게 살 수가 없었습니다.

자연 백성들은 임금과 벼슬아치들을 원망하게 되었습니다. 그것이 노래로 불리우기도 하고, 담벽 같은 곳에는 임금을 원망하는 글을 써놓기도 했습니다.

이렇게 되자 포학한 임금 여왕은 금방령이라는 새로운 법령을 만들어 시행하려 했습니다.

임금을 욕하거나 나라에서 하는 일을 비방하면 모조리 잡아다 죽인다는 내용의 무서운 법령이었습니다.

그러자 정승인 소공(召公)이 이를 말렸습니다.

"옛말에 사람의 입을 막기는 냇물을 막기보다 더 어렵다 했습니다. 백성들은 마음 속에 있는 불평과 불만을 입으로 내뱉아야만 마음이 가라앉는 법입니다. 불평과 불만을 입으로 뱉아낼 수도 없게 되면 그 때는 행동으로 나타내게 됩니다. 냇물을 흘러가지 못하게 가로막으면 결국은 옆으로 흐르게 되어 둑을 넘어 논밭을 덮치는 것과 같은 이치입니다. 백성들의 원망을 스스로 가라앉게 하는 정치를 펴시옵소서. 그러지 못할 바엔 실컷 원망을 하게 버려두시옵소서. 원망하는 사람을 죽인다는 것은 있을 수 없는 일입니다. 견디다 못한 백성이 그 불만을 말 대신 행동으로 나타내게 되면, 그때는 법으로도 힘으로도 이를 막을 수 없게 되옵니다.”

그러나 여왕은 듣지 않고 금방령을 선포하여 사람들을 마구 잡아 가두어 죽이고 했습니다.

결국 소공의 말대로 서울 호경 백성들은 말 대신 행동으로 불만을 터뜨리고 말았습니다. 반란을 일으킨 것이지요.

호경 백성 수십만이 기름에 불을 던진 듯 걷잡을 수 없이 손에손에 몽둥이와 낫과 칼과 괭이들을 들고 대궐을 둘러싸자, 여왕은 멀리 체(彘)란 곳으로 달아나고 말았습니다.

그래서 그곳에서 15년간 갇혀 지내다가 죽고 말았습니다.

이 15년 동안을 공화시대라 불렀습니다. 공화국이니 공화당이니 하는 그 공화란 문자가 이때 처음 생겨난 것입니다.

공화란 여러 사람이 함께 평화적으로 상의해서 일을 처리한다는 뜻입니다. 다시 말해 임금의 독재가 없는 공동협의의 정치를 말하는 것입니다.

그리고 여왕이 15년 뒤에 죽고, 소공의 집에서 소공의 아들 행세를 하며 살아온 태자 정(靖)이 아버지의 뒤를 이어 천자가 되었습니다. 이를 선왕(宣王)이라고 합니다.

선왕은 착한 정치를 하려고 애쓴 훌륭한 임금이었습니다. 그러나 그 선왕이 죽고 아들 유왕(幽王)이 뒤를 잇자 주나라는 걷잡을 수 없이 망하는 길로 치닫기 시작했습니다.

유왕은 포사라는 첩에게 빠져 왕후와 태자를 버리고 포사를 왕후로 앉히고, 포사가 낳은 어린 백복(伯服)을 태자로 삼았습니다.

유왕이 저지른 온갖 못된 짓 가운데 가장 어리석고 못난 짓을 한 가지만 소개하겠습니다.

유왕이 포사의 환심을 사기 위해 매일같이 그녀가 좋아하는 노래와 춤과 음악과 연극을 들려주고 보여주고 했으나 즐거워 웃는 일이 없었습니다.

유왕이 그 까닭을 묻자, 포사는 이렇게 대답했습니다.

"저는 원래 웃을 줄을 모릅니다. 오늘날까지 한 번도 웃어본 적이 없사옵니다."

"그게 무슨 소리인가? 기쁘고 즐거우면 절로 웃음이 나오는 것이 사람이 아닌가? 내 기어코 그대의 웃는 모습을 보고야 말리라."

하고 유왕은 이런 영을 내렸습니다.

"왕후는 웃을 줄을 모른다 한다. 왕후를 웃게 하는 방법을 말하고 그 방법으로 과연 왕후가 웃는다면 천금 상을 내리리라."

그러자 포사와 한통이 되어 못된 짓만 저질러 온 괵석보라는 간사한 신하가 그 방법을 말했습니다.

"서울 밖 여산 별궁에는 봉화대가 있사옵고, 그 옆에는 백 리 밖까지 들릴 수 있는 큰 북이 여러 개 있사옵니다. 폐하께서 왕후마마와 그리로 납시어 별궁에 노시면서, 군사들을 시켜 산꼭대기 봉화대에 봉화를 올리게 하시고 북을 크게 울리게 하시면, 여산 둘레에 있는 제후들이 서울에 도적이 침입한 줄 알고 즉시 군대를 이끌고 달려올 것입니다. 이미 오래 전에 그런 약속이 되어 있었으나 그동안 태평이 오래 계속되어 한 번도 봉화를 올리고 북을 울린 일이 없었으므로, 제후들은 크게 놀라 허겁지겁 달려올 것이 틀림없습니다. 그들이 밤을 새워 달려왔다가 도적의 침입이 없은 것을 알고 뿔뿔이 흩어져 되돌아갈 것이니, 그 모습을 왕후마마께서 보시면 웃으시지 않고는 못 견디실 것이옵니다."

그리하여 뜻있는 대신들의 반대도 아랑곳하지 않고, 유왕은 포사와 함께 여산 별궁으로 나가 놀며 밤에 봉화불을 올리고 북을 울려 댔습니다.

봉화대 옆 창고에는 해묵은 섶과 장작이 가득 차 있었습니다.

봉화불을 올리자 불과 연기는 밤하늘을 그을릴 듯이 높이 치솟으며 수백리 밖까지 환히 밝혀 주었습니다.

　그런가 하면 여러 개 큰 북을 함께 울리는 요란한 소리는 벌레도 잠이 들어 있는 고요한 공기를 진동시켜 자는 사람들을 놀라 깨게 만들었습니다.

　봉화불과 북소리를 듣고 가장 가까이 있는 위나라와 정나라 두 임금이 먼저 달려왔습니다.

　새벽녘에야 여산에 와 닿은 두 임금이 보니 도적이 쳐들어온 기미는 보이지 않고, 별궁 누대에는 등불이 휘황하게 밝혀진 가운데 음악소리만이 들려오고 있었습니다.

　유왕은 포사와 나란히 앉아 술잔을 기울이며 사람을 시켜 제후들에게 이 같은 말을 전하게 했습니다.

　"먼 길에 수고가 많았오. 내 왕후와 이곳에 와 놀며, 심심하기도 하고 또 약속이 잘 지켜지는지를 시험도 할겸 봉화를 올리고 북을 울리게 한 것 뿐이오. 다행히 도적은 들어오지 않았으니 돌아가도록 하시오."

　임금의 전갈을 받은 제후들은 어이가 없어 서로 얼굴만 바라볼 뿐 말도 하지 못했습니다.

　밤길을 쉬지도 못하고 달려 왔던 군대들은, 골짜기를 가득 메우듯 하고 있던 깃발들을 거두어 둘둘 말아 수레에 싣고 무거운 갑옷과 투구와 무기들도 다 거두어 수레에 실은 채, 마치 쫓겨가듯 뿔뿔이 흩어져 돌아가기 시작했습니다.

　남의 잘 되는 것을 시기하고, 남의 불행을 즐거운 눈으로 바라보는 간악한 성격의 포사는 누다락 위에서 이 광경을 바라보자, 허탕을 치고 초라한 모습으로 돌아가는 그 꼴들이 어찌나 재미있고 우스운지, 그만 저도 모르게 손뼉을 치며, 구슬을 굴리는 듯한 고운 목소리로 깔깔거리며 소리내 웃었습니다.

　기어이 웃기고 말겠다고 별렀던 유왕은 자기가 이겼다는 기쁜 마음에서,

　"사랑하는 그대가 한 번 웃으니, 백 가지 아리따움이 한꺼번에 다 솟아나는구려!"

하고 다시 옆에 있는 괵석보를 돌아보며,

　"이것이 그대의 지혜요. 그대의 공이니 약속한 천금 상을 내리리라."

하고 기뻐 어쩔 줄을 몰라 했습니다.

　이것을 가리켜 뒷 사람들은,

　"천금으로 웃음을 샀다."

하고 말했습니다.

　그 당시는 천금이면 지금 돈으로 1억도 넘는 엄청나게 큰 돈이었습니다.

　나라가 망할 짓을 하며, 그 망할 짓을 하게 한 사람에게 그런 엄청난 상을 내리고 있었으니, 그러고도 망하지 않는다면 그것이야말로 기적이라 해야 옳을 것입니다.

　그뒤 유왕은 간신들과 포사의 부추김을 받아, 외가인 신나라로 가 있는 전 태자 의구를 잡아 죽이기 위해, 군대를 이끌고 신나라를 치게 했습니다.

　그러자 궁지에 몰린 태자의 외할아버지 신후는 오랑캐를 끌어들여 먼저 호경으로 쳐들어가 포사와 백복을 죽이고 전 태자를 다시 태자로 앉힐 계획을 세웠습니다.

　오랑캐 임금 견융주에게는 수고한 보답으로 대궐 안 창고에 있는 귀한 보물들을 원하는 대로 실어가게 해 주겠다는 약속을 했습니다.

　거꾸로 다급해진 유왕은 포사와 백복을 데리고 여산 별궁으로 피난가 있으면서, 봉화대에 봉화를 올리게 하고 북을 울리게 했습니다.

　꼬박 밤낮 사흘을 계속했으나 구원병은 끝내 나타나지 않았습니다. 거짓말로 사람들을 속이고 재미있어 했다는 양치기 소년의 이야기와 마찬가지로 한 번 속아 본 제후들은 두 번 속지 않으려 했던 것입니다.

그리하여 유왕은 뒤쫓아 온 오랑캐 군사의 포위 속에서 죽고, 어린 백복도 오랑캐 임금이 번쩍 들어 땅에 메어치자 즉시 죽고 말았습니다. 그리고 나라를 망친 장본인인 포사는 얼굴이 예쁘다 하여 오랑캐 임금이 첩을 삼겠다며 데리고 가고 말았습니다.

이리하여 서울 호경은 불탄 자리로 변하고 말았고, 아버지 뒤를 이어 임금이 된 태자 의구는 오랑캐가 무서워진 나머지 전부터 동쪽 서울이라 불리던 낙양으로 도읍을 옮기고 만 것입니다.

1. 기장 이삭 넘실넘실(黍離^{서 이})

이 시는 주나라 옛 신하가, 옛 서울 호경을 지나다가 대궐이 서 있던 곳이 밭으로 변해, 기장 이삭이 물결치듯 넘실거리고 피만 푸르게 자라고 있는 것을 보고 슬픔과 세상의 덧없음을 읊은 것이라고 합니다.

> 저 기장 이삭의 넘실거림이여!
> 저 피도 싹이 푸르구나!
> 발걸음의 머뭇거림이여!
> 내 마음 가눌 길 없네!
> 나를 아는 사람은
> 내 마음의 시름을 말하지만,
> 나를 알지 못하는 사람은
> 나보고 무엇을 찾느냐고 한다.
> 아득한 저 푸른 하늘이여!
> 이것이 누구의 탓이옵니까?

저 기장 이삭의 넘실거림이여!
저 피도 이삭이 팼다.
발걸음의 머뭇거림이여!
내 마음 술취한 듯하여라.
나를 아는 사람은
내 마음의 시름을 말하지만
나를 알지 못하는 사람은
날 보고 무엇을 찾느냐고 한다.
아득한 저 푸른 하늘이여!
이것이 누구의 탓이옵니까?

저 기장 이삭의 넘실거림이여!
저 피도 이삭이 여물었다.
발걸음의 머뭇거림이여!
내 마음 목이 메인 듯하여라.
나를 아는 사람은
내 마음의 시름을 말하지만,
나를 알지 못하는 사람은
나보고 무엇을 찾느냐고 한다.
아득한 저 푸른 하늘이여!
이것이 누구의 탓이옵니까?

다른 시도 대개가 그렇지만, 이 시는 특히 거의 같은 내용을 낱말 몇 개만 바꾸어 똑같은 말을 되풀이하고 있습니다.

한 장이 한자로 모두 39글자인데, 장마다 바뀐 글자는 겨우 두세 글자뿐입니다. 그러나 그 세 글자는 낱말의 뜻만이 아닌, 시간의 흐름과 슬픔이 점점 더 사무쳐 가고 있음을 잘 나타내고 있습니다.

한번 지나가고 만 것이 아니고 며칠 뒤 다시 와 보고, 또 다시 와 보며 그때마다 더욱 마음이 더 슬퍼졌던 것을 잘 나타내고 있습니다.

첫 장에서는 피의 싹이 푸른 것을 말하고, 둘째 장에서는 피의 이삭이 팬 것을 말했으며 끝 장에서는 이삭이 여문 것을 말했으니, 적어도 열흘쯤 사이를 두고 지나갔음을 알 수 있습니다.

첫 장에서는 마음이 얼떨떨해 있음을 말하고, 둘째 장에서는 술이 취한 것 같다고 말했습니다. 술이 취한 것 같다는 말은 눈 앞에 보이는 것이 참이 아닌 꿈만 같아 믿어지지 않는 심정을 나타낸 것입니다. 그리고 끝 장에서 목이 메인다고 한 것은 그것이 꿈이 아니고 참인 것처럼 여겨지며 복받치는 슬픔으로 울음을 터뜨릴 것만 같다는 것을 나타낸 것입니다.

그리고 열 줄 가운데 뒤의 여섯 줄은 세 장이 똑같은 말로 되어 있습니다. 나를 아는 사람은, 내가 발걸음을 차마 옮겨놓지 못하고 두리번거리는 것을 보고 내가 시름에 겨워 그렇다고 말하겠지만, 보통 사람들은 내 그런 모습을 보고,

"저 사람이 저기서 왜 저러고 서 있는 걸까? 무엇을 잊어버리기라도 한 것일까? 무엇을 숨겨 두고는 그것이 어디쯤 있는지를 알 수 없어 저러고 있는 것일까?"
하고 생각할 것이 틀림없다고 한 것은, 자기 자신도 그런 자기 모습이 어울리지 않고 보기 흉한 것임을 잘 알고 있으면서도 차마 발길을 옮겨놓을 수 없음을 느낌 그대로 나타낸 것입니다.

이 넉 줄의 간단한 몇 마디를 통해 우리는 3천년 가까운 먼 옛날, 그가 그러고 서성거리는 모습이 그대로 눈앞에 나타나 있는 것처럼 느껴지게 되는 것입니다.

그리고 맨 끝에 가서 푸른 하늘을 우러러보며,

　“이것이 누구의 탓입니까?”

하고 하소연한 것은 땅을 치며 통곡을 해도 시원치 못할 온갖 슬픔과 원망과 뉘우침이 한데 뭉쳐 있는 피맺힌 무언(無言)의 통곡이라 말할 수 있습니다.

　사람들은 기가차고 어이가 없으면

　“하느님 맙소사!”

하고 외칩니다. 여기 나와 있는,

　“아득한 저 푸른 하늘이여!”

하고 부른 말 속에는 푸른 하늘 그 어딘가에 하느님이 굽어보고 있을 것만 같은 생각이 그대로 나타나 있습니다. 그리고 마지막에,

　“이것이 누구의 탓입니까?”

하고 속으로 부르짖은 그 말 가운데는 절세미인 포사의 간악하고 요사스러운 더러움과, 그런 계집에 홀려 나라 망할 짓만 골라가며 한 유왕의 어리석음과, 그 계집과 그 임금을 등에 업고 충신을 내쫓고 간신들을 불러들인 괵석보같은 무리들의 탐욕스러움과, 아버지를 죽인 오랑캐에 대한 원수 갚을 생각은 하지 못하고 그 오랑캐가 무서워 부랴부랴 동쪽으로 도망치듯 서울을 옮기고 만 평왕에 대한 원망이 모두 들어 있는 것입니다.

　똑같은 낱말로, 똑같이 되풀이 되는 시인데도 읽고 또 거듭 읽어도 새맛이 나는 것처럼 느껴지는 것은, 그 말 속에 들어 있는 장면들이 한 폭의 그림처럼 펼쳐지고 그 한가운데 외로이 서 있는 주인공의 모습이 초라하다 못해 동정이 가고, 동정이 가다 못해 함께 울고 싶어지기 때문입니다. 그리고 그러한 느낌 속에 젖어드는 것이, 슬픔을 벗어난 거룩함 같은 무엇을 느낄 수 있기 때문입니다.

　고려가 망하고 나서, 고려의 옛 서울 지금의 개성인 송도에 들러,

　“흥망이 유수하니 만월대도 추초로다

　……”

하고 읊은 원운곡 선생의 시조라든가,

　"오백년 도읍지를 필마로 돌아드니

　산천은 의구한데 인걸은 간데없다…"

하고 읊은 길야은 선생의 시조도 다 이 시 속에 들어 있는 것과 같은 슬픔과 한을 읊은 것입니다.

　노래니 시니 하는 것이 이렇게 짧은 낱말 속에 한없는 깊은 뜻을 담고 있기 때문에 다른 글보다 이 시를 소중하게 여기는 것입니다.

2. 임은 나랏일 나가시고(君子于役)

　아내가 나랏일로 밖에 나가 있는 남편을 그리워하는 내용입니다.

　글 제목의 군자우역(君子于役)의 군자(君子)는 세 가지 뜻으로 널리 쓰이고 있습니다.

　첫째는 어진 사람이란 뜻으로 쓰입니다. 글자 뜻대로 새기면 '임금의 아들'이 됩니다. 임금은 나라를 통치하는 사람으로 어진 마음씨와 뛰어난 지혜와 굽힐 줄 모르는 용기를 갖지 않으면 안 됩니다. 그런 임금의 뒤를 이어받을 임금의 아들도 그런 인격과 교양을 쌓지 않으면 안됩니다. 그래서 남의 존경을 받을 인격과 교양을 갖춘 사람이란 뜻으로 널리 쓰이게 된 것입니다.

　둘째는 높은 지위에 있는 사람, 남을 지도할 위치에 있는 사람이란 뜻으로 쓰입니다. 처음엔 이것이 첫째의 뜻으로 쓰이고 있었지만, 지위만 높고 자격을 갖추지 못하는 것은 부끄러운 일이기도 하므로 비록 지위는 없더라도 그런 자격을 갖추고 있다는 것이 더 자랑스러운 일일 수밖에 없습니다. 그래서 지위보다는 인격의 뜻으로 쓰이게 된 것입니다.

　셋째로 쓰이는 것이 남편의 뜻입니다. 인격의 경우든 지위의 경우든 그것은 남자를 가리키는 것이었으므로, 훌륭한 남자, 존경하는 남자가 곧 군자일 수밖에 없습니다. 그러므로 아내가 자기 남편을 군자로 부르게 된 것입니다.

여기서는 내용으로 보아 남편의 뜻이 분명합니다. 역(役)은 일이란 뜻입니다. 그것은 모든 일에 다 해당되는 것이기도 하지만 사사로운 개인의 일이 아닌, 강제성을 띤 나라의 일인 경우를 흔히 말하게 됩니다.

벼슬아치들이 나랏일로 각지를 돌아다니는 것도 되고, 보통사람들이 군대나 부역에 징발되어 나가는 것도 됩니다.

모시 서에서는 주나라 평왕 때 도읍을 낙양으로 옮겨온 뒤로, 새 도시의 건설과 궁궐의 수리와 성쌓기와 길닦기에, 때도 철도 없이 백성들을 부역에 끌어내고 있었으므로, 어진 신하가 백성들의 심정을 대신 노래하여 나라의 하는 일을 풍자한 것이라고 풀이하고 있습니다.

주자의 〈시집전〉에는, 대부가 오랫동안 밖에 나가 일하며 집에 돌아오지 않자, 그 부인이 남편을 그리워 하며 이 시를 읊었다고 풀이하고 있습니다.

벼슬아치가 되었든 백성이 되었든, 밖에 나가 오래 돌아오지 않는 남편을 기다리는 아내의 마음이야 다를 리가 없지요.

아무튼 오랑캐에게 쫓기어 서울을 옮겨야만 했던 주나라이고 보면, 벼슬아치나 백성이나 다같이 나랏일로 시련을 받았을 것은 뻔한 일이며, 집에 혼자 남아 있는 아내들의 삶에 대한 고달픔과 남편에 대한 그리움이 컸을 것은 말할 것도 없는 일입니다.

이 시는 두 마디로 되어 있습니다.

임은 나랏일 나가시고
돌아올 기약마저 알 길이 없네.
언제나 오시려는고?
닭은 홰에 오르고
날은 저녁이 되니
양도 소도 내려오누나.
나랏일 나가신 그 임이
어이 그립지 않으랴?

임은 나랏일 나가시고
돌아올 날도 달도 알 길이 없네.
언제나 만나게 되려는고?
닭은 홰에 오르고
날은 저녁이 되니
양도 소도 다 내려왔다.
나랏일 나가신 우리 님이
배고픔과 목마름이나 없으신지?

삶에 대한 고달픔 속에 낮은 그럭저럭 지나지만, 저녁이 되어 닭이 홰에 오르고 밖에 나가 풀을 뜯던 양과 소가 우리를 찾아 내려오는 것을 볼 때마다, 돌아올 기약이 없는 남편의 생각이 새삼스레 문득문득 가슴에 치밀어 오르는 것을 읊은 것으로 볼 수 있습니다.

외로운 사람과 괴로운 사람에겐 밤이 한결 고통스러울 수밖에 없습니다. 고려가사의 '청산별곡'에도 이런 대목이 나옵니다.

이리공 저리공 하여
낮으란 또 지내왔손져

올 이도 갈 이도 없는
밤이란 또 어이 하리요?

첫 마디에서는 둘레에 보이는 모든 것들이 임을 더욱 그립게 만든다는 것으로 끝을 맺고 있는데, 다음 마디에서는 밖에 나가 고생할 그 임을 생각하며 배가 고파도 마음대로 먹지 못하고, 목이 말라도 물을 마음대로 마실 수 없는 고통스런 남편의 모습을 떠올리며, 남편을 그리워하는 자신의 외로움을 잊은 채, 남편의 고생을 더 염려하는 것으로 끝을 맺고 있습니다. 여성답고 아내다운 애틋한 마음이 잘 다듬어진 대목이라 말할 수 있을 것 같습니다.

6. 토끼는 느릿느릿(兎爰)

오랑캐에 쫓기어 멀리 동쪽으로 옮겨온 주나라 평왕은, 그런 대로 51년을 계속해서 천자로서의 위신만은 지켜온 셈이었습니다.

그러나 평왕의 뒤를 이은 환왕(桓王)은 그렇지가 못했습니다. 평왕은 마음이 약하다는 평을 들은 무능한 임금이었지만, 그는 자신의 무능력함을 알고 있었으므로 힘에 겨운 일은 하지 않았습니다.

그러나 환왕은 용기도 있고 무술도 뛰어난 임금이었습니다. 그런 반면 자신을 알고 남을 아는 슬기를 지니지 못했습니다. 천자의 위신을 회복하려는 분에 넘치는 욕망이 제후들의 반발을 불러일으켜 부끄러움으로 끝나고 마는 무모한 처사와 싸움을 자주 하곤 했습니다.

점점 약해져 가는 왕실의 숨은 모습을 드러내어 스스로 천자로서의 위신을 떨어뜨리고 만 것입니다.

정나라 장공(莊公)의 교만하고 방자함을 혼내주겠다며 정나라를 치러 갔다가, 싸움에 크게 패하여 하마터면 죽을 뻔 하는 욕된 일을 당하기도 했습니다.

이런 일이 있음으로 해서, 남쪽에서 오랑캐 대접을 받아오며 힘을 기르고 있던 초나라 임금 웅통(熊通)이 스스로 왕(王)이란 이름으로 행세하기에 이릅니다. 그러나 그 초나라를 무찌를 힘도 없거니와, 그 잘못을 꾸짖을 용기마저 잃은 채, 침묵을 지키는 수밖에 없는 상황에 이르고 만 것입니다.

이 노래는 이 환왕 때 유행한 노래로 보고 있습니다.

세 마디로 된 노래의 내용부터 보기로 합시다.

토원(兎爰)의 토(兎)는 토끼를 말하고 원(爰)은 원원(爰爰)이란 두 글자의 하나를 따온 것으로, 느릿느릿 둘레를 살펴가며 조심스럽게 걷는 약삭빠른 토끼의 모습을 가리킨 것입니다.

즉 노래 첫 줄의 유토원원(有兎爰爰)이란 네 글자 중에서 중간 두 글자로 제목을 삼은 것입니다.

토끼는 느릿느릿
꿩이 그물에 걸렸다.
내가 태어난 처음엔
아직 아무일 없었는데
내가 태어난 뒤론
이 숱한 어려움을 겪누나!
차라리 잠이 들어 움직이지 말았으면!

토끼는 느릿느릿
꿩이 그물에 걸렸다.
내가 태어난 처음엔
아직 아무 탈 없었는데
내가 태어난 뒤론

이 숱한 근심을 겪누나 !
차라리 잠이 들어 깨어나지 말았으면 !

토끼는 느릿느릿
꿩이 그물에 걸렸다.
내가 태어난 처음엔
아직 아무 고생 없었는데
내가 태어난 뒤론
이 숱한 못된 일을 겪누나 !
차라리 잠이 들어 듣지 말았으면 !

다른 시도 다 그렇지만, 이 시 역시 서로 다른 어려움이니 근심이
니 못된 일이니 하는 낱말 하나로 온갖 불행한 삶을 나타내고, 그런
고통과 불행에서 벗어나기 위해 영영 잠이 들어, 몸부림칠 것도 없
고 꼴사나와 할 것도 없고 듣기 싫은 것도 듣지 않게끔 되었으면 좋
겠다는, 무기력한 체념에 사로잡혀 있는 정직한 사람들의 공통된 심
정을 읊은 것이라 볼 수 있습니다.

3·1독립선언에 이름을 실었던 많은 뜻있는 사람들이, 뒤늦게 변
절을 하게 된 것도 이런 심정에서 나온 자포자기였다고 볼 수 있습
니다.

끝까지 지조를 지키며, 그런 무기력한 사람들을 대할 때마다 모욕
을 주고 호통을 치고 했던 한용운같은 애국지사가 과연 몇이나 되겠
습니까 ?

창시를 하고, 학도병에 나가라는 글을 쓰지 않고는 떳떳이 살 수
없었던 사람들의 그때 심정은 바로 이 시를 남긴 사람과 같은 심정
이었을 겁니다. 스스로 목숨을 끊을 수도 없고, 죽는 이상의 고통을
마다하지 않고 왜놈의 강요에 맞서 싸울 용기도 없다면, 고요히 잠

이 들어 아픔 없는 죽음을 얻을 수만 있었으면 하는 안타까움을 달랠 길이 없었을 것입니다.

토끼처럼 약삭빠른 친일파들은, 왜놈의 통치 밑에서는 요령껏 편한 삶을 누리고 해방이 되자 갑자기 애국지사로 둔갑하는 재주를 부리곤 했었는데, 수꿩처럼 겁이 많고 순진한 선비들은, 왜놈의 통치 밑에서는 하찮은 일로 고통을 겪기도 하고, 해방이 되었을 때는 양심의 가책으로 몸조심을 해야만 했습니다.

그런 양심 있고 정직한 선비들이 바라보는 해방 후의 나라의 모습은 과연 어떠했겠습니까? 매국노가 애국자가 되기도 하고, 간에 붙었다 쓸개에 붙었다 하는 기회주의 정치인과 경제인들이 실권과 실리를 한 몸에 누린 채, 바른 마음을 가진 사람들을 희생물로 삼고 있는 과정들을 과연 어떻게 보았겠습니까?

자신이 겪는 삶의 고통보다 마음의 아픔이 한결 더 컸을 것입니다.

이 시를 지은 사람의 심정이 또한 그런 것이 아니었던가 하는 생각을 해볼 수 있을 것 같습니다.

8. 칡을 캐다(采葛)

하루가 3년 같다는 말을 흔히 씁니다. 이 말은 고통을 참기 어려운 경우도 쓸 수는 있습니다. 그러나 고통과는 성질이 다른 기다림의 간절함을 표현하는 뜻으로 쓰여진 것이 보통입니다.

과연 누가 누구를 기다리는 것이 거기에 해당될까요? 과장해서 쓸 경우라면 아무데나 쓸 수 있겠지요. 이태백은 '흰 머리털이 3천 길이나 된다'는 시를 남기기도 했고, 백 자도 안되는 폭포를 가리켜,

"날아 흘러 곧추 3천 자 아래로 떨어진다"라는 시를 남겨, 훗날 사

람들이 폭포를 구경하러 갔다가 허탕을 치곤 했다는 유명한 이야기도 전해지고 있습니다.

중국 사람들처럼 과장된 표현을 쓰는 사람은 없을 줄 압니다. 기다리던 사람이 조금만 늦게 와도,

"한나절이나 기다렸다."

라는 말을 흔히 쓰곤 했는데, 이 말은 바로 중국 사람들이 즐겨 쓰는 말을 그대로 옮긴 것으로 보입니다.

옛날 주석인 〈모시서〉에서는, 앞에 말한 주나라 환왕 때 나라의 정치가 혼탁해서 임금이 가까운 간신들의 모함하는 말에 잘 넘어가곤 했으므로, 어진 신하들이 잠시도 마음을 놓을 수가 없었다는 것입니다.

그래서 하루만 무슨 일로 밖에 있거나 했을 때면, 간신들이 없는 일을 교묘히 꾸며내어 자신을 모함하고 있을지도 모른다는 생각에서 하루가 석달 만큼이나 또는 3년 만큼이나 지겹게 느껴진다고 읊은 것이라 했습니다.

그러나 주자는 달리 보았습니다. 글 가운데 나오는 칡을 캐느니 쑥을 캐느니 하는 것이 여자들이 하는 일이므로 사랑하는 두 남녀의 기다려지는 마음을 노래한 것으로 본 것입니다.

간신의 모함이 두려워, 임금을 보지 못한 하루가 3년 만큼이나 길게 느껴진다는 것은, 사랑하는 남녀가 만나고 싶어 하루가 3년처럼 느껴진다는 것과는 그 정도에 있어서 사랑하는 남녀 쪽이 더 이치에 맞을 것 같습니다. 그럼 간단한 말로 된 그 시를 보기로 합시다. 여기서 문제가 되는 것은 피(彼)라는 낱말입니다. 저니 그니 하는 말을 우리는 남자의 경우로 흔히 알고 있는데, 그것은 일본 사람들이 쓰고 있는 것을 그대로 흉내낸 것뿐입니다.

옛날에는 남자든 여자든 다 그라고 하던 것을, 지금은 일본 사람들이 그니 그녀(彼女)니 하고 구별해서 쓰는 것이 편리한 점도 있고

해서, 우리말처럼 쓰고 있는 것입니다. 그래서 여기서는 그를 그녀
로 옮겼습니다.

> 그녀는 칡을 캐러 간다네.
> 하루만 보지 못해도
> 석 달만 같다네.

> 그녀는 쑥을 캐러 간다네.
> 하루만 보지 못해도
> 세 가을만 같다네.

> 그녀는 약쑥을 캐러 간다네.
> 하루만 보지 못해도
> 세 해가 된 것 같다네.

우리 속담에 '임도 보고 뽕도 딴다'는 말이 있습니다. 칡을 캐느
니 쑥을 뜯느니 하며 밖에 나가 애인을 만나는 것이 옛날 처녀들로
서는 가장 손쉬운 일이요, 떳떳한 핑계일 수밖에 없었을 것입니다.
　우리 민요에도 이런 노래가 있습니다.

> 나물 캐러 간다고
> 요 핑계 조 핑계 대더니
> 총각낭군 무덤에
> 삼우제를 지내누나.

결국 이 노래는 누가 지었다기보다, 옛날의 엄격한 남녀의 구별이
정치의 문란과 함께 자유로와져 있었음을, 보는 그대로 있는 그대로

읊은 것으로 볼 수 있습니다.

물론 그 속에는 세상의 변한 모습을, 걱정스럽게 바라보는 마음도 있었을 것입니다.

시대상을 그대로 나타낸 것이 국풍입니다. 누가 지었다는 것이 문제가 되지 않고, 널리 불리고 있었다는 것으로 뜻이 있는 것입니다.

슬픈 민족은 슬픈 노래와 슬픈 연극을 좋아하고, 퇴폐된 사회에서는 또 그런 노래와 연극들이 대중의 마음을 끌기 마련입니다.

10. 언덕의 삼(丘中有麻)

맨 끝 편인 이 구중유마(丘中有麻)는 글자 그대로의 뜻을 옮기면 '언덕 가운데 삼이 있다'가 됩니다. 더 풀어서 말하면 '언덕 중턱에 삼밭이 있다'는 것으로 되겠지요.

이 시에 대해서도 〈모시서〉와 주자의 〈시집전〉이 전혀 다른 풀이를 하고 있습니다. 대체적으로 모시서에서는 남녀의 관계가 아닌 것으로 풀이를 하고 있고, 주자의 시집 전에서는 모든 것을 남녀의 사랑과 미움과 갈등으로 풀이하고 있습니다. 이 '언덕의 삼'도 그 대표적인 보기의 하나입니다.

이 시는 모시서의 풀이가 사실에 가까운 것으로 보입니다.

먼저 시의 내용부터 보기로 합시다.

언덕 중턱에 삼밭이 있다.

저기에 머무른 것은 자차(自嗟)라네.

저기 머무른 자차여!

행여나 날 찾아와 주겠는가?

언덕 중턱에 보리밭이 있다.

저기에 머무른 것은 자국(子國)이라네.
저기 머무른 자국이여 !
행여나 내 집에 와 먹겠는가?

언덕 중턱에 오얏나무가 있다.
저기에 머무른 것은 그리운 임이라네.
저기 머무른 그 임이
나에게 찬 구슬을 주시려나.

자차니 자국이니 하는 것은 남자의 이름입니다. 끝 마디에서는 이름을 말하지 않고 남자에 대한 높임말인 임(子)이라고만 불렀습니다.

첫 마디에는 삼밭을 말하고 둘째 마디에서는 보리밭을 말하고 끝 마디에서는 오얏나무를 말하고 있습니다. 그리고 그것은 평지가 아닌 언덕 중턱입니다. 평지도 마을도 아닌 언덕 중턱이고 보면, 세상과는 거리를 멀리하고 있는 사람이 살고 있는 것으로 보아 마땅하겠지요.

삼을 갈아 삼베로 옷을 해 입고, 보리를 심어 끼니를 이으며, 오얏나무를 심어 오얏을 따서 먹는 화전민의 생활을 연상하게 하는 시입니다.

평왕에 이어 환왕이 더욱 천자로서의 위신을 떨어뜨렸고, 환왕의 뒤를 이은 장왕(莊王)때는 나라가 더욱 그릇되어가고 있었습니다. 그래서 착한 사람들은 모두 벼슬에서 쫓겨나거나 스스로 그만두고 물러나와 이런 산 중턱의 적당한 곳에 삶의 터를 만들어 삼도 심고 보리도 심고 과일나무도 심어 가난한 삶을 이어가며 시름을 달래고 있었던 것입니다.

그 즈음의 가장 존경 받는 벼슬아치 가운데 자차와 자국이란 사람이, 벼슬을 버리고 숨어버린 일이 있었으므로, 언덕 중턱의 삼밭을 보고 보리밭을 보고 돌담옆에 서 있는 오얏나무를 볼 때마다, 그런 어진 벼슬아치들을 생각하며, 혹시 그들이 거기에 머물러 있는 것은 아닐까 하고 생각하게 된 것입니다.

그리고 그들이 그곳에서 내려와 마을에서 함께 살기를 바라기도 하고, 내 집에 찾아와 함께 음식을 같이 나누기도 하며 차고 있는 구슬을 예물로 친구로서의 우정을 맺었으면 하는 바램을 말한 것입니다.

이상은 〈모시서〉의 설명입니다. 그런데 주자는 다음 같이 전혀 다른 풀이를 하고 있습니다.

남편 있는 여자가 다른 남자와 사귀고 있으면서 그 남자가 차츰 멀어지기 시작하자, 기다리는 마음에서 이런 노래를 읊었다는 것입니다.

그렇다면 몰래 사귀는 남자는 하나만이 아니고 여럿이었던 셈입니다. 그리고 그 사내들이 이제 자기를 버리고 다른 여자와 저 삼밭이나 보리밭 속에서 사랑을 나누고 있는 것은 아닐까, 저 오얏나무 밑에서 놀아나는 것은 아닐까 하고 상상을 하는 것입니다.

그리고 제발 내게로 내려와 주었으면, 제발 내게로 와서 함께 밥을 먹어 주었으면 제발 내게로 와서 차고 있는 구슬을 주며 영영 헤어지지 않겠다는 약속을 해 주었으면 하고 간절히 바라고 있는 것입니다.

나라의 정치가 제 자리를 잃고, 간악한 무리들이 권력의 자리를 차지하게 되면, 도덕과 질서와 풍기가 점점 문란해져서, 마침내는 사람들이 짐승같은 본능의 만족만을 누리려 하게 되므로, 끝내는 가정을 지켜야 할 아내와 어머니들까지 남편과 자식들의 눈을 속여가며 바람을 피우게 된다는 것을 보여 준 노래라 볼 수도 있을 것 같습니다.

오늘의 사회를 한번 돌이켜 봄직한 내용이기도 합니다.

거리에는, 살을 드러낸 여인의 부끄러운 모습이 영화의 선전 그림으로 버젓이 나붙어 있고, 여자손님만을 상대로 소년접대부를 고용하는 비밀요정이 곳곳에 생겨나고 있다는 것은 과연 무엇을 뜻하는 것일까요?

이것이 과연 선진국가로 들어간다는 우리의 자랑스런 모습일까요? 말로만 외친다고 정의사회니 도덕사회니 하는 것이 이루어지는 것은 아닙니다.

나라의 뿌리인 도덕과 윤리가, 돈벌이와 향략과 무질서로 병들고 썩어간다면, 화학비료로 무성해 있던 잎도 곧 마르고 농약으로 벌레가 먹는 것을 방지해 오던 과일도 채 익기 전에 썩어 쓸모없게 될 것입니다.

옛 정치인들은 유행하는 노래로 정치를 판단했습니다. 그 자료로 모은 것이 국풍이었습니다. 오늘 우리가 라디오와 텔레비전을 통해 듣고 보고 하는 노래의 내용과, 그 노래를 부르는 남녀 가수들이 제멋에 들떠 흔들어대다 못해 점점 발광하는 상태로 치닫고 있고, 그래야만 시청률이 높아지고 그래야만 광고수입이 많을 것으로 알고 경쟁적으로 그것을 부추기고 있는 듯한 오늘의 방송사들, 그 방송사를 움직이는 사람들의 양식과 양심을 의심하지 않을 수 없습니다.

(7) 정풍(鄭風)

공자는 제자 안연이 나라 다스리는 방법을 묻자, 여러 가지 방법을 말하는 가운데
"정나라 소리를 멀리하라."
고 말했습니다.
정나라 소리란, 정나라 노래와 가락을 말한 것으로 당시 정나라는

여러 나라 가운데서도 특히 들까불고 춤추며 미친 듯이 날뛰는 방탕한 내용과 그런 내용을 더욱 부채질 하는 가락들이 많았기 때문에 한 말이었습니다.

시경에 실린 정나라 시는 모두 21편입니다. 대부분이 남자와 여자가 떳떳하지 못한 사랑을 속삭이고 원망하는 것들입니다.

공자가 멀리하라고 한 것들은 여기에 다 빼버리고 실리지 않았을지도 모릅니다. 지금 전해진 것 가운데는 이런 것이 있습니다.

정풍 제13편의 치마를 걷어올린다는 뜻의 '건상'이란 제목으로 된 시입니다.

그대 날 사랑하고 생각해 준다면
치마를 걷고 강물이라도 건너련만,
그대 날 생각해 주지 않는다면
어찌 딴 사내가 없겠느냐?
미친 놈 미친 짓 하네!

이런 내용이 두 번 되풀이되고 있습니다. 얼마나 남자와 여자들의 마음가짐과 행동들이 거칠고 못되었던가를 짐작할 수 있는 시입니다.

그러나 정나라 시에는 정치에 관한 시들도 많이 있습니다. 대부분이 임금을 빗대놓고 원망하는 것들입니다. 그 가운데 하나만을 소개하겠습니다.

주나라 평왕이 낙양으로 도읍을 옮길 때 크게 수고를 한 것이 무공이었습니다.

그 무공의 뒤를 니은 것이 장공입니다. 그런데 이 장공은 어머니 강씨의 사랑을 받지 못했습니다.

강씨가 자기가 낳은 자식을 몹시 싫어한 까닭은 좀 별난 것이었습니다.

열 달이 차지 않고 태어난 아기를 팔삭동이니 칠삭동이니 하고 말하는데, 그것은 여덟 달째나 일곱 달째 태어난 아이란 뜻입니다.

어머니들은 고생하며 낳은 자식을 더 귀여워 한다는 말도 있습니다. 그런데 이 강부인이 장공을 낳을 때는 배가 아픈 줄도 모르고 자다가 아기 우는 소리에 놀라 깨어 보니 아기가 벌써 밖에 나와 있더라는 것입니다.

그것이 사실이라면 다행스런 마음보다 섬찟한 마음이 들었을지도 모르는 일입니다. 잠결에 낳았다고 이름을 오생이라 했습니다.

강부인은, 귀신의 아이를 가졌다가 귀신의 힘으로 낳은 것이 아닐까 하는 못마땅한 생각을 떨쳐버릴 수가 없었습니다.

장공이 몇 달만에 태어난 것인지는 알 수 없어도, 꽤 조그맣게 태어난 것만은 사실입니다. 키도 작고 몸도 가늘고 게다가 얼굴도 못생긴 편이었습니다. 그러니 강부인의 싫은 생각은 장공이 자랄수록 더해 갔습니다.

그러다가 둘째 아들을 낳았습니다. 이번에는 무척 고생한 끝에 낳았습니다. 그야말로 달덩이같은 아기였습니다. 큰아들 오생에게 느끼지 못했던 사랑을 느끼기 시작했습니다.

해가 지날수록 큰아들 오생에 대한 미움이 점점 더해가는 만큼, 작은 아들 단에 대한 사랑은 점점 커지기만 했습니다.

강부인은 마침내 큰아들을 버리고 작은아들로 뒤를 잇게 할 결심을 하기에 이르렀습니다.

기회 있을 때마다 남편 무공에게 큰아들의 모자람과 작은아들의 훌륭함을 비교해 이야기하며, 작은 아들 단을 세자로 세우자고 졸랐습니다.

그러나 남편 무공은

“나라가 어지러워지는 것은 대개가 큰자식을 버리고 작은자식으로 뒤를 잇게 하는 데서 비롯된다는 것을 알아야지."
하며 강부인의 말을 따르려 하지 않았습니다.

아버지 무공은 큰아들이 얼굴은 잘생기지 않았어도 숨은 지혜가 있다는 것을 알고 있었습니다.

무공이 죽자, 세자 오생이 뒤를 잇게 되었는데 이가 장공입니다.

정장공은 그 뛰어난 지혜로 천자를 꺾어 누르기까지 한 작은 영웅이었습니다. 세상에서는 그를 간웅이라 불렀습니다. 꾀가 많고 겉다르고 속다른 영웅이란 뜻입니다.

어머니 강씨는 큰아들이 임금의 자리에 오른 뒤에도, 작은아들로 바꿔치울 생각을 버리지 않았습니다.

무공이 땅을 넓혀 서울을 신정(新鄭)이란 곳으로 옮기고, 옛 서울을 경성(京城)이라 부르고 있었는데, 강부인은 아들 장공을 졸라 단을 경성에 봉하도록 했습니다.

대신과 대장들은 반대하고 나섰습니다.

"경성만은 누구에게도 줄 수 없는 땅입니다. 성이 넓고 높으며 큰들을 끼고 있으므로, 그것을 다른 사람에게 준다는 것은 반역을 하라고 부채질 하는 것과 같습니다."

신하들은 강부인과 단의 속마음을 일찍부터 알고 있었기 때문에 하는 말이었습니다.

그러나 장공은

"어머님의 뜻이 그러니 어쩌겠소? 중요한 곳이니 아우에게 맡기는 것이 좋지 않겠소?"
하며 뜻이 있는 듯한 웃음만 짓고 있었습니다.

단이 경성을 자기 고을로 얻어 그곳으로 부임해 가자, 나라 사람들은 그를 높여 태숙(太叔)이라 불렀습니다. 거룩한 둘째란 뜻입니다.

강부인은 태숙 단을 보내며, 조용히 불러 이런 귓속 말을 했습니다.

"너는 그곳에 가거든 백성들을 군대로 뽑아 훈련을 시키도록 해라. 나는 이곳에 있으면서 기회가 오는 대로 연락을 하겠다. 너는 밖에서 강한 군대를 거느리고 있고, 나는 안에서 성문을 열어주게 될 것이니, 큰일을 꾀하는 것은 어렵지 않을 것이다."

그러나 장공은, 어머니와 아우가 철없이 날뛰는 것을 가만히 지켜보고 있다가 그들의 죄가 완전히 드러나게 된 뒤에야 교묘한 방법으로 태숙 단으로 하여금 스스로 목숨을 끊게 만들고, 어머니 강씨는 조상의 뜻을 거역했다는 이름으로 별궁에 나가 따로 살게 만든 다음,

"황천에 가시기 전에는 모자간에 만나지 않겠습니다."
하는 맹세까지 하기에 이릅니다.

그 태숙 단이 경성에 가서 사냥이란 핑계로 군대를 훈련하고 있었는데, 그것을 임금이 보고만 있고 손을 쓰려 하지 않자, 이를 걱정한 나머지 이 시를 지어 장공을 깨우쳐 주려고 했다는 것입니다.

둘째가 사냥을 가면(숙우전)하는 제목의 시입니다. 그가 사냥을 가는 날이면 거리에는 사람이 없는 것 같다고 과장해 말함으로써 임금으로 하여금 정신을 차리게 하려했던 것입니다.

둘째가 사냥을 나가면
온 거리에는 아무도 없다.
왜 아무도 없으련만
둘째같이 훌륭한 사람은 없다.
정말 아름답고 어진 그이기에.

둘째가 사냥을 나가면

온 거리에 술 마시는 사람이 없다.
어찌 술 마시는 사람이 없으련만
둘째같은 사람은 없다.
정말 아름답고 좋은 그이기에.

둘째가 들에 나가면
거리에 말탄 사람이 없다
어찌 말탄 사람이 없으련만
둘째같은 사람은 없다.
정말 아름답고 씩씩한 그이기에.

태숙이 없으면 보통사람은 사람같이 보이지도 않는다고 한 것은, 태숙이 은근히 장공 임금보다 더 인물이 뛰어나 백성들이 그를 굉장한 인물로 우러러보고 있으니, 일찌감치 정신 차리고 무슨 대책을 세우지 않으면 나라를 빼앗기게 될지도 모른다고 걱정한 것입니다.

술을 마시는 것은 대개 호걸들이 즐겁게 노는 뜻도 되기 때문에, 태숙이 떠나고 없는 거리에는 술다운 술을 마시는 사람은 한 사람도 없다고 말한 것입니다.

말을 타는 것은 대개 무장들이므로, 태숙이 성을 비우고 들에 나간 뒤에는 말을 타고 다니는 사람도 모두 머저리처럼 보인다는 뜻을 말한 것입니다.

(8) 제풍(齊風)

제나라는 지금의 산동성 일대를 차지하고 있던 큰 나라였습니다. 이 제나라의 첫 임금은 은나라의 마지막 천자였던 포악한 주임금을 무찌르고 주나라 왕조를 세우는데 큰 공을 세웠던 유명한 강태공이었습니다.

  춘추시대에 들어와 제후로서 처음 천하를 호령한 5패의 한 사람인 제환공도 강태공의 자손이었습니다.

  제나라 시는 모두 11편이 있는데 그 가운데 네 편을 소개하겠습니다.

1. 닭이 운다(鷄鳴)

      닭이 벌써 울었어요.
      조정에 사람들이 벌써 차 있겠어요.
      닭이 우는 게 아니라
      쇠파리 소리일 거요.

      동녘이 밝았어요.
      조정에 사람들이 벌써 와글거리겠어요.
      동녘이 밝은 게 아니라
      달이 뜨는 빛일 거요.

      벌레들이 윙윙 날고 있어요.
      당신과 함께 단꿈 꾸고 싶지만,
      조회에 모였던 사람들이 돌아가고,
      나로 인해 당신이 미움 받게 하고 싶지 않아요.

  옛날 고관들은 닭이 울면 모두 일어나 세수하고 옷 입고 조정에 나가 새벽 모임을 갖게 되어 있습니다.

  임금에게 아침 문안을 올리고 어제 있었던 일과 오늘 할 일들을 간단히 주고받은 다음, 돌아와 각자 맡은 하루 일을 시작하게 되어 있었습니다.

그러나 임금이 게을러 조회에 일찍 나오지 않으면 신하들은 해가 뜰 때가지 기다렸다가 헤어지곤 했습니다.

그런 일이 되풀이되면 신하들도 늦게 일어나 조회에 들어가는 것이 보통이고, 때로는 새벽모임이 아침모임으로 변하기도 했습니다.

지금도 크게 발전하고 있는 회사일수록, 높은 자리에 있는 중역이나 간부들이 새벽 일찍 먼저 회사로 나와 어제 있었던 일과 오늘 할 일들을 상의하고 결정하여 출근시간이 되기 전에 모든 지시가 준비되고, 출근 즉시 모든 사원들에게 전달된다고 합니다.

나랏 일도 마찬가지입니다. 회사 사장격인 임금이, 중역과 간부격인 대신과 고관들을 일찍 불러내어 그날 할 일과 바로잡을 일들을 결정하곤 했던 것입니다.

그것이 뒷날은 한낱 임금에게 인사를 드리는 형식으로 굳어졌기 때문에 출근시간이 곧 조회시간으로 변해 버리기도 하고, 아예 조회라는 것이 없어지고 말기도 했습니다.

그리고 필요한 때에 임금을 뵙고 보고도 하고 허락도 받고 했으며, 임금 또한 궁금한 일이 있거나 지시할 일이 있으면 그때그때 부르거나 지시를 하거나 했습니다.

옛날 고등관 출근이란 말이 있었습니다. 장관이나 차관은 말할 것도 없고, 국장이나 과장쯤 되면 한두 시간 늦게 출근하는 것이 보통이었기 때문에 생긴 말입니다.

춘추시대라고 크게 다를 리가 없었습니다. 높은 벼슬에 있는 사람들은 임금이 게으른 것을 다행으로 알고 늦잠을 즐기는 것이 보통이었을지도 모릅니다.

그러나 어진 임금이 자리에 오르게 되면 그때는 옛날 조회법을 그대로 시행하여, 새벽 일찍 모임을 갖는 것은 물론 밤 늦게까지 대신들과 나랏 일을 상의하곤 했습니다.

여기 있는 '닭이 운다'는 시도 아마 제환공같은 어진 임금이 새로 임금 자리에 올라, 신하들을 새벽 일찍 조회에 나오도록 했기 때문에 어진 아내가 늦잠을 즐기려는 남편을 일깨운 것으로 여겨집니다.

첫째 마디와 둘째 마디의 첫 줄과 둘째 줄은 아내가 남편 보고 한 소리입니다. 그리고 셋째 줄과 넷째 줄은 남편이 게으름을 피며 딴 소리를 하는 대답입니다.

셋째 마디는 전부가 아내가 한 말입니다. 남편이 일어나기 싫어 자꾸만 딴 소리를 하자, 그 남편의 마음을 이해하는 자기 실정을 말하며 남편을 간곡히 타이른 것입니다.

〈명심보감〉에는 이런 말이 있습니다.

"그 집안이 앞으로 잘되고 못되는 것은 아침에 일찍 일어나느냐 늦게 일어나느냐를 보면 알 수 있다."

라고 말입니다.

일찍 자고 일찍 일어나는 습관은 그것이 곧 집안을 일으키는 길이기도 한 것입니다. 나라도 마찬가지요, 모든 일터도 마찬가지입니다.

5. 동녘이 밝지도 않아서(東方未明)

이것은 나라가 어지럽고 정치와 법령이 제대로 행해지지 않아, 관청에 몸담고 있는 관원들이 새벽잠을 설치고 불려나가는 일이 자주 있었던 것을 원망해서 지은 시라고 합니다.

첫 장과 둘째 장은 잠결에 일어나 뛰쳐나가려는 다급한 마음에 바지와 저고리를 바꿔 입는다는 내용으로 되어 있습니다. 아마 비상소집과 같은 것으로 조금만 늦어도 벌을 받거나 했던 것으로 짐작됩니다.

이런 내용으로 미루어 보아 관청에 몸담고 있는 말단관원의 원망

이기보다는 어떤 계층에 속해 있는 젊은이들의 불평이었던 것으로
여겨집니다.

끝 장에서

"버들가지를 꺾어 채소밭 울타리를 만들어 두면, 미친 사람도 그
것을 넘어가면 안 되는 것으로 알고 함부로 넘거나 하는 일이 없
다."

하고 보기를 들어 원망한 것으로 보아, 그렇게 때도 없이 함부로 불
러내는 것이 나라의 법에도 없는 일인데, 관청에 있는 몇몇 높은 사
람들이 자기 개인의 어떤 목적을 위해 멋대로 불러내며 조금만 못마
땅해 하거나 나가지 않거나 하면, 관의 명령을 거역했다는 이름으로
참기 어려운 벌을 내리고 했던 것으로 보입니다.

조선조의 기록에도 보면 왕자나 공주들이 젊은이들을 군대로 불러
낸 다음, 그들을 데려다가 자기들의 새 집을 짓는 인부로 쓰곤 했는
데, 그것은 말단 관청들이 그 일에 협조했기 때문이라고 했습니다.

보다 높은 관청에서는 이를 알고도 모른 체 했고, 어쩌다가 뜻있
는 선비들이 이를 나라에 호소하면 그때야 그 일에 협조한 관원들이
파면을 당하기도 하고 왕자나 공주들이 임금으로부터 호된 꾸중을
듣기도 했습니다.

도둑이 쳐들어 오거나 홍수가 나거나 화재가 생겼을 때, 비상동원
을 하게 되어 있는 젊은이들을 엉뚱한 일을 시키기 위해 이른 새벽
이나 저녁에 불러내곤 했던 것으로 여겨집니다.

동녘이 밝지도 않아서
허둥대며 저고리 바지를 거꾸로 입는다.
이렇게 허둥대는 것은
관에서 부르기 때문이다.

동녘이 희미해지지도 않아서
허둥지둥 바지와 저고리를 거꾸로 입는다.
이렇게 허둥대는 것은
관으로부터 명령이 있기 때문이다.

버들을 꺾어 채소밭 울타리를 치면,
미친 사람도 함부로 넘지 않는다.
새벽도 밤도 가리지 못해,
새벽이 아니면 저녁에 부른다.

6. 남산(南山)

남산은 높고 또 높다.
수여우는 어슬렁어슬렁,
노(魯)나라 길은 큰길.
제나라 딸이 그 길로 시집갔다.
이미 시집을 갔는데
어찌 또 그리워 하는가?

칡신 다섯 결레.
갓끈 한 쌍.
노나라 길은 큰길
제나라 딸이 그 길로 시집갔다.
이미 시집을 갔는데
어찌 또 되돌아 오는가?

삼을 심으려면 어떻게 하나?

가로 세로 밭을 다듬어야 한다.
장가를 들려면 어떻게 하나?
반드시 부모님께 고해야 한다.
이미 부모님께 고했는데
어찌 또 못살게 구는가?

장작을 패려면 어떻게 하나?
도끼 없이는 팰 수가 없다
장가를 들려면 어떻게 하나?
중매 없이는 들 수가 없다.
이미 장가든 사람을
어이 또 못살게 구는가?

이 시에는 노나라로 제나라 딸이 시집갔다는 말이 분명히 나와 있고, 이미 시집간 그녀를 그리워한다는 말과 되돌아오게 한다는 말과, 부모에게 고하고 시집간 그녀를 괴롭히고, 장가든 그 사람을 못살게 군다는 말이 나와 있으므로, 제나라 임금 양공(襄公)과 그의 배다른 여동생인 문강(文姜)과 그녀에게 장가든 노나라 임금 환공(桓公)과의 사이에 뒤얽혀 있던 일을 풍자한 것이 틀림없습니다.

이 시의 뜻을 알기 위해서는 앞의 세 사람 사이에 얽혀 있던 이야기를 먼저 들을 필요가 있습니다. 그 사연을 간추리면 대충 다음과 같은 줄거리로 됩니다.

춘추 초기에 소패(小霸)라는 말까지 들은 제나라 희공(僖公)에게 절세미인의 두 딸이 있었습니다. 맏딸은 위나라로 시집가 위선공의 아내가 되었고, 둘째 딸인 문강은 노나라로 시집가 환공의 아내가 되었습니다.

이 문강은 노나라로 시집가기 전에 배다른 오라비로 세자이기도 한 저아(諸兒)와 서로 정을 나누고 지냈습니다. 두 살 위인 세자와 그녀는 어렸을 때부터 한집안에서 같이 뛰놀며 허물없이 지내곤 했는데, 옛날 귀족사회에서는, 7살만 되면 아무리 오누이 사이라 해도 같은 자리에 앉거나 한 방에서 단 둘이 놀지 못하게 되어 있었습니다.

그런데 이들 오누이는 부모들로부터 그런 단속을 받지 않고 자랐습니다.

저아와 문강은 다시 없는 미남미녀였고, 그들은 다같이 음탕한 바탕을 지니고 있었습니다. 그런 그들이 부모의 단속 없이 어울리고 있었으니 그 관계가 위태로울 수밖에 없는 일이었습니다.

언젠가는 문강이 병으로 앓아 누워 있었는데, 세자인 저아가 그녀의 문병을 갔습니다. 이불을 덮고 누워 있는 그녀의 팔다리를 주물러 주곤 하다가 갑자기 들어온 아버지 희공에게 들키고 말았습니다.

이에 놀란 희공은 크게 꾸짖었습니다.

"아무리 오누이 사이지만 남녀의 예의는 지켜야 하지 않겠느냐? 앞으로는 궁녀를 시켜 안부를 묻도록 하고 직접 들어오는 일은 없도록 하라!"

이 뒤로 이들 오누이는 자주 만날 수 없게 되었습니다.

그러다가 저아는 송나라 딸을 부인으로 맞게 되었고, 따라온 어여쁜 궁녀들도 많았으므로 문강과 자연 멀어질 수밖에 없었습니다.

곧 뒤이어 문강은 노나라 환공에게로 시집을 오게 되었습니다. 이때가 노환공 3년 가을이었습니다.

그리고 16년 뒤인 환공 18년에 환공은 문강의 청을 뿌리치지 못하고 부부가 함께 제나라로 천선방문을 오게 됩니다. 그 당시로서는 예에 없는 일이었습니다.

이때 노나라 대부 신수(申需)는

"시집온 여자는 부모가 살아 계실 때만 1년에 한번씩 친정에 가서 문안을 드릴 뿐입니다. 지금 부모가 계시지 않는데 누이가 오라비의 문안을 간다는 것은 이치에 맞지 않습니다. 노나라는 예를 지키는 나라로 세상이 다 알고 있는데 어찌 그같이 예 아닌 일을 할 수 있겠습니까?”

하고 말했습니다.

그러나 노환공은 문강을 사랑한 나머지 공처가가 된 지 오래였고, 문강은 선녀같은 얼굴을 지닌 악마같은 여자로 자기 고집대로 늘 해오곤 했으므로 달리 도리가 없었습니다.

신수는 벌써 그런 낌새를 알고 있었는지도 모릅니다. 불미스런 일이 생길 것이라는 것을 말입니다.

이때 세자 저아도 이미 임금된 지 오래였습니다. 이가 바로 앞에 말한 양공입니다.

양공은 문강이 남편을 따라 함께 온다는 소식을 듣자 음탕한 본성이 다시 고개를 들어, 미리 단 둘이 만날 밀실까지 준비해 두고 있었습니다.

제나라 서울로 들어온 노환공 부부는 요즘 세상과는 다른 그때의 예법에 따라 문강은 제나라 대궐 안에 부인들과 어울리게 되고 환공은 궐 밖 공관에 머물러 있을 수밖에 없었습니다.

그런데 문강은 저녁이 되어도 나오지 않고 밤이 깊어도 나오지 않았습니다. 마침내 날이 밝고 말았습니다.

뜬눈으로 방안을 서성거리며 안절부절 못하던 환공은 신수가 하던 말이 문득 떠오르며 문강에 대한 의심이 걷잡을 수 없이 들기 시작했습니다.

환공은 사람을 시켜 대궐로 가서 문강의 동정을 자세히 알아보고 오게 했습니다. 그가 돌아와 보고하는 내용은,

“제나라 임금은 부인이 없는 지 이미 오래이고 후궁의 연씨(連氏)를 사랑해 왔었는데 그녀와도 멀어진 지 오래라 하옵니다. 강부인

이 대궐로 들어온 뒤로 오누이 끼리만 이야기를 나누고 있었을 뿐, 다른 부인과 어울린 일은 없다 하옵니다.”
라는 것이었습니다.

환공은 당장 달려가 문강이 무슨 꼴을 하고 있는지 직접 보고 싶었지만 도리가 없는 일이었습니다.

해가 높이 뜬 뒤에야 문강은 대궐 문을 나왔습니다. 보고를 들은 환공은 치미는 분노를 감추지 못한 채 벼르고 앉아 기다렸습니다.

문강은 양공과 밀실에서 술을 마시다가 늦게 잠자리에 들었는데, 옛 정을 속삭이며 다시 떨어지는 것이 싫어 서로 부둥켜 안고 있다가 그만 늦잠이 들어 날이 새는 것도 모르고 있었던 것입니다.

그러나 그녀는 천연스럽기만 했습니다.

그런 그녀를 바라보며 환공은 애써 가라앉힌 목소리로 물었습니다.

“간밤엔 궁중에서 누구와 술을 마셨소?”

“연비(連妃)와 같이 마셨습니다.”

“몇 시에 헤어졌소?”

“오랜 세월이 지난지라 그 동안의 있었던 이야기들이 자꾸만 길어져서, 아마 한밤이 지나서야 헤어진 것 같습니다.”

“오라버님도 술자리에 같이 있었소?”

“오라버님은 오시지 않았습니다.”

환공은 어이없는 문강의 대답을 비웃으며 물었습니다.

“그건 이상하지 않소? 멀리서 찾아온 누이에게 얼굴도 내놓지 않았다는 것은.”

“술마시고 있는 도중에 잠시 들어와 술만 한 잔 권하고는 바로 돌아갔습니다.”

“어째서 헤어진 뒤에도 대궐을 나오지 않은 거지?”

환공은 마침내 말이 거칠어지기 시작했습니다. 공자는 〈논어〉에서

말하기를

“분한 일이 있을 때는 다음에 닥쳐올지도 모르는 어려움을 생각하라.”

고 했습니다. 환공은 그런 지혜를 갖지 못했습니다. 몸이 제나라에 와 있다는 것마저 잊고 있은지도 모릅니다.

“밤이 깊어 나오기가 불편했기 때문입니다.”

“간밤에 어디서 잤지?”

“어찌 그런 것까지를 묻사옵니까? 넓은 대궐 안에 빈방이 얼마든지 있는데 잘 곳이 없겠습니까? 옛날 제가 있던 서궁(西宮)에서 잤습니다.”

“오늘은 또 왜 이토록 늦게 나온 거지?”

“밤에 오래 술을 마셨기 때문에 너무 고단해 그만 늦도록 자버렸습니다.”

“자는 방에는 누가 있었지?”

“궁녀뿐이었습니다.”

“그대 오라비는 어디서 잤지?”

환공은 마침내 입밖에 내지 못할 말까지 하고 말았습니다.

애써 태연해 보이려던 문강도 이 물음에는 그만 얼굴이 빨개지고 말았습니다. 양심을 끝까지 속일 수는 없는 일입니다. 맹자는 말하기를 ‘부끄러운 마음이 없으면 그것은 사람이 아니다’라고 했습니다. 악마같은 문강도 양심만은 부끄러움을 간직하고 있었던 것입니다.

“제가 어떻게 오라비의 자는 곳까지 참견할 수 있겠습니까?”

“하지만 오라비는 누이의 자는 곳을 참견할 수도 있었겠지?”

“그게 무슨 말씀이옵니까?”

“나는 이미 다 알고 있다. 네가 간밤에 오라비와 함께 지낸 것을. 나를 끝내 속이려 할 것인가?”

문강은 울며 불며 억울하다는 말로 그 자리를 얼버무리고 있었지만, 부끄러운 마음과 두려운 마음을 걷잡을 수 없었습니다. 노나라로 돌아가 어떤 불행한 일이 닥쳐올지 모르는 일이었습니다.

죄를 저지르고 만 양공은 행여나 하고 걱정이 되어, 심복 역사(力士)를 문강에게 딸려 보내 부부끼리 무슨 말을 주고 받는지 엿듣고 오게 했습니다.

양공은 문강의 뒷일을 염려한 나머지 이번에는 노환공을 죽일 결심을 하게 됩니다.

노환공이 예정을 앞당겨 당장 돌아가려고 하자 억지로 하루를 더 묵어가게 하고는, 성밖에 있는 우산(牛山) 별궁으로 나가 환송연을 벌였습니다.

홧김에 주는 대로 술을 마신 환공이 정신을 잃고 말자, 팽생(彭生)이라는 용장을 시켜 환공을 수레에 태워 함께 공관으로 돌아가게 하고, 도중에 취한 채 잠에 빠져 있는 환공의 옆갈비를 눌러 피를 토하고 죽게 만듭니다.

노환공은 시체가 되어 돌아오고 문강은 본국에 돌아갈 낯이 없다면서 제나라와 노나라의 국경 가까이에 별장을 지어 그곳에서 머물러 있었습니다.

그리고 양공이 가끔 찾아와 함께 지내기도 하고, 나중에는 함께 수레를 몰고 제나라 서울로 들어와, 대궐에서 보란 듯이 지내곤 했습니다.

그런 장면을 비꼬아 부른 시가 제10편의 재구(載驅)라는 시입니다.

그럼 남산이란 시의 말뜻을 풀이하기로 합시다.

남산은 임금을 비유해서 한 말입니다. 남산처럼 우뚝 솟아 있는 임금의 위엄이 보고 싶었는데, 그 위엄은 보이지 않고 엉큼하고 교활한 숫여우처럼 천연스럽게 어슬렁대는 임금의 모습만이 보인다는 뜻으로 첫 줄과 둘째 줄을 읊고, 뒤이어 예의 바른 노나라로 이미 시집간 문강을 못 잊어 하며 다시금 음란한 짓을 서슴지 않고 매부 되는 노화공까지 죄를 저지르게 된 것들을 차례로 꾸짖고 있는 것입니다.

　양공은 결국 나라를 어지럽게 만들고, 그 자신도 비참한 죽음을 당하고 맙니다. 그 뒤를 이은 것이 5패의 첫 패자인 제환공입니다.

10. 수레를 달려(載驅)

　　　　수레를 달리는 소리 요란하다.
　　　　대나무 뜸에 붉은 가죽 장식
　　　　노나라 길은 평탄한 길
　　　　제나라 딸 아침저녁으로.

　　　　네 마리 검정 말 탐스럽고
　　　　늘어진 고삐도 아름답다.
　　　　노나라 길은 평탄한 길
　　　　제나라 딸 천연스러워라.

　　　　문수(汶水)는 넘실넘실
　　　　오가는 사람도 넘칠 듯
　　　　노나라 길은 평탄한 길
　　　　제나라 딸 춤추며 다닌다.

　　　　문수는 벅차 흐르고
　　　　오가는 사람도 들 끓는다.
　　　　노나라 길은 평탄한 길

제나라 딸 멋대로 놀아난다.

이 시는 앞에서 이미 말한 대로 노환공의 부인 문강이, 제나라로 함께 왔다가 비명에 죽고 만 남편에 대한 죄책감과 노나라 사람들을 대할 면목이 없는 부끄러움에서, 노나라 국경 가까운 작(禚)이란 곳의 제나라 별관에 머무르며 돌아오지 않자, 환공의 뒤를 이어 노나라 임금의 자리에 오른 아들 장공(莊公)이, 국경 가까운 축구(祝邱)라는 노나라 땅에 별관을 짓고 그곳에 머물게 했습니다.

그러나 돌아갈 면목이 없다는 것은 한낱 평계였을 뿐, 오라비 양공과의 불륜의 관계를 끊고 싶지 않은 마음에서 였습니다.

어머니의 성격을 잘 알고 있고, 또 마음이 고운 효자이기도 한 장공이었으므로 그 뜻을 받들어 그렇게 했던 것입니다.

어머니 문강이 얼마나 고집스럽고 아들 장공이 얼마나 마음이 착하기만 했던가를 보여 주는 이야기로 이런 것을 들 수 있습니다.

제양공이 기(杞)라는 작은 나라를 쳐서 항복을 받고 돌아오자, 문강은 양공을 나와 맞아 승리를 축하하고 함께 축구의 별관으로 돌아와, 아들 장공과 서로 만나게 만들었습니다.

그리고 문강은 다시 제나라 작에 있는 별관으로 옮겨와 양공과 며칠을 함께 묵고 있는 동안, 양공은 문강에게 부탁하여 편지로 장공을 그리로 불러서로 만나게 했습니다.

장공은 어머니 문강의 명령을 거역할 수가 없어 작으로 와서 문강을 뵈었습니다.

이때 문강은 두 임금을 다시 외삼촌과 생질의 예를 갖추어 친목의 정을 나누게 합니다. 제나라가 기나라를 쳤을 때는 노나라 장공이 구원병을 이끌고 기나라 국경까지 갔다가 정나라가 약속을 위반하고 오지 않으므로 해서 그냥 돌아오고 만 일이 있었기 때문입니다. 양공은 문강의 힘을 빌어 노나라와 화해를 하려 했던 것입니다.

그런데 이때 이상한 일이 벌어집니다. 방금 태어나 아직 포대기 속에 들어있는 양공의 딸과 나이 스물이 된 장공과의 약혼이 이루어지는 것입니다.

아들 장공은 어머니 문강의 말에

"아직 핏덩어리인 그녀가 어찌 저의 짝이 될 수 있겠습니까?"

하고 반대했습니다.

문강은 버럭 화를 내며

"네가 외가의 살붙이를 멀리할 작정이냐?"

하고 억지를 부렸습니다.

양공도 역시 나이 차이가 너무 크다는 것을 이유로 들어 난색을 보였습니다.

그러자 문강은 타고난 고집으로

"15년이고, 20년이고 기다렸다 시집가면 될 것 아닙니까"

하고 억지를 부렸습니다.

양공은 문강의 비위를 거슬리는 것이 두려워 더 이상 반대를 못했고, 장공은 어머니의 명령을 끝내 반대할 수 없어 침묵으로 승낙의 뜻을 표하는 수 밖에 없었습니다.

이렇게 되자 외삼촌이 장인이 되고, 오라비가 바깥사돈이 되고 말았습니다. 그 오라비요 바깥사돈이 속으로는 남편이기도 했으니 문강이란 여자가 어떤 여자였는지는 알고도 남는 일입니다.

이렇게 작과 축구 양쪽 별관을 드나들며 기회 있을 때마다 오라비 양공과 부부의 정을 이어오고 있던 문강은 차츰 더 담대해지고 염치가 없어지게 되어 마침내 대궐에 까지 들어와 묵게 되었고, 위의 시가 말한 대로 사람들이 수없이 오가는 큰길은 물론이요, 물이 넘쳐 흐르듯 오가는 사람들로 들끓는 서울 거리를 대낮에 보란 듯이 수레를 타고 말을 달리며, 보는 사람이 도리어 낯뜨거워지는 꼴을 서슴지 않았던 것입니다.

문수는 노나라와 제나라 국경을 이루고 평탄한 들을 가로질러 흘러가는 강물로써 그 강물이 넘칠 듯이 벅차 흐르는 모습과 제나라 딸 문강의 걷잡을 수 없는 방탕기와 염치없이 놀아나는 꼴을 상징적으로 비유한 것으로 볼 수 있습니다.

(9) 위나라 시(魏風)

주나라 초기에 나라를 세워, 춘추시대 초기에 진(晉)나라에 먹히고 만 왕실과 같은 희성(姬姓)의 나라로, 지금의 하남성 서쿡부와 산서성 동남부에 자리 잡고 있던 위나라 땅에 유행하던 노래를 모은 것입니다.

이 위나라가 언제 어떻게 세워지고 어떻게 망했는지에 대해서는 잘 알려져 있지 않습니다. 나라가 망하고 난 다음, 옛날 의나라 땅이었던 곳에서 불리우고 있던 시와 노래를 모은 것으로 보기도 합니다.

그러나 노랫말의 내용만은 망하기 전의 사실을 담고 있습니다. 뒤에 진나라가 한나라 · 조나라 · 위나라 셋으로 나뉘어질 전국시대의 위(魏)나라가 아닌 것은 물론입니다.

우리의 지난날을 회상케 하는 내용의 노래이기도 합니다.

1. 칡신(葛屨)

    칡껍질 얽어 만든 신
    그 신으로 서리를 밟는다.
    가늘디가는 여자의 손
    그 손으로 치마를 깁는다.
    바지허리 달고 저고리 깃 달아

좋은 임에게 입힌다.

　　좋은 임 점잖으시어
　　겸손하게 왼쪽으로 비끼시고
　　상아 쪽집게를 차고 있다.
　　다만 좁은 마음이기에
　　이렇게 원망을 한다.

첫 마디는 여섯 줄로 되어 있는데 둘째 마디는 다섯 줄로 되어 있습니다. 상아 쪽집게를 차고 아내의 이마위에 난 잔털이라도 뽑아주는 내용 한 줄이 빠진 것이나 아닌지? 아니면 차마 그런 말을 할 수 없어, 말하지 않는 것으로 보다 깊은 애정을 표하려 했던 것인지도 모릅니다.

이 시를 놓고, 갓 시집온 새댁이 시집의 가난과 인색함과 편협함을 풍자한 것이라고 풀이하고 있습니다. 그것은 맨 끝줄의 풍자라는 뜻의 자(刺)를 두고 미루어 생각한 것으로 보입니다.

〈모시서〉에는 위나라 땅이 좁고 백성들은 잔꾀가 많아 다같이 이익만을 추구하고 있었으며, 임금 또한 검소와 절약만을 앞세우고 예절같은 것을 돌보지도 않았으므로 시집온 새 며느리가 오자마자 칡신을 신겨 밖에 나가 일을 하게 하고 바느질을 하게 하는 풍습을 낳게 되었던 것인데, 새 며느리는 석 달 동안 바깥 일과 바느질을 하지 않는 풍습의 고장에서 살다가 시집온 여인으로 시집살이의 고달픔을 이렇게 노래한 것으로 보고 있습니다.

우리나라 옛날 노래에는 이보다 더한 시집살이의 고달픔을 이렇게 노래하고 있습니다.

　　형님 형님 사촌형님

시집살이 어떱디까?
애야애야 말도 마라
호초당초 더 맵더라
나명들명 닦은 눈물
석자 수건 다 적셨다

우리 노래에 비하면 이 새 며느리의 푸념은 정도가 약한 것일지도 모릅니다. 그래도 점잖은 남편의 겸손하고 다정한 마음씨에 위로를 받으며 이같은 불평과 원망이 다 자신의 좁은 생각 때문이라고 말한 것에서, 여인의 고운 마음씨를 엿볼 수 있습니다.

좁은 마음이란 말은 남편을 가리키는 말로 풀이하는 것이 보통인데, 남편의 점잖음과 겸손한 것을 말하고 있는 만큼, 남편의 흉을 말한 것으로는 보기 어렵습니다. 다만 가난과 고달픔을 견디지 못해 하는 여자의 좁은 마음에서, 여름에 신는 칡신으로 첫겨울의 서리를 밟고 다녀야만 하는 가난한 살림과, 시집을 온 즉시 손수 남편의 옷을 지어 입혀야만 하는 고달픔이 참기 힘든 것임을 노래한 것이라 볼 수 있습니다.

상아 쪽집게를 찼다고 하는 것은, 여자들이 이마의 잔털을 뽑기 위해 차고 다니는 것인데, 남자가 그것을 차고 다니며 손수 자기 얼굴을 다듬는 것에서 어딘가 남자답지 못하다는 생각을 하게 된 것인지도 모릅니다. 아내 보고 해달라면 될 수 있는 일인데도 달입니다. 땅은 좁고 살기 어려운 이나라 사람들은 풍족한 다른 나라에서처럼 남녀의 차별이니, 종이니, 하인이니 하는 것도 없이 열심히 일하고 아껴 쓰고 아껴 입고 아껴 먹으며, 자기 일은 자기가 하는 생활방식이 몸에 배어 있었던 것인지도 모릅니다.

그것을 다른 고장에서 시집온 여자의 입을 통해 말하게 한 것입니다. 마치 시집간 사촌언니와 시집 안간 사촌동생과의 대화의 형식을

110

빌어, 남몰래 눈물을 흘리며 호초당초보다 더 매운 시집살이를 참고 견디며 살아온 우리 할머니, 어머니들의 옛 생활을 더듬어 볼 수 있었던 것처럼 말입니다.

왼쪽으로 비낀다는 말이 겸손이란 말 다음에 나와 있는 것은, 옛날에는 오른쪽을 윗자리로 삼고 있었기 때문에 그쪽을 피하고 왼쪽으로 다니는 것을 겸손한 태도로 보았기 때문입니다.

아내의 고생하는 모습이 보기에 딱해서 그런 태도로 미안한 뜻을 나타내 보인 것이겠지요.

4. 푸른 산에 올라(陟岵)

저 푸른 산에 올라
아버님 계신 곳 바라본다.
아버님은 말하시겠지.
아아, 내 아들 객지에 나가
밤낮 쉴 새도 없겠지
부디 몸조심하여
어서 와 그곳에 머물지 마라.

저 민둥산에 올라가
어머님 계신 곳 바라본다.
어머님은 말하시겠지.
아아, 내 막내 객지에 나가
밤낮 잠을 잘 수도 없겠지.
부디 몸조심하여
어서 돌아와 몸을 버리지 마라.

저 산등성이에 올라
형님 계신 곳 바라본다.
형님은 말하시겠지.
아아, 내 아우 객지에 나가
밤낮 쉬지도 못하겠지.
부디 몸조심하여
어서 돌아와 밖에서 죽지 마라.

별로 설명을 필요로 하지 않는 내용입니다. 징용이다 징병이다 하여 국경지대로 나가 있는 젊은이들이, 고향이 그리워 푸른 산이든, 민둥산이든, 또는 산등성이든 고향이 바라보이는 곳이면 어디서나 발길을 멈추고 서서, 고향 땅 고향 하늘을 바라보며, 집에 있는 부모와 형제와 처자들을 생각하는 애달픈 마음을 노래한 것입니다.

약한 위나라는 늘 이웃나라의 침략의 위협 아래 놓여 있었으므로, 젊은이들은 늘 나가 국경을 지켜야 했으며 또 적과 싸워야만 했습니다. 결국 진나라의 침략에 의해 나라를 잃고 말았으니 그 이전의 상황이 어떠했을 지는 알고도 남을 일입니다.

〈모시서〉에는 효자가 징발되어 나가 고향에 있는 부모를 생각한 노래라고 했습니다. 효자가 아니라도 돌아갈 기약 없이 객지에 나가 고생하는 사람이면 누구나가 고향을 그리워하게 마련입니다.

결국 이 노래는 국제정세가 험난한 시대에 태어난 젊은이들의 고달픔과 애달픔을 노래한 시로, 오늘의 우리 젊은이라고 이런 심정이 없을 수는 없는 일입니다. 왜놈의 치하에서 끌려나간 우리 동포가 사할린에서 조국을 그리워하는 것이라든지, 6·25사변으로 인한 남북의 이산가족들이 다같은 심정에서 살고 있다고 보아야 할 것입니다. 명절 때마다 휴전선 남쪽 끝에서 북쪽을 바라보며 성묘를 대신한 망향배를 올리는 것도 다 같은 심정에서가 아니겠습니까?

그래서 평화가 소중한 것 아니겠습니까? 그래서 전쟁을 일삼는 사람의 죄가 가장 크다지 않습니까?

맹자는 이런 말을 했습니다.

"공자의 제자 염구(冉求)가 세도재상 계씨(季氏)의 총재가 되어 계씨의 마음을 착하게 바꿔놓지는 못하고 그를 위해 세금을 더 거두어들이는 일을 했다. 공자는 뒷날 염구가 찾아오자 제자들을 보고 '염구는 내 제자가 아니다. 북을 울려 그의 죄를 성토하고 내쫓아라'라고 했다. 이로 미루어 볼 때 착한 정치를 하지 않는 임금을 도와 그의 재물을 불려주는 일은 모두 공자의 버림을 받는 일임에 틀림없다. 하물며 그런 임금을 위해 전쟁을 일삼으며, 땅을 놓고 다툴 때는 사람을 죽여 들판을 가득하게 만들고, 성을 놓고 싸울 때는 사람을 죽여 성을 가득하게 만들어서야 되겠는가? 이것이 이른바 땅을 거느리고 사람의 고기를 먹인다고 하는 것이다. 그 죄는 죽음을 벗어날 수 없다. 그러므로 전쟁을 잘하는 사람이 가장 무거운 죄를 받아야 한다고 하는 것이다."

이 시와 같은 내용의 아픔과 시름을 안고 죄 없이 죽어간 젊은이들이 얼마나 많습니까? 그런 죄악을 저지르고도 침략전쟁을 한 일이 없다고 말하는 일본의 집권층이 있는가 하면, 침략전쟁을 방어를 위한 부득이한 전쟁이었다고 억지주장을 하기도 하는 것을 보고 있는 우리는 언제 또 이 시를 읊는 젊은이들의 수난이 닥쳐올지 걱정하지 않을 수 없습니다.

7. 큰쥐(碩鼠)

큰 쥐야, 큰 쥐야
내 기장 먹지 마라.
3년을 너와 사귀어 왔는데

나를 돌보려 않는구나.
너를 버리고 떠나
저 즐거운 땅으로 가리라.
즐거운 땅, 즐거운 땅에서
내 살 곳을 얻으리라.

큰 쥐야. 큰 쥐야
내 보리 먹지 마라
3년을 너와 사귀어 왔는데
내게 은덕 베푸려 않는구나.
너를 버리고 떠나
저 즐거운 나라로 가리라.
즐거운 나라, 즐거운 나라에서
내 머물 곳을 얻으리라.

큰 쥐야, 큰 쥐야
내 곡식싹 먹지 마라.
3년을 너와 사귀었는데
나를 위로하려 않는구나.
너를 버리고 떠나
저 즐거운 들로 가리라.
즐거운 들, 즐거운 들에서
그 누가 한숨 지으리.

　백성들이 권력층의 착취에 시달리다 못해 이런 노래로 그들을 풍
자한 시라는 것을 금방 읽고 알 수 있습니다.
　쥐란 놈은 원래가 가만히 놀고 있으면서 남이 애써 지어 놓은 곡

식을 먹고 사는 짐승입니다. 뿐만 아니라 기장이니, 보리니, 벼니 할 것 없이 이삭째 삭뚝 잘라 큰 구덩이 속에 감춰두고 겨울 한 철을 즐겁게 지내곤 합니다.

여기에게 말한 큰 쥐는, 토끼처럼 생기고 꼬리에 털이 나 있는 들쥐를 말하는 것으로 들의 곡식이 익기를 기다렸다가 삭뚝삭뚝 이삭을 잘라 멀리 떨어져 있는 깊은 땅굴 속으로 가져다 쌓아둔다고 합니다. 이 큰 쥐의 굴을 발견하면 엄청난 곡식을 얻게도 된다고도 합니다.

백성들이 애써 지은 곡식을 세금이다 추렴이다 무어다 해서 야금야금 앗아가는 탐관오리의 염치없는 착취를, 큰 쥐의 그것에 비유한 것입니다.

3년이란 3의 숫자는 많다는 뜻입니다. 여러 해를 거듭했으니 이제 좀 달라질 때도 되었는데 피땀 흘려 농사를 짓는 백성들을 아끼거나 돌보거나 하는 생각은 전혀 하지 않고 있으니, 이제 더는 참을 수도 기다릴 수도 없어 이 땅을 버리고 떠나 착취가 없는 다른 곳 다른 나라로 가서 살겠다는 결심을 하기에 이른 것입니다.

이 즈음은 이 나라 저 나라를 마음대로 옮겨다닐 수 있었습니다. 개척되지 않은 땅이 많았으므로 찾아오는 사람이 없는 것이 한 이었습니다.

맹자가 위나라 혜왕(惠王)의 초청을 받아 찾아갔을 때, 혜왕은 이런 말을 했습니다.

"나는 이웃 나라에 비해 백성들을 잘 보살피고 있는데, 이웃 나라 백성들이 우리나라로 찾아오지 않는 것은 어째서일까요?"

그러자 맹자는 50보로 백보를 웃는다는 유명한 비유의 말을 하고, 그 정도의 정치로 이웃 백성들이 찾아오기를 바라는 자체가 어리석다는 것을 설명합니다. 그리고 이렇게 결론을 지어 대답합니다.

"귀족들의 개와 돼지들이, 사람이 먹을 곡식을 먹고 있는데도 그것을 단속할 줄 모르고, 길거리에 굶주려 죽은 시체가 여기저기 있는데도 창고에 쌓인 곡식을 풀어 그들을 구제하지 않고 내 탓이 아니라 흉년 탓이라고 한다면, 사람을 찔러 죽이고는 내 탓이 아니라 칼 탓이라고 하는 것과 무엇이 다를 것이 있습니까? 임금께서 흉년 탓으로 돌리지 말고, 정치를 잘못하는 탓으로 여기신다면 온 천하의 백성들이 다 위나라로 오게 될 것입니다.”

맹자의 이 대답과 임금의 바라는 말을 볼 때 사람에 티해 땅이 넓은 큰 나라에서는 이웃 나라 백성들이 옮겨와 살기를 무척 바라고 있었음을 알 수 있습니다.

좁은 땅에서 가난하게 살면서도 고향이 그리워 차마 떠나지 못하고 눌러 살던 백성들이, 더는 견딜 수 없어 땅은 넓고 사람이 적은 이웃 나라로 옮겨가 살 결심을 비추는 것은 당연한 일입니다. 그런 백성들의 고통스런 마음을 알지 못하고 해마다 착취만을 일삼고 있는 탐관오리들이 여전히 나랏일을 보고 있었으니 더욱 그랬을 것입니다. 3년을 사귀었는데도 돌보지 않는다고 한 것이 그런 뜻입나다.

김만철씨 일가가 따스한 남쪽나라를 찾아 죽음의 모험을 서슴지 않은 것도 같은 이유로 볼 수 있으며, 왜놈의 착취와 등살에 살 길을 잃은 동포들이 북간도로 떠나간 것도 다 같은 이유에서 였습니다.

(10) 당풍(唐風)

진(晉)나라가 처음에는 당(唐)이란 이름을 가지고 있었기 때문에, 진나라 초기의 영토였던 산서성 태원(太原) 일대에서 모은 시를 당풍이라 부르게 된 것입니다.

같은 주나라 왕족으로 주성왕 때 숙우(叔虞)가 이곳에 봉해져 당후(唐侯)라 부르고 있었는데, 뒤에 영토를 확장하면서 진(晉)나라를 합쳐 나라 이름을 진으로 바꾼 것입니다.

　그러므로 위풍과 함께 당풍은 진나라 땅의 시로 진풍이라 말할 수도 있을 것입니다. 그런데도 굳이 위풍과 함께 당풍이란 이름을 붙인 것은, 이름이 진나라로 바뀐 뒤에도 사람들은 옛날 전통을 지켜 당나라로 불렀기 때문으로 볼 수 있습니다. 영남이니 호남이니 하듯이 말입니다.

　고려가사는 사실상 고려 때의 노래이기보다는 그 이전의 신라와 백제와 고구려의 노래로 구분되어야 마땅했던 것입니다. 그것이 정리되지 않은 채 고려 때 와서야 기록에 올랐기 때문에 고려가사로 불리는 것입니다.

　당나라로 불리울 당시의 이 일대는 땅이 메말라 백성들이 가난과 싸우며 근검과 절약으로 삶을 이끌어온 모양으로 노래의 내용이 생활고를 반영한 듯한 느낌을 주고 있습니다.

　그런 가난과 어려움과 싸우는 가운데서 길러진 국민의 기질이 동으로 남으로 뻗어나가는 원동력이 되었을지도 모릅니다. 수난의 긴 역사를 살아온 우리 겨레가 세계가 말하는 경제기적을 낳게 된 것처럼 말입니다.

1. 귀뚜라미(蟋蟀)

　　　대청에서 귀뚜라미가 운다
　　　이 해도 벌써 저물어 간다
　　　지금 우리가 즐기지 않으면
　　　세월은 그냥 지나가버린다
　　　부디 너무 편하게만 말고
　　　늘 집안일을 생각하자
　　　즐거워도 지나침이 없어야

조심을 잃지 않는 어진 선비

대청에서 귀뚜라미가 운다
이 해도 거의 다 지나간다
지금 우리가 즐기지 않으면
세월은 그냥 지나가버린다.
부디 너무 편하게만 말고
늘 바깥 일을 생각하자
즐거워도 지나침이 없어야
박차고 일어설 수 있는 어진 선비

대청에서 귀뚜라미 운다
일나갈 수레도 지금은 쉰다
지금 우리가 즐기지 않으면
세월은 그냥 지나가버린다
부디 너무 편하게만 말고
늘 걱정될 일을 생각하자
즐거워도 지나침이 없어야
훌륭한 어진 선비

　대청에서 귀뚜라미 소리가 들리면 때는 이미 늦가을입니다. 조와 피와 기장 같은 밭농사만을 짓던 그 때에는 농삿일이 끝난 시기를 나타낸 것이 됩니다.
　주나라 때는 동짓달을 정월로 삼고 있었으므로 지금의 음력 시월이면 섣달이 되는 셈입니다. 그러므로 귀뚜라미가 집안에서 울때면 벌써 그 해는 저물어가고 있는 것입니다. 귀뚜라미와 해가 저문다는 것과는 그런 이유에서 이해될 수 있을 것 같습니다.

〈모시서〉에는 진나라 희공(僖公)이 너무 근검절약만을 내세우며 예절에 맞지 않는 일을 하기 때문에 이 시로 임금을 풍자한 것이라고 했습니다. 너무 밤낮없이 일에만 쪼들리는 벼슬아치들이, 이제 가을도 끝나가고 일도 한가한 때니 우리도 좀 즐겼으면 하는 생각과, 설사 편안하게 즐기고 있다 해도 우리는 집안일 바깥일 나랏일을 잊지 않는다는 말로, 자율적인 휴가를 즐기게 해 달라는 뜻으로 풀이될 수도 있을 것 같습니다.

그러나 그보다는 한가한 한 철을 즐겁게 보내자고 하면서도 너무 지나치는 일이 없이, 해야 할 일들을 다 챙겨가면서 절제 있게 즐기려는 지도층의 건전한 정신 자세를 나타낸 것이라 보아야 할 것 같습니다. 이런 기풍이 바로 당나라가 진나라로 성장하는 밑거름이 되어 춘추전국시대의 중심세력이 되었다고 보아도 좋을 것입니다.

끝 마디의 일 나갈 수레는 전쟁에 쓰이는 수레를 말합니다. 그러니까 첫 마디는 집에 있는 선비를 말한 것이 되고, 둘째 마디는 바깥일을 잊지 않는 벼슬아치를 가리킨 것이 되고, 끝 마디는 무관들을 가리킨 것이라고 볼 수 있습니다.

2. 산에는 스무나무(山有樞)

산에는 수무나무
진펄에는 느릅나무
그대 옷이 있어도
입지 않고 아껴두고
그대 수레와 말이 있어도
타지 않고 두었다가
만일 죽게 되면
남이 그걸 즐기리라

산에는 북나무
진펄에는 박달나무
그대 안마당이 있어도
물뿌리고 쓸지 않고
그대 종과 북이 있어도
치지 않고 두었다가
만일 죽게 되면
남이 그걸 차지하리라

산에는 옻나무
진펄에는 밤나무
그대 술과 음식 있어도
어찌하여 날마다 거문고 타며
기쁘고 즐겁게
날을 보내지 않는가?
만일 죽게 되면
남이 그대 집에 들게 되리라.

〈모시서〉에는 진소공(晉昭公)을 풍자한 시라고 했습니다. 소공은 마음이 곱기만 하고 검소한 생활만을 일삼고 있었을 뿐, 나랏일을 힘차게 밀고 나가는 경륜이라든가 패기 같은 것이 없는 임금이었습니다.

그 소공이 필경은 나라를 잃게 되고 말것을 빗대어 부른 노래로도 볼 수 있을 것 같습니다. 소공은 뒤에 신하 반보(潘父)의 손에 죽고, 반보가 소공의 숙부인 환숙(桓叔)을 맞아들이려 했으나 뜻대로는 되지 않고, 나라 사람들에 의해 소공의 아들 효공(孝公)이 임금이 되었습니다. 그러나 이 효공도 결국은 환숙의 아들 장백(莊伯)의 손에 죽는 등 혼란을 거듭하게 됩니다.

산과 진펄에 잇는 두 가지 나무들을 가지고, 곡옥(曲沃)에 있는 환숙과 서울에 있는 소공을 비유한 것으로도 볼 수 있습니다.

맹자는 이런 말을 했습니다.

"착한 것만으로는 정치를 할 수 없고, 법만 만든다고 행해지는 것은 아니다."

소공이 바로 맹자가 말한 그런 사람이었던 것 같습니다.

그런 소공이 안타까워, 뜻있는 신하가 이런 시를 지어 일깨워 주려 했던 것인지도 모릅니다.

4. 산초 송이(椒聊)

산초의 송이진 열매
탐스레 열려 됫박에 가득하다.
저기 저 분은
위대하기 견줄 데 없다
산초 송이송이
가지도 멀리 뻗었다

산초의 송이진 열매
탐스레 열려 두 손에 가득하다
저기 저 분은
위대하고 독실하다
산초 송이송이
가지도 멀리 뻗었다

이 노래는 소공의 숙부 환숙이 곡옥에 봉해진 뒤로 그 곡옥이 날로 번창해져 가고 그 자손들 또한 번성해지고 있음을 들어, 벌써 큰 집의 종손인 소공이 환숙에게 대항할 힘이 없게 된 것을 탄식한 것으로 보고 있습니다.

소공이 숙부인 환숙의 인격과 힘에 눌리어 그가 임금이 된 첫해에 환숙을 곡옥에 봉했었습니다. 멀리 떠나보내려 한 것이겠지요. 그것이 장차 화근이 된다는 것을 알고 반대한 신하들도 있었지만, 마음씨 고운 소공은 그길 밖에 없다고 생각했던 것입니다.

환숙이 곡옥 땅을 얻었을 당시도 곡옥은 서울인 익(翼)보다 컸다고 합니다. 숙부를 서울보다 더 큰 땅에 살림을 내준 셈이므로 진나라의 변란은 곡옥에서 비롯된다고 염려하는 신하들이 많았고, 권력에 이끌리기 쉬운 벼슬아치들은 곡옥에 있는 환숙에게 잘 보이려고 내통하는 사람이 많았습니다.

이 시는 그런 일반의 추세를 말하는 동시에, 그 곡옥을 차지하고 서울을 넘보고 있는 환숙의 위대한 모습과 번창해 있는 곡옥의 상황을 탐스런 산초 송이에 비유하고 그 자손들을 뻗어나는 가지에 비유하여, 소공을 아끼는 마음에서 조심하도록 일깨운 것으로 볼 수 있을 것 같습니다.

5. 묶고 또 묶은(綢繆)

묶고 또 묶은 땔나무 다발
삼성별이 하늘에 떴다
이 밤이 무슨 밤이기에
이 좋은 임을 만났을까?
임이여! 임이여!
이토록 좋은 임을 어찌 할거나?

묶고 또 묶은 마른 풀 다발
삼성별이 동남쪽에 있다
이 밤이 무슨 밤이기에
이렇게 뜻밖에 만났을까?
임이여! 임이여!
이렇게 만난 것을 어찌할거나?

묶고 또 묶은 가시나무 다발
삼성별이 방문 위에 와 있다
이 밤이 무슨 밤이기에
이런 예쁜이를 만났을까?
임이여! 임이여!
이처럼 예쁜이를 어찌할거나?

〈모시서〉에는 진나라가 어지러워져 있음을 풍자한 노래라 했습니다. 남자들은 싸움터로 끌려나가 죽거나 돌아오지 않거나 하고, 또는 살길을 찾아 객지로 나가버려 홀어미와 노처녀들이 오래도록 시집을 가지 못해 애타하곤 했었는데, 뜻밖에 잘 생긴 사나이를 만나 즐거운 밤을 즐기며 다시 헤어질 것을 염려하는 듯한 그런 내용으로 볼 수 있을 것 같습니다.

땔나무니 마른 풀이니 가시나무니 하는 것으로 보아 가난한 시골임을 알 수 있습니다. 묶고 또 묶은 다발이란 것은 남녀가 꼭 끌어안고 영영 떨어질 수 없는 그런 모습을 비유로 말한 것이라 볼 수 있습니다.

삼성별이 하늘에 뜬 것은 초저녁을 말한 것이고, 동남쪽에 보이는 것은 밤이 이슥한 때를 말한 것이며, 방문 위로 와 있는 것은 밤이 깊은 것을 말한 것입니다. 너무도 행복한 감정에 들떠서 시간 가는 것도 느끼지 못하며, 다만 삼성별의 움직임을 보아 밤이 깊어가는 것을 알고 있었음을 말한 것입니다.

이 밤이 무슨 밤이냐고 한 것은, 이런 기쁜 밤이 찾아올 줄은 꿈에도 생각지 못했다는 것을 나타낸 것이며, 그렇게 뜻밖에 만난 남자가 더더욱 훌륭해 보였기 때문에 한결 더 행복스러울 수밖에 없다는 것을 나타낸 것입니다.

그 임을 어떻게 하면 좋겠느냐고 스스로 물은 것은 속된 말로 꿀꺽 삼키고 싶을 정도로 사랑스럽고, 영영 놓고 싶지 않아 몸서리가 쳐질 정도로 즐겁고 흐뭇하다는 것을 말한 것으로 볼 수 있습니다.

이렇게 만난 것으로 보아 정식 결혼한 신랑신부의 그런 만남은 아닌 듯한 느낌을 주는 내용이라 볼 수 있습니다. 처녀의 정숙함을 엿볼 수 있는 대목은 거의 없습니다. 역시 젊은 과부나 바람난 노처녀 같은 본능적인 욕망에 불타고 있는 것을 그린 것으로 보입니다.

그러지 않고서야 이 밤이 무슨 밤이냐? 라든가 어떻게 하면 좋을까? 하는 안타까움을 말할 리가 없습니다.

(11) 진풍(秦風)

중국 서북부에 위치한 큰 나라로 주나라 평왕이 서울을 낙양으로 옮길 때, 평왕을 호송한 공이 컸다 하여 원래 천자의 자령지였던 서쪽 8백 리 땅을 떼어 주고, 그때까지 정식 제후에 끼지 못했던 진나라를 제후의 나라로 올려주게 되었습니다. 이가 진양공입니다. 그리고 평왕은 돌아가는 진양공에게 이렇게 말했습니다.

"내 그대에게 부탁하노니 서쪽 오랑캐를 멀리 내쫓아 달라. 오랑캐들이 차지하고 있던 땅은 모두 진나라의 것으로 주리라."

이런 부탁과 약속을 받고 돌아온 양공은 돌아오는 즉시 오랑캐를

124

무찌를 군대를 뽑아 훈련시키고 많은 무기와 말과 수레들을 준비하여, 일시에 치고 들어가 오랑캐를 멀리 내쫓고 그 땅을 다 차지하고 말았던 것입니다.

　이렇게 시작해서 점점 땅을 넓히고 힘을 기른 끝에 마침내는 진시황에 의해 천하를 통일하기에 이른 것입니다.

　진나라 시에는 다른 나라 시에 비해 임금을 찬양하는 내용의 시가 많은 것도 그러한 역사적 배경 때문입니다.

　모두 10편이 있는데 그 가운데 5편을 소개하겠습니다.

2. 네 마리 검정 말(駟鐵사철)

　　네 마리 검정 큰 말
　　여섯 줄 고삐를 손에 쥐었다.
　　임금님 귀여운 아들들
　　임금님 따라 사냥 간다.

　　몰아오는 암컷 수컷
　　짐승들 정말 크기도 하다.
　　임금님 왼쪽으로 몰라 하고
　　활을 쏘아 잡고 만다.

　　북쪽 동산에 놀며
　　네 마리 말의 걸음도 익숙하다.
　　가벼운 수레 말방울 소리
　　실은 사냥개도 쉬고 있다.

　〈모시서〉에는 진양공의 사냥하는 모습을 찬미한 시라고 했습니다.

그 때에는 사냥이 하나의 군사훈련의 방법으로 행해지고 있었습니다.

진양공이 오랑캐들을 내쫓기 위한 군사훈련으로 사냥을 즐겼고, 그렇게 해서 국력을 키워가고 있었으므로 사람들은 그것을 자랑스럽게 여기고 있었던 것입니다.

그러나 그것은 나라의 질서가 바로잡히고, 백성들의 살림살이가 넉넉해 있었다는 것을 말해주는 것이기도 합니다. 나라의 정치는 돌보지 않고 사냥만을 즐기며 밤낮 밖에만 나가 있던 제양공은, 국경지대에서 해가 바뀌도록 수자리만 살고 있던 군인들의 미움을 사서 목숨을 잃기까지 했습니다.

맹자는 제선왕(齊宣王)을 보고 이런 말을 했습니다.

"임금께서 사냥을 나갔을 때 백성들이 이맛살을 찌푸리면 이는 정치가 잘못된 때문입니다. 그러나 백성들이 기쁜 얼굴로 서로 바라보며 '우리 임금께서 사냥을 나가신다' 하고 말을 주고받으면 정치가 잘 되고 있기 때문입니다."

진양공은 싸움을 즐기기 전에 백성들을 위한 정치도 잘하고 있었음을 이 시로써 알 수 있습니다.

3. 작은 수레(小戎)

    턱이 낮은 작은 수레
    가죽을 씌운 다섯 수레채.
    고리 달린 말의 고삐들
    가슴걸이와 흰 쇠고리.
    범의가죽 자리 길다란 바퀴통.
    검푸른 말과 발이 흰 말이 끈다.
    가신 저 내 임은

따스하기 구슬 같은 분
지금은 오랑캐의 판자집에 계시겠지?
내 마음 구비구비 어지러워라.

네 마리 수말은 크기도 하다.
여섯 줄 고삐는 손에 있다.
푸른말 붉은말은 가운데 있고
누런 말과 검은 말을 가에 있다.
용무늬 방패 한 쌍에
가의 말 안고삐의 흰 쇠고리.
가신 그 내님의 따스한 모습
지금은 서쪽 땅에 가 계시겠지.
돌아오실 그날은 언제일까?
어째서 이다지도 그리운 것일까?

엷은 갑옷의 네 마리는 잘도 어울리고
세모창 아래는 금빛이 빛난다.
새깃무늬가 그려진 고운 방패
앞쪽에 쇠를 붙인 범가죽 활집엔
두 개의 화살이 엇갈려 꽂혀 있고
대로 만든 활도지개 묶어 놓았다.
그님을 생각하면
자나 깨나 마음 놓이지 않고
흐뭇하기만 한 그님
쌓이고 쌓인 정다운 말씀.

전쟁에 나간 남편을 그리워하는 여인의 시로 보입니다. 열 줄로 된 중에 뒤쪽 네 줄은 모두 남편을 그리워하는 숨은 정을 나타내고 있고, 앞쪽 여섯 줄은 떠나갈 때의 훌륭한 장비와 씩씩한 모습을 자랑스럽게 그린 내용입니다.

〈모시서〉에는 진양공을 찬미한 노래로, 여기 나오는 님의 뜻인 군자(君子)는 남편이 아니라 임금을 가리킨 것으로 보았습니다. 그러나 맨 뒤의 임이란 뜻의 양인(良人)은 남편으로 보아야 합니다.

〈시집전〉에는 양공이 천자의 명을 받들어 서융을 치러 나가자 출정하는 군인들의 아내들이 일찍이 보지 못한 성대한 출정모습을 자랑스럽게 여기며, 한 편으로 그 자랑스런 대열에 끼인 남편의 고생스러움과 다시 만나게 될지 모르는 염려스러움을 떨쳐버리지 못하는 마음을 읊은 것으로 보고 있습니다.

〈시집전〉의 해석이 보다 정확한 풀이일 것 같습니다.

침략전쟁을 일삼고 있던 일본인들은, 싸움터에 나가는 아들과 남편에게,

"나라를 위해 죽어서 돌아오라."

하는 말을 해서 떠나보내도록 강요하고 있었고 또 그렇게 하고 있었습니다.

그들은 침략전쟁을 거룩한 싸움이란 뜻으로 성전(聖戰)이라고 부르며 그 성전의 희생이 되라고 강요했습니다. 국회의원 한 사람이 국회에서 '성전은 무슨 성전이냐?'고 했다가 군부의 압력으로 의원을 그만 두어야만 했던 일까지 있었습니다.

이 진나라의 시는 대부분이 그런 전쟁을 미화시킨 내용들입니다. 나라를 위해 싸우는 것을 자랑으로 알게끔 교육을 시켰기 때문이었을지도 모릅니다. 그러나 그런 가운데서도 남편을 그리워하며 무사히 살아서 빨리 돌아오기를 밤낮으로 바라며 빌고 있는 아내의 심정을 아울러 그리고 있는 것은, 공자가 말한 대로 〈시경〉의 3백편 시에는 거짓이 없는 것이 공통된 특색이라고 보아도 좋을 것입니다.

128

5. 종남산(終^종南^남)

　　종남산에 무엇이 있나?
　　산초나무와 매화나무가 있다.
　　저기 오시는 거룩한 님
　　비단 옷에 여우 가죽옷 입고
　　얼굴은 붉게 물을 들인 듯
　　참으로 우리 임금다우셔라.

　　종남산에 무엇이 있나?
　　산 버들과 아가위나무가 있다.
　　저기 오시는 거룩한 님
　　곤룡포에 수놓은 바지 입고
　　찬 구슬 부딪는 소리도 아름답다.
　　길이 오래 사시옵소서.

　이것은 진양공이 주나라 땅 8백 리를 받고 정식 제후가 되어, 천자가 내려준 비단 옷과 여우 가죽옷이며 곤룡포와 수놓은 바지며 앞에 찬 쨍쨍 울리는 구슬들을 갖추고, 저 종남산 높은 봉우리에 우뚝 서 있는 나무들처럼 우러러보이는 모습으로 돌아오는 것을 신하들이 바라보고 기뻐하며 지은 시라고 합니다.

8. 옷이 없으랴만(無^무衣^의)

　　어찌 옷이 없으랴만
　　내 그대와 같은 군복 입으리라.

천자께서 군사를 일으키시면
내 짧은 창과 긴 창을 닦아
그대와 함께 원수를 치리라.

어찌 옷이 없으랴만
그대와 같은 속옷 입으리라.
천자께서 군사를 일으키시면
내 긴 창과 마늘 창을 닦아
그대와 함께 떠나리라.

어찌 옷이 없으랴만
그대와 같은 바지 입으리라.
천자께서 군사를 일으키시면
내 갑옷과 무기를 닦아
그대와 함께 길 떠나리라.

이것은 진나라 백성들이, 오랑캐들을 무찔러 나라의 위엄을 드높
이고 싶은 욕망에 들떠 있는 것을 노래한 것입니다.

천자가 군사를 일으키면 이라고 말한 것은, 진양공이 돌아와 백성
들에게 천자의 명이라 핑계를 대고, 중국을 넘보고 천자를 멀리 동
쪽으로 피난가게 만든 오랑캐를 무찔러야 한다고 부추기고 다짐한
데서 나온 말이라 볼 수 있습니다.

옛날 해석에는 진양공이 천자의 명을 핑계로 자주 전쟁을 일으켜
백성들을 괴롭히고 있는 것을 빗대어 놓고 이렇게 원망한 것이라 했
습니다.

10. 처음엔(權輿)

처음엔 내게 큰집 주고 풍성하더니
지금은 끼니마저 여유가 없다.
아아 슬프도다!
처음과 달라진 모습.
처음엔 내게 끼니마다 성찬이더니
지금은 끼니마다 배도 차지 않는다.
아아 슬프도다!
처음과 달라진 모습.

임금이 어진 신하를 대접함에 있어, 처음과 나중이 너무도 달라진 것을 한탄한 내용입니다. 그것은 자신에 관한 원망이기보다 나라를 걱정하는 마음에서라고 보아 좋을 것입니다.

모시서에는 진강공(秦康公)이 처음엔 선군인 목공(穆公)의 어진 신하들을 잘 받들며 바른 정치를 하다가, 차츰 게을러져서 어진 사람들을 푸대접하게 되었기 때문에 이런 시를 짓게 되었다고 했습니다.

5패의 한 사람인 목공은 이웃 나라에서 버림받은 어진 사람들을 맞아다가 나라를 크게 일으켰는데, 뒤를 이은 아들 강공은 이미 쓰고 있던 신하들마저 바로 받들지 못했으므로, 이때부터 진나라는 중국의 다른 나라들로부터 오랑캐 대우를 받기 시작했습니다.

앞에 진양공을 찬미한 노래와 비교해 볼때, 왕성했던 진나라의 힘찬 모습에 그림자가 드리워지고 있었음을 알 수 있습니다.

(12) 진풍(陳風)

주나라 무왕 때, 순임금의 후손을 지금의 하남성 회양(淮陽)땅에 봉하고 나라 이름을 진(陳)이라 했습니다. 첫 임금 우만(虞滿)은 무왕의 사위로서 이를 호공(胡公)이라 합니다.

호공에게 시집온 무왕의 딸 태희(太姬)는 아들을 얻지 못해 미신을 숭상한 나머지 자주 무당을 시켜 굿판을 벌이곤 했다고 합니다. 그 영향을 받아서인지 진나라 사람들은 놀이를 즐겼다고 합니다.

진나라는 산이 적고 들이 평탄해서 비교적 생활이 안정되어 있었으나, 그로인해 사치와 향락을 즐기는 경향이 있었고, 더욱이 임금과 귀족들 사회에 그런 풍조가 만연되어 있었던 것 같습니다.

공자가 진나라로 왔을 때는 임금 민공(湣公)이 능양대(凌陽臺)란 별궁을 지으면서 그 집을 자기 마음에 들게 꾸미지 못했다 하여 수십 명의 기술자를 사형에 처한 일이 있었고, 일을 감독하는 감독관 세 사람이 감옥에 갇혀 있었습니다.

이 사실을 들은 공자는 민공과 이 능양대에 올라 구경을 하면서,

"정말 아름답습니다. 옛부터 어진 임금들이 별궁을 지으면서 한 사람도 죽이지 않고 이토록 큰 공사를 끝낸 적은 일찍이 없었습니다."

라고 말하자, 민공은 말없이 물러나와 감옥에 갇혀 있는 감독관을 풀어주라 일렀다는 기록이 전해지고 있습니다.

향락과 사치를 즐기며 어진 임금이란 칭찬만은 듣고 싶어 한 철부지같은 민공의 모습을 잘 나타낸 기록이라 볼 수 있습니다.

진나라는 민공 24년에 초나라에 의해 망하고 맙니다.

진나라 시는 모두 10편이 실려 있습니다.

1. 완구(宛丘)

그대의 놀아남이여!
완구 위에서.

　누가 놀기를 싫어 하랴만
　더는 바랄 것이 없구려.

　둥둥 북소리 요란하다.
　완구 아래에서.
　겨울도 여름도 없이
　해오라기 깃부채 들고.

　둥둥 질장구 소리 시끄럽다
　완구 큰 길에서.
　겨울도 여름도 없이
　해오라기 깃일산 들고.

　〈모시서〉에는 진나라 유공(幽公)의 절제없는 놀이를 풍자한 것이라 했습니다.

　완구는 원래 사방이 높고 가운데가 낮은 편편한 언덕을 가리키는 말이었는데, 진나라에 그런 언덕이 있어 뒤에 땅이름으로 변했다고 합니다. 완구는 진나라 성 남쪽에 있는 데 여기서 동문(東門)까지를 완구길(宛丘道)라 불렀다 합니다.

　그 놀이터로 된 완구 언덕 위에서부터 시작해서 언덕 아래로 놀이의 행렬이 이어지고, 그것이 동문으로 통한 큰길을 따라 행진하는 민속축제 같은 행사가 자주 행해지고 있었는자도 모릅니다.

　그것이 유공 때에 더욱 심해져 있었는지 모르나, 자식을 얻으려는 태희의 무당굿이 그런 전통을 만들어낸 것인지도 모릅니다.

　문제는 겨울도 여름도 없다는데 있습니다. 진나라는 남쪽의 따스한 지방이었으므로 겨울에도 밖에서 놀이판을 벌일 수 있었을 것입니다. 어쩌면 태희의 백일굿을 풍자한 노래인지도 모릅니다. 노는 것이 싫을 것도 없는 일이지만 때도 철도 없이 그러고 있어서는 장

래를 기대할 것이 전혀 없다고 한 말에서 지은 사람의 참뜻을 알 수
있을 것 같습니다.

2. 동문의 느릅나무(東門之枌)

      동문의 느릅나무
      완구의 도토리나무
      자중씨(子仲氏)의 딸
      그 아래서 춤을 덩실덩실.

      좋은 날 골라
      남쪽 들판에서
      삼베 길쌈은 않고
      모여서 춤만 덩실덩실.

      좋은 날에 놀러
      우르르 몰려간다.
      금규와(錦葵花) 같은 그대
      내게 한 줌의 산초를 주누나.

   여기에 나오는 자중(子仲)은 진나라 귀족의 성입니다. 그 귀족의
딸들이 화창하고 좋은 날씨에 완구로 몰려나와, 춤을 추며 즐기고
사나이들과 사랑을 속삭이기도 하는 그런 광경을 그린 노래입니다.
   앞의 노래와 같은 노래로 〈모시서〉에서는, 역시 유공의 방탕한 생
활이 귀족사회와 백성들에게까지 영향을 미쳐, 자기 할 일마저 버려
둔 채 놀기에만 정신이 팔려 있는 것을 개탄해 부른 노래라 했습니
다.

3. 초라한 집(衡門)

> 초라한 집일망정
> 마음 편히 살 수 있다.
> 넘쳐흐르는 샘물
> 굶주림을 달랠 수 있다.
>
> 물고기를 먹는데
> 어이 꼭 황하의 방어리요?
> 아내를 얻는데
> 어이 꼭 제나라 강씨(姜氏)리요?
>
> 물고기를 먹는데
> 어이 꼭 황하의 잉어리요?
> 아내를 얻는데
> 어이 꼭 송나라 자씨(子氏)리요?

　벼슬을 마다하고 가난을 마음 편히 여기며 숨어 사는 어진 사람의 심정을 읊은 노래입니다.

　제목의 형문(衡門)은, 기둥 둘을 세우고 위에 가로나무 하나를 얹은 초라한 문을 말합니다.

　큰집에서 진수성찬을 먹으며 보다 더한 향락을 누리지 못해 밤낮 안달하는 것보다는, 초라한 집에서 아낌없이 솟아오르는 맑은 샘물을 양식 삼아 편한 마음으로 자연 속에서 근심 없이 사는 것이 훨씬 더 값지다고 생각하는, 뜻높은 선비의 기상을 엿볼 수 있을 것 같습니다. 1편에서 이제 더 바랄 것이 없다고 한 그런 심정에서 임금을 버리고 세상을 등진 사람이 많았을 것입니다.

귀족이나 부자들이 즐겨 먹는 황하의 방어나 잉어만이 물고기일 수 없듯이 얼굴이 예쁘기로 이름나 있는 제나라나 송나라의 임금 집안의 딸들만이 훌륭한 아내일 수 없다는 말로, 순진하고 소박한 이름 없는 집안의 때 묻지 않은 처녀가 더욱 마음에 든다는 것으로, 귀족의 예쁜 딸들이 가는 곳마다 아름답지 못한 소문을 퍼뜨리며 시집간 나라와 집안들을 어지럽게 하고 있는 것을 간접적으로 비웃고 있었던 것으로 볼 수 있습니다.

우리나라 옛 노래에 '개똥참외도 익으면 달다'는 말이 있습니다. 가난하고 헐벗은 시골 처녀의 자존심과 자부심을 말한 것입니다. 그런 처녀가 보다 훌륭한 아내감이란 뜻으로 한 말일 것 같습니다.

(13) 회풍(檜風)

회나라는 주평왕 당시 정나라 무공(武公)에 의해 망한 나라입니다. 정나라 노래로 볼 수도 있는데 굳이 회나라의 이름을 붙인 것은 망하기 이전의 노래임을 뜻하는 것으로 볼 수 있습니다.

모두 4편이 전해지고 있는데 모두가 임금을 원망하고 나랏일을 걱정하며 삶을 슬퍼하는 내용들입니다.

1. 염소 가죽옷(羔裘)

염소 가죽옷으로 돌아다니고
여우 가죽옷으로 조회에 나간다.
어찌 그대를 걱정하지 않으리?
애타는 마음 끝이 없어라.

136

염소 가죽옷으로 쏘다니고
여우 가죽옷으로 나랏일 본다.
어찌 그대를 걱정하지 않으리?
내 마음 시름겹고 아파라?

염소 가죽옷 기름칠한 듯
햇빛 받아 번쩍인다.
어찌 그대를 걱정하지 않으리?
속마음만 슬퍼지누나!

　희나라 임금이 사치만 즐기며 나돌아 다니기만 하고 있는 것을 걱정한 노래로 보입니다.
　염소 가죽옷은 조회할 때나 사무를 볼 때 입는 옷이고, 여우 가죽옷은 제후가 천자에게 조회 갔을 때 입는 예복이라 합니다.
　조정에서나 입는 예복차림으로 밖에 돌아다니고, 천자를 배알할 때 입는 여우 가죽옷으로 조회를 받고 나랏일을 의논하는 임금의 예의에 벗어난 일을 두고, 나라의 앞일을 걱정하는 어진 신하의 아픈 마음을 읊은 것이라 볼 수 있습니다.
　예복차림으로 밖에 나와 돌아다니며, 햇빛에 번쩍이는 그 번들거리는 가죽옷을 자랑이라도 하듯 뽐내고 다니는 임금의 철없는 모습이, 신하의 가슴을 더욱 아프게 한 것입니다. 그러기에 오래지 않아 정나라에 의해 망하고 만 것입니다.

2. 흰 갓(素冠)

흰 갓 쓴 이 보고파
여윈 사람의 초췌함이여!

달랠 길 없는 애타는 마음이여!

흰 옷 입은 이 보고파
내 마음 아프고 서러워
그대와 함께 숨어 살리라.

흰 무릎덮개가 보고파
내 마음 풀 길 없어
그대와 함께 숨어 살리라.

　흰 갓, 흰 옷, 흰 무릎덮개는 꾸밈이 없는 검소한 것을 말합니다. 수놓은 비단으로 울긋불긋 차려입고 다니는 세상에, 분수를 지키며 검소한 차림을 떳떳하게 여기는 그런 사람을 구경할 수 없다는 것은, 온 나라의 지도층이 사치에 물이 들어 백성들의 아픔이나 이웃나라가 넘보고 있음을 잊은 채 살아가고 있음을 개탄한 것입니다.
　이대로 나가면 머지않아 나라가 망하고 말 것이므로 차라리 숨어서 살고 싶다고 한 것은, 걱정이 절망으로 변하고 만 것을 뜻합니다.
　적자가 흑자로 돌아서고 채무국이 채권국으로 바뀐다 하여 벌써부터 들떠 있는 우리의 오늘의 현상을 돌이켜볼 때, 통상압력의 거센 물결과 침략의 위협을 남의 힘으로 막고 있는 지금, 통일이라는 큰 짐을 지고 있는 우리의 정신자세가 과연 그래서 될 것인지? 이 노래를 교훈으로 삼고 싶습니다.

3. 진펄의 양도(羊挑)나무(濕有萇楚)

　진펄의 양도나무

    탐스런 그 가지.
    부드러운 싱싱한 모습
    너의 느낌 없음이 부럽구나.

    진펄의 양도나무
    탐스러운 그 꽃.
    부드러운 싱싱한 모습
    너의 집 없음이 부럽구나.

    진펄의 양도나무
    탐스러운 그 열매.
    부드럽고 싱싱한 모습
    너의 가족 없음이 부럽구나.

　어지러운 세상을 살아가는 사람이 세상을 비관한 나머지, 진펄에서 말없이 자라며 생각없이 가지를 뻗고 꽃을 피우고 열매를 맺으며 바람에 보기 좋게 흔들리고 있는 모습을 부러워하며, 나라를 걱정하고 집안을 걱정하고 처자식을 걱정하며, 정신적 고통에서 헤어나지 못하고 있는 자신을 안타까워하는 심정을 읊은 노래입니다. 세상 모든 것을 잊으려 해도 잊을 수 없는, 뜻있는 사람의 숙명적인 아픔을 잘 나타낸 것이라 할 수 있습니다.

4. 바람 불지 않아도(匪風)

    바람 불지 않아도
    수레 달리지 않아도
    큰길 돌아보면

속마음 슬퍼진다.

바람 회오리치지 않아도
수레 흔들리지 않아도
큰길 돌아보면
속마음 아파온다.

누가 생선을 삶으며
가마솥을 씻을 수 있을까?
누가 장차 서쪽으로 돌아가
좋은 소식 가져다 줄까?

　회나라가 점점 더 어지럽고 약해져, 백성들이 살 길을 잃고 길거리를 헤매고 있는 것을 풍자한 노래라고 보고 있습니다.
　바람이 불거나 수레가 흔들리거나 하지 않아도, 큰길에 오가는 헐벗고 굶주린 사람들의 모습을 바라보고 있노라면, 바람에 휘날리고 위태롭게 덜거덩거리며 달리는 수레라도 타고 있는 것처럼 아찔한 느낌에 사로잡히곤 한다는 것입니다.
　피죽도 못먹는 주제에 언제 생선을 삶아 먹을 수 있으며, 녹이 쓸고 먼지가 앉은 채 버려져 있는 그 솥인들 누가 씻을 수 있겠느냐? 하는 것으로 보아, 백성들이 굶주릴 대로 굶주려 있고 지칠 대로 지쳐 있는 상태를 나타낸 것으로 볼 수 있습니다.
　누가 서쪽으로 돌아가서라는 것은, 회나라 서쪽에 주나라가 있기 때문입니다. 주나라 천자의 도움으로 임금을 깨우치고 백성들을 구제하는 무슨 기쁜 소식이라도 들려 주었으면 하는 서글픔을 비침으로써, 더욱 절망감을 더해 주고 있다고 하겠습니다.

140

(14) 조풍(曹風)

　조나라는 노나라와 위나라 서쪽에 있는 작은 나라로써 땅도 척박
하고 임금 또한 어질지 못한 사람이 많아, 이웃 나라의 업신여김을
자주 받곤 한 나라입니다.
　모두 네 편이 있는데 첫 편과 둘째 편을 소개하겠습니다.

하루살이(蜉蝣)

　하루살이의 깃처럼
　산뜻한 옷차림이여!
　마음의 걱정스러움이여!
　곧 죽게 될 이 몸인데,

　하루살이의 날개처럼
　화려한 옷차림이여!
　마음의 걱정스러움이여!
　곧 죽게 될 이 몸인데.

　하루살이가 뚫고 나올 때
　삼베무늬 옷 눈처럼 희다.
　마음의 걱정스러움이여!
　곧 죽게 될 이 몸인데.

　이 시는 철이 없는 조나라 소공(昭公)이, 사치에만 몰두해 있는
것을 하루살이에 비유해 꾸짖은 것이라고 합니다.
　사람의 한평생을 하루밖에 살지 못하는 하루살이에 비유하는 것은

예나 지금이나 다를 것이 없습니다. 그런데 이 시를 쓴 이는, 그 하루살이가 가볍고 고운 날개를 자랑스러운 듯이 쉴 새 없이 너울거리며 뽐내듯 날아다니는 것까지를, 사치스런 옷을 입고 그것이 전부인 양 뽐내는 사람에게 비유하고 있는 것입니다.

자기 몸이 곧 죽게 되고 나라가 곧 망하게 될 것도 모르며 그러고 돌아다니는 임금과, 임금을 둘러싸고 함께 쫓아다니는 무리들을 걱정스런 눈으로 바라보며 가슴 아파 하는 어진 사람의 마음이 잘 나타나 있습니다.

맞배웅 하는 사람(候人)

저 맞배웅하는 어진 사람은
짧은 창 긴 창 메고 있는데,
저 철없는 것들은
3백 명이나 붉은 슬갑을 두르고 있다.

이 첫 장에 나오는 맞배웅하는 사람은 외국 손님을 맞이하고 배웅하는 사람들로 요즈음의 의장대와 같은 것입니다.

높은 자리에 있어야 할 어진 사람들은 모두 밀려나 이런 천한 일을 하고 있는데, 정작 의장대가 되어 있어야 할 철없는 것들은 고관들이 두르는 붉은 슬갑을 두르고 높은 자리에 앉아 있는 것을 가슴 아파 한 것입니다.

이것은 실제로 있었던 일입니다. 조나라 공공(共公)은 어진 신하들을 멀리하고, 시장 거리의 건달패들을 불러들여 날마다 잡담이나 늘어놓고 놀이나 즐기면서, 그들 3백 명에게 높은 대부의 벼슬을 내리고 그에 맞는 봉급을 주고 있었다 합니다.

그 역사의 한 토막을 소개하겠습니다.

제환공의 뒤를 이어 두번째로 천하를 호령하게 되는 진문공이 내란으로 인해 본국을 떠나 각국을 돌아다닐 때, 제나라에서 송나라로 가던 도중 조나라에 들린 일이 있습니다.

이때 조나라에는 희부기라는 신하 한 사람만이 조상의 뒤를 이어 높은 벼슬에 그대로 남아 있었을 뿐, 나머지는 모두가 앞에서 말한 시장거리의 내노라 하는 건달패들로 차 있었습니다.

진문공이 조나라 국경에서 들어오려 한다는 보고를 듣자, 조나라 임금 공공은 명색이 대신과 고관들이라는 신하들을 불러 상의했습니다.

"진나라 공자 중이(重耳)가 우리 나라로 들어오려 한다는데 어떻게 처리하면 좋겠소?"

하고 공공이 먼저 물었습니다. 중이는 진문공의 이름입니다.

그러자 희부기가 말했습니다.

"이웃 나라의 공자일 뿐아니라 중이의 어진 이름은 세상이 다 알고 있는 것이니, 귀한 손님으로 맞아들여 정중히 대접해 보냄이 옳은 일인 줄 아옵니다."

"우리처럼 가난한 나라가 집도 없이 떠돌아다니는 사람들을 무슨 비용으로 일일이 손님 대우를 해서 보낼 수 있겠오?"

"아닙니다. 중이는 언젠가는 진나라의 임금이 될 것입니다. 그는 남다른 상을 지니고 있습니다."

"남 다른 상이라니?"

공공은 그제야 호기심이 생겨 물었습니다.

"그는 두 개의 동자가 겹쳐진 눈을 가지고 있고, 갈비뼈가 서로 맞붙은 특이한 상을 가지고 있습니다."

"그래? 그 이상한 사람도 다 있군. 이왕 들어오겠다니 어떻게 생긴 건지 구경이나 한번 할까?"

하고는 들어오게 하라고 시켰습니다.

　"사람을 보내 정중히 맞아오도록 하셔야 합니다. 그것이 주인된 도리를 다하는 일이옵니다."
하고 희부기가 다시 말하자, 공공은,
　"들어오게 해주는 것만도 특별히 생각해서 하는 일인데, 정중히 맞아들일 것까지야 뭐 있단 말인가?"
하고 듣지 않았습니다.
　진문공은 송나라로 가는 길목이므로 마중나온 사람도 없이 조나라 서울로 들어왔습니다.
　외국 손님을 접대하는 객관에 들리기는 했으나, 그때도 환영하는 사람은 나타나지 않았습니다.
　저녁상이 나오기는 했으나 반찬 하나 먹을 만한 것이 없었습니다. 진문공은 화가 치밀어 수저도 들지 않았습니다.
　저녁상을 물리자 객관 책임자가 나타나,
　"목욕물이 준비되었으니 목욕을 하시지요."
하고 물러갔습니다.
　여러 날 수레를 달리며 먼지 속을 헤치고 온 뒤였으므로, 진문공은 곧 목욕실로 들어가 옷을 벗고 몸을 닦기 시작했습니다.
　그때 갑자기 밖이 떠들썩해지더니, 웬 평복차림의 사람이 장정 두 사람을 데리고 욕실 문을 열고 들어왔습니다.
　놀라 바라보는 진문공의 두 눈을 한참 바라보더니 이번에는 손으로 갈비뼈를 더듬어 보고는,
　"거 참 희한한 사람도 다 있군, 눈동자가 두 겹된 사람이 있다는 말은 들었지만 양쪽 뼈가 맞붙은 통갈비란 것을 듣는 것도 처음이요 보는 것도 처음이야."
하며 껄껄거리고는 나가버렸습니다.
　진문공의 부하들이 놀라 달려나왔을 때는 이미 가버린 뒤였습니다. 책임자를 불러 캐물은 뒤에야 그것이 조나라 임금인 것을 알게

되었습니다.

진문공을 비롯한 일행들의 분노는 짐작하고도 남을 일입니다.

일행은 곧 그 밤으로 길을 떠날 차비를 서두르고 있었습니다.

그때 희부기가 찾아와 임금을 대신해서 정중히 사과하고 자기 집으로 진문공을 초청했습니다.

진문공은 배도 고프고 화도 좀 가라앉았으므로, 몇 사람만 데리고 그의 집으로 가서 묵고 내일 떠나기로 했습니다.

희부기가 진문공을 자기 집으로 초청한 것은 그의 부인의 의견에 따른 것이었습니다.

남편이 수심에 싸여 있는 것을 보고 그 까닭을 물어서 안 부인은, "저도 오늘 뽕밭에 나갔다가 그들 일행이 지나가는 것을 보았습니다. 공자는 수레에 타고 있어 볼 수 없었으나, 따른 부하들이 모두 인물이 뛰어나 있었습니다. 그 신하를 보면 그 임금을 알 수 있다고 했습니다. 장차 천하를 호령하게 될지도 모르는 일이오니, 대감께서 임금을 대신해서 이런 때 사귀어 두는 것이 뒷날을 위해 좋을 것으로 압니다. 제가 음식을 마련하고, 그 밥그릇 속에 구슬 한 쌍을 예물로 드릴까 합니다……."

이렇게 해서 희부기는 진문공을 찾아가 정중히 사과하고 집으로 초청해 온 것이었습니다. 그러나 그때까지도 임금이 욕실로 들어와 갈비뼈를 만지고 나간 것은 모르고 있었습니다.

진문공은 희부기의 집에서 융숭한 대접을 받으며 밥그릇에서 구슬 한 쌍이 나오자 크게 놀라 까닭을 물었습니다.

"밥 속에 구슬 한 쌍이 들어 있으니 어찌 된 일입니까?"

"제 집사람이 공자를 예로써 맞이하려는 뜻에서 폐백으로 드리는 것이오니 이상하게 생각하지 마시고 거두어 주시기 바랍니다."

"이런 융숭한 대접만도 내게는 과분한 일입니다. 이런 값비싼 예물을 받는 것만은 사양하겠습니다."

하고 끝내 받지 않았습니다.

　이런 일이 있던 몇 해 뒤에 진문공은 마침내 진나라의 임금이 되었습니다.

　진문공은 임금이 되자 맨먼저 지난 날 자기를 푸대접한 위나라와 조나라를 쳐 두 임금을 가두기까지 했는데, 조나라를 쳤을 때는 이 시에 말한 그 건달패 3백 명을 모조리 잡아 나라를 어지럽힌 죄를 물어 거리에 내다 모두 목을 베고 말았습니다.

　조나라 백성들은 나라의 녹을 축내며 자기들을 괴롭혀 온 그들의 죽는 모습을 통쾌한 눈으로 지켜보았다고 합니다.

　둘째 장과 셋째 장은 이렇게 이어집니다.

　봇둑에 있는 사다새는
　더러운 물에서도 날개가 젖지 않는다.
　저 철없는 것들아 !
　네 옷이 어울리지 않는다.

　봇둑에 있는 사다새는
　더러운 물에도 그 부리 젖지 않는다.
　저 철없는 것들아 !
　그 벼슬 어울리지 않는다.

　사다새는 어진 사람을 비유한 것입니다. 사다새가 더러운 물에서 날개와 부리가 젖지 않는 것을, 어진 사람이 더러운 세상에 살면서도 그 지조를 그대로 지키고 있는 것에 비유한 것입니다.

　맨 끝장은 이렇게 되어 있습니다.

풀과 나무가 우거진
남산에는 아침 무지개가 서 있어,
곱고 아리따운
아가씨만 굶주린다.

풀과 나무가 우거진 것은, 못된 무리들이 가득 차 있는 조정을 비유한 것이고 아침 무지개는, 보기에만 신기할 뿐 헛되고 거짓되며 금방 사라질 요사스런 모습을 비유한 것입니다.

조정의 그런 무리들의 잘못으로 인해 순진하고 때묻지 않은 아가씨 같은 어진 사람만 굶주리게 된다는 것을 말한 것입니다.

(15) 빈풍(豳風)

주나라 첫 시조인 후직(后稷)의 자손이 세운 나라를 빈이라 했습니다. 후직은 순임금의 신하로 백성들에게 농삿 일을 가르치고 독려한 사람으로 지금의 농림장관과 같은 일을 한 사람입니다.

후직의 이름은 버렸다는 뜻인 '기(棄)'였는데, 그가 그런 이름을 갖게 된 데 대해 다음과 같은 전설이 전해지고 있습니다.

후직의 어머니가 숲이 무성한 산기슭을 지나가다다 엄청나게 큰 사람의 발자취를 보고 그만 놀라 까무러치고 말았습니다. 숲속에 사람을 닮은 무슨 괴물이 살고 있다는 생각이 들었기 때문입니다.

그 당시는 들만 넓고 사람은 별로 많지 않았습니다. 마을이 있기는 했지만 멀리 떨어져 있었고, 각 마을의 우두머리들은 저마다 임금이나 다름 없는 세력을 가지고 있었습니다.

먹고 사는 데는 큰 어려움이 없었으므로 먹는 것을 빼앗기 위한 싸움은 하지 않았습니다. 농사 지을 땅은 얼마든지 있었으므로 부지런히 일만 하면 되었고, 산과 숲에는 철따라 과일들이 얼마든지 있었으므로 가서 따오거나 주워오면 되었으니까요.

그러나 시집가고 장가가고 하는 데에는 어려움이 많았습니다. 마땅한 상대를 한 마을에서 찾기란 그리 쉬운 일이 아니었을 테니까요.

그래서 이웃 마을의 처녀들을 몰래 데려가는 일이 자주 있었고, 그런 일로 양쪽 마을이 편싸움을 할 때도 종종 있었습니다. 그러니까 처녀들은 밖에 나다니기를 꺼렸고, 늘 몸조심을 하며 살아야 했습니다.

후직의 어머니는 큰 마을 우두머리의 딸로서 얼굴이 예쁘기로 소문이 나 있었습니다. 그래서 더욱 몸조심을 하던 중에 갑자기 마을에서 떨어진 숲 옆을 지나다가 보기만 해도 소름이 끼치는 그런 큰 발자욱을 만났으니 얼마나 놀랐겠읍니까?

갑자기 놀라 까무러치고 말았으므로 따라가던 하녀는 급히 마을로 돌아와 마을 우두머리인 아버지에게 알렸습니다.

즉시 사람들이 달려나갔을 때는 딸은 깨어나 집으로 오고 있었습니다. 무슨 꿈이라도 꾸는 것처럼 거의 정신을 차리지 못한 채 걸어오고 있었습니다.

하녀가 집으로 달려온 사이에 어떤 일이 있었는지는 아무도 모릅니다. 딸의 이야기로는 이상한 꿈만 꾸었을 뿐이라고 했습니다.

그런데 이상하게 그뒤로 점점 딸의 배가 불러오기 시작했습니다. 사람들은 괴물의 아이나 귀신의 아이를 배었다고 수군거렸습니다.

달이 차서 마침내 달덩이같은 사내아이를 낳았으나 부모들은 귀신의 아이라 하여 산 밑 숲에 갖다 버리고 말았습니다. 산짐승이 물어가기를 바랬던 것이지요.

그러나 짐승은 물어가지 않고 아기의 울음소리만이 지나가는 사람의 발길을 멈추게 했습니다.

그리하여 결국 하늘이 낸 큰 인물이 될 아기라는 생각에서 다시 데려와 기르며, 이름을 버렸다는 뜻의 '기'로 불렀다는 것입니다.

후직이란 벼슬 이름이었습니다. 후는 임금이니 우두머리니 하는 뜻이었고, 직은 피를 말합니다. 맨 처음에 심어 기른 곡식이 피였기 때문에 피 농사를 맡은 우두머리란 뜻으로 후직이라고 부른 것입니다.

후직은 맨 처음 '태'(邰)라는 고을을 영지로 받았습니다. 그리고 그 자손이 대대로 그 고을을 다스려 오고 있었는데, 공류(公劉)라는 임금에 이르러 비로소 빈이란 곳에 도읍을 정하고 나라를 크게 일으키게 되었습니다.

그 뒤 태왕(太王)으로 불리는 임금 고공단보(古公亶父)가 남쪽으로 도읍을 옮겨 '기주(岐周)'라 부르고, 그 손자 문왕이 '풍(豊)'이란 곳으로 도읍을 옮겼으며, 문왕의 아들 무왕이 다시 '호(鎬)'로 서울을 옮겨 천하를 통일하기에 이른 것입니다.

빈나라는 결국 공류로부터 고공단보에 이르는 10세 동안 도읍했던 땅을 말하는 것입니다.

첫 할아버지 후직으로부터 천 년이 지난 뒤에, 그 자손이 천하를 통일한 그 바탕이 바로 이 빈나라에서 이루어진 셈입니다.

모두 7편인데, 거의가 주나라 왕조를 반석 위에 올려놓고 새로운 훌륭한 정치를 편 주공과 관계된 시들입니다.

첫 편인 '7월'은 국풍 가운데 가장 긴 노래로써, 11줄씩으로 된 장이 8장에 이르고 있습니다.

빈나라의 농촌 풍경을 그린 것인데 주공이 지었다고 합니다. 나이 어린 조카 성왕에게 조상들의 애쓰신 일과 백성들의 부지런히 땀 흘려 일하는 모습을 알려 주기 위해서였다고 합니다.

제5장만을 소개하면 다음과 같습니다.

오월에 여치는 다리 비벼 울고

유월에 베짱이 날개 떨어 운다.
칠월에 들에서 지내다가
팔월에 처마 밑에서 살고
구월에 문간에 있다가
시월이면 귀뚜라미는
내 침대 아래로 들어온다.
벽구멍 막고 쥐를 연기로 내쫓고,
북향 창문 막고 진흙으로 문틈 바른다.
아아, 내 아내와 자식들아
마지막 가는 이 해를
이 방에 들어와 편히 쉬어라.

첫 장에서부터 끝 장까지가 모두 이런 식으로 달 따라 변해 가는 자연의 모습과 함께 그 자연을 이용하고 그 자연과 싸워 가며, 땀 흘려 농사짓고 거두어 들여서 추운 겨울을 식구들과 함께 편안히 지내기 위해 쉴 새 없이 슬기롭게 움직이고 있는 농민들의 알뜰하고 눈물겨운 삶을 보람되고 즐거운 듯이 노래한 것입니다.

올빼미(鴟鴞)

이 시 역시 주공이 지은 것이라고 합니다. 어린 조카 성왕이 뜬소문에 마음이 흔들려 자신의 참뜻을 몰라주고 의심하기 때문에 새가 둥지를 만들 때의 어려움을 비유로 들어, 새 왕조를 세우는 일이 너무도 힘들었다는 것을 알려 준 것이라 합니다.

올빼미야 올빼미야!
내 새끼 잡아먹었으니

내 집은 망가뜨리지 마라.
알뜰살뜰 돌보아 온
불쌍한 어린 자식

비가 아직 오기 전에
저 뽕나무 뿌리 주워다가
둥우리를 엮어 놓으면
이제 저 아래 사람들이
감히 나를 업신여기랴!

나는 부리가 다 닳도록
내 둥우리에 갈대 이삭 물어 오고
띠풀 물어다가 자리 만드느라
내 입이 다 헐은 것은
아직 집이 없기 때문.

내 깃이 다 무지러지고
내 꼬리가 다 닳아 빠져도
내 집이 위태로워
비바람에 흔들리므로
나는 떨리는 소리로 운다.

무왕이 은나라 주(紂)임금을 무찌르고 주나라 왕조를 세운 다음, 주임금의 아들 무경(武庚)을 죽이지 않고 그곳에 그대로 옛땅을 영지로 받아 제후로 있게 했습니다.

그것은, 천자가 정치를 잘못하여 천하를 잃기는 했으나 그 조상의 공덕까지 저버릴 수는 없으므로 그 자손을 제후로 남아 있게 하고,

조상의 제사를 받들게 하는 것이 전통으로 되어 있었기 때문입니다.

그러나 무경이 언제 무슨 일을 꾸밀지 모르는 일이므로 무왕은 자기 친아들인 관숙(管叔)과, 채숙(蔡叔)을 보내 무경을 도우며 감독하게 했습니다. 그러나 무경은 아버지 주임금을 닮아 힘도 지혜도 있었으므로, 언젠가는 잃었던 천하를 다시 찾겠다는 큰 뜻을 숨겨 두고 있었습니다.

무왕이 주나라를 세운 뒤 몇 해 안되어 죽고 어린 아들 성왕이 뒤를 잇자, 정승이요 작은아버지인 주공이 사실상의 천자가 되어 나랏일을 보아야만 했습니다.

주공은 자기가 딴 생각이 없다는 것을 보이기 위해, 12 살 밖에 안 된 조카 성왕을 등에 업고 조회를 받았다 합니다.

그러나 그것만으로 주공의 속마음을 알 수는 없는 일입니다. 적당한 시기에 어린 천자를 밀어내고 정식 천자로 들어앉을 수 있는 일이기 때문입니다.

자연 반갑지 않은 뜬 소문이 일 수 밖에 없었습니다. 복수심에 불타고 있는 무경이 이 기회를 놓칠 리가 없습니다.

무경은 심복을 시켜 헛소문을 퍼뜨리는 한편, 자기를 감시하고 있는 관숙과 채숙을 교묘한 방법으로 부추기기 시작했습니다.

그리하여 관숙과 채숙은,

"주공이 어린 천자를 밀어내고 자기가 천자 될 생각을 품고 있다."

하고 외치며 무경과 손을 잡고 반란을 일으키게 되었습니다.

주공은 하는 수 없이 군대를 이끌고 나가 그들 셋을 무찔러 죽이고 말았습니다.

그리고 주임금의 형인 미자(微子)를 대신 임금으로 앉혔습니다. 미자가 죽고 그의 아우 미중이 뒤를 이어 송나라 임금이 되었는데, 공자는 이 미중(微仲)의 자손이 됩니다.

주공이 그들 셋을 무찌르고 반란을 가라앉히기는 했으나 뜬 소문은 여전히 가시지 않고, 차츰 자란 성왕마저 의심하는 눈으로 주공을 보고 있었기 때문에 이 올빼미란 시를 지었다는 것입니다.

올빼미는 같은 새이면서 다른 작은 새들을 잡아먹는, 새 중의 가장 나쁜 새이므로 무경을 그것에 비유한 것입니다.

내새끼를 잡아먹었다는 것은 관숙과 채숙을 부추겨 반란을 일으키게 하고, 그로 인해 그들이 죽고 만 것을 비유로 말한 것입니다.

집을 망가뜨리지 말라는 것은 주나라 왕실을 어지럽게 만들지 말라는 뜻입니다. 은나라의 옛 세력들이 무경과 같은 생각으로 어린 천자 성왕과 주공 사이를 벌어지게 만들고, 그로 인해 주공이 물러나게 되면 주나라 왕실은 금방 흔들릴 것이 뻔했기 때문에 한 말입니다.

비가 오는 장마철이 닥치기 전에 부지런히 둥우리를 엮는 것은, 재난이란 언제나 있기 마련이므로 서둘러 나라를 튼튼한 터전 위에 올려 놓아야 한다는 것을 비유로 말한 것입니다.

아래 있는 사람들이 아무도 업신여기지 못한다는 것은 백성들이 뜬 소문에 흔들리지 않게 된다는 뜻입니다.

셋째 장에서 부리가 닳도록 갈대 이삭을 따 오고 띠풀을 물어다가 둥우리 안을 다듬는 것은, 주공이 밥을 먹다가도 누가 찾아왔다면 입안에 든 밥을 뱉고 나가 맞고, 머리를 감다가도 누가 찾아 왔다면 감던 머리를 칭칭 감고 나가 맞은 것을 비유로 말한 것입니다. 주공은 천자의 권한을 한 손에 쥐고 있으면서 그토록 바쁜 나날을 보낸 것으로 유명합니다.

입이 온통 헐도록 쉬지 않고 일한 것은 둥우리가 없기 때문이라고 한 것은, 천자가 마음 놓고 편안히 지낼 수 있는 바탕이 아직 되어 있지 않기 때문이란 뜻입니다.

끝 장에 깃이 무지러지고 꼬리가 닳아 빠지도록 일을 해서 겨우 둥우리를 만들기는 했으나 아직도 그 둥우리가 자꾸만 위태롭게 여겨져, 비바람이 치는 날 조금만 흔들려도 놀라 떨리는 목소리로 운다고 한 것은, 뜬소문이 나돌 때마다 혹시 나이 어린 천자가 자기를 의심하지나 않을까 두려운 생각으로 잠을 이루지 못하는 지금의 심정을 고백한 것입니다.

도끼자루 베기(伐柯)

도끼자루는 어떻게 베나
도끼가 아니면 벨 수 없다.
아내는 어떻게 맞나?
중매하는 여자가 있어야 한다.

도끼자루를 베는 일은
그 방법이 바로 손안에 있다.
우리가 우러러보는 그님은
예의를 몸소 행하는 분이다.

두 장으로 된 이 시는 주공을 찬미하여 백성들이 부른 노래였다고 합니다.

도끼자루를 잡고 그 도끼로 도끼자루를 베는 것과 중매하는 여자를 통해 그 여자의 말을 믿고, 그 여자가 중매하는 처녀에게 장가드는 것을 비유로 든 것은, 농민들이 늘 겪고 또 겪는 일이라는 것에 깊은 뜻이 있다고 볼 수 있습니다.

세상 이치는 크고 작으나 어렵고 쉬운 차이가 있을 뿐 잘 생각하면 모두가 다 같다는 뜻이 들어 있습니다.

지금 손에 잡고 있는 도끼자루는, 옛날에는 땅에 뿌리를 박고 서 있는 나무였거나 큰 나무에 붙어 있던 가지였습니다. 지금 눈앞에 앉아 있는 중매하는 여인은 이미 남의 아내가 되어 있거나 자식까지 낳은 어머니입니다. 옛날에는 그 누구의 아내도 어머니도 아닌 때묻지 않은 한 처녀였습니다. 아직 베기 전의 도끼자루 감에 지나지 않았던 것입니다.

새 도끼 자루를 베려면 손에 잡고 있는 도끼자루를 보고 적당한 길이와 굵기가 같은 나무를 베어야만 합니다. 새 처녀를 아내로 맞이하려면 옛날에는 처녀였다가 지금은 남의 아내가 되고 어머니가 된 여자를 보고, 내 마음에 드는 처녀를 이야기할 수 있습니다. 그런 이야기를 할 수 있는 여자면 어머니가 됐든 이웃 아주머니가 됐든 중매하는 여자가 되는 것입니다.

"어머니 마음에 드시는 처녀에게 장가 가겠습니다."

라고 하거나,

"아주머니 생각에 적당하다 싶은 처녀면 그만입니다."

라고 말할 수도 있고,

"어머니처럼 얌전하고 알뜰하고, 인정많은 처녀에게 장가들고 싶습니다."

라든가

"아주머니 같은 처녀라면 좋겠습니다만……."

하고 이야기할 수도 있는 것입니다.

정말 소박하고 단순하면서도 깊은 뜻이 들어 있는 비유입니다.

둘째 장에는 첫 장의 비유를 바탕으로 이제 주공을 찬양했습니다.

첫 장에서는 가장 중요하고 어려운 장가드는 일을 도끼자루 잡고 도끼자루 베는 일에 비유하며 그것이 하나도 어려울 것이 없다고 말한 것처럼, 우리가 착한 사람이 되고 착한 일을 하려면 우리가 우러러보는 그 분을 본받으면 그만이라고 말한 것입니다.

도끼자루를 제대로 실수 없이 베려면 손에 잡고 있는 도끼자루만 보고 베면 되듯이, 바로 우리가 매일 만나 그분의 말도 듣고 행하는 일도 보게 되는 주공을 본받아 그대로 행하면 올바른 사람이 될 수 있다고 한 것입니다.

〈중용〉에서 공자는 이 시를 끌어 말하고 이렇게 풀이했습니다.

"〈시경〉에 말하기를 도끼자루를 베는 것이여! 도끼자루를 베는 것이여! 그 방법이 멀지 않다고 했다. 사람들이 도끼자루를 잡고 도끼자루를 베면서도 물끄러미 바라보며 퍽 어려운 일인 것처럼 생각하기 때문에 한 말이다. 그러므로 어진 사람은 내 마음을 미루어 남의 마음을 알 수 있고, 남의 행동을 보아 내 행동을 고칠 수 있는 것이다."

윙윙대는 쉬파리

當與人同過, 不當與人同功 同功則相忌.

“사람은 마땅히 과오의 책임을 함께 질지라도, 공은 함께 하
지마라. 공을 함께 하면 서로 미워하게 된다.”

아(雅)

(1) 소아(小雅)

맨 앞에서 말했듯이 잔치 때나 조회 때 쓰이는 악곡을 아악이라
했습니다. 우리나라의 아악도 마찬가지입니다.

이 가운데서 주로 잔치 때 연주하는 악곡을 소아라 불렀습니다.
아는 점잖고 고상하다는 뜻인데 노랫말도 물론 그런 점이 있지만,
그보다 곡을 가리켜 한 말이었습니다. 소아의 노랫말 가운데는 국
풍으로 불러서 좋을 내용도 많기 때문입니다.

모두 80편이 있는데 이 가운데 태평성대를 노래한 곡이 22편이고,
어지러운 세상을 안타까워하는 곡이 58편으로 이를 변소아(變小雅)

라고 합니다. 정소아 속에는 곡이름만 있고 노랫말이 없는 것이 6편이 있습니다. 노랫말이 있는 10편씩을 나누어 그 첫편의 이름 아래 열(什)이란 뜻의 글자를 붙여 나눠두고 있습니다. 마지막은 열 편이 더 되기도 합니다.

〈1〉 녹명지습(鹿鳴之什)

사슴이 울며(鹿鳴)

소아 맨 첫머리에 나오는 이 시는 반가운 손님을 맞아 잔치를 하며 즐기는 시입니다. 이 시는 뒷날에도 귀한 손님을 맞아 잔치할 때 많이 불리운 대표적인 시였다고 합니다.

즐겁게 사슴이 울며
들판의 쑥을 뜯는다.
우리 귀하신 손님 맞아
거문고 타고 생황 분다.
생황을 불고 또 불며
광주리에 폐백 담아 올린다.
귀하신 손님 날 좋아하여,
나에게 바른 길 일깨워 준다.

이렇게 비슷한 내용이 세 번 되풀이되며 이어집니다.
사슴은 평화로운 짐승입니다. 그 사슴이 한가한 목소리로 같은 무리들을 불러 들판에 있는 쑥을 함께 뜯고 있는 것으로, 주인과 손님이 즐거운 마음으로 술 자리에 모여 서로 술과 음식을 나누며 좋은 노래와 음악을 듣기도 하고, 좋은 말을 서로 주고받고 하는 것을 비유로 노래한 것입니다.

2. 네 마리 수말(四牡)

> 네 마리 수말 달리고 달려도
> 큰 길은 돌고 돌아 아득하구나
> 어이 돌아갈 마음이 없으리?
> 나랏일이 끝나지 않아
> 내 마음만 애닯고 서러워라.
>
> 네 마리 수말 달리고 달려도
> 말만 숨이 차 있을 뿐.
> 어이 돌아갈 마음 없으리?
> 나랏일이 끝나지 않아
> 편히 쉴 곳이 없다.
>
> 훨훨 날으는 집비둘기
> 날다가는 내려와
> 상수리나무에 모여 앉는다
> 나랏일이 끝나지 않아
> 아버님 봉양할 겨를이 없다

넷째 장은 어머님 봉양할 겨를이 없다고 하고, 끝 장에서는 거듭 어머니가 그립다는 말로 끝을 맺습니다.

나랏일로 멀리 나가 있는 사신이, 하루빨리 일을 끝내고 돌아가지 못하는 안타까움을 노래하며 집에 계신 아버님과 어머님에 대한 자식의 도리를 다하지 못하는 것을 아쉬워하고, 마지막에 어머니에 대한 그리움을 말한 것입니다. 나라에 대한 의무와 함께 부모에 대한 효성과 어머니를 더욱 그리워하는 인간의 본능을 그대로 드러내고 있는 것에서, 시인의 순수한 감정을 엿볼 수 있습니다.

나라에 대한 충성만을 강조하며 가정에 대한 의무나 애정 같은 것을 완전히 버리고 잊는 것을 장하게 여기는 그런 냄새가 전혀 나지 않는다는 것에, 깊은 뜻이 있다고 보아도 좋을 것 같습니다.

더욱이 이 노래가 외국 사신을 맞이하는 술자리에서 불리우고 있었다는 것으로 미루어 보아, 나랏일로 인해 희생당하는 사신들의 아픈 마음을 그들의 입을 대신해 노래로 불러 줌으로써 맺힌 감정을 풀 수 있게 한 것으로 볼 수 있습니다.

충성을 강조하고 격려하는 거짓된 위로보다, 상대의 아픔을 대신 말해 주는 인간다운 위로에서 우리는 힘을 얻게 되기 때문입니다.

4. 아가위(常棣)

　　아가위 꽃은
　　꽃받침도 크다
　　이 세상 그 누구도
　　형제 같은 이 없다.

　　죽음의 위협에도
　　걱정하는 건 형제뿐
　　싸우다 사로잡혀도
　　찾는 건 형제뿐.

　　벌판에 있는 할미새처럼
　　형제는 어려움에 뛰어든다.
　　아무리 좋은 친구라도

긴 한숨만 지을 뿐인데.

형제는 집안에서 다투더라도
밖의 업신여김은 함께 막는다
아무리 좋은 친구라도
와서 돕는 이 없다

환란이 이미 끝나고
안정을 찾아 편안해지면
아무리 형제가 있어도
친구만 못하게 여겨지지만

술 안주 차려놓고
배불리 마시고 먹어도
형제들이 다 함께 있어야
즐겁고 흐뭇해진다.

아내와 마음이 맞아
금실이 더없이 좋아도
형제가 모여 있어야
화락하고 참으로 즐겁다

그대 집안 화합하고
그대 처자 즐겁게 하여
이를 힘쓰고 이를 꾀하면
정말 그렇게 이뤄지리라.

아가위 꽃은 한꺼번에 여러 송이가 활짝 피어 온통 꽃으로 덮은 듯한 모양을 하게 됩니다. 여러 송이가 한 곳에 많이 붙어 있는 것은 꽃받침이 크고 단단하기 때문입니다. 형제 사이의 정이 두터운 것을 비유로 든 것입니다.

이것은 수십 명에 이르는 주공의 형제들이 하나같이 뭉쳐 주나라 왕실의 기반을 튼튼히 해야만 서로가 다같이 안정과 즐거움을 얻게 된다는 것을 강조한 것이라고 합니다.

그래서 이 노래는 같은 형제 같은 핏줄들이 모여 잔치를 벌이게 되었을 때 부르곤 했다 합니다. 특히 넷째 장과 다섯째 장은 관숙과 채숙이 형제를 배반하고 은나라 무경과 반란을 일으킨 사실을 두고 가슴아파한 대목으로 볼 수 있습니다.

형제끼리 혹 의견이 맞지 않아 집안에서 다투는 일이 있더라도, 다른 사람이 형제를 해치거나 업신여기거나 할 때면 하나로 뭉쳐 대항하게 되는 것이 형제인데, 관숙과 채숙은 그 반대로 형제를 이간하는 무경의 편이 되어 형제끼리 싸운 결과를 낳고 말았기 때문입니다.

형제의 정은, 장가들어 아내와 자식을 거느리게 되면 서로가 멀어지는 경우가 많습니다. 처자가 형제보다 더 가깝기 때문입니다. 그러나 아무리 처자와의 정이 두텁다 해도 형제끼리의 화목이 없이는 그 가정이 원만해질 수가 없습니다. 그러므로 처자식을 즐겁게 하더라도 형제간의 우애를 지켜나가도록 힘써야만 그 즐거움이 더 깊어지게 된다는 것을 일깨우고 있는 것입니다.

〈2〉 남유가어지습(南有嘉魚之什)

1. 남쪽의 좋은 고기(南有嘉魚)

남쪽 강 좋은 고기들
많이도 몰려온다
어진 임 술이 있어
좋은 손 대접하며 즐긴다.

남쪽 강 좋은 고기들
많이도 헤엄쳐 논다
어진 임 술이 있어
좋은 손 대접하며 즐긴다.

남산의 가지 늘어진 나무
단박 덩굴이 얽혀 있다
어진 임 술이 있어
좋은 손 대접하며 즐긴다.

훨훨 날으는 집비둘기
떼지어 모여온다.
어진 임 술이 있어
좋은 손 대접하며 권한다.

　주인과 손이 잔치 자리에서 술잔을 주고 받으며 즐기는 것을 노래
한 것임에는 틀림없는 내용입니다.
　〈모시서〉에서는 주공과 성왕의 태평하던 시절에 훌륭한 사람들이
정성껏 나랏일을 하며, 들에 있는 뜻 있는 사람들과 함께 어울려 나
랏일을 의논하고자 부른 노래라 했습니다.
　〈시집전〉에서는 손님을 환영하는 잔치 자리에 널리 불리우는 노래
라고 했습니다. 어느 때 누가 지어 부른 노래인지는 알 수 없으나

손님과 주인이 함께 즐기는 내용임에는 틀림없습니다.

　물고기니 단박이니 비둘기니 하는 것은, 많은 손들을 비유로 한 말인 것 같습니다. 떼 지어 온다거나 주렁주렁 매달려 있는 거라든가 훨훨 날아다닌다고 한 것이, 손님들이 많이 찾아든 것을 말한 것으로 볼 수 있기 때문입니다.

7. 흠뻑 내린 이슬(湛露)

　　흠뻑 내린 이슬
　　볕이 아니면 마르지 않으리
　　즐거운 밤의 술 마심
　　취하지 않곤 돌아가지 않으리.

　　흠뻑 내린 이슬
　　무성한 풀밭 적시었다
　　즐거운 밤의 술자리
　　임의 집에 차렸다.

　　흠뻑 내린 이슬
　　산버들 가시나무 적시었다
　　밝고 어지신 임
　　아름답지 않은 것 없어라.

　　오동나무 가래나무
　　열매도 주렁주렁
　　거룩하고 어지신 임
　　그 모습 모두 아름다워라.

천자가 제후들을 맞아 밤에 환영 잔치를 벌인 자리에서 부르던 노래라 합니다.

밤에 이슬이 흠뻑 내리듯, 밤잔치에 천자의 은혜로운 대접이 제후들에게 흠뻑 내리고 있음을 비유한 것으로 볼 수 있습니다.

이슬이 햇볕을 받아야만 마르듯이, 이 술자리는 해가 뜨기 전까지 계속된다는 뜻으로 한 말인 것도 같습니다. 해를 천자에 비유한 것으로 풀이하기도 합니다. 그러면 이 밤의 술자리는 천자가 직접 참석한 자리는 아닌 것 같습니다. 천자의 명령으로 베풀어진 환송연일 가능성이 큽니다. 내일 천자를 뵙게 될 때까지는 실컷 마셔도 좋다는 뜻으로 말을 시작한 것이라 볼 수 있습니다. 옛날에는 임금과 신하 사이는 밤에는 술자리를 벌이지 않는 것이 예였고, 술을 마시더라도 석 잔 이상은 돌리지 않는 것이 예라고 했습니다. 취하지 않고는 돌아가지 않는다고 한 것으로 보아 천자가 직접 베푼 술자리는 아니었던 것 같습니다. 천자가 참석했다 해도 석잔쯤 돌린 다음 일어나 돌아가고, 다시 계속되는 술자리에서 읊은 것으로 보면 될 수 있겠지요.

그런데 뒷날에는 천자가 제후들을 대접하는 자리만이 아니라 제후들이 외국 사신을 위해 베푼 잔치에서도 이 노래를 불렀던 모양입니다.

〈춘추좌전〉 문공 4년에는 다음과 같은 내용이 실려 있습니다.

위나라의 영무자(甯武子)가 노나라로 찾아온 일이 있었습니다. 이때 노나라 문공은 그를 환영하는 잔치를 벌이고 그 자리에서 이 담로(湛露)란 노래와 다음에 나오는 동궁(彤弓)이라는 노래를 부르게 했습니다.

그런데 영무자가 고맙다는 인사의 말도 하지 않고, 으레 있음직한 답례의 노래도 부르지 않았습니다.

영무자는 그 당시 국제적으로 널리 알려진 예의바르고 충성스럽고 학식과 지혜와 용기를 두루 갖춘 사람이었으므로, 문공은 외무장관(行人)을 시켜 사사로이 까닭을 물어보게 했습니다. 무엇인가 그만한 까닭이 있을 것으로 믿었기 때문입니다.

영무자는 이렇게 조심스레 대답했습니다.

"저는 누군가가 연습삼아 그저 부르는 줄로만 생각했습니다. 원래 담로라는 노래는, 제후가 새해에 천자에게 문안을 드리면 천자께서 잔치를 베풀고 그들을 대접할 때 부르게 하는 노래입니다. 노래에 나오는 해는 천자를 뜻하고 이슬은 제후에게 내린 천자의 은혜를 뜻합니다. 그리고 동궁이란 노래는, 제후가 천자를 대신해서 천자의 명령을 거역하는 세력을 무찌르고 그 전공을 천자에게 바치면, 그때 천자께서 붉은 활 하나와 붉은 화살 백 개를 내릴 때 부르게 했던 것입니다.

제가 노나라로 와, 같은 제후나라로서의 옛 친선을 잇고자 하는 마당에 그 노래를 불러 주셨습니다. 제가 어찌 인사의 말씀을 드릴 수 있으며, 대답하는 노래를 부를 수 있겠습니까?"

예의의 나라로 불리우는 노나라가 외국 사신을 모욕한 꼴이 된 셈이며, 무식을 스스로 폭로한 꼴이 되고 만 셈입니다.

공자 당시도 노나라 세도재상들이 천자만이 쓰게 되어 있는 노래를 자기 조상 제사 때 쓰곤 했으므로, 공자가 그들의 무례함과 무식함을 꾸짖은 말이 〈논어〉에 나와 있습니다.

풀이니 산버들이니 가시나무니 하는 말과 거기에 이슬이 흠뻑 내렸다고 하는 말로 비추어 보았을 때, 제후들이 천자의 은총에 감사하여 부르는 노래로 보는 것이 좋을 것 같습니다. 노래란 꼭 노랫말의 뜻을 하나하나 캐고 따질 성질의 것은 아니지만 말입니다. 우리가 술자리에서 부르는 온갖 노래들은 한낱 흥을 돋구는 것일 뿐 노랫말과는 아무 상관이 없는 것이 또한 사실이지만 말입니다.

〈3〉 홍안지습(鴻雁之什)

1. 큰 기러기 작은 기러기(鴻雁)

　이 시는 살 길을 찾아 사방으로 흩어져 헤매던 백성들이 훌륭한 임금을 만나 다시 편안히 살 곳을 얻게 된 것을 기뻐하며 노래한 시입니다.

　첫 장에서는 고향을 버린 백성들이 집이 없어 들판에서 고생하는 모습을 그리고 둘째 장에는 마침내 살 곳을 찾아 머물러 있게 된 것을 그렸습니다. 그리고 끝 장에서는 그들이 고생하는 것을 알아주는 임금에게 감격해 하는 모습을 그리고 있습니다.

　　큰 기러기 작은 기러기 날아
　　푸드득 푸드득 날개 친다.
　　그 님 오랑캐를 치시느라
　　싸움터에서 고생하시네.
　　불쌍한 우리 돌보시며
　　이 홀아비 홀어미를 슬퍼하신다.

　　큰 기러기 작은 기러기 날아
　　늪 가운데 모였다.
　　그 님 울타리를 치시고
　　집집마다 담을 쌓는다.
　　비록 고생스러워도
　　마침내 편히 살 집을 얻게 되리라.

큰 기러기 작은 기러기 날아
끼럭 끼럭 슬피 운다.
거룩하신 그 님은
우리더러 고생한다 하시는데
저 어리석은 사람들은
우리더러 건방떤다 하네.

〈모시서〉에는 오랑캐를 물리친 다음 어진 정치를 다시 펴서, 백성들이 피난길에서 돌아와 살 터전을 마련하게 해준 주나라 선왕(宣王)을 찬미해 부른 시라 했습니다.

임금이나 나라에서 하는 일을 비방만 해도 반역으로 몰아 죄없는 백성들을 죽이던 여왕 시대는 물론이요, 그가 백성들에게 쫓기어 체(彘)란 곳으로 가 있는 15년 동안의 공화정치 시대에도 오랑캐의 침입으로 백성들은 잠시도 편한 날이 없이 저마다 살 길을 찾아 사방으로 흩어진 것을 날씨가 춥거나 덥거나 하면 그 추위와 더위를 피해 먼 길을 떠나야만 하는 기러기에 비유한 것은 소박하면서도 적절한 비유라 말할 수 있습니다.

그리고 마침내 물과 풀이 있는 넓은 늪지를 발견하고 그곳에 내려앉아 집을 짓고 새끼 칠 준비를 하는 기러기로, 새 보금자리를 꾸미는 자신들을 비유한 것도 마찬가지입니다.

그리고 끝 장에서 기러기들이 슬픈 듯하면서 기쁜 소리로 울며 날아다니는 것을 들어, 거룩하신 임금님에게 감격해서 기뻐 떠들썩 하며 일하는 자신들을 비유해 말하고, 임금은 그런 자신들에게 사람을 보내 수고한다고 위로를 해 주곤 하는데 지나가는 어리석은 사람은,

"저 사람들이 뭐가 좋아 저렇게 떠들어대며 살판 난 것처럼 뽐내는 거지?"

하고 말한다고 한 것으로, 직접 당해 본 사람이 아니면 모르는 기쁨

을 자기들은 느끼고 있음을 잘 나타내고 있다 말할 수 있습니다.

소박한 가운데 말 한 마디가 이토록 깊은 뜻을 담고 있다는 것은 과연 시다운 표현이라 할 수 있습니다.

5. 국방장관이여(祈父)

이 시는 싸움터로 끌려 나가 오래도록 밖에서 고생하며, 집에 외롭게 계실 늙은 부모를 봉양하지 못하는 것을 원망하여 지은 시라고 합니다.

옛날에도 지금처럼 집에 늙은 부모만 있고 아들이 하나뿐일 때는 군대에 불려가지 않게 되어 있었습니다. 그런데 정치가 어지러워지고 오랑캐들의 침입이 잦아지자 세력 있고 돈 있는 사람은 법을 피해 군대에 나가지 않고 그 모자라는 수를 채우기 위해 힘없고 돈 없는 가난한 집의 외아들은 물론이요, 쉰이 넘은 늙은이까지 데려가곤 했습니다.

뒷날 전국시대의 역사를 보면 위(魏)나라의 유명한 전략가였던 신릉군은, 조나라를 구원하러 나간 진비란 장군이 진나라 10만 대군이 두려워 5만 명 군대를 국경에 머물러 두고 움직이지 않자, 위나라 임금의 병부를 훔쳐내어 진비와 교대한 다음 그 5만 명 군사 가운데 아버지와 아들이 함께 불려나온 경우는 그 아버지를 돌려보내고, 형과 아우가 함께 나와 있는 경우는 그 형을 돌려보내고, 집에 늙은 부모만 있고 돌보아줄 사람이 자기 하나뿐인데도 불려나온 사람의 경우는 그를 돌려보내 주었습니다.

그리고 병들어 싸울 수 없는 사람도 다 돌려보내고 말았습니다. 많은 적과 싸워 이길 수 있는 방법은 온 군대가 한 마음 한 뜻이 되어 목숨 바쳐 싸워 기어코 이기고 말겠다는 결심이 서 있어야 하기 때문입니다.

그 결과 만5천 명이 돌아가고 3만5천만이 남아 있었다 합니다. 이것만 보아도 군대를 뽑아가는 일이, 얼마나 생각없이 수만 채우려 했던가를 알 수 있습니다.

신릉군이 그같은 방법으로 과감하게 군대의 수를 줄이자, 돌아가는 사람의 기쁨은 물론이요 남아있는 3만5천 명의 사기도 하늘을 찌를 것만 같았습니다.

그리하여 그 3만5천 명의 군대를 이끌고 조나라 서울을 포위하고 있는 진나라 10만 대군을 무찔러 이겼을 뿐만 아니라, 새로 응원하러 오는 진나라 10만 대군을 맞아 싸워 크게 이겼습니다.

이 시를 지은 사람처럼 불평불만에 차 있는 군대가 있으면 사기를 떨어뜨릴 뿐 별로 싸움에 도움을 주지 못합니다.

어쩌면 이 시는 그런 이치를 잘 아는 지혜롭고 뜻있는 사람이, 그 당시의 국방장관 격인 '기보'란 벼슬에 있는 사람을 깨우쳐 주기 위해 지은 시였을지도 모릅니다.

국방장관(祈父)이여!
나는 임금님의 발톱과 이.
어찌하여 나를 근심 속에 굴려
집에 머물러 있지 못하게 하는가?

국방장관이여!
나는 임금님의 발톱과 같은 무사.
어찌하여 나를 근심 속에 굴려
돌아가 집에 있지 못하게 하는가?

국방장관이여!
내 소리 들리지 않는가?

어찌하여 나를 근심 속에 굴려
늙은 어머니로 밥을 짓게 하는가?

맨 끝장에서 자기가 군대에 나옴으로 해서 늙은 어머니가 손수 밥을 지어야 한다고 한 것으로 보아, 늙은 부모를 모시고 장가도 가지 못한 채 아침저녁 손수 밥을 지어야만 하는 외아들임을 알 수 있습니다.

굳이 국방장관을 부르며 원망한 것으로 보아 자기 말고도 군대에 나올 수 있는 사람이 얼마든지 있는데, 국방장관이 그 맡은 일을 제대로 하지 못하고 있었음을 알 수 있습니다.

그리고 이런 시를 제후들과 높은 벼슬에 있는 외교사절과 신하들이 모여 잔치를 벌인 자리에서 읊게 했다는 것만 보아도, 이런 원망의 소리를 듣는 일이 없도록 법을 제대로 시행하고 바로잡아야 한다는 것을, 즐거운 술자리를 빌어 일깨우려 한 옛날 사람들의 어진 마음가짐을 알 수 있습니다.

7. 꾀꼬리(黃鳥)

이 시는 고국을 떠나 다른 나라로 살 길을 찾아 온 사람이 편안히 마음잡고 살 곳을 찾지 못해, 다시 고국으로 돌아가고 싶어 하며 부른 시라 합니다.

외국에 가 사는 우리 교포들이 그 나라 사람들의 눈에 보이는 차별대우와, 눈에 보이지 않는 업신여김 속에 조국을 못 잊어하는 것을 이 시를 통해 알 수 있을 것 같습니다.

꾀꼬리야! 꾀꼬리야!
닥나무에 앉지 마라!

우리 조를 쪼지 마라!
이 나라 사람들이
나와 잘 지내려 하지 않아
돌아가리라 되돌아가리라.
내 일가친척이 사는 나라로.

꾀꼬리야! 꾀꼬리야!
뽕나무에 앉지 마라!
우리 수수를 쪼지 마라!
이 나라 사람들이
나와 믿고 지내려 하지 않아,
돌아가리라 되돌아가리라
내 여러 형님들 계신 곳으로.

꾀꼬리야! 꾀꼬리야!
도토리나무에 앉지 마라!
우리 기장을 쪼지 마라!
이 나라 사람들이
나와 함께 지내려 하지 않아,
돌아가리라 되돌아가리라
내 여러 친척 어른들이 계신 곳으로.

꾀꼬리는 반갑지 않은 새로 자주 노래에 나오곤 했습니다. 행복에
겨운 사람들은 그 고운 소리와 빛을 사랑하고 있지만, 불행한 사람
에겐 귀찮고 얄미운 새로 밖에 생각되지 않기 때문입니다.
멀리 변방으로 나가 있는 남편을 그리다가, 꿈에 남편을 만나 반
갑게 이야기하고 있는데 뒷뜰의 버드나무에 앉아 우는 꾀꼬리 소리

172

에 놀라 꿈을 깨고 말자 일어나 꾀꼬리를 돌멩이를 던져 쫓는다는 시도 있습니다.

어진 사람이 까닭 없이 죽으러 가는 것을 슬퍼한 노래에도 꾀꼬리 울음소리가 얄밉게 들린 것을 먼저 말했습니다.

잘 먹고 잘 입고 마음편한 사람들에게는 귀엽게 여겨지는 꾀꼬리가 땀 흘려 농사짓기에 바쁜 농민들에게는 한낱 조와 수수와 기장을 쪼아 먹는 해로운 새에 지나지 않기 때문입니다.

그것은 화려한 옷차림으로 말로만 듣기 좋은 소리를 할 뿐, 가난한 백성들에게서 뜯어가기만 하는 관리들을 빗대어 놓고 비유한 것이기도 합니다. 그 관리들이, 특히 다른 나라에서 살 길을 찾아 이곳에 들어와 있는 사람들을 불쌍히 여기는 대신 업신여기며 없는 핑계를 만들어 괴롭히고 있기 때문에 한 말입니다.

⟨4⟩ 절남산지습(節南山之什)

1. 높은 남산(節南山)

　높은 저 남산이여!
　바윗돌도 드높구나!
　지위 높은 사윤(師尹)이여!
　백성들은 다 그대를 우러러 본다
　내 근심 불타는 듯
　어찌 농담을 하겠는가
　나라가 끝내 망하거늘
　어찌하여 살피지 않는가?

높은 저 남산이여!
나무들도 무성하구나.
지위높은 사윤이여!
어찌 하는 일 그 모양인가?
하늘이 거듭 재난을 내려
환난은 늘어만 가고
백성들은 원망뿐인데
어이 뉘우치지 않는가?

윤씨(尹氏) 태사(太師)여!
그대는 나라의 기둥
나라를 바로잡아
천하를 지탱하고
천자를 도와
백성을 바로 이끌라!
야속한 하늘이여!
우리 백성 보살피소서!

몸소 백성 돌보지 않아
백성들 믿지 않는다.
나랏 일 묻지도 돌보지도 않고
어진 사람 버리지 마라!
바른 마음으로 허물을 고쳐
백성들 위태롭게 마라!
하찮은 사돈 동서들까지
큰 벼슬 주지 마라!

하늘이 돌보지 않아
이 큰 재난 내리시고
하늘이 은혜를 거두어
이 큰 환난 내리셨다.
어진 사람이 일을 하면
백성의 마음이 가라앉고
어진 사람이 바로잡으면
미움도 노여움도 없어지련만.

야속한 하늘이여 !
환난이 그칠 줄 모르고
달마다 다시 생겨
백성들 편한 날 없어라 !
시름은 정신을 잃은 듯
누가 나라일 맡으리 ?
스스로 나라일 팽개치면
백성만 괴로울밖에 !

저 네 필 달리는 말
그 말 목도 굵어라
나는 사방을 둘러보아도
움츠려서 달릴 곳이 없건만 !
그대 악한 일 저지르면
그대의 창과 맞서리라.
마음 고쳐 즐거운 일 하면
함께 술이라도 나누련만

하늘도 편치 않고
임금 또한 편치 않다
그 마음 고치지 않고
도리어 바로잡는 이 원망한다
가보(家父)가 글을 지어
왕실의 재난을 밝혀 둔다.
그대 마음 감동되어
온 세상 잘 다스리도록.

변아(變雅)의 대표적인 시로 볼 수 있습니다. 태사는 천자를 보필하는 삼공(三公)가운데 첫째 가는 벼슬입니다. 천자의 스승이란 뜻으로 최고의 정치참모이며, 나라 일을 사실상 영도할 위치에 있는 사람이 태사입니다. 깎아지른 바위를 이고 서울 남쪽에 우뚝 솟아 있는 남산은 백성들이 자연 우러러 볼 수밖에 없습니다.

가장 높은 태사의 자리에 있는 윤씨는 누구를 가리킨 것인지 분명치는 않습니다. 주선왕과 주유왕을 보필한 바 있는 윤길보(尹吉甫)는 어진 재상이었습니다. 그런 그가 선왕을 도와 어진 정치를 폈었는데, 선왕이 죽고 아들 유왕이 천자의 위에 오르자 더는 힘을 쓰지 않고 걱정만 하고 있었습니다. 그 윤길보를 안타까워 한 것이었는지도 모릅니다.

유왕을 가까이 모시면서 주나라를 어지럽게 만들고 유왕을 죽게까지 만든 사람이 괵석보(虢石父)와 윤구(尹球) 두 사람이었는데, 윤길보의 아들이기도 한 이 윤구를 안타까워 하며 꾸짖은 것인지도 모릅니다. 시를 지은 사람이 가보(家父)라는 자기 이름까지 밝힌 것으로 보아, 이 시가 나라와 백성을 걱정하는 충성과 용기를 가지고 있던 사람이 지은 것이 분명합니다. 하찮은 사돈이니 동서니 하는 사람들까지 끌어들어 높은 벼슬자리와 나라의 녹을 선심 쓰듯 하며,

집이 불에 타고 있는 줄도 모르고 들보 위 제집에서 기쁜 듯이 조잘
대고 있는 제비새끼같이, 나라를 망치는 탐관오리들의 어리석고 안
타까운 모습을 보는 것만 같습니다.

〈5〉 곡풍지습(谷風之什)

1. 골짜기 바람(谷風)

　　세찬 골짜기 바람
　　비까지 몰고 온다
　　무섭고 두려울 적엔
　　나와 그대 하나였더니
　　편하고 즐거울 때엔
　　그대 도리어 날 버리누나

　　세찬 골짜기 바람
　　위에서 내려덮친다
　　무섭고 두려울 적엔
　　그대 날 생각하더니
　　편하고 즐거울 때엔
　　나를 잊은 듯 버리누나.

　　세찬 골짜기 바람
　　산마저 가파르다.
　　풀이란 풀 다 죽고
　　나무란 나무 다 시든다.
　　나의 큰 덕은 잊고

작은 원망만 생각누나.

소박맞은 여인이 남편을 세찬 골짜기 바람에 비유하며 가난하고 어려웠을 시절에는 서로 돕고 위로하며 정답게 살았는데, 아내의 알뜰한 보살핌으로 출세도 하고 살림도 불어나자 늙어가는 나를 못마땅해 하며 바람을 피우던 끝에 나를 버리고 만다는 내용으로, 못난 남자들이 흔히 저지르는 일을 안타까워하며 남자의 이기적이고 오만무례함을 꾸짖은 내용입니다. 그러나 이것이 국풍에 들어 있지 않고 소아에 들어 있는 것으로 보아, 〈모시서〉에서 말한 것처럼 주나라 유왕이 어진 옛 신하를 버리고 간사한 신하들과 한통이 되어 있는 것을 빗대어 부른 노래로 보는 것이 옳을 것 같습니다.

6. 큰 수레 몰지 마라(無將大車)

이 시는 어진 사람이 어지러운 세상을 만나 나라를 걱정하며 지은 시라고 합니다.

주나라 유왕이 바른 말 하는 어진 신하들을 물리치고 간사한 무리들을 끌어들여 갖은 못된 짓만을 일삼고 있었기 때문에, 굳이 힘도 쓸 수 없는 낮은 벼슬에 머물러 있으면서 백성들의 원망이나 듣고, 일이 잘못된 책임이나 뒤집어쓰는 일이 없도록 하라고 서로 일깨우고 있는 답답한 심정을 읊은 것이라 합니다.

큰 수레를 몰지 마라.
먼지만 둘러쓰리라.
온갖 근심 생각지 마라
병만 얻게 되리라

큰수레 몰지 마라.
먼지만 자욱하리라.
온갖 걱정 생각지 마라
불안에서 헤어나지 못한다.

큰수레 몰지 마라.
먼지에 찌들리라.
온갖 걱정 생각지 마라.
병만 쌓이게 되리라.

큰 수레는 소가 끄는 달구지를 말합니다. 짐이나 싣고 다니는 소가 끄는 것으로 뚜껑도 없고 느리기만 한 달구지를, 일만 많은 낮은 벼슬에 비유한 것입니다.

나라를 바로잡고 백성을 편안하게 할 수 있는 어진 사람들이 높은 벼슬에 올라 가볍고 화려한 말이 끄는 작은 수레를 타고 다니지 못하고, 짐이나 싣는 소가 끄는 달구지를 타고 다니며 힘든 일을 하고 있는 것을 비유로 말한 것입니다.

달구지를 타거나 끌고 가면 뚜껑도 없고 느리기 때문에, 뚜껑을 씌우고 네마리 말이 끄는 가벼운 수레가 연방 먼지만 일으키며 지나갈 것은 뻔한 일입니다.

낮은 벼슬에서 내키지 않는 일을 힘들여 하고 있으면, 나라 일에는 생각이 없고 놀고 즐기며 제 배만 불리기에 정신이 없는 대신이니 고관이니 하는 사람들의 엉뚱한 뒤치닥거리에 잠시도 편할 날이 없는 것을 비유로 말한 것입니다.

그러니 나라가 어떻고 백성이 어떻고 하며 쓸데없는 걱정을 다 집어던지고 벼슬도 그만두고 물러나와 조용히 마음편하게 사는 것이 어지러운 세상을 사는 슬기로운 일이라고 서로 타이르고 싶은 심정을 노래한 것입니다.

　앞에 위나라 시에 나온 '오두막 짓고(考槃)'와 서로 같은 데가 있다 하겠습니다. '오두막 짓고'가 벼슬에서 물러나 외롭게 사는 어진 사람을 백성들이 노래한 것이라면, 이 시는 그 어진 사람들이 물러나기 전에 읊은 것이라 할 수 있습니다.

〈6〉 보전지습(甫田之什)

　1. 넓은 밭(甫田)

　　　저 크고 넓은 밭
　　　해마다 풍성히 거둔다
　　　나는 묵은 곡식 가지고
　　　우리 농사꾼 먹인다.
　　　예부터 풍년이 졌기 때문.
　　　이제 남쪽 밭으로 가서
　　　김매고 북돋고 한 곳에
　　　무성한 기장과 피를 구경하리
　　　크게 자라 익으면
　　　우리 착한 일꾼들 대접하리라.

　이렇게 열 줄로 된 시가 4장으로 되어 있습니다. 2장에는 사방 신명에 제사를 올리고, 거문고 타고 북을 치며 풍년을 비는 것을 읊고, 3장에는 아낙들이 어린 손자들을 데리고 들로 점심밥을 내오는 장면과 농사를 권장하는 권농관도 함께 음식을 맛보며 무성하게 자란 곡식을 보고 즐거워한다고 노래하고 있습니다.

　그리고 끝 장에는 그 어린 손자들을 위한 곡식들이 노적가리로 지붕처럼 산더미처럼 쌓여 있고 짐수레를 가지고 수없이 많은 창고로 짐수레를 가지고 온갖 곡식들을 실어 나른다고 읊고 있습니다.

그런데 〈모시서〉에는 이 농사짓는 기쁨의 노래로 유왕의 게으름과 사치를 풍자한 것이라 했습니다. 부지런히 농사일을 하듯 나라 일을 보살피라고 한 것인지도 모르는 일일것 같습니다.

9. 쉬파리(靑蠅^{청 승})

이 시는 주나라 유왕이 괵석보나 윤구 같은 간신들의 모함하는 소리에 속아, 어진 신하들을 내쫓고 가두거나 귀양 보내고 하는 것을 빗대어 노래한 것이라 합니다.

쉬파리는 깨끗하고 더러운 것도 아랑곳하지 않고 먹을 것이 있는 곳이면 윙윙 소리를 내며 모여들기 때문에 더러운 소인들을 비유해서 말한 것입니다.

그런 쉬파리 같은 무리들이 아무렇게나 떠들어대는 소리에 귀를 기울이지 말고, 그들이 모함하는 사람들이 과연 그들이 말한 그런 사람이며 또 그런 일이 있는지를 잘 알아보고 결정을 내리라고 한 것입니다.

윙윙대는 쉬파리가
울타리에 앉았다.
어질고 착한 임이시여!
모함하는 말 믿지 마소서!

윙윙대는 쉬파리가
가시나무에 앉았다.
모함하는 사람 들끓어

온 나라 어지럽힌다.

윙윙대는 쉬파리가
개암나무에 앉았다.
모함하는 사람 들끓어
우리 둘을 이간한다.

　끝 장에서 우리 둘이라고 한 것은 그들이 임금에게 자기를 모함
하여 임금과 자기를 떼어놓으려 하고 있음을 말한 것입니다.

〈7〉 어조지습(魚藻之什)

1. 물고기와 마름풀(魚藻)

마름풀 속의 물고기
그 머리 크기도 하다
우리 임금 서울에 계시며
즐거이 술을 마신다

마름풀 속의 물고기
그 꼬리 길기도 하다
우리 임금 서울에 계시며
술 마시며 즐거워하신다.

마름풀 속의 물고기
부들 풀을 돌며 논다
우리 임금 서울에 계시며

　편안히 지내신다

　태평성대를 맞이한 주나라 백성들이 천자의 즐겁고 편한 모습을 기린 것으로 보입니다. 〈모시서〉에는 유왕을 풍자하며 태평성대의 무왕을 생각한 노래로 보고 있고, 〈시집전〉에는 천자가 제후들에게 잔치를 베풀 때 제후들이 천자를 찬미한 것이라고 했습니다.

　마름 풀은 임금을 떠받들고 있는 많은 신하와 시종들을 가리킨 것으로 볼 수 있고, 머리 크고 꼬리 긴 것은 임금의 남다른 풍채와 위엄을 말한 것으로 볼 수 있겠지요.

　그러나 이렇게 많은 사람들에게 둘러싸여 술만 마시고 즐기며 편안히 지낸다는 그 자체가 칭찬이기보다는, 깨우침 같은 깊은 뜻을 간직하고 있는 것으로 볼 수 있고, 그렇게 놀고 즐기며 편안히 지내는 그 모습이 나라를 걱정하는 어진 임금의 모습이 될 수 없다는 점에서 하나의 풍자시로 볼 수 있을 것 같습니다.

13. 능소화 꽃(苕之華)
_{초 지 화}

　이 시는 삶의 고통스러움을 노래한 시입니다.

　〈모시서〉에는 주나라 유왕 때 정치는 바로서지 못하고 서쪽 동쪽에서 오랑캐들이 번갈아 쳐들어오므로, 백성들은 농사도 제대로 짓지 못하고 피난을 다니거나 싸움터로 나가야만 했기 때문에, 굶주림과 불안 속에 나날을 보낼 수밖에 없었으므로 이런 노래를 부르게 되었다고 했습니다.

　　능소화 꽃은
　　노랗게 활짝 피었건만
　　마음의 시름으로

나는 가슴 아프다.

능소화 꽃은
파랗게 잎도 무성하다.
내 이럴 줄 알았으면
태어나지도 말 것을!

암양은 살이 쪄 머리 크고
통발의 고기도 별처럼 빛난다.
잡아 먹을 수도 있으련만
배불리 먹을 수도 없다.

능소화는 큰 나무에 기대어 넝쿨을 뻗는 넝쿨풀로, 그 꽃은 누렇고 붉은 빛을 띠고 있습니다.

능소화는 나무를 타고 넝쿨을 뻗으며 그 꽃도 아름답게 활짝 피우고 잎도 새파랗고 무성한데, 임금과 정치하는 벼슬아치를 기대고 즐겁고 편안하게 살아야 할 백성들은 끼니가 간데 없이 언제 무슨 일이 닥칠지 모르는 불안하고 고통스런 삶을 살아가야만 하기 때문에 더더욱 처량한 생각이 들어 가슴이 터질 것만 같다는 것입니다.

꽃과 잎이 무성한 능소화와 자신을 비교하며 차라리 사람으로 태어나지 말고 저 능소화가 되었더라면 이런 고생과 이런 시름은 하지 않아도 될 것인데 하는 그 말 속에는, 사람이 사람답게 살지 못하고 굶주림에 시달리며 불안한 나날을 보내는 것이 얼마나 참담한 것인가를 잘 나타내고 있다고 볼 수 있습니다.

6·25사변이 나고 서울을 비롯한 많은 도시들이 잿더미로 남아 있을 때, 어느 예술인이 덴마크의 시찰단에 끼어 구경하고 돌아온 일이 있었다고 합니다.

농담으로 한 말이지만, 누군가가 이런 말을 했다 합니다.

"나는 덴마크의 돼지로 태어나지 못한 것이 한스럽다."

라고 말입니다.

우리는 냄새나는 수입쌀과 잡곡도 배불리 먹지 못하고 있는데, 덴마크의 돼지들은 삶은 감자에 우유를 실컷 먹으며 자라는 것을 보고 어이가 없어 한 말이라 합니다.

활짝 핀 꽃과 무성한 잎을 바라보며, 굶주림에 시달리며 피난길을 떠나야만 하는 사람의 마음도 아마 그와 비슷한 심정이었을 겁니다. 자신을 풀과 꽃에 비하며 그 꽃과 풀이 부러워 보였을 때의 마음이야 과연 어떠했겠습니까?

끝 장에, 사람들이 버리고 간 목장의 양들이 살이 통통 쪄 있고 통발만 쳐놓고 피난가고 없는 그 통발에 물고기들이 별빛처럼 번쩍이고 있는 것을 보고, 때로는 남의 양도 잡아먹을 수 있고 물고기도 건져 구워 먹을 수 있었던 것인데, 세상이 시끄러워 겨우 시장기만 면할 뿐 마음 놓고 배불리 먹을 수도 없었다고 한 것은, 그 당시를 살아가는 사람들의 불안에 떠는 모습이 잘 나타나 있다고 볼 수 있습니다.

나라가 있다는 것과 내 집이 있다는 것, 그리고 편안한 마음으로 살아갈 수 있다는 것이 얼마나 소중한 것임을 우리는 이 시를 통해 느낄 수 있을 것 같습니다.

(2) 대아(大雅)

소아가 잔치 때 연주하는 가곡으로 그 가운데는 즐거운 것뿐이 아닌 슬퍼하는 노래와 원망하는 노래도 들어 있은 것을 우리는 보아 왔습니다.

대아는 조회 때 쓰던 가곡으로 여기에는 슬퍼하고 원망하는 내용이 전혀 없고 엄숙하고 장중한 내용을 많이 담고 있습니다.

모두 31편으로 앞의 18편은 거룩한 천자의 높으신 덕을 찬양하고, 자손을 훈계하는 작품이 많습니다. 그리고 나머지 13편은 잘못된 정치를 비판하고 옛 임금의 공적을 찬양하는 것들입니다.

〈1〉 문왕지습(文王之什)

1. 문왕(文王)

이 시는 주공이 아버지 문왕의 덕을 추모하며 조카인 나이 어린 천자 성왕을 훈계한 시라고 합니다.

여덟 줄씩으로 된 7장의 긴 시로 그 첫 장과 끝 장만을 소개하고 설명하겠습니다.

문왕의 영혼이 하늘 위에 계시어
거룩할손 하늘을 밝게 비추신다.
주나라가 비록 오래된 나라지만
하느님 주신 명이 새로와라.
주나라의 덕이 크게 밝은지라
하느님의 명이 때맞춰 내리셨다.
문왕께선 하늘을 오르내리시며
하느님 옆에 늘 계신다.

처음 두 줄과 끝의 두 줄에서, 중국사람과 이스라엘 사람들의 공통된 믿음 같은 것을 우리는 엿볼 수 있습니다.

예수는 자기가 하느님의 오른쪽에 있다고 했습니다. 이스라엘 사람들은 그들 조상인 아브라함과 그들을 복된 땅으로 데리고 나온 모세가, 하느님 옆에 있는 것으로 믿고 있었습니다.

주공은 문왕이 하늘에 올라가 있으면서 하늘을 밝게 비추고 하느님의 명령으로 하늘과 땅을 오르내리며 늘 하느님을 옆에서 모시고 있는 것으로 생각했습니다.

공자는 자기가 문왕같은 사람인 것처럼 제자들에게 말하고, 하늘이 돌보시고 있으므로 아무도 나를 해칠 수는 없다고 말했습니다.

문왕을 모세로 본다면 공자는 자신을 예수로 알고 있었던 것이라 말할 수 있습니다.

셋째 줄부터 여섯째 줄까지의 넉 줄은 하느님이 문왕을 이 땅에 내려보내어 어지러운 천하를 바로잡고 새 왕조를 세우도록 한 것임을 말한 것입니다.

"주나라가 비록 오래된 나라지만 하느님이 주신 명이 새로워라."라고 한 그 새로워라가, 한문으로는 '유신(維新)'이라고 합니다.

이 '유신'이란 뜻은, 오래 된 것이 새로운 것으로 더욱 훌륭하게 변했다는 것을 말하는 것으로, 이 말이 〈대학〉이란 책에 인용되어 있음으로 해서 널리 읽혀지게 되었습니다.

이 유신이란 말을 맨 처음 정치적으로 써먹은 사람은 일본 사람들로, '명치유신'이란 것이 바로 그것이었습니다.

명치유신이란 것이 일본을 강하게 만드는 발판이 되었고, 그것을 발판으로 아세아를 자기 손아귀에 넣으려 했던 것입니다. 좋은 뜻의 유신을 나쁜 야망으로 쓴 것이라 말할 수 있습니다.

그 다음에 유신이란 말을 정치적으로 쓴 사람은 박정희 대통령이었습니다. 이른바 유신헌법의 유신이 그것입니다.

지금까지 있었던 오래 된 헌법보다 새롭고 더 훌륭한 헌법이란 뜻으로 쓴 것입니다. 결국 그것이 새롭기는 했으나 훌륭하지는 못했던 모양입니다. 그 유신헌법으로 제4공화국이 생겨나게 되었고, 박정희 대통령이 죽음으로 해서 그 유신헌법과 함께 제4공화국은 제5공화국으로 바뀌었으니까요.

　다음은 맨 끝의 장입니다.

　　하느님의 명을 받기 쉽지 않으니,
　　그대에게서 명이 끊어지지 않도록 하라!
　　아름다웁고 밝고 좋은 이름이 빛나,
　　은나락 다시 하느님의 명을 받을까 걱정하라!
　　하느님의 하시는 일은
　　소리도 없고 냄새도 없다.
　　문왕을 본받으면
　　온 천하가 믿고 따르리라.

　둘째 장에서 여섯째 장까지에, 은나라가 망하게 된 까닭과 하느님은 언제나 착한 쪽의 편이 되신다는 것을 말했으므로 이 같은 결론을 내린 것입니다.

　하느님의 하시는 일은 소리도 없고 냄새도 없는 사이에 행해지고 있다는 것은, 잠시도 마음을 놓지 말고 항상 조심하여 착한 일에만 정성을 쏟으라고 일깨운 것입니다.

〈2〉 생민지습(生民之什)

1. 백성을 낳으신 분(生民)

　이 시는 모두 8장으로 되어 있는데 홀수인 1·3·5·7장은 열 줄로 되어 있고 짝수인 2·4·6·8장은 여덟 줄로 되어 있습니다.

　주나라가 사실상 천하를 통일한 것은 문왕에 의해서였으므로 그 문왕의 조상을 거슬러 올라가 첫 할아버지인 후직(后稷)의 출생에

188

관한 전설에서부터 시작해서 후직의 자라난 과정과 농사 일에 힘쓰며 이를 백성들에게 가르쳐 백성들을 배불리 먹게 만들었으므로 그 공로로 태(邰)라는 곳에 봉해져 농사 일을 돕는 신명과 하느님께 제사를 드리고, 그로 인해 하느님의 보살핌을 받아 천하를 통일하기에 이르렀음을 찬미한 내용입니다.

앞에서도 이야기 했었는데 후직의 어머니 강원(姜嫄)은 제곡(帝嚳)의 왕후의 몸에서 난 공주였습니다. 아버지 제곡을 따라 들로 나가 하느님(上帝)께 제사를 올렸는데, 그때 땅에 박혀 있는 큰 발자국을 밟는 순간 갑자기 정신이 황홀해지며 그 뒤로 배가 불러오더니 마침내 사내아기를 낳았다는 것입니다.

이 시에는 아이를 버리게 된 이유는 밝히지 않았으나, 처녀가 아이를 낳았다 하여 밖에 버렸다가 다시 거두어들여 길렀다는 것입니다. 그래서 버렸던 아이라 하여 버렸다는 뜻의 기(棄)라는 이름으로 불렀다는 것입니다.

우리나라 고려 때 된, 고구려 시조 동명왕(東明王)의 출생과 창업을 담은 〈동명왕편〉의 시라든가 단군을 비롯한 역대 왕조의 건국 전설을 시 형식에 담아 노래한 〈제왕운기(帝王韻記)〉같은 것도 다 같은 성질의 것이라 볼 수 있습니다.

다른 시와는 좀 다른 모양이므로 전부를 다 옮겨 두었습니다.

그 처음 백성을 낳으신 분은
바로 강원(姜嫄) 그 분이었다
백성을 어떻게 낳았던가?
정성껏 제사 지내시어
아들 얻는 것을 물리치시고
하느님 발자국 밟으시며
그곳에 머물러 계시었다

아기 배시고 조심하시어
곧 낳아 기르시니
이 분이 바로 후직이시다

아기 낳을 달이 차서
첫 아기를 쉽게 낳아
째지거나 터지는 일도 없고
병나거나 아픈 일도 없었다
영험하심 밝히시고
하느님 마음 편하시었다
정성스런 제사에 흐뭇하시어
쉽게 아기를 낳게 하셨다

아기를 좁은 골목에 두었으나
소도 양도 피해 가고
넓은 숲에 버렸으나
때마침 나무를 베어냈고
찬 얼음에 두었으나
새가 날개로 덮고 감싸 주었다
새가 날아가자
후직께서 소리내 우시었다.
큰 소리 멀리 퍼져나가
그 소리 길에까지 들리었다

기어다닐 그때 벌써
남달리 풍채 뛰어났다
밥을 먹을 무렵

벌써 콩을 심으셨다
콩은 무성하고
벼도 줄기찼다
산과 보리 더부룩하고
오이 넝쿨 우거졌다

후직님 하시는 농사는
땅의 이치에 맞게 하신 것
무성한 풀들을 뽑아내고
씨앗 가득 뿌리시니
싹이 금방 돋아났다
심은 씨앗 점점 자라
이삭 패어 탐스럽다
알이 점점 영글어서
보기 좋게 늘어지니
그로써 태나라에 봉해졌다

하늘에서 좋은 씨를 내려주어
검은 기장 쌍알배기
붉은 차조 흰 차조
온갖 씨앗 두루 심어
거두어 밭에 쌓고
붉은 차조 흰 차조를
어깨에 메고 등으로 져다
돌아와 제사지냈다

제사는 어떻게 지냈나?

찧고 빻고 하며
키질하고 발로 비벼
설렁설렁 물에 일어
김이 나게 푹푹 쪄서
좋은 날 가려 뽑아
쑥을 기름에 섞어 태워
수양 바쳐 길제사 드리고
고기 꿰어 불에 구워
풍년이 이어지길 빌었다

그곳에 음식 담아
접시 대접 그득하다
그 냄새 높이 올라
하느님 즐기시고
그윽한 냄새 참으로 좋아
후직께서 비롯한 제사
허물도 뉘우침도 거의 없어
오늘에 이르렀다.

별로 깊은 뜻은 없으나 농경사회의 소박한 생활과 제사를 지내는
것이, 정치와 불가분의 관계에 있었던 이른바 제정일치(祭政一致)의
시대상을 말해 주고 있다고 볼 수 있습니다.
고기를 꿰어 불에 구워 풍년을 빈 것이라든가, 향 대신 쑥을 태운
것들은 원시생활을 그대로 보인 것이라 볼 수 있습니다.

〈3〉 탕지습(蕩之什)

거룩하신 하느님(蕩)

　이 시는 주나라가 다시 은나라 말세처럼 정치가 어지러워지는 것을 보고, 문왕의 말을 빌어 은나라를 경계함으로써, 주나라 천자를 일깨우려 한 시라고 합니다.
　꽤 긴 시이기는 하지만 뜻이 좋으므로 전부를 쉬운 말로 옮겨 둡니다.

마음이 넓고 크신 하느님은
우리 백성을 다스리는 임금이시다.
그 하느님도 한번 성이 나시면
그때는 용서치 않으신다.
하늘이 우리 백성을 낳으셨지만
그저 믿고만 있어선 안 된다.
사람은 누구나 처음은 잘하지만
끝까지 잘 마치는 사람은 적다.

문왕께서 탄식해 말씀하셨다.
슬프다 그대 은나라여!
백성을 내리누르는 신하와
거둬들이는 신하들이
늘 높은 자리에 앉아
나라 일을 보고 있다.
하늘에서 재난을 내려 일깨워도
그대들은 나쁜 짓만 힘쓰고 있다.

문왕께서 탄식해 말씀하셨다.

슬프다 그대 은나라여!
그대들은 착한 사람은 쓰지 않고
모질고 원한 많은 사람만 쓴다.
그들은 거짓 말로써 임금을 속이고
안에서 도적질만 일삼고 있다.
백성들의 저주만 일게 만드니
장차 어떻게 될 지 모르게 되었다.

문왕께서 탄식해 말씀하셨다.
슬프다 그대 은나라여!
그대들은 나라 안에서 큰소리 치며
백성을 못살게 굴고 잘했다 한다.
그대 마음이 밝지 못해
뒤에도 옆에도 좋은 신하가 없다.
그대 마음이 밝지 못해
올바른 대신이 한 사람도 없다.

문왕께서 탄식해 말씀하셨다.
슬프다 그대 은나라여!
하늘이 술에 빠지지 말라 했건만
옳지 못한 일만을 하고 있다.
그대들 하는 일 허물이 많아
낮도 없고 밤도 없이
고래고래 소리 지르며
낮을 밤삼아 뛰놀고 즐긴다

문왕께서 탄식해 말씀하셨다.

슬프다 그대 은나라여!
쓰르라미와 매미처럼 백성은 울며,
물끓듯 국끓듯 괴로워 한다.
어린이 어른 다 죽어 가건만,
위에 있는 사람 버릇 고치지 못해,
온 나라가 노염에 불타고,
그 노염이 오랑캐에까지 뻗고 있다.

문왕께서 탄식해 말씀하셨다.
슬프다 그대 은나라여!
하느님이 너그럽지 못해서가 아니다.
은나라가 옛 법도를 따르지 않기 때문이다.
비록 거룩한 늙은이는 없어도
그래도 옛 법도는 남아 있다.
그 법을 따르지 않는지라
하느님의 맡기심이 옮기게 되었다.

문왕께서 탄식해 말씀하셨다.
슬프다 그대 은나라여!
사람들 이르는 말이 있다.
나무가 넘어져 뿌리가 쳐들리면
가지와 잎은 그대로 있어도
뿌리는 실상 먼저 끊긴다고.
은나라의 본보기가 멀지 않다.
바로 하나라 임금 때 있다.

뜻은 어려울 것이 없습니다. 여기 말한 은나라를 주나라로 고치면

할아버지 문왕께서 하늘나라에서 굽어보며 그 자손들을 경계하는 것이 됩니다.

맨 끝에 있는 은나라의 본보기를 주나라의 본보기로 고치고 하나라 임금을 은나라 임금으로 고치면 되는 것입니다. 이 시를 지은 사람은 그렇게 말할 수가 없어 시대를 달리하여 말한 것뿐입니다.

이 은나라 본보기란 말은 한자로는 '은감(殷鑑)'이라고 합니다. 은나라가 비추어 볼 수 있는 거울이란 뜻으로, 하나라 마지막 임금 걸임금이 망할 때 하던 짓을 보면, 망한 임금의 한 짓이 어떠했던가를 알 수 있다는 뜻입니다.

바로 똑같은 불행한 일과 잘못된 일이, 오래 되지 않은 과거에 우리가 겪고 있는 것을 말할 때, 흔히 이 은감이 멀지 않다는 말을 쓰곤 했습니다.

우리도 그같은 길을 걷고 있어, 곧 불행해질 것이 뻔히 내다보이건만 정신을 못 차리고 여전히 그런 길을 걷고 있는 사람을 안타까워 할 때 쓰는 말입니다.

북소리 둥둥

수 불 파 칙 자 정　현 불 예 칙 자 명
水不波則自定　鑽不翳則自明.
"물은 파도가 일지 않으면 자연히 잔잔해지고, 거울은 흐리지
않으면 자연히 밝다."

송(頌)

　송은 찬송의 뜻으로, 여기서는 찬송하는 노래를 말합니다.
　이 송이란 시는 종묘에서 제사를 지낼 때, 옛 조상 임금의 거룩한
일들을 찬양하기 위해 불렀던 것입니다.
　시를 지은 사람은 이름 있는 선비나 신하들로 임금의 명령을 받
아 지었을 것으로 여겨집니다.
　국풍과 소아, 대아는 노래를 악기에 실어 연주하는 것으로 춤을
곁들이는 일은 별로 없었으나, 이 송만은 반드시 춤까지 곁들였다
고 합니다.
　천자의 제사 때는 춤추는 64명이고, 제후의 경우는 36명이고, 대
신의 경우는 16명이었다고 합니다.

송은 모두 40편이 실려 있는데, 주나라의 송이 31편으로 가장 많고, 노나라 송이 4편, 상나라(은나라) 송이 5편입니다.

(1) 주송(周頌)

주나라 송은 모두가 한 장으로 되어 있습니다. 그 한 장도 거의 짧은 것들로 여덟 글귀 이내가 반 가량 되고, 짧은 것은 다섯 구절로 된 것도 있습니다.

〈1〉 청묘지습(淸廟之什)

1. 깨끗한 사당(淸廟^{청묘})

　　　아아! 그악한 깨끗한 사당
　　　정성되고 부드러운 어진 대신들
　　　제사일 돕는 많은 선비들
　　　무왕임금 거룩하심 받들어
　　　하늘 계신 그 님을 대하며
　　　사당 안을 바쁘게 오간다
　　　그 임 덕 밝히고 이어받아
　　　모든 사람 즐겁게 한다

〈모시서〉와 〈시집전〉은 다같이 주공이 낙읍에서 도읍을 만들고 그 곳에서 제후들을 거느리고 문왕에게 제사를 지낼 때 부른 노래라고 했습니다. 다른 기록에 따르면 주공이 성왕을 섭정한 5년에 낙읍을 완성하고 6년에 제후들이 와서 제사지낸 것으로 되어 있습니다.

2. 하늘의 명(維天之命^{유천지명})

하늘이 내리신 명이
아아, 그윽하고 그지없어라.
오오 밝기도 해라.
문왕의 크신 덕이여!
그 덕 우리에게 넘치니
우리는 그 덕을 받아
우리 문왕의 뒤를 따르리라.
대대손손 알뜰히 지키리라.

하느님이 문왕에게 천하를 맡으라는 명령을 내리시니 그 명령의
참뜻이 깊고 한량없다고 말하고, 하느님이 그 같은 명령을 내리신
것은 문왕의 덕이 밝고 크기 때문이었다고 문왕을 찬양한 다음, 그
크고 밝은 문왕의 덕으로 우리 자손들이 천하를 맡아 다스리게 되
었으니, 대대손손 문왕 할아버지의 덕을 물려받아 알뜰히 천하를
지켜나가겠다는 것을 맹세하는 내용입니다.

맑음(維淸)

맑게 이어지는 밝음이여!
문왕의 법도로다.
제사를 처음 받든 그날부터
지금껏 그 법도 이어오고 있으니
이 아니 주나라의 복이련가!

문왕을 제사 지낼 때 쓰던 노래로 〈시경〉 가운데 가장 짧은 것입
니다.

⟨2⟩ 신공지습(臣工之什)

1. 신공(臣工)

신공은 농사 일을 지도하고 감독하는 권농관(勸農官)과 같은 벼슬입니다. 그 권농관에게 천자가 훈시하는 내용으로, 제후들이 천자의 제사를 돕기 위해 왔을 때 이 노래를 들려 주며 제사를 지냈다고 합니다.

당시는 농사를 잘 지어 백성들이 굶주리는 일이 없도록 하는 것이 정치의 가장 바탕되는 일이었으므로, 그런 훈시를 내린 조상의 뜻을 되새기는 한편, 모인 제후들로 하여금 돌아가 이 훈시를 그대로 살려 백성들의 농사일을 잘 보살피도록 하려는 뜻에서, 이 노래를 제사 노래로 쓰고 있은 것으로 볼 수 있습니다.

아아, 그대 신공이여!
그대 맡은 일 삼가 다하라
임금께서 그대 공을 기뻐하시리니
잘 의논하고 계획해서 하라
아아, 돕는 사람들이여!
지금은 늦은 봄이다
또 무엇을 구하겠는가?
새 밭들은 어떠한가?
아아, 아름답다 밀과 보리
이제 곧 거두어 들이라
밝으신 하느님께서
올해도 풍년을 주시리라
우리 백성들에게 일러

가래와 호미를 갖추게 하라
곧 낫으로 베게 되리라

무왕(武王)

아아, 거룩하신 무왕
견줄 데 없이 빛나는 공적.
거룩하신 문왕께서
후손들에게 큰 일 열어 주시고
무왕이 이를 이어받아
은나라를 무찔러 백성을 건지시고
마침내 이런 공을 세우셨네.

이것은 무왕을 제사 지낼 때 부른 노래입니다. 문왕이 어진 정사로써 천하를 통일할 바탕을 만들어 두었고, 그 바탕 위에서 백성을 못 살게 하는 은나라 주임금을 무찔러, 거의 다 죽게 된 백성을 살리고 천자의 자리에 오르게 된 공을 찬양한 것입니다.

〈3〉 민여소자지습(閔予小子之什)

1. 가엾은 이 어린 자식(閔予小子)

가엾은 이 어린 자식
집안의 어려움 만나
외로이 슬퍼합니다
아아, 돌아가신 아버님께선
몸이 마치도록 훈도하시어

할아버님 생각하시기를
뜰에 오르내리시는 듯 하셨으니
이 어린 자식도
밤낮없이 공명을 다하겠습니다.
아아 할아버님, 아버님
남기신 법도 이어 잊지 않겠습니다

이 시는 새로 임금의 자리에 오른 임금이 사당에 가 조상의 영전에 참배할 때 부른 것이라 합니다.

여기 나와 있는 어린 자식이란 꼭 나이가 어린 것만을 뜻하는 것은 아닐 수도 있습니다. 가엾다고 한 것도 모자란 뜻으로 볼 수 있습니다. 그러나 실제로 나이가 어리고 어려운 때에 천자가 된 것이 무왕의 아들 성왕이었으므로 성왕때 이 시가 지어진 것으로 볼 수 있습니다. 그러나 그 뒤로는 뒤를 이은 새 임금이 조상의 영전에 나가 절하고 이 시로써 맹세를 대신하게 되었다는 것이 〈모시서〉와 〈시집전〉이 다 같은 설명을 내리고 있습니다.

(2) 노송(魯頌)

노나라는 제후의 나라이므로 종묘 제사 때 쓰는 송이 있을 수 없는 일이었습니다. 그러나 주공의 조카로 어린 나이로 천자가 된 성왕이, 작은아버지인 주공이 천자의 실권을 쥐고 천하를 다스리면서도 끝내 자기를 밀어내지 않고 흔들리는 주나라를 바로잡아 준 그 공로와 고마움을 잊을 수가 없어, 주공의 아들 백금을 노나라에 임금으로 봉하면서 주공을 천자의 예로써 제사를 지내도록 하는 특권을 내렸기 때문에, 송을 쓰게 되었던 것입니다.

처음엔 주나라 송을 썼던 것으로 보입니다. 이 노나라 송에 주공

을 찬송하는 노래는 없고, 춘추시대의 희공을 찬양하는 노래만이
실려 있기 때문입니다.
　그리고 노나라 송은 노래의 내용이나 모양이 국풍에 가까운 것들
입니다.

살찐 말(駉)

살찐 말이여! 기름진 말이여!
저 수레를 끄는 네 필 누런 말이여!
밤낮으로 조정에 있으면서,
부지런히 일하는 저 님이여!
떼 지어 나는 백로여!
백로가 날아 내린다.
북소리 둥둥
술에 취하여 춤춘다.
아아, 모두들 즐거워라!

살찐 말이여! 살찐 말이여!
저 수레를 끄는 네 필 기름진 말이여!
밤이나 낮이나 조정에서 일보며
조정에서 술 마시는 님이여!
떼 지어 나는 백로여!
백로가 날아오른다.
북소리 둥둥
술 취해 돌아간다.
아아, 모두들 즐거워라!

살찐 말이여! 살찐 말이여!
저 수레를 끄는 네 필 검푸른 말이여!
밤이나 낮이나 조정에 일보고
조정에서 잔치를 한다.
이제부터 비롯해
해마다 풍년이어라!
임금님 복이 많으사
자손에게 물려 주시네.
아아 모두들 즐거워라!

조정에 있었던 잔치 자리에서, 풍년이 들어 나라 살림이 넉넉한 것과 그런 결과를 가져오게 한 임금의 덕과 복록을 기리며 즐거워하는 시입니다.

살찐 말을 맨 처음에 말한 것은, 수레를 끄는 말들이 다 기름진 것을 보기로 들어, 그 수레를 타고 다니는 사람의 넉넉함을 알 수 있기 때문입니다.

그 살찐 말을 끄는 수레를 타고 다니는 벼슬아치들이 밤낮으로 조정에 나와 나라 일을 열심히 보살피고, 남은 여가에 즐겁게 술을 마시고 즐기는 것을 노래한 것입니다.

백로가 날아내리고 날아오른다고 한 것은, 백로춤(학춤)을 추고 있는 것을 나타낸 것입니다. 백로춤은 품위가 있고 한가한 가운데 흥을 돋구는 춤이므로, 이 자리에 모여 술마시는 분들이 모두 취미가 고상하고 점잖은 분이란 것을 비춘 것이라 볼 수 있습니다.

지금부터 비롯하여 앞으로 풍년이 들기를 바란 것은, 노나라가 희공 3년까지 10년이 넘도록 흉년이 계속되다가, 희공3년부터 풍년이 들기 시작한 것을 기뻐한 것이라 합니다.

그 희공 임금이 어질고 복이 많아 풍년이 들게 되었고, 그것이 자손에게 그대로 이어지기를 빌며 즐긴 것이라 볼 수 있습니다.

잔치 때 부른 노래이므로 이는 소아에 들어 있어야 할 시라고 볼 수 있습니다. 그러나 희공이 죽은 뒤에 그의 제사 때 이 노래를 불렀기 때문에 소아의 시가 송으로도 쓰인 것이라 볼 수도 있습니다. 이것은 둘째 편입니다.

제3편은 '반수(泮水)'라는 제목의 시로, 반수는 나라에서 세운 대학을 둘러싸고 있는 물이란 뜻입니다.

국립대학인 반궁(泮宮)으로 임금과 모든 신하들이 모여 잔치를 벌이고, 그 자리에서 임금의 거룩함을 노래한 시입니다.

앞에 있는 네 장은 임금의 어진 덕을 기리고, 뒤에 있는 네 장은 오랑캐를 평정하여 그 오랑캐를 감화시킨 내용으로 되어 있습니다.

그 첫 장만을 소개하면 이렇습니다.

즐거운 반궁 물가에서
미나리를 캔다.
노나라 임금님 오신다.
그분의 쌍용기가 보인다.
말방울 소리 딸랑거리며
크고 작은 모든 관원이
임금을 쫓아 따라온다.

(3) 상송(商頌)

상나라는 은나라를 말합니다. 은나라가 처음에는 상나라로 불리웠기 때문입니다.

은나라의 제사를 받들게끔, 은나라가 망한 뒤 그 자손을 송나라에 봉했습니다. 원래가 천자의 나라였기 때문에 제사 때 송이란 음악을 쓸 수 있었던 것입니다.

　그러나 송나라가 어지러워져 원래 있던 음악이 다 없어지고 말았으므로 뒤에 주나라 태사에게 가서 상송 12편을 얻어 왔다고 합니다.

　그러나 현재 있는 것이 그 12편은 아닌 것으로 보고 있습니다. 춘추시대의 양공을 찬양한 시가 들어 있기 때문입니다. 모두 송양공 때 만들어진 시라고 보는 사람이 많습니다.

　앞에 있는 세 편은 한 장으로 된 비교적 짧은 것이고, 뒤에 있는 두 편은 여러 장으로 되어 있는 비교적 긴 것입니다.

　맨 첫 편만을 소개하면 다음과 같습니다.

거룩하신 조상(烈祖)

　아아, 거룩하신 조상
　그 복 계속 이어진다.
　거듭거듭 끝없이 내려주시어
　당신의 지금에 이르렀어라.
　맑은 술 차려 올려
　우리에게 복 주시길 빌고
　양념한 국도 바쳐
　고루고루 갖추었다.
　신령의 내려오심을 말없이 빌고
　마음에 딴 생각 없다.
　우리에게 긴 수명 주시사
　늙도록 오래오래 병 없어라.
　무늬도 화려하게 꾸민 수레
　여덟 말방울 소리 딸랑거리며 와서

신령의 내려오심 빌며 제사 올려
우리가 받은 하늘의 주심 넓고 크다.
풍년이 들어 풍성한 음식
신령께서 오셔서 잡수신다.
내리신 복이 끝이 없어라.
우리의 겨울제사, 여름제사 돌아보시고
탕임금 자손의 제사 받으신다.

노래의 내용으로 보아, 하늘 제사를 올리며 지금에 이르도록 하늘 제사를 받들 수 있었던 것은 모두가 탕임금의 거룩하신 공덕 때문이라고 하고, 그것이 대대로 이어져 지금의 임금에게까지 미쳤음을 찬양한 것 같습니다.

복을 주시는 것은 하느님이요, 그 복을 받게 한 것은 탕임금 할아버지라는 것을 힘주어 말하고, 하느님은 겨울제사 여름제사를 통해 우리의 정성스런 마음을 살피시고, 탕임금 자손인 우리의 제사를 기쁘게 받으신다고 한 것으로 생각됩니다.

하늘 제사를 지낼 때는, 천하를 통일한 첫 임금을 하느님과 함께 제사 지내게 되어 있었기 때문이라 볼 수 있습니다.

小説 四書五經

書經

서경(書經)

처 치 세 의 방　처 난 세 의 원
處治世宜方 處亂世宜圓.
"치세(治世)에는 몸가짐을 바르게 하고, 난세(亂世)에는 원만
하게 처신해야 한다."

〈서경〉은 고대로부터의 통치권자를 중심으로 한 가르침의 말들을
연대 순서로 모아 기록한 책입니다.

이 책은 공자가 활동하던 때에 전해지고 있었던 3240편이나 되는
기록들 가운데 정확하고 믿을 만하며, 그것이 뒷날 세상에 길이 올
바른 가르침과 깨우침을 줄 수 있다고 생각되는 것 중에서 120편을
골라낸 다음, 그 가운데서 다시 102편만을 간추려 엮은 것이 〈서경〉
의 시초였다고 합니다.

그러나 진시황이 자기의 독제체제에 방해가 된다고 생각되는 책을
모조리 불태워 없애고 이를 숨겨두거나 가르치거나 하는 사람이 있
으면 반역으로 다스려 모두 죽이곤 했기 때문에, 성현의 가르침이
담겨 있는 책들은 모두 그 자취를 감추게 되었습니다.

이렇게 자취를 감추게 된 책들 가운데 대부분은 진시황이 죽은 뒤

에 다시 빛을 보게 되었습니다. 그러나 이 〈서경〉만은 그렇지가 못했습니다.

그 까닭은 이 〈서경〉의 내용이 모두 백성들이 나라의 근본이란 것을 말하고, 임금은 하느님의 명을 받아 백성을 바르고 착하고 편안하게 다스릴 책임을 지고 있기 때문에, 하느님의 뜻대로 백성을 위하는 정치를 하지 못하고 백성을 괴롭히는 일이 있으면, 하느님은 곧 그 임금을 내쫓거나 죽이고 다른 어진 사람을 임금으로 삼는다는 것이 하나의 원칙처럼 전해지고 있었기 때문입니다.

진시황은 황제만이 절대적인 권력을 누릴 수 있다고 생각하고, 자기 자손이 천년이고 만년이고 황제로서 천하를 다스릴 수 있다고 생각하고 있었던 것입니다.

그러나 그렇게 되기 위해서는, 사람들로 하여금 백성이나 신하들은 무조건 황제의 명령에 따라야 한다는 생각을 갖게 만들어야 했습니다. 그러므로 백성을 위한 임금이지 임금을 위한 백성이 아니라는 오천 년에 걸친 옛 어진 임금의 가르침과 어진 신하들의 충고가 담겨 있는 〈서경〉이, 가장 위험한 책으로 생각될 수밖에 없었습니다.

그러니 여러 책들 가운데 이 〈서경〉이 눈의 가시처럼 여겨졌을 것을 뻔한 일입니다. 그리고 〈서경〉은 다른 책에 비해 그 내용이 어렵고 독특하기 때문에 보통사람들에게는 읽혀지지 않았습니다.

가지고 있는 사람은 적고 이 책을 특히 없애려 했던 탓으로 서경만이 완전히 그 모습을 감추게 된 것입니다.

그래서 책으로서가 아니고 머리 속에 기억하고 있는 늙은 학자를 찾아다니며 받아쓰곤 했습니다.

그러다가 많은 세월이 지난 뒤 공자가 사시던 옛 집을 헐고 그 자리에 다른 집을 지으려고 했을 때, 뜻밖에도 두 겹으로 된 벽 속에서 많은 책들이 쏟아져 나왔습니다. 그것은 공자의 8대 손자가 진시황의 영을 피해 그런 두 겹 벽속에 숨겨둔 것이었습니다.

그 책들 속에 이 〈서경〉이 들어 있었습니다. 그러나 그것은 대쪽에 새겨 가죽끈으로 엮은 책들로 끈이 삭아 마구 뒤섞여 있는 데다가, 그 글자가 진시황 이전의 글자로 쓰여 있었으므로 보통사람들은 읽을 수가 없었습니다.

이를 연구해서 밝힌 사람은 있었으나, 그 일부분이 참고로 쓰였을 뿐 완전히 빛을 볼 수 없었다고 합니다.

그래서 지금 전해지고 있는 〈서경〉은 후세 사람이 만들어 넣은 부분이 많다는 것도 차츰 밝혀지게 되었습니다.

그만큼 〈서경〉이란 책은 독특한 성격을 지닌 책이란 것을 알 수 있습니다. 또 지금 우리가 보고 읽는 〈서경〉은 공자가 간추려 새로 엮었다는 그 서경과는 다른 내용이 많이 들어 있다는 것도 알 수 있습니다.

그러나 후세 사람이 만들어 넣었다 하더라도 그만한 근거가 있어서 엮을 것이며 있어야 할 자리에 채워넣으려 했던 것으로 미루어 보아, 그것이 〈서경〉이 지니고 있는 전통적인 생각을 살리기 위한 것임은 틀림없는 사실입니다.

아무튼 5천 년 전의 요임금서부터 춘추시대에 이르기 까지 2천 년이 넘는 동안의 역사 가운데 공자의 사상과 일치되는 중요한 내용들을 간추린 것으로 알면 그것으로 충분합니다.

이 〈서경〉 역시 원래의 이름은 '서'였습니다. 중요하고 훌륭한 글이라 하여 경이란 글자를 뒤에 붙인 것입니다.

〈시경〉을 '시전'이라고 하듯이 〈서경〉을 '서전'이라고도 했습니다.

〈서경〉은 시대 차례에 따라 우·하·상·주 4편으로 나뉘어져 있습니다.

제1편인 우서는 5장으로 되어 있고, 제2편인 하서는 4장으로 되어

있으며, 제3편인 상서는 17장으로 되어 있고, 제4편인 주서는 32장으로 되어 있습니다.

그런데 공자가 활동하던 시대에 전해지고 있었던 3천 편이나 되는 기록들은 과연 어떤 내용들이었을까요? 그런 것들 속에는 기독교 성경의 구약에 있는 것처럼 하늘이 세상을 만들었다는 창세기같은 내용도 들어 있었을 것이고 어느 민족이나 가지고 있는 건국전설 같은 것을 비롯해, 다윈의 진화론과는 다른 소박한 진화론이 담긴 이야기들도 수 없이 들어 있었을 것입니다.

그런 것들은 다음에 이야기 하겠습니다.

공자는 〈서경〉을 요임금서부터 시작했습니다. 그 이유는 이전의 기록들이 확실치 않을 뿐만 아니라 좋은 가르침으로 남길 만한 것이 없었기 때문입니다.

공자는 맨 첫머리 요임금의 이야기를 이런 조심스런 말로 시작하고 있습니다.

"옛 요임금에 대해 여러 가지로 참고해 보건대……"
라고 말입니다.

이로써 공자가 〈서경〉을 새로 간추려 엮으며 무척 연구하고 생각했음을 알 수 있습니다.

그럼 공자가 빼버린 요임금 이전의 기록들에는 어떤 것들이 있었던가를 대충 알아 보기로 하겠습니다.

가장 터무니없는 이야기로 생각되는 기록에는 이런 것이 있습니다.

옛날 사람들은 육지가 바다에 성냥곽처럼 둥둥 떠있는 것으로 생각했습니다. 그리고 공처럼 둥근 하늘 속에 바닷물이 반쯤 차 있고, 그 바닷물이 밖으로 쏟아지지 않도록 하늘이 둘러싸고 있는 것으로 생각했습니다.

하늘은 둥글고 땅은 모나다고 하는 생각은 서양이나 동양이나 다 마찬가지 였습니다.

그러니까 배를 타고 바다 끝까지 가서 창으로 하늘을 콱 찌르면, 그 창구멍으로 바닷물이 새어 나갈 것으로 생각하기도 했으며, 또 높은 산으로 올라가 활을 쏘아 하늘을 맞추면 하늘에 구멍이 뚫릴 것으로 생각하기도 했습니다.

웃기는 이야기에 이런 것이 있지 않습니까?

어느 여름밤, 한 아이가 긴 장대를 들고 하늘의 별을 따겠다며 발돋움을 하고 야단이었습니다.

"너 장대를 들고 뭐하는 거냐?"

하고 형이 물었습니다.

"별을 따려고 그래."

하고 아우가 대답하자, 형은 또

"이 멍청아! 그게 어디 홍시처럼 매달려 있는 줄 아니? 그건 비 가 올 때 하늘에서 물을 쏟아붓는 구멍이야."

하고 핀잔을 주었습니다.

그러자 옆에 있던 아버지가,

"역시 큰 놈이 작은 놈보다는 생각이 앞서 있구나."

하고 칭찬을 했다는 것입니다.

이와 비슷한 이야기가 역사인 것처럼 기록에 남아 있는 것입니다.

여자 임금인 여화씨가 천하를 다스리고 있었을 때, 작은 지방을 맡고 있었던 두 임금들끼리 전쟁을 하게 되었습니다. 그들은 서로 경계선에 우뚝 솟아 있는 높은 산을 먼저 점령하려고 그리로 향해 올라갔습니다.

그리고는 서로 산너머 올라오는 적을 막기위해 화살을 높이 쏘아 보냈습니다. 그 바람에 산에서 그리 멀지 않은 하늘에 가서 화살이 꽂히곤 했습니다.

그리고 마지막에 산꼭대기에 올라섰을 때는 서로가 창을 집어던져

적을 죽이곤 했습니다. 그런데 그 창들이 하늘에 가서 꽂히는 바람에 그만 하늘이 와르르 무너져 산을 내리 덮고 말았읍니다 싸우던 사람들은 거의가 다 죽고 하늘은 구멍이 뻥 뚫리고 말았습니다.

체육관에서 양쪽 선수가 창던지기 시합을 하다가 서투른 선수가 창을 잘못 던져, 천정에 구멍을 뚫은 걸로 생각하면 될 것도 같습니다.

그래서 이 소문을 들은 여화씨가 오색 돌을 주워 모아 그것을 곱게 갈고 다듬어, 뚫린 하늘의 구멍을 막았다는 것입니다.

이 여화씨는 중국을 처음 통일한 황제씨에 의해 망하고, 그뒤로는 황제의 자손들이 뒤를 이어 중국을 통치한 것으로 기록에 남아 있습니다.

터무니없이 꾸며낸 이야기가 실제로 있었던 일과 섞여 있는 것입니다.

또 중국사람들은 하느님 이전에 우주가 먼저 있었던 것으로 생각한 것 같습니다. 하느님이 하늘과 땅을 만든 것이 아니라, 하늘과 땅이 먼저 생기고 하느님이 나중에 그 하늘과 땅을 다스린 것으로 생각한 것이지요.

그런 생각들이 그대로 역사에 그 모습을 이렇게 남겨두고 있습니다.

하늘이 생기고 그 다음에 땅이 생기고 그 다음에 사람이 생겼는데, 그 하늘과 땅이 생기기 이전을 혼돈씨 시대라 불렀다고 했습니다. 혼돈이란 모든 것이 한데 뒤섞여 뭐가 뭔지 알 수 없는 상태로 뒤죽박죽이 되어 있는 것을 말합니다.

이 혼돈씨 시대를 반고씨 시대라고도 부른다고도 했습니다. 반고란 가장 먼 옛날이란 뜻입니다. 백만년이니 억만년이니 하고 생각조차 할 수 없는 먼 옛날이란 뜻입니다. 그러니까 하늘과 땅이 몇 만년 사이에 생긴 것이 아니고, 억만년도 더 되는 긴 시간을 거쳐 비로소 하늘이란 형체가 생기고, 땅이란 형체가 생기고 그리고 사람이 생겨난 것으로 생각했던 것입니다.

그리고 이 혼돈씨라고도 불리우고 반고씨라고도 불리우는 긴긴 세월이 지난 뒤에 비로소 하느님이란 뜻과 같은 천황씨 시대가 시작되었다고 했습니다.

이 천황씨 시대에 비로소 해가 땅을 돌고, 봄·여름·가을·겨울이 있는 한 해라는 것이 있었던 것으로 되어 있습니다. 그리고 땅이 땅의 모습을 갖추게 될 때까지를 23만4천 년으로 보았습니다. 천황씨는 형제가 13명이었는데, 한 사람씩 차례로 1만8천 년씩 임금 노릇을 한 것으로 되어 있는 것이 바로 그런 뜻을 말한 것이라 볼 수 있습니다.

그리고 땅이 땅의 모습을 제대로 갖추고 사람이 생겨나기까지의 시간을 19만8천 년으로 보았습니다. 하느님인 천황씨 시대 뒤에 땅님이라고 하는 지황씨 형제 11명이 각각 1만8천 년씩 임금으로 있었던 것으로 말한 것이 바로 그것을 나타낸 것입니다.

그리고 그 땅 위에 사람이 생겨나 사람다운 삶을 시작하기까지를 4만5천6백 년으로 보았습니다. 9명의 형제가 차례로 임금 행세를 한 것이 4만5천6백 년이라고 한 것이 바로 그것을 말해 주고 있는 것입니다.

그리고 나서, 사람이 다른 짐승들과는 다른 슬기로운 삶을 시작한 시대를 또 이렇게 구분하고 있습니다.

맨 처음 나오는 것이 유소씨(有巢氏) 시대입니다. 유소씨는 새집처럼 나뭇가지 위에 얽어 만든 집을 가지고 있었던 사람이란 뜻입니다.

사람이 맨 처음에는 짐승들과 마찬가지로 굴 속에서 살았습니다. 그러다가 나무 위에 집을 지어 살며, 사나운 짐승들의 위협에서 벗어난 것이 가장 첫 슬기였던 것입니다. 그런 시대가 얼마나 계속되었는지는 말하지 않았습니다.

그 다음이 수인씨(燧人氏) 시대입니다. 수인씨란 불을 만들어 쓴 사람이란 뜻입니다. 굴에서 나와 나무 위에 집을 얽어 살던 시대를 지나 이제 땅 위에서 살게 된 시대가 바로 수인씨 시대였습니다.

불을 만들어 쓸 수 있음으로 해서 추운 겨울을 편히 지낼 수도 있었고, 이 불로써 사나운 짐승들을 물리칠 수도 있었으며, 지금까지 날로만 먹던 짐승의 고기와 물고기들을 익혀 먹기도 하는, 사람다운 문명시대가 시작된 것입니다.

이 수인씨 시대가 얼마나 계속되었는 지도 역시 말하고 있지 않습니다.

수인씨 다음이 포희씨(包犧氏)입니다. 포희씨를 복희씨(伏羲氏)라고도 합니다. 포희씨란 말은 짐승을 죽이는 도살장과 그 고기를 저장해 두는 곳간을 가지고 있는 사람이란 뜻입니다.

지금까지는 사냥을 해서 고기가 생기면 실컷 먹고 사냥이 시원치 않을 때는 굶주리기도 하는 생활을 해 오던 것을, 포희씨 시대는 소니 양이니 말이니 하는 것을 길러 필요한 때에 잡아먹고 하는 목축시대로 들어온 것입니다. 사냥은 지난 날의 습관으로 하고는 있었으나, 그것이 살기 위한 방법의 전부는 아니었습니다.

포희씨의 목축시대 다음에 오는 것이 신농씨(神農氏)시대입니다. 신농이란 신비로운 농사란 뜻입니다.

목축시대에는 짐승을 끌고 풀밭을 찾아 옮겨다니며 살아야만 했던 것이 이제 한 곳에 눌러앉아 농사를 지으며 그 곡식으로 살 수 있게 된 것입니다. 농사는 물이 있는 들판이라야만 했기 때문에 신농씨는 농사짓는 방법과 함께 강에서 그물로 물고기를 잡는 방법도 가르친 것으로 나와 있습니다.

그리고 우리가 지금 약으로 쓰고 있는 온갖 약재의 풀과 나무뿌리들로 이 신농씨가 직접 맛을 보고 그 성분을 알아내어, 어떤 것이 어떤 병에 좋다는 것을 백성들에게 가르쳐 준 것으로 되어 있습니다.

앞에서 진화론 이야기를 비쳤었는데, 중국 사람들은 사람이 처음부터 오늘과 같은 사람의 모습을 하고 있지 않았을 것으로 생각했던 것 같습니다.

그래서 포희씨는 머리는 사람의 머리였으나 몸뚱이는 뱀의 비늘같은 것이 온 몸을 둘러싸고 있는 것으로 되어 있고, 신농씨는 몸뚱이는 사람의 몸뚱이었으나 그 머리는 뿔만 없을 뿐 소를 닮아 있던 것으로 되어 있습니다.

사람은 하느님이 하루아침에 만든 것이 아니고 처음에는 짐승을 많이 닮아 있던 것이 오랜 세월 동안 사람이 되고 싶어 했던 모습으로 조금씩 바뀌어진 것으로 생각했던 것 같습니다. 이른바 역사 이전의 역사는 사람의 생각으로 꾸며진 이야기가 그 바탕이 되어 사람의 입을 통해 전해져 내려왔을 테니까요.

신농씨 다음에 나타난 것이 황제씨(黃帝氏)입니다. 황은 누렇다는 뜻이고 제는 임금이란 뜻입니다. 임금이란 말을 황제씨부터 쓰게 된 것입니다.

그때까지는 여기저기 흩어져 살며 저마다 정도에 따라 다른 생활을 하고 있었는데, 이 황제가 여화씨를 비롯한 각 지방의 우두머리란 사람들을 굴복시켜 자기 명령에 복종하게끔 만든 것으로 되어 있습니다.

그 후 석기시대에서 청동기 시대가 시작된 것으로 여겨집니다. 쇠로 창과 칼을 만들고 화살과 튼튼한 수레를 만들어 반대하는 사람들을 쳐서 무찌르기도 했고, 변두리에 있는 치우라는 임금이 요술로 안개를 피워 방향을 잡을 수 없게 하자, 황제는 언제나 남쪽을 가리키는 지남거라는 수레로 방향을 제대로 잡아 치고 들어간 것으로 되어 있습니다.

말하자면 훌륭한 무기와 발달된 과학의 힘으로 둘레에 있는 임금들을 굴복시켜, 누런 흙의 넓은 들과 누런 물이 흐르는 황하를 손아귀에 넣은 임금이라 하여 황제라 불리웠던 것 같습니다.

그 황제로부터 다시 여러 대를 거쳐 지(摯)라는 천자에 이르게 됩니다. 이 지는 곡(嚳)이란 임금의 맏아들로 아버지의 뒤를 이었던 것인데, 사람이 어질지 못해 임금 노릇을 제대로 하지 못했습니다.

그런데 그의 아우인 요(堯)는 정반대로 마음이 어질고 슬기로왔습니다.

지임금이 임금자리에 오른 지 9년 되던 해에, 신하들은 그를 임금자리에서 물러나게 하고 그의 아우 요로 하여금 그 뒤를 잇게 했습니다. 이가 바로 유명한 요임금입니다.

공자는 〈서경〉에서 이 요임금에서부터 이야기를 시작하고 있는 것입니다.

제1편 우서(虞書)

王者之民 皞皞如也 覇者之民 驩虞如也.
"성인의 백성(百姓)은 자연(自然)을 즐기고, 영웅(英雄)의 백성(百姓)은 정치(政治)를 기뻐한다."

우서는 우나라 역사란 뜻입니다. 우나라는 순임금이 다스린 시대의 나라 이름입니다. 그 우나라의 기록을 맡은 사관이 쓴 것이기 때문에 우서라고 한 것입니다.

우서는 5장으로 나뉘어 있습니다. 제1장은 요임금에 대한 기록을 담은 요전(堯典)이고, 제2장은 순임금의 기록을 담은 순전(舜典)입니다. 그리고 제3장은 우임금의 이야기가 담겨 있는 대우모(大禹謨)란 것이고, 제4장은 순임금이 천하를 물려주려고 했던 신하의 한 사람인 고요에 대한 이야기를 담은 고요모(皐陶謨)란 것입니다. 그리고 제5장은 우임금이 임금 자리를 물려주려 했던 익(益)이란 신하와, 주나라의 첫 시조인 후직(后稷)의 이야기를 함께 실은 익직(益稷)이란 것입니다.

1. 요 전

앞에서 말한 대로, 공자는 조심스러운 말로 요임금의 역사를 말하며 맨 앞에는 요임금의 전체에 대한 공적을 말하고 그 다음에 자세한 이야기를 간단한 줄거리만으로 들고 있습니다.

요임금의 나랏 일은, 농사 짓는 철을 백성들에게 정확하게 알려 주고, 그 철에 맞추어 농삿 일을 하게 하는 것이었습니다.

달이 둥글었다 없어졌다 하는 것이 일정한 기간을 두고 되풀이되기 때문에, 한 달 두 달 하는 것은 일찍부터 쓰이고 있었습니다. 그리고 열두 달이면 봄·여름·가을·겨울의 네 철이 지나가고 다시 시작된다는 것도 알았습니다.

그러나 그 열두 달은 355일 정도밖에 되지 않으므로 달만 가지고는 농사철을 제대로 맞출 수가 없었습니다.

철에 맞게 씨를 뿌리고 거두고 하는 농사가 경제생활의 거의 전부이다시피 한 옛날이었으므로 철을 분명히 안다는 것은 죽고 사는 문제가 걸린 중대한 일이었습니다.

그때까지는 천문이니 기상이니 하는 지식이 전혀 없었으므로 눈과 얼음이 녹고 날씨가 따뜻해지면 봄이 된 줄로 알고 밭을 갈고 씨를 뿌리고 했습니다.

그러나 일찍 따뜻해졌다가 다시 추워지곤 하는 것이 보통이므로 씨앗을 다시 뿌리거나 농사를 망치는 경우도 자주 있었습니다.

그래서 요임금이 맨 처음 힘을 기울인 것이 한 해가 정확하게 며칠이냐 하는 것을 알아내는 일이었습니다.

그래서 〈서경〉에는 이렇게 적혀 있습니다.

"희씨(羲氏)형제와 화씨(和氏)형제에게 명하여, 해와 달과 별의 움직임을 정확하게 살펴 사람들에게 농사 때를 바로 알리게 하셨다. 얼음이 풀리고 밤과 낮의 길이가 같은 때를 춘분이라 정하고,

백성들을 들에 나가서 농삿 일을 하게 하시고 밤이 가장 짧고 낮이 가장 긴 때를 하지라 하여, 백성들이 옷을 벗고 들로 나가 농사 일을 해도 좋은 것으로 하셨다. 여름이 지나고 다시 밤과 낮이 똑같아지는 때를 추분이라 정하고, 곡식들을 거두어들이도록 하셨다. 밤이 가장 긴 때를 동지로 정하고, 이때는 백성들을 방안으로 들어오게 하여 밖에 나다니는 일이 없도록 하셨다.

임금님은 말씀하시기를

'아아 그대들 희씨와 화씨들이여! 1년을 366일로 하여, 거기에 맞게 윤달을 두고, 네 철을 정확하게 알리도록 하라.'

고 하셨다.

요임금은 이렇게 하여 모든 관원들을 잘 다스리시고, 여러 가지 공적이 모두 빛나게 되었다."

라고 했습니다.

다음은 천자의 자리를 누구에게 물려줄까 하는 것을 의논하는 내용이 나옵니다.

요임금이 먼저 말을 꺼냅니다.

"이 천자의 자리를 물려줄 만한 사람이 누구이겠는가?"

그러자 방제(放齊)라는 신하가 대답했습니다.

"맏아드님 단주(丹朱)가 총명하시니 그에게 물려줌이 옳은 줄로 아옵니다."

"무슨 소리인가! 단주는 말하는 것이 참되지 못하고 믿음이 없으며, 남과 다투기를 좋아하니 되겠는가?"

그러자 방제는 더·말을 하지 않았습니다. 요임금이 다시 말했습니다.

"누가 내 하는 일을 잘 도울 수 있겠는가?"

이번에는 환도 란 신하가 말했습니다.

"아! 공공(共工)이 널리 사람들 의견을 모아 일을 잘 처리하고 있습니다."

"그는 말은 잘하나 행동이 말과 다르고, 겉모습은 공손하나 속마음은 거만하기 짝이 없는 사람이오."

하고 거절했습니다.

그리고 임금된 지 70년이 되는 해에 요임금은 정승의 벼슬인 사악(四岳)을 불러 이렇게 말합니다.

"아아! 사악이여! 내가 임금자리에 오른 지 70년 동안 그대는 내 명을 잘 받들어 주었소. 이제 이 자리를 그대에게 물려줄까 하오."

그러자 사악은 이를 사양하고 순(舜)을 추천하게 됩니다.

그리하여 요전은 이것으로 끝나고 순전으로 이어집니다.

요임금이 순에게 천하를 물려주기 전에 허유(許由)라는 사람에게 먼저 그런 뜻을 말했다는 유명한 이야기가 다른 기록에 전해지고 있습니다.

요임금은 허유라는 사람이 학문이 깊고 뜻이 높아, 벼슬에는 생각이 없이 시골 깊숙이 숨어 산다는 말을 듣자.

" 벼슬에 생각이 없는 그런 사람에게 천하를 맡겨야 참으로 백성을 위한 바른 정치를 할 수 있는 것이다."

하고, 자기가 타고 다니는 수레를 보내 허유를 모셔 오게 했습니다.

"천자께서 허선생님을 모셔 오라는 분부 받잡고 왔습니다. 어서 떠날 준비를 하십시오."

하고 심부름 온 사람이 말하자, 허유는,

"천자께서 무슨 일로 나를 부른단 말이오?"

하고 물었습니다.

"그걸 제가 어떻게 알겠습니까? 가 보시면 알 일이 아닙니까?"

"내가 무슨 죄를 지었다면 모르되 그렇지 않으면 끌려갈 일도 잡혀갈 일도 없을 터인데 왜 부르는 것일까? 보나마나 내가 원치 않는 벼슬을 하라고 할 것이니, 나는 가지 않겠소.”
하고 가기를 거절했습니다.
 “선생님은 그렇다 치시더라도, 저는 선생님을 모시고 오지 못했다
는 죄를 면할 수 없습니다.”
하고 심부름 온 사람이 사정사정 하는지라 허유는 마지 못해 밭에서
일하던 옷차림 그대로 수레에 올라 요임금의 궁으로 들어 갔습니다.
 요임금은 천하를 맡아 다스려 달라는 뜻을 말했습니다. 그러나 허
유는,
 “지금 혼자 조용히 지내는 것도 때로는 귀찮고 지겨운 생각이 드
는데, 어떻게 번거롭게 천하를 다스릴 수 있겠습니까? 천자가 되
기를 바라는 훌륭한 사람이 얼마든지 있을 텐데, 굳이 나같은 사
람에게 천하를 주시려 합니까?”
하고 거듭 사양한 다음 물러나오고 말았습니다.
 허유는 요임금이 또 귀찮게 할 것이 두려워 이번에는 더 깊숙한
곳을 찾아 영수(潁水) 북쪽 기산(箕山)밑에 가 숨어 살고 있었습니
다.
 그런데 요임금은 그가 기산 밑으로 피한 것을 알고 다시 사람을
보내, 이번에는 아홉 지방으로 나누어진 9주를 통솔하는 장관에 앉
히려 했습니다. 요즈음으로 말하면 외무장관과 같은 것입니다. 그
당시로는 각 지방에서 반란을 일으키지 않는 한, 한가한 자리였으므
로 그것을 맡기려 한 것입니다.
 천자의 자리도 싫다고 한 사람을 굳이 끌어내어 9주의 장관을
하라고 한다는 말을 들은 허유는, 사신을 꾸짖어 돌려보낸 다음 그
런 소리를 들은 것만으로도 귀가 더러워진 것 같은 느낌이 들어 앞
냇물로 나가 귀를 씻었습니다.
 그러자 마침 저녁 때라, 풀을 뜯긴 송아지를 몰고 돌아가다가 냇
물에서 소에게 물을 먹이려던 소부(巢父)란 사람이 물었습니다.

"귓속에 무엇이 묻었기에 그토록 알뜰히 씻으십니까?"

"나보고 천자를 하라기에 사양하고 이곳으로 피해 왔는데, 이번에는 글쎄 나보고 9주의 장관을 하라지 않겠소. 그래서 그 소리가 더럽게 귀에 박혀 있는 것만 같아서 이렇게 씻고 또 씻고하는 중입니다."

그러자 소부는 이렇게 말했습니다.

"당신이 만일 훨씬 높은 산꼭대기나 깊은 골짜기 속에 숨어 산다면, 사람의 길이 막혀 아무도 당신을 볼 수 없지 않겠소? 당신은 떠돌아다니며 은근히 그런 청을 해오기를 바라고 또 그것을 사양함으로써 헛이름을 얻으려는 것은 아닐지? 그런 더러운 귀를 씻은 물로 우리 송아지 입을 더렵혀서야 되겠는가?"

하고, 송아지를 끌고 위쪽으로 가서 물을 먹였다는 것입니다.

또 이런 이야기도 있습니다.

허유는 산골에 살며 샘물을 손으로 떠서 먹곤 했는데, 그것을 본 어느 누가 표주박을 하나 주며,

"손으로 그렇게 물을 떠서 먹는 것보다는 이 표주박으로 떠서 먹는 것이 편리할 것입니다."

라고 했습니다.

허유는 표주박으로 물을 떠서 먹어 본 다음,

"과연 편리하군."

하고 표주박을 샘물 옆 나무가지에 걸어 두었습니다.

그런데 밤에 바람이 불자 그 표주박이 자꾸만 달그락 소리를 내며 잠을 이룰 수 없게 만들었습니다.

"사람의 몸을 편하게 하는 것은 곧 사람의 마음을 어지럽게 하는 것이다."

하고 허유는 일어나 그 표주박을 치우고 말았습니다. 그리고 옛날처럼 손으로 물을 떠서 마시곤 한 것이지요.

자유민주주의 사상을 높이 부르짖은 프랑스의 유명한 사상가 루소는 '자연으로 돌아가라'고 외친 것으로 유명합니다.

그 루소가 그렇게 외친 것은, 사람이 물질문명의 노예가 되고 있는 것이 안타까워서 였습니다. 서양의 물질문명을 미워한 루소는 여기 나온 허유 소부와 같은 자연을 즐기는 동양의 전통적 정신에서 깊은 감명을 받았다 합니다.

영국의 유명한 평론가 카라일도

"옷은 사람을 짐승과 다른 사람다운 사람으로 만들었다. 그러나 지금은 그 옷이 사람을 옷걸이로 만들었다."

라고 했다 합니다.

허유와 소부의 이야기는 꾸며낸 이야기일지도 모릅니다. 그러나 그것은 그런 정신을 일깨우려는 생각에서 나온 것이므로, 보다 깊은 뜻이 있다고 여겨집니다.

우리는 문명이 아닌 물질의 종이 되어가고 있는 것이 아닐까요? 목걸이·팔찌·귀걸이·반지를 걸고 끼고 하고 다니니 옷걸이에다 장식품 걸이까지 된 것은 아닐까요?

요임금에게는 이런 이야기도 또 있습니다.

요임금은 임금된 50년에, 자기가 한 정치가 과연 어떠했는지를 알아보기 위해 보통 옷차림을 하고 시찰길에 올랐습니다.

한 곳을 지나가자 웬 노인이 흥겹게 땅을 치며 노래를 불렀습니다.

해뜨면 일하고
해지면 쉰다.
우물 파서 물마시고
밭 갈아 밥 먹는다.
임금이 나를 위해

무엇을 해주었나?

요임금은 이 노인의 노래를 듣고 무척 기뻐했다고 합니다. 참으로 잘하는 정치는 백성들이 각자 자기 스스로의 힘으로 살아가고 있는 줄로 알 뿐, 임금이나 나라에서 자기들을 도와주고 이끌어주고 한다는 것을 느끼지 않게 하는 것이기 때문입니다.

요임금은 그 길로 변방 국경지대를 시찰했습니다.

그러자 그곳 국경을 지키는 사람이 요임금에게 이렇게 복을 빌었습니다.

"거룩하신 임으로 하여금 오래오래 사시고 넉넉한 재물을 누리시고 아들을 많이 두게 하옵소서!"

말하자면 하느님께 이렇게 빈 것입니다.

그러자 요임금은 이렇게 사양했습니다.

"나는 그것을 원하지 않소. 아들이 많으면 혹시 그들이 무슨 옳지 못한 일을 하지나 않을까 하는 두려움이 많게 되고, 재물이 많으면 그것을 간직하기 위해 일이 많아지게 되고, 오래 살면 오래 사는 만큼 욕된 일을 또한 많이 겪어야 하기 때문이오."

공자는 이 요임금을 평하여 이렇게 말했습니다.

"크다. 요임금의 임금됨이여! 저 높고 큰 하늘을 본받은지라 백성들이 뭐라고 이름지어 말을 할 수 없었다."

천하와 백성을 위해 자기 아들을 제쳐두고 어진 사람에게 천자의 자리를 물려준 것이며, 노인의 노래를 듣고 기뻐한 것이며, 세상 사람이 다 바라는 복을 사양한 것이며, 손톱 만큼도 자기 자신을 위하는 마음이 없고 오로지 모든 것을 자연 그대로 자유롭게 뻗어나가기를 바랬던 그 마음은, 과연 하늘을 본받았다 말할 수 있습니다.

우리가 해와 공기와 물의 고마움을 모르고 살듯이, 우리가 부모의 공을 모르고 우리의 힘으로 살아가고 있는 줄 생각하고 있듯이, 요임금의 백성들은 요임금의 고마움을 느끼지 못하고 있었던 것입니다.

2. 순 전

　순전은 순임금의 업적을 내용으로 하고 있습니다.
　요임금은 사악이 추천한 순을 시험하기 위해, 자기 두 딸을 아내로 보내어 그 딸을 통해 순의 거룩함을 알게 됩니다.
　요임금은 순을 천자의 대리로서 일을 보게 합니다.
　요임금은 여러 가지 하는 일이 다 마음에 드는지라 순에게 이렇게 말합니다.
　"이리 가까이 오라 그대 순이여! 내 그대를 시험한 지 3년이 되었다. 이제 네가 임금의 자리에 오르라."
　그러나 순은 사양하고 임금의 자리에 오르지 않았습니다.
　순이 대리로 있은 지 28년만에 요임금이 세상을 뜨자, 3년상을 마친 뒤 순은 정식 천자의 자리에 올랐습니다.
　이때 순임금은 열두 고을의 장관에게 타일렀습니다.
　"백성들은 먹는 것이 첫째이니 농사철을 지키도록 하오. 먼 나라는 이를 잘 어루만지고, 가까운 나라와는 친하게 지나도록 하오. 덕있는 사람을 높이 쓰고, 어진 사람을 믿으며 간악한 사람을 멀리하면 오랑캐들도 다 복종하게 될 것이오."
　순임금은 다음에 정승으로 누가 좋은지를 물었습니다.
　그러자 사공(司空) 벼슬에 있는 우를 모두 추천했습니다. 사공은 건설부장관과 같습니다.
　그러자 순임금은,
　"그대들 말이 옳다. 우여! 그대는 홍수를 다스리고 들을 여는데 큰 공이 있었으니, 그대가 정승의 일을 보는 것이 좋을 것이다.”
하고 우가 다른 신하들에게 사양하는 것을 듣지 않고 우로 하여금
정승 일을 보게 했습니다.

이 우는 순임금이 죽은 뒤 천자가 됩니다. 순임금이 우에게 홍수
를 다스리고 들을 여는데 큰 공을 세웠다고 한 것에 대해 설명하겠
습니다.

그때가 서양에서 말하는 노아 홍수 때였는지도 모릅니다. 아무튼
하늘과 땅이 맞붙은 것처럼 보일 정도로 비가 쏟아져, 온 들이 물바
다가 되었던 것으로 전해지고 있습니다.

이때를 9년 홍수라 부릅니다. 그러나 비가 9년을 계속 온 것은 아
니었습니다. 비는 한 해 여름만 내렸을 뿐인데, 요임금의 명령을 받
아 물을 다스리는 곤(鯀)이란 신하가 일을 올바로 하지 못한 때문이
었습니다.

곤은 우의 아버지였습니다. 전설로는 그가 몸이 엄청나게 크고 힘
도 대단한 것으로 전해지고 있습니다.

그러나 그는 힘과 용기와 고집만을 가지고 있을 뿐, 깊이 생각을
하거나 남의 충고에 귀를 기울이거나 하지 않았습니다.

홍수가 한번 지나간 그 자리에 다시 둑만을 높이 쌓곤 했습니다.
한번 높아진 강바닥은 그 이듬해도 새로 쌓은 그 둑을 무너뜨리고
말았습니다.

이렇게 하기를 9년이나 되풀이했습니다. 이때 아들 우가 좋은 의
견을 말했으나 곤은 듣지 않았습니다.

그리하여 9년 동안 백성들은 사람의 잘못으로 인한 홍수에 시달려
야만 했습니다.

순임금은 곤을 우산(羽山)에 가두고, 그의 아들 우에게 아버지 일
을 계속하게 했습니다. 우는 아버지를 닮아 힘이 코끼리 만큼이나
세었다고 합니다. 항우가 3만 근이나 되는 솥을 번쩍 든 것으로 되

어 있는데, 우는 그 네 배나 되는 무게도 들었다고 합니다. 기관차를 끄는 정도가 아니라 밀어 넘어뜨릴 수 있는 그런 무서운 힘을 가졌던 모양입니다. 우는 아랫니와 윗니가 각각 하나로 되어 강철같이 단단하고 억센 것이어서 그 이로 무엇을 물고 잡아당기면 큰 바위도 뽑혀 나왔다고 합니다.

그러나 그 힘을 믿고 일을 맡긴 것은 아니었습니다. 곤이 아들의 의견에 따랐다면 그런 실수를 되풀이하지 않았을 것을 알았기 때문이었습니다.

우가 물을 다스리는 방법은, 둑을 쌓는 것보다는 물길을 낮은 곳으로 돌리는 것이었습니다. 여러 줄기의 강물이 한 곳으로 합쳐지지 않도록 하는 것이었습니다. 그래서 땅의 생긴 모양을 살피고 그 높이를 재어, 저 위쪽에서 산 허리를 자르기도 하고 한쪽을 막기도 하여, 지금까지 강물이 없었던 들판으로 새 강물이 흐르도록 만들었습니다.

사람의 힘만으로 해야 하는 옛날이었으니 얼마나 힘들고 어려웠겠읍니까? 8년만에 그 일을 끝냈는데, 그동안 세 번이나 자기 집앞을 지나면서도 우는 집에 들리지도 않았다고 합니다.

그래서 우는 그 공로로 정승이 되었고, 마침내는 순임금의 뒤를 이어 천자가 된 것입니다.

3. 대우모

대우모는 우임금에 대한 것을 내용으로 하고 있습니다. 대우모란 위대한 우임금의 꾀란 뜻입니다. 우임금의 공로가 너무도 크기 때문에 크다는 말을 앞에 붙여 대우라고 한 것입니다.

순임금은 우에게 말했습니다.

"내 그대 우에게 말하노라. 내 임금 자리에 있은 지 33년이 넘었고 나이 이미 아흔이 넘어 백 살이 다 된지라 일을 힘써 할 수 없으니 그대가 나를 대신해 내 백성을 다스려 달라.”
우가 사양하자 순임금은 또 말했습니다.
“가까이 오라 우여! 홍수가 나를 위협했으나 그대가 믿음으로 그 공을 거두었으니 그대가 어진 때문이 아닌가? 그대와 겨룰 사람은 이 세상에 없으니 그대가 임금이 되라.”
하고 끝내 우에게 천하를 맡겼습니다.

우임금은 익에게 천하를 맡기고 죽었으나 신하와 백성들이 우임금의 크나큰 은덕을 잊을 수가 없었고, 또 우임금의 맏아들 계(啓)가 어질고 인물이 뛰어난지라 익을 버리고 계로 하여금 뒤를 잇게 했습니다.

그리하여 하(夏)라는 왕조가 처음 중국을 다스리며 4백 년을 이어가게 됩니다.

우임금이 어진 신하에게 천하를 맡아 다스리게 하지 못하고 자기 아들에게 물려주었다 하여, 그를 좋지 않게 평하는 사람도 많았습니다.

그러므로 공자는 이런 말을 했습니다.
“나는 우임금에 대해서는 나쁘게 말할 수는 없다. 그는 백성들을 위해 평생을 뛰어다니다시피 하며, 맛있는 음식도 먹지 않았고 좋은 집에도 살지 않았으니 그를 나쁘게 말할 수는 없다.”
라고 말입니다.

제2편 하서(夏書)

사 업 문 장 수 신 소 훼 이 정 신 만 고 여 신
事業文章 隨身銷毀 而精神萬古如新.
"사업(事業)과 문장(文章)은 몸과 함께 사라지나, 정신만은 만
고에 새롭다."

　하서는 하나라 역사를 말합니다. 우임금과 그 자손들이 천하를 다
스린 것이 하나라입니다. 서기전 2205년부터 1767년까지 약430년
동안입니다.

　우서는 4장으로 나뉘어 있습니다. 제1장은 우공(禹貢)이란 것인
데, 우임금이 홍수를 다스리고 난 다음, 12고을로 되어 있던 것을 9
고을로 나누고 그 아홉 고을의 생김새와 그곳의 특산물을 살펴 그
곳에 나는 것을 나라에 바치게끔 한 것을 말합니다.

　맨 첫머리에,

　"우임금은 땅을 나누고 구별하며, 산의 나무를 베어 글을 내고,
　높은 산과 큰 강물을 따라 구획을 정하셨다."

라고 하고 아홉 고을의 이름과, 그것이 산과 강을 어떻게 끼고 있으
며, 땅의 생김새와 그 기름진 정도는 어떠하며, 세금은 어느 정도

232

거둘 수 있는지를 말하고 있습니다.

이때 붙인 이름이 수천 년을 이어 그대로 불리우고 있으므로 약간 이상한 느낌이 없지 않습니다. 그래서 뒷날에 만들어진 것으로 보기도 합니다.

그리고 맨 끝에 가서,

"아홉 고을이 다 자리가 잡히고, 사방 구석구석까지도 사람이 살게 되었다. ……동쪽으로는 바다에 닿았고, 서쪽으로는 사막에 이르렀으며, 북쪽에서 남쪽까지 그 이름이 떨치고, 그 가르침이 퍼지게 되었다…….''

라고 했습니다.

제2장은 '감서(甘誓)'라는 제목입니다. 유호(有扈)라는 나라의 임금을 무찌를 때, 계(啓)임금이 감(甘)이란 곳에서 그를 치게 된 까닭과 싸움에 임하는 군대들의 마음가짐을 당부하는 내용입니다.

"임금께서 감이란 땅에서 큰 싸움을 하실 때, 임금은 여섯 장군들을 한 자리에 불러놓고 말씀하셨다.

'아아! 6군의 장병들이여! 나는 맹세코 그대들에게 이르노라. 유호의 임금이 옳지 못한 일을 하고 있는지라. 지금 나는 하늘을 대신해 그에게 벌을 내리려 한다……. 내 명을 따르는 사람에겐 상을 내릴 것이요, 내 명을 따르지 않는 사람은 그 아내와 자식까지 죽임을 받으리라.''

말의 내용으로 보아 그 싸움이 상당히 어려운 싸움이었던 것 같습니다. 그래서인지 이런 전설이 전해지고 있습니다.

"유호의 임금은 계임금의 배다른 형이었다. 그는 아버지로부터 이 유호의 땅을 받아 임금이 되었는데, 신하들이 익을 천자로 세우지 않고 계를 천자로 세우자. '어진 사람을 천자로 받들지 않고, 아들로서 뒤를 잇게 할 바에는 맏이인 내가 당연히 천자가 되어야 할 것이다.'하고 반란을 일으켰다. 그래서 계임금은 유호 나라 남쪽 감택(甘澤)이란 곳에서 그를 무찔렀다.”

명령에 따르지 않는 사람은 그 자신은 물론이요 아내와 자식들까지도 죽이겠다고 위협적인 말을 한 것으로 보아, 유호의 편을 들 사람이 있을지도 모른다는 생각을 떨쳐 버릴 수 없었던 것으로 보이기도 합니다.

계가 아버지의 뒤를 이어 천자가 된 것에 대해, 불만을 품고 있는 사람이 많았다는 것을 짐작할 수 있을 것 같습니다.

제3장은 ‘오자지가(五子之歌)’란 제목입니다. 다섯 아들의 노래란 뜻입니다.

계임금의 아들이 여섯 형제였는데, 맏이인 태강(太康)이 정치를 돌보지 않고 사냥만을 즐기다가 유궁(有窮)나라의 임금 예(羿)에게 쫓겨나고 말았습니다. 이때 다섯 아우는 어머니와 함께 강가에서 돌아오지 않는 형 태강을 기다리며 이 노래를 불렀다는 것입니다.

태강을 내쫓고 한때 천자의 행세를 한 이 유궁 나라의 임금 예를 ‘유궁후예’라 부릅니다.

이 예에 대한 터무니없는 전설에 이런 것이 있습니다.

예는 활을 잘 쏘았던 것으로 유명합니다. 요 임금때 하늘에 해가 아홉개나 새로 나타나 사람이 뜨거워 살 수 없는지라 예를 시켜 그 아홉 해를 쏘아 떨어뜨렸다고도 합니다.

그 해를 떨어뜨릴 때 예는 특별한 방법으로 화살을 쏘아 보냈다고 합니다. 즉 연시법이라 하여 수십 개의 화살을 잇따라 쏘아 보냄으로써 보다 세게 보다 멀리 가게 할 수 있었다는 것입니다.

우리가 새를 쫓을 때,

“후여! 후여!”

하고 외치는 것은, 이 유궁후예의 후예가 후여로 변했다고도 합니다. 후예가 여기 있으니 화살에 맞아 죽지 말고 어서 날아가라는 뜻으로 그렇게 외친다는 것이지요.

그 예도 천자가 된 뒤에 놀기만 하다가 그의 심복 정승인 한착에게 죽고, 그 한착은 또 유격 이란 나라에 가 있던 태강의 옛 신하에 의해 죽고, 태강의 아우가 다시 천자의 자리에 올라 하나라를 잇게 됩니다.

또 달과 관계되는 이야기에 이런 것이 있습니다.

예가 천자가 된 뒤에 그 자리를 천년 만년 누리고 싶어 서왕모(西王母)라는 여자 신선에게 사정해서 죽지 않는 약을 얻어 왔습니다.

이를 안 예의 아내 항아(姮娥)가, 그 약을 훔쳐 먹고 달나라로 달아날 생각을 하게 되었습니다. 그래서 점치는 사람에게 점을 쳐 보았습니다.

점을 친사람은 이렇게 말했습니다.

"좋습니다. 점괘에 이렇게 말했습니다. 훨훨 날아 홀로 서쪽으로 가라. 하늘이 캄캄하더라고 놀라지 말고 두려워 말라. 끝내는 큰 영광을 누리리라."

그래서 항아는 그 약을 먹고 달나라로 가 달의 궁전인 광한루(廣寒樓)에 살게 되었다는 것입니다. 달나라로 가서 두꺼비가 되었다고도 합니다. 우리는 달 속에 있는 그림자를, 계수나무 아래 토끼가 절구질을 하는 것 같다고 생각했던 모양입니다.

제4장은 윤정(胤征)이란 것입니다. 태강의 뒤를 이은 아우 중강(仲康)이 윤(胤)이란 나라의 임금을 시켜, 그 직책을 제대로 지키지 못하고 술을 즐기고 놀이에만 빠져 있는 희화(羲和)란 신하를 치게 했습니다.

그 윤나라 임금이 부하 장병에게 이르는 말이 적혀 있습니다.

제3편 상서(商書)

得^득意^의時^시 便^편生^생失^실意^의之^지悲^비.
"득의(得意) 했을 때 바로 실의(失意)의 슬픔이 잉태한다."

상서는 상나라의 역사를 말합니다.

하나라가 17대로 망하고, 하나라 마지막 임금 걸을 내쫓고 탕(湯) 임금이 새 왕조를 세운 것이 상나라였습니다. 상나라 17대 임금 반경(盤庚)이 은(殷)이란 곳으로 서울을 옮긴 뒤로 은나라라고 불렀으므로 보통 은나라라고 부르기고 합니다.

제1장 탕서(湯誓)

탕서는 탕임금이 하나라 걸(桀)을 치러 떠나기 전에 장병들에게 훈시한 내용을 담고 있습니다.

탕임금이 하나라 걸을 무찌르고 새 왕조를 세우게 되기까지의 이야기를 간단하게 해두는 것이 좋을 것 같습니다.

걸은 힘이 장사였고 용맹이 대단했습니다. 그는 힘과 용맹을 믿고 자주 이웃 오랑캐 나라를 치곤 했습니다.

그러던 가운데 유시(有施)라는 나라의 임금에게 절세미인의 딸이 있다는 말을 듣자, 걸은 곧 사람을 보내 딸을 달라고 했습니다.

유시 임금은 이를 거절했습니다. 걸은 즉시 군대를 이끌고 유시 나라로 쳐들어가 그 성을 둘러싸고 말았습니다.

그러자 딸 말희(妹喜)는 아버지를 달래어 걸에게로 시집갈 것을 자청하고 나섰습니다.

"나라가 망하고 난 후에 끌려가 그의 종이 되는 것보다는, 나라를 보존하고 떳떳하게 시집가서 그의 사랑을 받는 것이 좋지 않겠습니까? 저는 그를 망하도록 만들어 아버지의 원수를 갚고 말겠습니다."

그리하여 걸에게 시집온 말희는 완전히 걸을 사랑의 볼모로 만들고 말았습니다.

말희는 겉으로는 비단결같은 고운 마음씨를 가진 것처럼 보였으나 속에는 남자보다 더 억세고 눈물도 피도 없는 차디찬 마음을 가진 여자였습니다.

마음껏 사치를 즐기고 걸을 빨리 망하게 만들겠다는 복수심마저 있었으므로, 그녀의 겉다르고 속다른 행동은 날이 갈수록 더해만 갔습니다.

그녀에게 완전히 빠져버린 걸은 그녀를 어린애처럼 무릎에 올려놓은 채, 그녀가 하자는 것이면 무슨 짓이고 다 들어주었습니다.

좋은 나무와 돌로 수없이 많은 궁전을 짓고, 경치 좋은 이곳저곳에 별궁을 짓게 한 다음, 수백 대의 수레에 춤추는 무희와 노래하는 가수와 악기 다루는 악사들을 태우고 다니며 한 달이고 보름이고 즐기다가 싫증이 나면 다른 곳으로 또 옮기곤 했습니다.

그렇게 경치 좋은 별궁을 찾아 다니다가 그것마저 싫증이 나면,

이번에는 다시 서울로 돌아와 마냥 즐기는 것이었습니다.

대궐 안에는 큰 극장이 있어 밤낮으로 무대위에서 음악과 연극이 벌어지고 있었고, 그 옆에는 술로 채운 큰 연못이 있었습니다. 연못 한 가운데는 돌로 만든 자그마한 섬이 있고 섬에는 정자가 서 있는데, 그 정자 천정에는 길다란 쇠갈고리가 매달려 있었고 그 쇠갈고리에는 마른 안주감과 금방 잡은 싱싱한 갖가지 짐승의 살코기들이 숲을 이루고 매달려 있었습니다.

이것을 가리켜 '주지육림(酒池肉林)'이라 불렀습니다. 술이 못을 이루고 고기가 숲을 이루었다는 뜻입니다. 진탕 마시고 먹고 놀며, 세상이 어떻게 돌아가고 있는지도 모르는 그런 방탕한 나날을 보내고 있는 것을 가리켜 주지육림 속에 빠져 있다고 합니다.

그 정자에는 요리사와 궁녀들이 항상 대기하고 있었습니다. 천자가 언제든지 그리로 올라오면 안주를 만들어 올려야 했기 때문입니다.

걸은 말희와 함께 무대 위의 연극과 음악과 춤을 즐기다가 자리에서 일어나 옆에 있는 술못에 배를 띄우고 국자로 술을 떠서 마시기도 하고, 섬 정자로 올라가 술자리를 벌이곤 했습니다.

그리고 데리고 다니는 궁녀에게 노래를 부르고 춤을 추게 하며, 심복 대신이란 사람들과 술잔을 주고받았습니다.

그러면 옆에서 갖가지 안주를 받쳐들고 있던 궁녀들이, 그들의 입짓 손짓에 따라 턱밑에 접시를 대고 젓가락으로 집어 제비새끼처럼 딱 벌리고 있는 입에다 넣어주곤 했습니다.

그리고 밖에서 햇빛이 들어오지 못하도록 만든 그 안에서 촛불만을 환히 밝혀 두고, 마시고 먹고 뛰놀다가 취하면 그대로 쓰러져 자고 깨면 또 먹고 마시고 구경하고 뛰놀고 하기 때문에 몇 날 몇 밤이 지난 것도 모르고 있었다고 합니다.

그러니 나라 꼴이 무엇이 되었겠습니까? 그 비용을 대기 위해 백성들은 세금에 시달려야만 했고, 그 별궁을 짓고 행차를 뒷바라지하기 위해 일도 못하고 불려나가고 끌려나가는 고통을 치러야만 했습니다.

그러면 아래 있는 약삭빠른 관원들은 그것을 핑계로 보다 많은 세금을 거두어 제 배를 채우기도 했으므로, 백성들은 두 겹 세 겹으로 어려움을 겪을 수밖에 없었습니다.

이렇게 해서 도둑이 사방에 들끓고 견디다 못한 백성들은 그 도둑 떼에 휩쓸리기도 했습니다.

그러자 사방에 있는 제후들은 천자에게 조회를 오지 않게 되었고, 얼마씩 바치던 물건도 바치지 않게 되었습니다.

천자인 걸이 말희에게 빠져 망할 짓만 골라가며 하고 있을 때, 북쪽의 상(商)이란 작은 나라에 탕이란 임금이 나타나 둘레에 있는 제후들을 자기 편으로 끌어들이며 걸을 대신해 천하를 통일할 꿈을 키워가고 있었습니다.

탕은 공자의 첫 시조이기도 한, 설의 14세 손자였다고 합니다.

설은 그 어머니가 제비알을 삼키고 열 달 후에 낳았다는 전설이 있을 정도로 아버지가 누구인지 확실치 않습니다.

설은 우임금을 도와 홍수를 다스리는 데도 많은 공을 세웠고, 순임금 때 문교장관과 같은 사도(司徒)란 벼슬에 있으면서 사회 질서의 바탕이 되는 다섯 가지 도덕을 가르친 것으로 되어 있습니다.

그 다섯 가지가 바로 오륜으로 불리우는 유교의 중심사상 이었습니다. 부모와 자식은 핏줄로 맺어진 정을 바탕으로 한다는 '부자유친'과, 임금과 신하는 나라와 백성을 다스리는 의무로써 맺어진 의리를 바탕으로 한다는 '군신유의'와, 남편은 남편으로서 바깥 일을 맡고 아내는 아내로서 안의 일을 맡아야 한다는 '부부유별'과, 어른은 어른으로서 어린 사람을 바로 이끌어야 하고 어린 사람은 그 어른을 존경하며 그 가르침에 따라야 한다는 '장유유서'와, 친구와 친구 사이는 믿음을 가지고 서로 도우며 이끌어가야 한다는 '붕우유신'이 그것입니다.

설은 그 공로에 의해, 지금의 섬서성 상현이란 곳에 봉해져 상나라 제후가 되었고, 그 자손들이 계속 그 땅을 지켜 내려온 것입니다.

"한 손바닥으로는 소리를 내기 어렵다."
하는 중국의 옛날 속담이 있습니다. 한자로는 '고장난명'이라고 합니다.

나라가 망하는 것도 임금 한 사람 때문이 아니듯이, 나라가 일어나는 것도 임금 한 사람의 힘만으로는 되지 않는다는 것을 비유로 한 말이기도 합니다.

걸이 말희란 여자로 인해 망해가고 있듯이, 탕은 이윤(伊尹)이란 어진 신하로 인해 일어나고 있었습니다.

이 이윤이 원래 어떤 사람이었는지는 확실치 않습니다. 전설에는 요리 솜씨가 뛰어나 그것으로 출세의 길을 걷게된 것으로 되어 있고, 맹자의 말에 따르면 요임금 때 허유처럼 벼슬을 마다하고 숨어 살고 있는 것을 탕임금이 세 번이나 거듭 사람을 보내 도와 달라고 청하자 장기를 버려둔 채 따라나섰다고 합니다.

아무튼 이윤은 지혜와 용기와 갖가지 재주를 두루 갖추고 있는 훌륭한 분이었던 것 같습니다. 맹자는 이윤을 평하여 백성을 건지겠다는 책임감이 남다른 성인이었다고 말했습니다.

이윤은 탕임금을 거룩한 임금으로 보고, 그를 도와 어지러운 천하를 바로잡고 진수렁에 빠져든 백성을 건질 결심을 하기에 이릅니다.

그 당시는 넓은 땅에 사람이 많이 살고 있지 않았습니다. 몇 십리만큼 양지 바르고 기름진 땅을 찾아 마을을 이루고 사는 것이 보통이었습니다. 그런 마을들이 여럿이 모여 서로 오가며 물건들을 서로 바꾸어 쓰기도 하고, 아들 딸들을 장가보내고 시집보내고 하여 사돈 간이 되기도 하는 사이에, 운명을 함께 하는 나라로 발전해 갔습니다.

상나라는 이름만이 나라일 뿐 뒷날의 작은 고을만도 못한 좁은 땅과 적은 인구를 갖고 있었습니다.

천자의 직속영지의 넓이가 사방 천리였다고 하니, 킬로미터로 따지면 16만 평방 킬로미터가 되는 셈입니다. 그리고 제후 나라는 큰 나라가 사방 백리였으니, 천자의 영지에 비해 그 백분의 하나인 1600평방 킬로미터밖에 되지 않습니다.

그리고 그 다음 나라가 사방 70리였다니 큰 나라의 반쯤 되었고, 가장 작은 나라는 사방 50리였다니, 또 그 반밖에 되지 않았습니다.

탕임금의 나라인 상나라는 영지가 사방 70리였습니다. 인구도 만 명이나 2만 명 정도밖에 되지 않았을 것입니다.

그런데 그 이웃에 '갈(葛)'이란 나라가 있었습니다. 탕임금과 이 갈나라 임금과의 관계에 대해, 다음과 같은 내용의 이야기가 전해지고 있습니다.

갈나라에 흉년이 들어 세금이 걷히지 않자, 갈나라 임금은 전처럼 편한 생활을 할 수가 없게 되었습니다.

아껴 먹고 아껴 쓸 줄 모르는 갈나라 임금은 이듬 해 봄에 양식이 떨어지자 부하들을 데리고 들로 나가 목을 지키고 있다가, 들로 점심밥을 내가는 사람이 있으면 도둑처럼 그 밥을 빼앗아먹곤 했습니다.

이 소식을 듣자 탕임금은 갈나라를 쳐서 상나라와 합치려 했습니다.

"백성을 도와야 할 임금이 백성을 도둑질하고 있으니 어찌 임금이라 말 할 수 있겠는가? 그를 무찌르고 그 백성을 건지고 싶은데 그대들의 생각은 어떠한가?"

하고 신하들에게 물었습니다.

이윤이 일어나 대답했습니다.

"제후 나라로서 같은 제후 나라를 칠 수는 없습니다. 천자가 듣고 가만히 있을 리도 없으며, 다른 제후 나라들도 보고만 있지는 않을 것입니다."

"그럼 어떻게 하는 것이 좋겠소?"

"갈나라 임금에게 곡식을 보내주는 것이 좋을 것 같습니다."

"곡식을 보내준다.……?"

"그 곡식으로 임금도 먹고 백성들에게도 나눠주게 하면 임금과 백성들이 우리 상나라를 고마와할 것이며, 이 소문을 듣는 이웃 나라들도 우리 상나라를 좋은 나라로 알고 가까이 지내려 할 것입니다. 작은 재물로써 많은 사람의 마음을 사는 것이, 바로 천하를 얻는 길이 될 것으로 생각합니다."

그리하여 이윤의 지혜를 빌어 탕임금은 조 백 섬을 갈나라로 실어 보냈습니다.

이윤은 조 백 섬을 열 대의 수레에 나눠 싣고, 그 수레 위에 상나라에서 갈나라로 보내주는 곡식이라는 내용을 쓴 깃발을 높이 꽂고 들어갔습니다. 상나라의 고마움을 갈나라 백성들에게 알리는 한편, 그 소문이 널리 다른 나라로 퍼지도록 하려는 것이었습니다.

과연 그 소문은 금방 퍼져 나가기 시작했습니다. 한 사람의 입을 거칠 때마다 조금씩 보태져서 백 섬이 2백 섬이 되고 3백 섬이 되는가 하면, 갈나라 임금의 못돼먹은 행동이 더욱 못된 것으로 전해지고, 상나라 임금 탕은 하느님같은 어진 임금으로 없는 말까지 보태어가며 자꾸만 퍼져나갔습니다.

과연 갈나라 백성은 상나라 백성이 되지 못한 것을 안타까워 하게 되었고, 이웃 나라들은 앞을 다투어 상나라로 사람을 보내, 그 같은 착한 일을 한 것에 대해 칭찬을 아끼지 않으며 앞으로 많은 가르침을 받고 싶다는 뜻을 전해 왔습니다.

그러나 갈나라 임금만은 조금도 달라진 모습을 보이지 않았습니다. 사람을 보내 고맙다는 인사를 하지도 않았고, 받은 곡식을 백성들에게 나눠주는 일도 없었습니다.

그런가 하면 그 해는 풍년이 들었는데도, 그 이듬해 또 같은 짓을 하고 다녔습니다. 이번에는 배가 고파서가 아니라 상나라의 도움을 또 받고 싶어서였습니다. 멍청한 갈나라 임금은 상나라 탕임금을, 마음씨만 착하고 어리숙한 임금으로 생각했기 때문이었습니다.

그러자 탕임금은 다시 갈나라를 치려 했습니다. 이윤도 반대하지는 않았습니다. 그러나 이윤은,

"먼저 다른 나라 임금들에게 의견을 묻는 것이 좋을 것으로 생각됩니다. 그들의 권고에 따라 마지 못해 치는 것으로 해야만 되기 때문입니다."

그리하여 탕임금은 주변에 있는 임금들에게, 갈나라 임금의 임금답지 못한 점을 자세히 알리고, 이를 어떻게 하면 좋겠느냐는 의견을 물었습니다.

다들 무찔러 없애야 한다는 의견이었습니다.

탕임금이 천 명의 군대를 이끌고 갈나라 경계를 넘자, 미리 알고 있었던 백성들은 모두 길가로 나와 반겨 맞았습니다.

그리고 성안 백성들은 성문을 열어 상나라 군대를 맞아들이고, 이에 놀란 갈나라 임금은 다른 성문으로 몰래 달아나고 말았습니다.

탕임금은 백성들을 모아놓고 위로의 말을 건넨 다음, 백성들이 원하는 사람으로 새 임금을 세우겠다고 약속했습니다.

그러자 백성들은 약속이나 한 듯이,

"싫습니다. 우리는 상나라 백성이 되기를 원합니다."
하고 소리쳤습니다.

그러나 탕임금은 이윤의 의견에 따라 갈나라를 상나라로 합치지는

않았습니다. 다만 상나라의 신하를 임시로 갈나라에 가 있게 하고, 갈나라 사람 가운데 백성들이 원하는 사람으로 임금을 세울 때까지 나랏일을 보도록 했습니다.

이것이 또 이웃나라들에게, 탕임금의 어질고 바른 마음을 알리게 되는 좋은 계기가 되었습니다.

이렇게 되자 멀리 있는 나라들까지 천자인 걸을 등지고 탕임금을 찾아오게 되었고, 힘을 모아 걸을 무찌르자는 상의를 하기에 이르렀습니다.

이때 이윤은 큰 결심을 하게 됩니다. 천자인 걸과 말희를 비롯하여 그들을 둘러싸고 있는 신하들이 어떤 사람들이며, 어느 때쯤 큰 일을 일으킬 수 있을 지를 알아보려 한 것입니다.

이윤은 걸과 말희를 가까이할 수 있는 방법으로 요리솜씨를 익혔습니다. 그리고 요리솜씨에 자신이 붙자 탕임금으로 하여금

"신의 궁에 있는 주방장이 솜씨가 뛰어난 지라. 신이 거느리고 있기가 아까워 천자께 올립니다."

하고 자기를 천자에게 추천하게 했습니다.

말희는 요리 솜씨가 뛰어나다니까 즉시 걸에게 이윤을 궁중으로 불러들여 주방장으로써 일을 하게 합니다.

이윤은 걸과 말희가 어떤 음식을 좋아하며 식성이 어떤지를 미리 알고 있었으므로, 곧 걸과 말희의 칭찬을 들을 수 있었습니다.

이윤은 신분을 숨기고 이름도 바꾸고 들어왔기 때문에 걸은 전혀 눈치를 채지 못했습니다. 그러나 영리한 말희는 이윤을 처음부터 달리 보았습니다. 애써 숨기고는 있었지만 넓적한 이마와 우뚝한 코와 무심중에 번쩍하고 빛나는 눈빛에 놀라곤 했던 것입니다.

마침내 말희는 아무도 드나들지 못하는 비밀방으로 이윤을 불러들이고, 속에 있는 말을 전하기로 했습니다.

이윤은 속으로 놀랐습니다. 말 한 마디면 죄없는 사람을 죽일 수

도 있고 죽을 사람을 살릴 수도 있는 그녀가, 한낱 주방장에 지나지 않는 자기를 그녀 혼자만이 있는 비밀방으로 불러들였으므로, 음탕한 계집의 본성을 드러내고 무슨 엉뚱한 관계를 맺고 싶어 하는 것이 아닐까 하는 생각이 들었던 것입니다.

그러나 말희는 그런 생각은 갖고 있지 않았습니다. 그녀는 엄숙한 얼굴에 조용하고도 날카로운 목소리로 말했습니다.

"먼저 나는 당신 편이란 것을 말해 둡니다. 당신은 요리사가 아니라 첩자의 임무를 띠고 들어온 사람이란 것을 나는 알고 있어요. 나는 아버지의 원수를 갚기 위해 이곳으로 들어왔습니다. 빨리 걸임금이 망하기를 바라는 사람입니다. 천자는 탕을 의심하고 있어요. 이곳에는 아직 충신들이 몇몇 남아 있습니다. 그들은 기회 있을 때마다 상나라 탕을 조심하라고 합니다. 제후들이 마음을 그쪽으로 돌리고 있다는 것이지요. 그러나 천자는 자신에 차 있기 때문에 코웃음만 치고 있습니다. 그것은 내가 그렇게 안심을 시키기 때문입니다. 당신은 이곳을 떠나야 합니다. 당신의 정체가 드러나면 살아남지 못합니다. 충신들의 성화에 못 이겨 상나라 임금을 부를지도 모릅니다. 그때는 주저 말고 즉시 들어와야 합니다. 죽이려 할지도 몰라요. 그러나 내가 그렇게는 하지 못하게 할 것이니 안심하세요. 만일 두려워 들어오지 않는다면 일은 더 어렵게 되고 맙니다. 내가 하는 말 뜻을 알겠지요? 당신은 지혜가 뛰어난 사람이니까……."

이윤은 아무 말도 하지 않았습니다. 무서운 여자라는 생각만이 차 있었습니다. 그녀의 눈빛과 목소리로 그녀의 말이 거짓이 아님을 알았습니다.

말희는 걸을 보고 말했습니다.

"상나라에서 보낸 주방장을 돌려보내는 것이 좋겠습니다. 그의 정성을 알았으면 그것으로 그만이지 않습니까? 그의 충성을 아름답게 여겨 다시 천자께서 하사하는 것으로 하면 되지 않겠습니까? 그만한 주방장은 얼마든지 구할 수 있는 일이니까요."

그리하여 이윤은 몇 달 뒤, 다시 상나라로 돌아오게 됩니다.

이때 탕을 맹주로 받들고, 천자와 대항해 싸우자고 하는 제후들의 수가 점점 늘어나고 있었습니다. 탕도 생각이 달라지기 시작했습니다.

그러자 이윤은 아직 시기가 이르다고 했습니다.

"옛말에 오래 된 나무는 잎과 가지가 말라도 쉽게 넘어지지 않는다 했습니다. 5백년 가까이 뿌리를 내린 하나라가, 그렇게 쉽게 무너질 리가 없습니다. 관룡방(關龍逄) 같은 충신이 아직도 살아 있지 않습니까? 호랑이가 먹이를 덮칠 때는 몸을 낮추고 발톱을 숨기는 법입니다. 제후들의 말에 쉽게 움직이지 않아야, 그들의 마음이 더욱 굳어지게 됩니다."

그리하여 탕은 더 지켜보기로 했습니다. 그러나 소문은 점점 커져만 갔습니다. 언제 천하가 둘로 갈라질지 모른다는 뜬소문이었습니다.

걸은 마침내 미리 앞질러 상나라를 치려 했습니다. 그러나 말희가 말렸습니다.

"뜬 소문만을 듣고 군사를 움직인다는 것은 슬기롭지 못한 일입니다. 먼저 그것이 사실인지 아닌지를 확인하고 나서 결정할 일입니다."

"제후들이 조회에 들어오지 않는 사람이 갑자기 많아지는 것이 그것을 증명하고 있지 않은가? 저들이 뭉치기 전에 쳐서 깨뜨리는 것이 슬기로운 것이 아닌가?"

"조회에 오지 않는 사람을 모두 상나라 편이라고 할 수는 없지 않습니까? 먼저 상나라 임금의 속마음부터 알아보는 것이 중요합니다."

246

“어떻게 말인가?”

“상나라 임금을 들어오라 부르십시오. 그가 만일 딴 생각을 품고 있다면 두려워서도 쉽게 들어오지 못할 것입니다. 그러면 그때 그것을 죄로 몰아 치는 것이 떳떳하지 않겠습니까?”

“그거 참 좋은 생각이군!”

그리하여 걸은 곧 탕을 부르게 되었습니다. 이윤은 말희가 부탁했었던 말이 있었기 때문에 두려워 망설이는 탕을 달래어 급히 들어가게 했습니다.

탕이 조회에 들어오자 걸은 만나지도 않고 그를 옥에 가두고 말았습니다.

탕은 제후들의 청을 받아들여 들고 일어나지 못한 것을 후회할 수밖에 없었습니다. 그러나 이미 때늦은 후회였습니다.

그런데 뜻밖에도 사흘 뒤에 풀려나게 되었습니다. 말희가 약속을 지켰기 때문입니다.

“탕의 마음을 시험하기 위해 불러놓고, 그가 즉시 조회에 들어왔는데도 가두고 만 것은 무엇 때문입니까?”

하고 그녀는 걸에게 물었습니다.

“말썽꾸러기는 꼼짝 못하게 해두는 것이 상책일 것 같아서 그랬소.”

“안 됩니다. 말썽꾸러기는 탕이 아니라 다른 제후들입니다. 탕은 가만히 있는데도 그들이 부추긴 것입니다. 탕이 갇히게 된 것을 알면 그들은 스스로 두려운 생각에 뜻을 모아 들고 일어날 것입니다.”

“하긴 그럴 염려도 없지는 않아. 그럼 어떻게 하면 좋지?”

“탕을 불러내어 잠시 마음을 시험해 본 것뿐이라고 말씀하시고, ‘제후들의 부추김에도 끝내 흔들리지 않은 그대의 충성을 믿는지라 그대를 서북방 제후들을 대신해 그 땅을 다스리는 방백으로

삼을 것이니, 저들을 잘 타일러 딴 마음을 갖지 않도록 하라’ 하
고 일러 보내심이 옳은 줄 아옵니다.”

이리하여 풀려나온 탕은, 그뒤 걸이 충신 관룡방을 죽였다는 말을
듣자 마침내 제후들의 연합군을 거느리고 걸을 치러 들어왔습니다.

걸은 즉시 명조(鳴條)란 곳으로 나가 싸우게 되었는데, 걸이 거느
린 군사들이 싸우지도 않고 달아나는 바람에 결국 피를 흘리는 일도
없이 탕은 하나라를 이기고 상나라 새왕조를 세우게 됩니다.

걸이 십만 군대를 이끌고 명조로 떠나던 날, 말희는 이디 일이 끝
난 것을 알고, 미리 준비한 십여 대의 수레에 값비싼 보물과 비단들
을 싣고 친정인 유시로 향해 떠나고 말았습니다.

아버지에게 원수 갚은 이야기를 자랑삼아 하고, 가져간 금은보화
로 남은 일생을 편하게 지낼 꿈에 부풀어 있었습니다.

그러나 하느님은 그녀의 죄를 용서하지 않았습니다. 가다가 도둑
을 만나 싣고 가던 물건들을 다 빼앗기고 목숨마저 잃고 만 것입니
다.

지금까지의 이야기는 야사로 전해져 내려오는 내용이었습니다. 그
러나 별로 틀리지 않는 것으로 여겨집니다. 그럼 다시 〈서경〉의 이
야기로 돌아가겠습니다.

제1장 탕서(湯誓)

탕서는 탕임금의 맹세란 뜻입니다. 탕이 걸과 명조에서 싸우기
전 박(亳)이란 곳에 군대를 모아놓고 그들에게 훈시를 내린 것입니
다. 이때가 서기전 1766년이었으니 3천7백 년이 넘는 옛날 일입니다.

이 훈시에서 우리는, 탕임금의 백성들에 대한 생각이 어떤 것이었
는지를 잘 알 수 있습니다. 백성들이 농삿 일을 버려둔 채, 싸움터
로 끌려나가는 것을 못마땅하게 여기리라는 것을 알고 있으면서도

이 싸움을 해야만 하는 단호한 결심이 잘 나타나 있는 것입니다.

탕임금은 말씀하셨다.
"잘 들으라 그대 장병들이여! 나같은 작은 사람이 어찌 감히 반란을 일으키려 하겠는가? 하나라 임금의 저지른 죄가 너무도 큰지라 하느님이 내게 그를 치라고 명령하셨기 때문이다. 지금 여기 모인 그대들은 이렇게 말할 것이다. '우리 임금은 우리 백성들을 사랑하지 않는다. 우리에게 농삿 일을 버려 두게 하고 하나라를 치려 한다'라고 말이다. 나는 그 같은 그대들의 마음을 잘 알고 있다. 그러나 하나라의 죄가 크고, 하느님의 명령이 두려운지라 그의 죄를 다스리지 않을 수 없다. 지금 그대들은 말할 것이다. '대체 하나라의 죄가 어떤 것이냐?'고 말이다. 하나라 임금은 백성들을 더 이상 견딜 수 없게 그 힘을 다 말리고 온 나라를 산산 조각을 내고 있다. 백성들은 모두 임금의 명령에 따르지 않으며 이렇게 말하고 있다. '스스로 하늘의 해라고 하는 저 임금은 언제나 없어질 것인가? 너 죽고 나 죽고 다 함께 망했으면 좋겠다.'라고 말이다. 하나라가 이 지경에 이르렀으니 내 어찌 가서 치지 않을 수 있겠는가? 바라건대 그대들은 나를 도와 하느님이 내리신 벌을 그대로 시행하게 하라! 나는 장차 그대들에게 큰 상을 내리리라. 내 말을 믿지 않는 일이 없도록 하라! 나는 한번 한 말을 저버리지 않는다. 그대들이 내 훈시를 따르지 않으면, 나는 그대들의 죄를 물어 그대들의 아내와 자식까지도 용서치 않으리라!"
한 마디 한 마디에 굳은 결심이 깃들어 있고, 이번 싸움이 다 함께 영광을 누리느냐, 다 함께 망하느냐 하는 막다른 골목에 서 있다는 것을 잘 나타내고 있다고 볼 수 있습니다.

제4장 이훈(伊訓)

이훈은 이윤의 훈계란 뜻입니다. 제2장부터 제8장까지는 모두 후세 사람이, 서로 다른 기록들을 모아 만들어 넣은 것으로 보고 있습니다. 그러나 이윤이 임금인 태갑(太甲)에게 스승으로서의 권위를 지키며, 신하로서의 권한을 벗어난 일을 한 것만은 사실이었습니다.

이 문제에 대해 맹자는 자세한 설명을 하고 있습니다. 이윤과 태갑과의 관계를 간추리면 대개 이런 것입니다.

탕임금은 상나라 새 왕조를 세우자, 하나라가 걸의 독재로 망한 것을 거울 삼아 아무리 천자라도 신하들의 찬성을 얻지 못한 새 법이나 명령을 시행하지 못하도록 만들었습니다. 그리고 이미 만들어진 법이나 명령을 바꾸거나 폐지할 때도 반드시 신하들의 찬성을 얻도록 했습니다.

그것은 이윤의 뜻이었습니다. 탕임금은 이윤의 지혜와 힘으로 천하를 얻게 되었고, 이윤이 다른 야심을 가진 사람이 아니란 것을 너무도 잘 알고 있었으므로, 이윤을 신하로서가 아니라 스승으로 존경하며 그의 말이면 무엇이고 그대로 따랐습니다.

그러므로 이윤의 말이 곧 법이기도 했고, 이윤의 뜻이 곧 임금의 뜻으로 나타나게 되어 있었습니다.

그런데 그 탕임금이 죽자, 그 뒤를 이을 맏아들 태정(太丁)은 이미 죽고 없었으므로 그의 아우 외병(外丙)이 자리에 올랐습니다. 그 외병이 2년만에 죽고 중임(仲壬)이란 아들이 뒤를 이었으나 그마저 4년 만에 죽고 말았습니다.

그러자 이윤은 태정의 아들인 태갑을 왕으로 앉혔습니다. 이윤은 나이 젊은 태갑이 탕임금의 사당에 절하고 뵈온 뒤, 여러 제후들과 크고 작은 신하들이 모인 앞에서 새로 천자의 자리에 오른 태갑에게 훈시를 내렸습니다.

탕임금은 죽기 전에 그 같은 유언을 남겼었습니다.

"이윤은 나의 신하가 아니라 나의 스승이요, 온 백성의 스승이다. 임금의 뜻과 이윤의 뜻이 맞지 않을 때는 이윤의 뜻을 따르도록 하라. 이윤의 가르침을 따르지 않는 자손과 신하는, 내 사당에 들어오지도 말고 내 조정에 남아 있지도 말라."

그러므로 이윤은 새 임금이 천자의 자리에 오를 때마다 탕임금의 뜻을 받들어 이 같은 훈시를 하곤 했던 것입니다.

그 내용은 뻔한 것이었습니다. 탕임금이 나라를 일으킬 때 애쓰던 일과, 걸이 하나라를 잃게 된 그 까닭을 말하고, 탕임금의 뜻을 받들어 정성을 다해 나라를 다스려야 한다는 것이었습니다.

그런데 젊은 태갑은 이윤의 그 같은 태도가 마음에 거슬렸습니다. 그리고 신하들의 찬성이 없이는 천자도 자기 뜻대로 할 수 없다는 그 제도가 비위에 거슬렸습니다.

태갑은 얼마 뒤 속마음을 드러내기 시작하며, 탕임금이 이윤의 의견에 따라 만들었던 법령을 돌보지 않은 채 천자의 권위를 내세우며 자기 마음대로 하려 했습니다.

이윤은 여러 번 옳지 못한 까닭을 말하고, 옛 법과 제도에 따라 모든 일을 처리하라고 간곡히 일렀습니다.

그러나 태갑은 조금도 반성하는 빛을 보이지 않았습니다. 마침내 결심을 굳힌 이윤은 대신들과 상의 끝에 천자인 태갑을 탕임금의 무덤이 있는 동(桐)이란 곳으로 귀양을 보내고 말았습니다. 귀양이라지만 그곳에는 별궁이 있고 궁을 지키는 사람들이 있었으므로, 생활에 고통을 느끼거나 하지는 않았습니다. 그러나 그곳을 빠져나올 수는 없었습니다.

이윤의 명령이 천자의 명령보다 더 소중했기 때문입니다.

태갑은 귀양살이 하는 3년 동안, 깊이 뉘우치고 깨우친 바가 있어 마침내 올바른 사람의 길을 걷기 시작했습니다. 응석으로 자란 그가 귀양살이 하는 가운데 늦게 철이 든 것이라고나 할까요.

그러자 이윤은 태갑을 직접 모셔다가 임금의 자리에 앉히고 천자로서의 일을 보게 했습니다.

신하로서 임금을 내치기도 하고 다시 불러오기도 한 이윤을, 아무도 이상한 눈으로 보거나 생각한 사람은 없었습니다.

천년이 지난 전국시대에, 만장이란 제자가 맹자에게 물었습니다.

"신하로서 임금을 내쫓은 것을 옳다고 할 수 있겠습니까?"

그러자 맹자는 이렇게 대답했습니다.

"이윤의 마음을 가진 사람이면 그럴 수도 있다."

백성과 나라를 위한 임금이지, 임금을 위한 나라나 백성은 있을 수 없다는 생각에서 나온 대답이었습니다.

요임금 순임금이 천하를 자기 아들에게 물려주지 않고 어진 사람에게 물려준 것과, 이윤이 태갑을 내쫓게 된 그런 일들이 오늘의 민주주의와 생각을 같이한 것이라 볼 수 있습니다.

한나라 때, 곽광(霍光)이란 사람이 신하로서 천자를 갈아치운 일이 있었습니다. 그래서 신하로서 나라를 위해 임금을 내친 일을 가리켜 '이곽지사'라고 합니다. 이윤과 곽광의 일이란 뜻입니다.

제9장 반경(盤庚)

제9장부터 제11장까지의 세 장은 반경이란 임금에 대한 이야기입니다.

반경은 상나라의 17대 천자였습니다. 탕임금이 황하 이남에 있는 박이란 곳으로 서울을 옮긴 뒤로, 황하의 강바닥이 자꾸만 높아져 홍수의 재난을 자주 당하곤 했으므로 서울을 이곳저곳으로 여러 차례 옮겨야만 했습니다.

그러다가 이 반경 때 와서, 멀리 황하 북쪽에 있는 은이란 곳으로 옮기게 됩니다. 홍수의 피해를 완전히 벗어나려는 중대한 결심을 한 것입니다.

그러나 백성들은 이를 따르려 하지 않았습니다. 홍수의 재난을 당할 때 당하더라도 지금까지 살던 곳을 떠나기가 싫었기 때문입니다. 신하들도 백성들 편이었습니다.

그래서 반경은 이들 신하와 백성을 달래고 타일러, 기어코 은으로 서울을 옮기고 맙니다. 그리고 이 은에서 중국 문화의 꽃을 피우며 은나라가 망할 때까지 이곳에 눌러 있게 됩니다. 이때부터 상나라 대신 은나라로 불리게 되었습니다.

이 은나라 옛 서울이었던 땅 속에서, 그당시의 문화가 어느 수준이었나 하는 것을 말해 주는 유물들이 많이 나왔습니다. 이 유물들로 미루어 보아 은나라가, 후세 사람들이 생각한 것보다 훨씬 앞선 문화를 지니고 있던 것을 알게 되었습니다.

거북의 등껍질과 짐승의 뼈에 새겨져 있다 하여 갑골문으로 불리는 기록들이 그것을 증명하고 있는 것입니다.

〈서경〉 원문의 내용을 소개하면 이런 줄거리입니다.

반경이 은으로 서울을 옮기려 하였으나 백성들이 가서 살려 하지 않았다. 그래서 여러 걱정하는 무리들을 거느리고 이렇게 맹세하며 말씀하셨다

"우리 전 임금께서 옛 서울에서 이리로 옮겨 오신 것은, 옛 서울의 재난에서 백성들이 죽는 것을 벗어나게 하기 위해서였다.……그렇게 해서 지금까지 서울을 다섯 번 옮겼으나 여전히 편안함을 얻지못했다. 전 임금의 뜻을 받들어 서울을 옮기면 하늘은 우리를 길이길이 편안하게 할 것이다."

반경은 백성들을 깨우침에 앞서 벼슬아치들을 먼저 타이르셨다.

임금께서 그들에게 말씀하셨다.

"그대들에게 이르노라. 그대들은 사사로운 마음을 버리고 오만한

생각과 편안한 것만을 쫓지 말라. 그대들은 백성들에게 좋은 말을 퍼뜨리지 않고, 그대들 스스로가 내가 하려는 일을 방해하고 있다. 백성들은 오히려 내 깨우침에 귀를 기울이고 있는데 그대들이 도리어 그릇된 말로 그들의 마음을 흔들어 놓고 있다. 내 어찌 그대들의 그 같은 일을 보고만 있겠는가? 그대들은 오직 내 명령만을 따르라! 그렇지 않으면 그대들에게 벌이 미쳐 뉘우쳐도 소용이 없게 되리라.”

고향을 떠나기 싫어하는 마음은 백성들이 더 간절합니다. 그러나 힘이 없고 가난한 백성들은 편안히 먹고 사는 일이 고향보다 더 중요합니다. 그러므로 살기 좋은 곳으로 옮겨간다는 것이 싫지만도 않았을 것입니다.

그러나 벼슬아치들의 생각은 달랐습니다. 새 땅으로 가서 새 서울을 다시 꾸미는 일이 얼마나 힘들고 어려운 것인가를 너무도 잘 알고 있었기 때문입니다.

백성들은 몸만 가지고 떠나면 그만입니다. 그러나 벼슬아치들은 살던 좋은 집을 버리기가 아까웠습니다. 그밖에도 버리지 않으면 안 될 좋은 물건들이 많았습니다.

지금까지는 백성들에 얹혀 살며 백성들을 호령만 하면 그만이었습니다. 그러나 새 서울을 꾸미기 위해서는, 백성들을 이끌고 앞장서서 일을 하고 머리를 짜내야만 합니다.

그런 것들이 생각만 해도 겁이나곤 했으므로 백성들을 뒤에서 부추기며 새 서울로 가는 것을 반대하게 만든 것입니다. 백성들의 뜻을 따르는 척하며 그들의 사사로운 욕심을 채우려 한 것입니다.

그러나 지혜와 용기를 가지고 나라와 백성을 위해 먼 뒷날을 꾀하려는 반경 임금은 게으른 벼슬아치들의 속마음을 훤히 들여다보고 있었던 것입니다.

　그리하여 반경은 마침내 옛 상나라를 새 은나라로 다시 일으키게
된 것입니다.

제12장 열명(說命)·上

　제12장부터 제14장까지가 열명 상·중·하로 되어 있습니다.
　'열명'의 열은 부열(傅說)이란 사람의 이름입니다. 명은 명령이란
뜻입니다.
　반경임금이 죽고 뒤를 이어 소신(小辛)과 소을(小乙), 두 임금이
나라를 다스렸으나 나라는 점점 어지러워지고 약해져 가기만 했습니
다. 그 뒤를 이어　새 임금이 된 것이 무정(武丁)입니다.
　이 무정은 탕임금 다음으로 가장 훌륭한 임금이었습니다. 그래서
그를 높여 고종(高宗)이라고 불렀습니다. 은나라를 다시 크게 일으
킨 덕이 높으신 임금이란 뜻입니다.
　탕임금은 이윤이 있음으로 해서 천하를 얻을 수 있었습니다. 그러
나 반경에게는 그를 도와 큰 일을 할 신하가 없었습니다. 혼자 어려
운 일을 해낸 외로운 임금이었습니다.
　새로운 임금이 된 무정은 이윤과 같은 훌륭한 신하가 없는 한, 큰
일을 할 수 없다는 것을 잘 알고 있었으므로 어진 사람을 얻으려는
생각에 밤에도 잠을 편히 잘 수 없었습니다.
　이 열명 첫머리에는 이런 내용으로 시작됩니다.
　"임금께서 3년상을 마치시고도 말을 하지 않으셨다. 그래서 여러
신하들이 그 까닭을 물었더니 임금께서 이렇게 말씀하셨다.
　'나는 덕이 모자라 나라를 바로 다스릴 수 없는지라. 두려운 마음
으로 깊은 생각에 잠겨 있었소. 그런데 꿈에 하느님이 훌륭한 재
상을 보내주셨소. 그가 나를 대신해서 말하게 될 거요.'
　그리고 꿈에 본 그의 화상을 그려 천하에 두루 찾게 한 끝에 부암

(傅岩)에서 그를 찾은지라. 곧 그를 재상으로 삼고 그에게 다음과 같이 명하셨다."

그러니까 열명은 고종임금이 부열에게 명령한 것이 됩니다. 그러나 첫 부분만 그럴 뿐 뒤에는 부열이 임금에게 충고하는 내용으로 되어 있습니다.

그럼 부열에 관한 이야기부터 먼저 하겠습니다.

고종임금이 어진 사람을 어떻게 찾아낼 수 있을까 하고 밤낮 그 생각만을 하고 있었는데, 어느날 밤 꿈에 웬 사람이 하나 나타나 절을 하고 앉아 얼굴을 쳐드는 것이었습니다.

그 순간 고종은 '바로 이 사람이다!'하는 생각이 들어 물었습니다.

"그대는 누구요?"

그러자 그는,

"신의 이름은 열이라 하옵니다."

하고 금방 사라지고 말았습니다.

"아니!"

하고 깜짝 놀라 깨어 보니 꿈이었습니다.

그런데 그 얼굴모습이 너무도 생생하여, 이튿날 조회 때 모인 신하들의 얼굴을 하나하나 차례로 살펴 보았습니다. 그러나 꿈에 본 그런 얼굴은 볼 수 없었습니다.

신하들의 이름이 적혀 있는 것을 가져오게 하여 차례로 훑어보았으나, 열이라는 이름은 없었습니다.

그래서 고종은 화공을 불러 꿈에 본 그 열이란 사람의 닮은 얼굴을 그리게 하여 온 나라에 고루 보내고, 이런 말을 덧붙여 알리게 했습니다.

"이 그림의 얼굴을 닮은 사람을 찾아내고 그의 이름이 열인 것이 분명하면 이를 찾은 사람에게 큰 상을 내릴 것이며, 그가 관원인 경우는 상과 함께 벼슬을 올려 주리라.”

그리하여 열의 화상은 사람이 많이 지나다니는 거리와 마을 앞에 나붙어 있게 되었고 그에 따른 천자의 분부도 함께 알려지게 되었습니다.

상도 주고 벼슬까지 올려준다고 했으므로 관리들이 특히 더 열심히 찾고 있었습니다.

이때 열은 부암이란 큰 바위 굴에서 공부를 하고 있었습니다. 부암은 스승 바위란 뜻입니다. 아마 열이 이 바위굴에서 마을 아이들을 가르치기도 하고 찾아오는 사람에게 훌륭한 가르침을 주기도 했기 때문에, 스승님이 계신 바위라 하여 그렇게 불렀던 것 같습니다. 지금도 이 부암에는 열의 사당이 있다고 합니다.

이 부암에 사는 열이라 하여 사람들은 그를 부열이라 불렀습니다.

그런데 이 부암이란 곳은 큰 냇물이 굽이쳐 지나가는 곳이어서, 장마가 지거나 하면 곧잘 둑이 무너져 물이 그 아래 있는 논밭을 휩쓸곤 했습니다.

그러면 고을에서는 둘레에 있는 백성들을 불러내어 둑을 다시 쌓곤 했습니다. 더구나 그 일이 하루 이틀에 끝나는 것이 아니었으므로 둘레에 사는 백성들은 둑이 터졌다 하면 오랜 부역에 시달려야만 했습니다.

그런데 부암 마을에는 늙은 홀어머니와 외아들 단 둘이 살고 있는 가난한 집이 있었습니다. 마침 그 집의 아들이 병으로 누워 있고 늙은 홀어머니가 부역에 나가게 되었다는 말을 듣자, 부열은 굴에서 나와 그 홀어머니 대신으로 일을 하고 있었습니다.

물이 와 부딛는 곳에 돌을 쌓는 일이 가장 힘들고도 어려운 일이었는데, 부열은 그 일을 아주 뛰어난 솜씨로 잘 하고 있었습니다.

“역시 선생님이라 다르시군요. 우리는 선생님이 이런 일은 못하실 줄 알았었는데……”

하며 젊은이들은 놀랐습니다.

이때 고을에서 관원이 순찰을 나왔습니다. 둑을 제대로 쌓고 있는지 알아보기 위해서 였습니다.

가장 중요한 곳은 역시 물이 굽이쳐 돌아가는 곳이었습니다. 거기에 돌을 제대로 쌓지 못하면 둑은 또 쉽게 무너지고 말기 때문입니다.

고을에서 나온 관원이 돌 쌓는 곳에 이르자, 얼굴이 희고 젊잖게 생긴 사람의 일하는 모습이 아무래도 색달라 보였습니다. 햇빛을 구경하지 않던 선비가 농사꾼 틈에 끼어 일을 하고 있었으니, 까마귀 속의 백로처럼 보였을지도 모릅니다.

유심히 바라보던 관원은 입맛을 쩍쩍 다시며,

“어디서 많이 본 얼굴 같은데……”

하고 기억을 더듬었으나 얼른 생각에 떠오르지 않았습니다.

“아차! 이제 생각이 난다.”

그대로 지나치려다가 문득 생각이 났습니다. 길거리와 마을 앞에 나붙어 있는 그 열이란 사람의 화상과 흡사하다는 것을 안 것입니다.

그리하여 열은 곧 이 관원에 의해 대궐로 들어오게 되었고, 그와 이야기를 나눠 본 고종임금은 그리던 스승을 만난 듯이 기뻐하며 그를 곧 재상의 자리에 앉히고, 〈서경〉에 나와 있는 다음과 같은 명령을 내리게 됩니다.

“아침 저녁으로 나에게 가르침을 주고 나를 도와 주시오. 내가 칼이라면 그대는 그 칼을 날카롭게 하는 숫돌이요, 내가 냇물을 건넌다면 그대는 배가 될 것이며, 큰 가뭄이 든다면 그대는 단 비가 될 것이오. 그대의 마음을 열어 내 마음을 깨끗하게 해 주오.…… 나의 이 부탁을 잊지 말고 나로 하여금 좋은 끝을 맺도록 해 주시오”

그러자 부열은 이렇게 대답했습니다.

“나무는 먹줄을 따르면 곧게 되고, 임금은 간하는 말을 따르면 거룩하게 되옵니다. 임금께서 거룩하오시면 신하는 명령하지 않아도 그 뜻을 받들 것입니다. 임금의 아름다운 명령을 누가 감히 따르지 않겠읍니까?”

그런데 박정희 대통령이 즐겨 쓰던 말에 유비무환이란 것이 있었습니다. 쉬운 말로 옮기면, 준비가 있으면 걱정이 없다는 것이 됩니다.

그 유비무환이란 말이 이 열명에 있는 말입니다. 부열이 고종임금에게 충고한 말입니다. 그 원문을 소개하면 이런 내용입니다.

“……모든 일은 미리 거기에 대한 준비가 있어야 합니다. 준비가 있으면 걱정이 없습니다. 내 비위를 잘 맞추는 사람을 끌어들여 도리어 욕을 당하는 일이 없게 하시고, 작은 허물을 드러내지 않으려고 더 큰 허물을 짓는 일이 없게 하옵소서.……”

미리 준비가 있으면 뒷 걱정이 없게 된다는 말은, 영원히 바뀔 수 없는 진리의 말입니다. 그러나 그것은 여기 말한 대로 마음이 바른 사람을 가까이 하는 것이, 임금으로서 잊지 말아야 할 가장 중요한 준비입니다. 내게 아첨하는 사람을 멀리하는 것이 뒷 걱정을 없애는 준비가 되는 것입니다.

유비무환을 그렇게 즐겨 쓰던 박정희 대통령이 끝내 불행하게 된 것도 결국 가까이하지 말아야 할 사람을 가까이했기 때문이었다는 것을 생각할 때, 이 유비무환이란 말이 영원한 진리라는 것을 새삼 느끼게 합니다.

모든 일이 미리 다 준비가 되어 있어야 뒷걱정이 없는 것이지만, 특히 사람을 올바로 쓰고 사귀는 마음의 준비가 중요한 것입니다.

부모들은 흔히 자기 아들 딸들의 잘못한 일을 변명하는 뜻에서, 그 잘못을 사귄 친구의 탓으로 돌리곤 합니다. 그러나 그런 친구와 가까이 지낸 것이 누구겠습니까? 좋은 친구와 사귀지 않고 좋지 못한 친구와 사귄 것이 바로 뒷일을 걱정없게 하려는 마음의 준비가 없기 때문이 아니겠습니까?

제13장 열명·(中)

제12장은 고종임금이 부열을 맞아들여 그를 재상에 앉히고 가르침을 청하는 것으로 되어 있습니다. 이 13장과 14장은 부열이 고종임금의 뜻을 받들어 교훈이 되는 말을 올린 내용입니다.

통치권을 가진 통치자가 명심하고 지켜야 할 통치철학을 담고 있는 것으로 알려지고 있으므로, 그 내용을 있는 그대로 쉽게 풀어 설명하는 것이 좋을 것 같습니다.

'부열이 임금의 명을 받들어 모든 벼슬아치들을 거느리게 되었다.'

재상이 되었다는 말입니다. 재상이 되었으니 이제 재상된 책임을 다할 수밖에 없는 일입니다. 준비가 있으면 뒷걱정이 없다는 말이 이 13장에 나옵니다. 그것은 임금만의 경우가 아니고 모든 사람의 경우에 똑같이 통용되는 원리요, 원칙입니다.

그러면 재상으로서 준비를 해 두어야 할 일은 무엇이겠습니까? 맹자는 이런 말을 했습니다.

"임금이 어질면 모든 일이 어질게 되고, 임금이 옳으면 모든 일이 옳게 되고, 임금이 바르면 모든 일이 바르게 된다. 사람은 굳이 탓할 것도 없는 일이요, 정치를 굳이 트집잡을 것도 없는 일이다. 오직 위대한 사람만이 임금의 옳지 못한 마음을 물리칠 수 있다.

그러므로 임금 한 사람의 마음을 바로잡기만 하면 나라는 절로 다스려지게 된다.”

재상이 해야 할 일은, 부하를 잘 거느리기에 앞서 통치권을 가지고 있는 임금의 마음을 바로잡는 일임을 말하고 있는 겁니다.

재상으로서 먼저 해야 할 준비는 임금을 어진 임금으로 만드는 것이 될 수밖에 없습니다. 그러므로 이윤은, 천자인 태갑이 간하는 대로 바른 일을 하지 않자 멀리 귀양을 보내 반성하도록 만들었던 것입니다. 그리고 태갑이 3년 뒤에 새로운 어진 사람이 된 것을 알자, 모시고 와서 천자의 자리에 앉게 한 다음 자신은 늙었다고 물러나 태갑의 자존심을 살려 주고, 스스로 바른 정치를 펴게 만들었던 것입니다.

부열은 그런 뜻에서 맨 먼저 고종에게 나아가 교훈의 말을 올렸습니다.

“오오! 밝으신 임금은 하늘의 바른 이치를 받들어, 나라를 세우고 도읍을 만들고, 천자와 제후들의 법도를 세우고, 대신들과 여러 관청의 우두머리들을 임명하여, 편안히 노는 일에 빠지지 말고 백성들을 바로 다스리는 일에 힘쓰도록 하셨습니다. 하느님은 모든 것을 밝게 들으시고 밝게 보십니다. 거룩하신 임금께서 하느님을 본받아 밝게 들으시고 밝게 보시게 되면, 신하들도 공경하여 임금의 뜻을 따를 것이며 백성들 또한 임금의 뜻을 따라 바른 길을 걷게 될 것입니다.”

공자는 이런 말을 했습니다.

“임금이 바르면 명령을 하지 않아도, 백성들은 임금의 뜻을 본받아 바른 길을 가게 된다. 그러나 임금이 바르지 못하면 아무리 바른 길을 가라고 명령을 해도, 백성들은 그 명령에 따르지 않고 임금을 본받아 옳지 못한 일을 하게 된다.”

세도재상인 계강자(季康子)가 공자를 찾아와 정치에 대해 물었을 때 공자는 이렇게 말했습니다.

"정치란 정(政)은 바르게 한다는 정(正)의 뜻이다. 그대가 부하와 백성을 바르게 거느리면 어느 누가 감히 바르지 못한 일을 하겠는가?"

이 계강자는 공자에게 배운 바도 있는 사람으로 젊은 나이에 아버지의 뒤를 이어 재상이 되었습니다. 당시 노나라는 재상이 임금을 제쳐두고 마음대로 하던 때였으므로 계강자는 임금의 자리에 오른 것이나 다름이 없었습니다.

그러나 계강자는 정치를 몰랐습니다. 명령만 하면 백성들은 따르는 것으로 알고 있었습니다. 자신은 나쁜 짓을 서슴지 않으며, 부하나 백성들에게만 바르게 살고 법을 지키며 명령에 순종하라고 외치고 있었던 것입니다.

그러니 앞에서 맹자와 공자가 말했듯이 나라가 편안할 리가 없었습니다. 그는 공자로부터 특별히 묘한 방법이라도 들었으면 하고 찾아와 물었던 것입니다.

공자가 말한 방법, 즉 그가 기대했던 묘한 방법이란 것이
'먼저 너 자신부터 바른 사람이 되어라!'
하는 것이었습니다.

그뒤 계강자가 또 찾아와 물었습니다.

"지금 사방에 강도나 절도가 극성을 부리고 있습니다. 이를 다스리는 무슨 좋은 방법이 없겠습니까?"

여전히 정신을 못차리고 있는 그를 보고 공자는,

"그대가 참으로 남의 것을 빼앗고 훔치고 하는 것을 죄악으로 안다면, 그대부터 백성들에게 세금을 강제로 많이 거두지 말아야 하지 않겠는가? 그대가 받는 봉급 이외에 나라 돈을 몰래 축내는 일을 하지 말아야 하지 않겠는가? 그대가 어진 정치를 펴고 검소한 생활을 함으로써 세금을 적게 거두고 부역을 많이 시키지 않는

다면, 백성들은 부지런히 농삿일에 힘을 기울여 배불리 먹고 편하게 지낼 수 있지 않겠는가? 그렇게 되면 상을 줄 테니 도둑질을 하라고 해도 그런 부끄러운 짓은 하지 않을 걸세."

하는 뜻으로

'그대가 진심으로 도둑질을 원하지 않는다면, 상을 준다고 해도 훔치는 일은 하지 않을 것이다.'

라고 했던 것입니다.

그 계강자가 마침내는 자기 본성을 들어내어 이런 말을 공자에게 했습니다.

"못된 짓을 하는 놈들을 모조리 잡아다가 사정없이 죽이게 되면 죽는 것이 두려워 나쁜 짓을 하지 않을 것이 아닙니까? 그런 방법으로 혼란을 막았으면 하는데 선생님 생각은 어떻습니까?"

그러자 공자는 이렇게 타일렀습니다.

"그대가 나랏 일을 맡아서 하면서 어떻게 사람 죽이는 방법을 쓰겠다는 것인가? 그대가 진심으로 착한 마음으로 착한 일을 하려 한다면 백성들도 따라 절로 착해질 것이다. 윗사람이 하는 일은 바람과 같고 백성들이 하는 일은 풀과 같다고 하지 않는가? 풀은 바람 부는 대로 따라 움직이기에 생긴 말이 아닌가?"

부열이 처음에 한 말은, 바로 공자와 맹자가 말한 것과 똑 같은 뜻으로 한 말이라 볼 수 있습니다.

부열은 이어 말했습니다.

"말만을 잘하고 행동이 따르지 못하는 사람은 부끄러운 결과를 가져오고, 갑옷과 투구만을 소중히 여기는 사람은 전쟁만을 일으키게 됩니다. 그러므로 문관을 쓸 때는 하는 말과 겉모양만을 보지 말고 그 사람됨을 깊이 안 다음에 써야 하며, 무관을 쓸 때는 용맹만을 보지 말고 그 마음 쓰는 것과 사람됨을 더욱 깊이 안 다음에 써야 합니다. 임금께서 이를 깊이 경계하시고 참으로 이를 밝히신다면 모든 일이 아름다운 결과를 가져오게 될 것입니다.”

공자는 이런 말을 했습니다.

“말을 잘하고 태도를 아름답게 꾸미는 사람은 대개가 어질지 못하다.”

또 이런 말도 했습니다.

“군자는 그 사람의 하는 말만 듣고 그 사람을 쓰도록 천거하지는 않는다.”

말과 행동이 같을 수는 없는 일입니다. 그러므로 말만을 듣고 그의 행동하는 것이 말과 같을 것으로 믿는다면 그보다 어리석은 일은 없습니다.

그 반대로 보는 것이 옳을 수도 없습니다. 남의 잘못을 잘 꼬집는 사람일수록 자기 잘못을 모르는 사람입니다. 자기 잘못을 감추기 위한 방법으로 남을 헐뜯는 경우도 있습니다.

공자의 제자 가운데 가장 말을 잘하는 것으로 알려져 있던 재아(宰我)가 공부는 하지 않고 낮잠을 자다가 공자에게 들킨 일이 있었습니다.

이때 공자는 이렇게 꾸짖었습니다.

“나는 그가 하는 말을 듣고 그의 행하는 것도 그럴 줄로 믿고 있었는데, 앞으로는 그의 말을 듣고 그의 행하는 것까지 지켜보게 되었으니, 그런 어리석음을 너로 인해 고치게 된 셈이다.”

사실 그 많은 제자 가운데 사랑은 받으면서도 항상 꾸중만 들은 것이 재아였습니다.

국회의원이 되려면 말을 잘해야 하는 것으로 되어 있습니다. 말을 잘하는 것이 좋은 것임에는 틀림없습니다. 말로써 자기 생각을 남에게 전달하고 검은 것을 희다 하고 흰 것을 검다 하여, 순진한 사람들을 엉뚱한 길로 이끄는 말재주꾼의 말을 바로잡는 것도, 역시 말을 통해서만 가능하기 때문입니다.

말 잘하는 사람을 미워한다고 말한 공자보다 더 말을 잘했던 사람은 없었습니다. 꼭 필요한 말과 참된 말만을 했기 때문입니다.

공자는 말과 사람과의 관계를 두고 이렇게 말하기도 했습니다.

"덕(德)이 뛰어난 사람은 반드시 그 하는 말도 뛰어나다. 그러나 하는 말이 뛰어난 사람이 반드시 덕이 뛰어난 것은 아니다. 어진 사람은 반드시 용기를 지니고 있다. 그러나 용기 있는 사람이 반드시 어질지는 않다."

말과 용기는 필요하고 중요한 것입니다. 그러나 덕이 먼저 있고 마음이 어진 다음에야, 그 참된 값어치를 발휘할 수 있는 것입니다. 그렇지 못할 경우 미치광이에게 칼을 들려 준 것과 같은 결과를 가져오게 됩니다.

공도자란 제자가 맹자를 보고 물었습니다.

"세상사람들이 선생님을 가리켜 말하기를 변론하기를 좋아한다고 합니다. 무엇 때문이옵니까?"

맹자는 이렇게 대답했습니다.

"내가 어찌 변론을 좋아하겠는가? 하는 수 없어서일 뿐이다. 양주(楊朱)와 묵적(墨翟)의 잘못된 이론들이 공자의 바른 가르침을 덮어 눌러, 사람들을 짐승의 길로 끌고 가려 하기 때문에 그들의 잘못된 주장을 잠재우고 공자의 바른 가르침을 지키기 위해서다."

맹자의 이 말은, 참된 사람일수록 말이라는 무기를 가지고 있어야만 한다는 뜻이 될 수 있습니다. 그러니까 법을 만들고 바로잡아야 할 책임과 의무를 지닌 국회의원은 말을 무기 삼아 쓸 수밖에 없는 일입니다. 그러나 그 말이라는 무기가 본래의 책임과 의무를 저버리고 개인의 사사로운 목적을 위해 쓰여지게 될 때는 도리어 해독을 끼치게 됩니다.

통치권을 가진 임금이나 대통령이, 마음이나 생각을 교묘한 말재주로 꾸며내어 참과 거짓을 혼동시키고, 검고 흰 것을 바꾸어 놓는다면 어찌 되겠습니까?

옛날 나라를 망하게 한 가신으로, 말을 교묘하게 하지 않은 사람은 없습니다. 지위가 높은 사람일수록 말을 듣는 일보다 행동을 살피는 일에 더 마음을 두어야 한다는 것을 알 수 있습니다. 가까운 한두 사람의 이야기보다 많은 사람의 여론에 귀를 기울여야 할 것입니다.

맹자는 제선왕을 찾아가 이런 말을 했습니다.

"엊그제 쓴 사람이 벼슬을 버리고 간 것도 모르고 계시니 어찌 된 일입니까?"

맹자가 추천해서 썼던 사람을, 제선왕이 간신들의 말을 듣고 멀리했기 때문에 벼슬을 버리고 간 모양이었습니다.

그러자 임금은 이렇게 변명했습니다.

"어떻게 하면 그의 무능한 것을 알고 버릴 수 있겠습니까?"

가까운 몇몇 신하들의 말만을 듣는 임금으로서는 당연한 물음일 수도 있습니다.

맹자는 이렇게 대답했습니다.

"임금이 어진 사람을 쓰는 일은 하루이틀에 되는 것이 아닙니다. 쓸 때도 보고 듣고 살피고 해야 하며, 버릴 때도 또한 그렇습니다. 낮은 신분에 있는 사람을 높은 신분에 있는 사람 위에 올려놓게도 되고, 먼 사람을 가까운 사람보다 더 가까이 하게도 되는 것이니 어찌 신중에 또 신중을 거듭하지 않을 수 있겠습니까?

좌우에 있는 가까운 신하들이 다 어질다고 하더라도 받아들여서는 안 됩니다. 모든 대신들이 어질다고 해도 받아들여서는 안 됩니다. 온 나라 사람들이 다 어질다고 했을 때, 그때 비로소 그가 과연 어진 사람인가를 살펴볼 일입니다. 그리고 과연 어질다는 것을 확인한 다음에 써야 합니다.

한번 쓴 사람을 버릴 때도 역시 같습니다. 온 나라 사람이 다 옳지 못하다고 말했을 때, 비로소 살펴보아 과연 옳지 못하다는 것을 확인 다음에 버려야 합니다. 죽일 때도 마찬가지입니다. 그러므로 임금이 죽이는 것이 아니라 나라의 사람이 죽이는 것이 됩니다. 그래야만 백성의 부모가 될 수 있습니다.”

요임금이 순임금을 후계자로 삼아 천하를 맡길 때도 맹자가 말했던 그런 과정을 거쳤던 것입니다. 탕임금이 이윤을 재상으로 맞아들일 때도 그런 과정을 거쳤습니다. 신분이 낮고 생판 남남인 부열을 재상으로 앉힌 고종임금의 경우도 다를 바가 없습니다. 그 부열이 고종에게 가르치고 있는 것입니다.

투구니 갑옷이니 창이니 칼이니 하는 것은 소중한 것입니다. 그러나 그것은 나라를 지키기 위한 방위수단으로 필요한 것이지 침략을 위한 것은 아닙니다.

자공이란 제자가 공자에게 정치를 물었을때, 공자는 ‘먹는 것을 넉넉하게 하고 국방을 튼튼히 하고, 백성이 나라에서 하는 일을 믿게끔 하는 것이다.’라고 했습니다.

힘으로 남을 억누르고 남의 것을 빼앗고 하는 것이 죄가 되는 것이라면, 죄없는 백성들을 끌고 나가 남의 나라를 치고 남의 백성을 죽이고 하는 침략전쟁이 가장 큰 죄악이 되는 것은 너무도 당연한 것입니다.

그러나 그런 침략자의 침략을 막지 못하고 침략자의 희생이 되어 탄압을 당하게 된다면, 통치자의 죄 또한 침략자와 크게 다를 것이 없는 일입니다. 그래서 국방이 필요하고 그에 따른 최소한의 부담과 희생을 달게 여길 수밖에 없는 것입니다.

그러나 무기를 가지고 많은 군대를 거느리게 되면 사람의 마음은 달라지게 됩니다. 정당방위라는 핑계를 붙여 약한 이웃을 침략하게 됩니다. 침략전쟁을 일으킨 전쟁범죄자 쳐놓고 정당방위를 내세우지 않은 사람은 없습니다.

"힘만 있으면 핑계는 얼마든지 만들 수 있다."
라고 한 것은 비스마르크의 말입니다.

그러므로 부열은 국방을 맡은 장군일수록 그 사람이 더욱 중요하다는 것을 말한 것입니다.

맹자는 전쟁을 좋아하는 것을 놓고 이렇게 말한 일이 있습니다.
"공자의 제자 염구(冉求)가 세도재상 계씨(季氏)의 총재가 되어 계씨의 마음을 착하게 바로잡지는 못하고 그를 위해 세금을 배로 거두어들이자 이를 안 공자는 그 염구가 찾아왔을 때, '애들아. 이 구란 놈은 나의 제자가 될 수 없다. 북을 울려 그의 죄를 성토하고 당장 내쫓도록 해라!'하고 말씀하셨다.

이것을 놓고 볼 때, 임금이 착한 일을 하지 않고 재물만을 모으는 일은, 공자로부터 버림을 받은 일이라는 것을 알 수 있다. 하물며 임금을 위해 전쟁을 일으켜, 땅을 놓고 다툴 때는 시체가 들에 가득하고 성을 놓고 다툴 때는 시체가 성에 가득하게 되는 것이야 말해 무엇하겠는가? 이것이 이른바 땅을 거느리고 사람의 고기를 먹이는 것이니, 그 죄는 결코 죽음을 면할 수 없다. 그러므로 싸움을 잘하는 사람은 가장 무거운 죄로 다스려야 한다."
맹자가 활동하던 때는 싸움 잘하는 사람이 가장 존경을 받고 영화를 누렸기 때문에 한 말이었습니다. 그러나 그것이 어찌 맹자가 활동하던 때인 전국시대만의 일이었겠습니까?

원자물리학을 처음 발견한 아인쉬타인은, 자기가 기대한 대로 그것이 인류의 행복을 위해 쓰여지지 않고 살상과 파괴의 무기로 쓰이게 되는 것을 보자. 그것을 발명한 사람의 죄가 더 크다는 생각에서 벗어나지 못했다고 하지 않습니까?

부열은 투구와 갑옷을 쓰는 무인일수록 용맹보다 평화를 사랑하는 마음이 더욱 소중하다는 것을 말하고 있는 것입니다.

부열은 또 이렇게 말했습니다.

268

"나라가 다스려지고 어지러워지고 하는 것은 모든 벼슬아치에게
달려 있습니다. 내 가까운 사람과 친한 사람에게 벼슬이 주어져서
는 안 됩니다. 오직 능력을 가진 사람에게 주어져야 합니다. 작위
는 옳지 못한 사람에게 주어져서는 안 됩니다. 오직 어진 사람에
게만 주어져야 합니다."

이것은 너무도 당연한 이야기며 누구나가 그렇게 알고 있는 일이
기도 합니다. 그러나 그렇게 안 되는 것이 사람을 쓰는 일입니다.

통치권과 임명권을 가지고 있는 사람은 우선 가까이 있는 형제와
친척을 생각하게 됩니다. 단순히 통치권자와 임명권자의 친척이라는
그 한 가지만으로도 보이지 않는 힘을 갖게 되는 것이 세상 이치입
니다. 그런 그들에게 벼슬이라는 권한과 실무까지를 맡기게 되면,
무기를 가진 사람이 무기를 함부로 쓰기 쉬운 것처럼 백성을 위한다
는 본래의 임무를 잊은 채 사사로운 자기중심의 이치에 벗어난 일을
하게 됩니다.

그러므로 통치권자는, 그 사람이 유능한 사람으로 여겨지더라도
친척이나 가까이 지내던 사람에게 벼슬을 주는 일은 삼가야 한다는
것을 부열은 말하고 있는 겁니다.

옛날부터 나라를 어지럽게 만든 사람은 대개가 통치권자의 친인척
이나 평소부터 가깝게 지내던 사람이었습니다. 그들이 유능하게 보
이고, 믿음직스럽게 보였기 때문입니다. 그러므로 앞에서 맹자가 말
했듯이, 임금은 가까운 사람의 말을 믿지 말고 백성의 여론을 들어
사람을 쓰고 버리고 죽이고 하라는 뜻이기도 합니다.

〈논어〉 맨 끝편에 보면, 역대 왕조의 창시자가 말한 국시(國是)같
은 내용의 말이 실려 있는데, 주나라의 경우 이런 것들이 담겨 있습
니다.

'주나라에서 내리는 큰 상은 오직 착한 사람에게만 주어진다. 아
무리 가까운 친척이라도 어진 사람 보다 못하다. 백성들에게 어떤

잘못이 있으면 그 책임은 모두 임금인 나 한사람에게 있다.'

그리고 끝에 가서,

'모든 일을 공정하게만 하면 백성들은 기뻐한다.'

이 모든 것은 부열이 여기서 한 말을 그대로 풀어서 이야기한 것에 지나지 않습니다.

작(爵)이라는 것은 실권이 없는 명예직이기는 하지만, 그에 따른 일정한 연금을 주게 되어 있습니다.

임금의 친인척들이 가만히 놀고 있으면서, 단순히 임금의 친인척이라는 이유 하나만으로 작위를 얻어가지고 생활하고 있었던 것이 옛날 왕조시대의 제도이기도 했습니다.

그 놀고 먹는 귀족들의 사치와 낭비를 위해 막대한 국고의 지출이 생기게 되고 그로 인해 백성의 세금은 갈수록 무거워지기만 했으며 정작 해야 할 나라의 일들은 돈이 없어 제대로 못하는 지경에 이르기도 했습니다.

부열은 그런 것을 막기 위해 백성들의 존경을 받는 어진 사람에게만 작위를 주어 임금의 자문에 응하도록 하라고 시켰던 것입니다.

부열은 이어 이렇게 말했습니다.

"임금께서는 그 일이 착한 것인가 아닌가를 깊이 생각하여 행동하시고, 그것이 착한 것인 동시에 그 시기에 맞는 것이어야만 합니다. 스스로 착하다고 생각하면 착한 것을 잃게 되고 스스로 능하다고 생각하면 일을 그르치게 됩니다."

이해를 따지기에 앞서 옳고 그른 것을 먼저 생각하라는 것입니다. 그것이 옳은 일이라도 시기에 맞게끔 기다릴 줄을 알아야 한다는 뜻입니다. 시기를 알아 옳은 일을 하게 되면, 당장 눈앞에 나타나는 이득이 없더라도 먼 앞을 내다볼 때 반드시 좋은 결과를 가져오기 때문입니다.

아무리 지혜가 있는 사람이라도, 남의 의견을 참고로 하는 것이 지혜를 뒷받침해주는 것이 된다는 것을 잊지 말아야 합니다. 바로 그런 생각이 참다운 지혜가 되기 때문입니다.

공자는 순임금의 지혜가 크다고 칭찬을 하며, 그 보기로 남에게 묻기를 좋아했다는 것을 들고 있습니다. 내가 가장 착하다, 내가 가장 능하다 하는 생각을 가진 사람이 남에게 묻기를 좋아할 리는 없습니다.

재물을 좋아하는 사람은 많은 재물을 가지고도 남의 작은 재물을 탐내곤 합니다. 그러므로 더욱 부자가 되는 것이지요. 지혜도 마찬가지입니다. 큰 지혜를 가진 사람일수록 남의 작은 지혜까지 내 지혜로 삼으려 합니다. 그래서 더욱 많은 지혜를 갖게 되는 것이지요.

스스로를 모자라다고 생각하는 사람은 스스로 몸을 낮추게 됩니다. 물이 낮은 곳으로 모여들듯, 겸손한 사람에게는 좋은 의견과 충고가 모이게 됩니다. 지위가 높은 통치자일수록 더욱 겸손한 마음과 태도를 가지고, 착하고 능력 있는 사람의 도움을 받도록 해야 한다는 것을 부열은 말한 것입니다.

부열은 다음에 유비무환이란 말을 합니다.

"어느 일이든 준비가 있어야 하며 준비가 있기 마련입니다. 준비가 있으면 뒷걱정이 없게 됩니다.

총애하는 사람이 나랏 일에 간섭하는 길을 열어서 도리어 임금을 욕되게 하는 일이 없도록 하십시오. 작은 허물이 알려지게 되는 것을 부끄러워한 나머지, 보다 더 큰 잘못을 저질러 일을 그르치게 하는 일이 없도록 하십시오. 오직 바르게 일을 처리하시면 나라 다스리는 일이 한결같이 잘 되어 나갈 것입니다."

모든 일에 준비가 되어 있어야 뒷탈이 없다고 말한 뒤에 이어지는 말에 우리는 관심을 가질 필요가 있습니다. 그 준비가 보통사람들이 생각하는 그런 준비와는 성질이 다르기 때문입니다.

장사를 하려면 가게도 있고 돈도 있어야 한다는 그런 준비가 아닙니다. 농사를 지으려면 땅도 있고 농기구도 있어야 한다는 그런 상식적인 것을 말한 것은 아닙니다.

그런 물질적인 준비는 돈만 있으면 누구나 갖출 수 있는 것입니다. 그보다 더 근본적인 문제는 장사하는 기술과 실패하는 원인이 무엇인가를 아는 일입니다. 농사든 무엇이든 다 마찬가지입니다. 준비 가운데, 보이지 않는 그 사람만의 준비가 없으면 그 일을 제대로 해나갈 수 없습니다.

통치자로서 가장 먼저 해야 할 준비는 가까이 거느리고 있는, 사랑하는 신하나 여자들이 정치에 간섭하는 일이 없도록 막아야 한다는 것입니다.

하나라가 망한 가장 큰 원인은 말희라는 여자가 나랏 일에 참여 했던 때문이었고, 또 은나라가 망한 것도 달기라는 여자가 나랏 일에 참여하여 간신들과 손발이 맞아 어진 사람과 충신들을 물리쳤기 때문이었으며 당현종같은 위대한 임금이 안록산의 반란으로 천하를 잃을 뻔했던 것도 양귀비란 여자 때문이었습니다.

그것은 오늘의 민주주의 나라에서도 조금도 다를 것이 없습니다. 통치자의 친인척이나 비서관들이 정치에 깊숙이 관여하면, 비리니 부정이니 하는 것이 뒤따르기 마련이어서 결국은 나랏 일을 그르치게 되고 통치자 자신에게 욕된 일이 미치고 맙니다.

우리는 유비무환의 참뜻이 무엇인가를 알아야 합니다. 개미구멍이 큰 둑을 무너뜨리는 일이 없도록 하라는 뜻입니다.

집을 세우려면 터부터 먼저 닦아야 합니다. 터를 닦기에 앞서 장비도 물론 있어야겠지요. 그러나 무엇보다 중요한 것은 그런 장비와 물자와 기술자를 가지고 설계대로 원칙대로 공사를 끝낼 수 있을 것인지 하는 문제입니다. 그것은 총책임자의 마음이 될 수밖에 없습니다. 기간을 단축하기 위해 일을 서두르거나, 자재를 덜 들이기 위해 부실공사를 한다거나, 철저한 점검도 없이 뇌물을 주고 준공검사를 받는다든가, 나중에야 어떻게 되든 겉만 번드레 하게 꾸며서 많은 이익을 남기고 팔겠다든가 하는 마음을 가지고 있으면, 좋은 집이 될 수 없습니다. 곧 벽이 갈리지고 지붕에 물이 새거나 때로는 무너져 사람을 다치게 하는 일까지 있게 됩니다.

나라도 마찬가지입니다. 좋은 집을 지어 그 곳에 사는 사람들을 편안하고 즐겁게 해 주어야 할 책임과 의무를 가진 사람이, 그 책임과 의무를 저버리고 돈을 많이 남게 하려는 욕심으로 날림공사를 하여 옳지 못한 방법으로 준공검사도 받고, 속임수로 값도 비싸게 받는 일에 능숙한 사람을 참모로 써서 그로 하여금 전문기술자가 원칙대로 하는 일을 방해하며, 눈 앞의 이익만을 위한 속임수를 쓰게끔 간섭을 하고 압력을 넣도록 한다면 어찌 되겠습니까? 나라를 다스리는 통치자가 그런 사람을 심복으로 거느리고, 대신이니 장관이니 하는 사람들이 하는 일을 이래라 저래라 간섭한다면 그것이 그것과 무엇이 다르겠습니까?

건축업자는 남에게 팔기 위한 집이니 자신이 직접 해는 입지 않는다고 볼 수 있습니다. 그러나 통치자는 나라가 어지러워지면 그 자신도 해를 입고 맙니다. 그것은 부실공사에 익숙해 있는 건축업자가 자기가 사는 집마저 그런 식으로 지었다가, 자기가 그 집에 치어 죽고 마는 어리석은 결과를 가져오고 마는 것과 같습니다.

준비가 있어야 후환이 없다는 그 준비란, 부당한 간섭을 하기 쉬운 사람들을 정치에 관여하지 못하도록 막는 제도와 원칙을 세우고 그것을 철저히 지키게 하는 통치자의 굳은 결심과 자세가 필요하다는 뜻으로 한 말입니다.

부열은 이어 이렇게 말했습니다.

"제사를 너무 자주 지내거나 지내지 않을 제사까지 지내서는 안 됩니다. 그것은 신을 모독하는 것이 됩니다. 예라는 것은 번거로워지면 어지럽기 마련입니다. 번거로운 예로써 신을 섬기기는 어려운 일입니다.”

공자는 〈논어〉에서 말하기를,

“지내지 않을 제사를 지내는 것은 귀신에게 아첨하는 것이다.”

사람도, 마음이 바른 사람은 아첨하는 사람을 가장 싫어합니다. 하물며 귀신이라고 다를 것이 있겠습니까?

노나라 세도재상이, 임금만이 지낼 수 있는 태산에서의 산신제를 지내려 했습니다. 태산 신령에게 아첨하려 한 것이지요.

그러자 공자는 재상의 총참모로 있는 염구라는 제자에게 말했습니다.

“네가 말릴 수 없겠느냐?”

“말릴 수 없습니다.”

“슬프다. 태산 신령이 임방(林放)만도 못하겠느냐?”

임방이란 제자가 예의 참뜻이 어디에 있는지를 공자에 물었던 일이 있기에 한 말입니다.

아첨하는 제사를 지내면 신령의 노여움을 사서 원하는 복대신 화를 입게 될 것이라는 뜻으로 한 말입니다.

공자의 그 말이 바로 부열이 한 말과 같은 말입니다.

그러자 고종은 이렇게 말했습니다.

“거룩하도다 그대의 말이여! 어느 것 하나 감복되지 않는 말이 없구려! 그대가 그런 좋은 말을 해주지 않는다면, 나는 어떻게 행해야 할지를 누구에게도 들을 수가 없을 것이오.”

부열은 머리를 조아리며 절하고 말했습니다.

“알기가 어려운 것이 아니라 행하기가 어려운 것입니다. 임금께서 정성으로 아는 것을 행하기 어렵지 않게 되면, 선왕(先王)의 거룩한 덕과 같게 되실 것입니다. 이 열이 당연히 해야 할 달을 하지 않는다면 그 허물을 벗어나지 못할 것입니다.”

이로써 ‘열명’ 중은 끝납니다.

공자는 이런 말을 했습니다.

"좋은 말을, 좋아만 하고 행하지 않는 사람은 나로서도 어떻게 해 볼 수 없는 사람이다."

부열이 말한 것 중에 알기가 어려운 것이 아니라 행하기가 어렵다고 한 말이 바로 같은 말입니다.

공자는 또 이런 말도 했습니다.

"옳은 일을 보고도 행하지 않는 것은 용기가 없는 것이다."

참다운 용기는 옳은 일을 위해 모든 유혹과 방해를 물리치는 일입니다.

제14장 열명·下

제14장은 고종임금과 부열이 서로 주고 받은 말을 담은 것으로 그 내용의 줄거리만을 이야기하면 이런 것입니다.

고종임금은, 세자로 있던 어린 나이에 감반(甘盤)이란 어진 신하를 따라 화려한 궁중생활을 버리고, 거친 들판으로 나가 가난한 백성들과 함께 고생을 체험해 가며 여러 곳을 옮겨다녔습니다.

고종은 원래 총명한 사람이었지만 그같은 경험을 통해 백성들의 어려움을 알게 되었고 힘들고 고생스런 삶을 직접 체험함으로써, 자기가 임금이 되면 백성들을 고루 편하게 잘 살게끔 만들겠다는 결심을 갖게 되었던 것입니다.

그와 동시에 감반의 그같은 교육과 훈련방법이 있음으로 해서, 자신이 임금으로서의 사명과 책무가 어떤 것인지를 깨닫게 되었으므로, 어진 스승과 신하의 도움이 얼마나 크고 중요한가를 알게 되었던 것입니다.

이제 감반 대신 부열이 스승겸 재상으로 자기를 깨우쳐주고 이끌어 줄 위치에 있게 되었으므로, 감반과 같은 위치에서 보다 더 훌륭하고 좋은 일을 해 달라고 부탁했습니다.

그 말 가운데,

“……술이나 단술을 빚는다고 하면 그대가 누룩이 되어 주고, 끓인 국물의 간을 맞출 때의 소금이 되어 주오……”

하는 말이 나옵니다.

천하를 바로 다스릴 책임을 가진 천자라면, 술을 제대로 빚고 국을 제 맛을 나게 하는 책임자는 조리사일 수밖에 없습니다. 조리사가 아무리 솜씨가 뛰어나도 누룩이 없이는 술을 빚을 수가 없고, 소금이 없이는 간을 맞게 할 수가 없습니다. 천하를 올바로 다스리는 데 있어서 부열이 없어서는 안 된다는 것을 간단한 비유로 잘 나타낸 것입니다.

그러자 부열은, 옛날 기록을 통해 어진 임금들이 어떻게 했는가를 알고 그것을 본받아야 하며, 그렇게 하기 위해서는 항상 자신이 모자라는 사람이라는 겸손한 마음을 가지고 있어야 하며 특히 옛 어진 임금들이 어진 사람을 얻기 위해 얼마나 힘썼는지를 배우고, 어떤 사람이 과연 어진 사람인가를 알아, 널리 인재를 구해서 나랏일을 맡기고 벼슬을 주어야 한다고 강조합니다.

그러자 고종은 이런 뜻의 말을 했습니다.

“옛날 이윤은 탕임금을 요순같은 성군으로 만들지 못하면, 저자거리에서 매를 맞는 부끄러움을 면할 수 없다고 했소. 그는 과연 그 말대로 했고, 그대도 이윤같은 신하가 되어 나를 요순같은 임금이 되게 하여 주오.”

그러자 부열은 머리를 조아려 절하고 이렇게 대답했습니다.

“감히 천자의 거룩하신 분부 받들어 정성을 다하겠습니다.”

맹자는 고종의 위대함을 이렇게 말했습니다.

“무정(武丁)은 제후들을 거느리고 천하를 다스리기를 마치 자기 손바닥 움직이듯 했다.”

　무정은 부열이란 거룩한 신하가 있음으로 해서 그같은 결과를 가져올 수 있었던 것입니다.

　한 손바닥으로는 소리를 내기가 어렵다고 했습니다. 착한 임금도 착한 신하가 있어야 착한 정치를 할 수 있고, 악한 임금도 악한 신하가 있어야만 악한 일을 하게 된다는 것을 역사는 말해주고 있습니다.

제15장 고종융일(高宗肜日)

　융(肜)은 제사를 지낸 다음날에 지내는 뒷제사를 말합니다. 융일(肜日)은 뒷제사를 지내는 날이란 뜻입니다.

　고종의 아들 조경(祖庚)이 아버지 고종의 제사를 지내고 뒷제사를 지낸 그날, 조기(祖己)라는 신하가 임금에게 올린 가르침을 담은 내용입니다.

　첫 머리에 이 글이 있게 된 까닭을 이렇게 말하고 있습니다.

　'고종의 뒷제사를 지내는 날, 우는 꿩이 있었다. 그래서 조기가 말했다.'

　다른 기록에는 이 우는 꿩에 대한 설명을 이렇게 하고 있습니다.

　"고종의 뒷제사를 지내던 날 꿩이 날아와 세발솥 손잡이 위에 앉아 울었다. 사람을 가까이하지 않는 들새가 날아와 소리내어 운다는 것은 뭔가 불길한 징조로 여겨지기가 쉽다. 그러나 꼭 그런 것만은 아닐 수도 있다. 고종이 탕임금의 제사를 올리던 날에도 그같은 일이 있었었다. 이때 고종이 조기에게 물었다. 조기는 이렇게 대답했다.

　'흔히 볼 수 없는 일이니 경계하는 뜻으로 보는 것이 옳을 것 같습니다. 들새가 궁중으로 찾아들었으니 혹시 먼 곳의 임금이 조회를 오게 될지도 모를 일입니다.'

고종은 조기의 깨우침을 받아 혹시나 무슨 실수라도 있을까? 하고 모든 일에 정성을 다했다. 그러자 3년이 지난 해에, 말도 풍속도 다른 먼 나라 임금이 여섯이나 조회에 든 일이 있었다."

이런 일이 이미 있었는데, 이날 또 그같은 일이 있었으므로 우는 꿩의 숨은 뜻이 어떤 것인가를 임금에게 깨우쳐 주기 위해 말을 한 것입니다.

그는 먼저,

"하늘에 계신 조상의 영혼이 임금께 일러 정사의 잘못을 바로잡도록 하신 것입니다."

라고 전제하고 나서 그 깨우침의 뜻을 말했습니다.

"하느님은 땅위의 백성들을 굽어살피시며 오직 바르고 옳은 일을 하라고 하십니다. 하느님은 사람을 오래 살게도 하고 일찍 죽게도 합니다. 그러나 일찍 죽는 사람이라 해서 모두 하늘이 정한 것으로는 볼 수 없습니다. 백성 스스로가 하늘이 주신 명마저 채우지 못하고 끊는 경우도 많습니다. 백성들은 제 분수를 지키지 않으며 제가 지은 죄를 시인하려 하지 않습니다. 그런 그들에게 하느님은 스스로 죄를 깨닫고 바른 길로 돌아서도록 경계를 보냅니다. 그런데도 그들은 착한 길로 돌아서려 하지 않고 '하늘이 나를 어찌하랴!'하고 잘못을 고치지 않는다면 어찌 되겠습니까?

오오! 임금께서는 하늘로부터 백성을 맡아 다스리는 책임을 지고 계십니다. 그러므로 백성을 바로 이끌고 바로 다스리는 일에 정성을 다해야만 합니다. 백성들도 다 같은 하느님의 아들입니다. 가까운 조상의 제사만을 풍성하게 지낼 것이 아니라, 모든 백성들도 자기 조상의 제사를 풍성하게 지낼 수 있도록 정치를 펴십시오."

조기는 들에 있는 꿩을, 멀리 있는 가난한 백성들로 보고, 꿩의 울음을 백성들의 하소연하는 소리로 본 것입니다.

"네 조상만 조상이냐? 내 조상도 조상이다!"
하는 소리로 풀이한 것입니다.

그런 깨우침 속에 바른 정치를 펴게 되면 그 명성이 먼 나라에까지 미치게 되어, 고종 때처럼 먼 나라 임금들이 조회에 들게 되는 전화위복의 계기가 될 수 있다고 본 것입니다.

제16장 서백감려(西伯戡黎)

이 장은 은나라 마지막 임금 주(紂)와, 주의 어진 신하 조이(祖伊)가 주고받은 말을 담고 있습니다.

서백(西伯)은 서쪽을 지배하는 임금이란 뜻으로, 여기서는 무왕(武王)을 말합니다. 감(戡)은 평정했다는 뜻이고 여(黎)는 나라 이름입니다.

무왕이 여나라를 쳐서 이기자, 조이라는 신하가 주임금에게 은나라가 망하게 될 것을 일깨워 간하는 말로 시작됩니다.

그러나 주임금은 이를 대단하게 여기지 않습니다.

그럼 무왕이 여나라를 치게 되고, 조이가 그 일을 놓고 이제 은나라의 운이 다하게 되었다고 주임금을 충고하게 되기까지의 역사를 대충 더듬어보기로 하겠습니다.

주는 은나라의 마지막 임금입니다. 하나라의 걸이 망할 때 하던 일을 그대로 본받아 하다가 나라를 잃고 목숨까지 잃게 됩니다.

주는 임금이 되기 전까지는 참으로 위대한 사람으로 보였습니다. 그의 힘은 맨주먹으로 곰과 호랑이같은 사나운 짐승을 쳐서 이길 수 있었고, 날래기는 나는 새도 뛰어서 잡을 수 있었다 합니다.

그의 말은 한번 입을 열었다 하면 흐르는 강물처럼 막히는 데가 없었고, 옳지 못한 것을 옳은 것처럼 말하거나 옳은 것을 옳지 못한 것처럼 말하면, 아무도 그 말을 믿지 않을 수 없게 만들었다고 합니다.

　주의 아버지 제을은 어진 임금이었습니다. 왕후의 몸에서는 아들이 없었고 후궁의 몸에서 난 아들이 둘 있었습니다. 맏이는 미자였고 둘째는 미중이었습니다.

　왕후가 죽자 제을은 미자의 어머니를 왕후로 삼았습니다. 다시 그 몸에서 난 아들이 주 였습니다. 주의 원래의 이름은 신이었습니다. 주는 못된 임금이란 뜻으로 뒤에 붙인 이름입니다.

　제을은 미자를 태자로 삼으려 했습니다. 그러나 태사가 이를 반대했습니다. 이유는 첩의 자식이라 안 된다는 것이었습니다.

　"그의 어머니가 이제 왕후가 되었는데 어찌하여 첩의 아들이란 말이요?"

하고 제을이 그 까닭을 묻자,

　"왕후가 되기 전 후궁으로 있을 때 낳은 아들이기 때문이옵니다."

하고 되지도 않는 말을 해가며 고집했습니다.

　다른 신하들도 태사의 의견과 같았으므로 제을은 그 문제를 뒤로 미루고 말았습니다.

　태사라는 어진 신하가 미자를 첩의 자식이라며 반대한 것은 주 때문이었습니다. 주가 미자보다 더 훌륭해 보였기 때문입니다. 독이 있는 버섯이 먹는 버섯보다 더 고운 모양을 하고 있듯이, 나라를 망친 임금들 가운데는 독한 마음을 감추고 있는 아름다운 탈을 쓴 사람이 많았습니다.

　제을이 죽자 신하들은 주를 임금으로 앉혔습니다. 교활한 주는 신하들에게 좋은 점만 보이고 나쁜 점은 숨겨두고 있었기 때문에, 왕후가 된 뒤에 낳은 셋째 아들인 그를 임금으로 세우는 일에 대해 반대하는 신하는 한 사람도 없었습니다.

　그러나 한번 천자의 자리에 오르자, 주는 그 교활한 성격과 뛰어난 말재주로 신하들의 간하는 말을 듣지 않고 사치와 놀이를 즐기기 시작했습니다.

중국의 여러 왕조 가운데 어진 임금이 가장 많았던 나라가 은나라였습니다. 그것은 공자의 첫 할아버지인 설의 핏줄 때문이었는지도 모릅니다. 그러나 탕임금이 하나라가 망한 원인을 사치에 있다고 보고, 비록 천자라 하더라도 정도에 벗어난 사치를 못하도록 유언을 남겼기 때문이기도 했습니다.

그런데 주는 조상의 교훈을 저버리고 사치를 하기 시작했습니다.

주가 맨처음 사치를 한 것은 코끼리 이빨로 만든 젓가락이었는데, 그것은 당시로서 그리 대단한 사치는 아니었습니다. 그러나 검소한 생활로 신하와 백성들의 본보기가 되라고 한 조상의 전통을 무너뜨렸다는 것에 크게 걱정을 한 사람이 있었습니다.

그가 바로 주의 삼촌인 기자(箕子)였습니다. 은나라가 망한 뒤 조선으로 건너와 임금이 되었다는 그 기자입니다.

기자는 주가 상아로 젓가락을 만들었다는 말을 듣자 이렇게 탄식했습니다.

"그가 이제 상아로 젓가락을 만들었으니, 머지 않아 옥돌로 술잔을 만들 것이 아닌가? 점점 사치가 늘기 시작하면 먼 곳에 있는 온갖 귀한 물건들을 들여올 것이 아닌가? 이 나라가 장차 망하게 될 것이 두렵다."

뒷날 기자는 주의 잘못을 간곡히 타이르다가 주의 노여움을 사서 감옥에 갇혔다가 풀려 납니다.

기자는 조국을 차마 버리고 떠날 수 없어 미치광이 행세를 하기도 하고 남의 종살이를 하며 망하는 날까지 있었습니다.

그런데 앞에서 보았던 하나라에는 임금인 걸을 도와 나라를 빨리 망하게 한 말희라는 계집이 있었듯이, 은나라에는 주를 도와 나라를 망하게 한 달기(妲己)라는 계집이 있었습니다.

달기는 말희보다 배나 더한 여자였습니다. 기자가 염려한 대로 주는 사치를 자랑으로 알고 있었는데, 거기에 불을 지르고 기름을 부은 것이 달기였습니다.

달기란 여자는 남의 고통스러워하는 모습을 보고 즐기는 잔인한 성격을 지니고 있었습니다.

그녀는 자신의 취미를 살리기 위한 욕심에서 주를 이렇게 부추겼습니다.

"임금의 하는 일을 옳으니 나쁘니 하고 간섭하기 좋아하며, 임금은 나쁘고 저만 착한 체하는 것은 형벌이 엄하지 못한 때문입니다."

"형벌을 어떻게 하면 엄하게 하는 것이지?"

"저는 이런 것을 생각해 보았습니다."

"어떤 것을 말인가?"

"무대가 있는 극장 한 옆에 처형장을 만듭니다."

"극장 안에 처형장을 만든다?"

"그것은 독특한 처형장입니다."

"독특하다니?"

"한가운데 숯불을 활활 타오르게 해놓은 다음 그 양쪽에 기둥을 세우고 그 기둥위에 둥근 구리쇠를 들보처럼 걸쳐 놓습니다."

"그렇게 해서?"

"그 구리 들보에 기름을 발라 미끄럽게 해두고, 죄인을 불러다가 그 들보를 지나가게 합니다. 사다리로 기둥까지 올라가 그 들보를 무사히 건너가기만 하면 살려준다는 조건으로 건너가게 합니다. 그러면 살기 위해 기를 쓰고 건너가려 하지 않겠습니까?"

"그야 그렇겠지."

"그러나 밑에는 뜨거운 불길이 치솟고 구리 들보는 기름으로 미끄럽기만 하기 때문에 조금 가다가 아래로 떨어져 타죽고 맙니다."

"……"

“그렇게 하게 하면 죽는 것이 무서워 아무도 우리가 하는 일을 감히 반대하거나 헐뜯지 못할 것입니다. 그런 방자하고 무례한 인간들이 그 꼴로 타 죽는 것이 보고 싶습니다.”

그리하여 달기가 하자는 대로 처형장을 만들어 놓고, 죄인이라는 사람들이 타죽는 꼴을 구경삼아, 주와 달기는 술잔을 주고 받으며 즐기고 있었다고 합니다.

사치와 놀이를 즐기는 것은 하나라 걸을 훨씬 앞섰고, 그 정도는 열 배나 더했습니다. 걸이 백 명을 거느리고 다녔다면 주는 천 명을 거느리고 곳곳에 있는 별궁을 옮겨 다니며 법석을 떨었습니다. 그 뒤치다꺼리를 위해 백성들은 세금과 부역에 시달려야만 했습니다. 그러나 기름을 발라놓은 구리 들보를 건너가다 불로 떨어져 타죽고 마는 형벌이 무서워 아무도 드러내놓고 비난이나 불평을 하지 못했습니다. 주의 그 같은 형벌을 포락지형이라 불렀습니다. 불로 굽고 지지는 형벌이란 뜻입니다.

구리 들보를 건너가게 하는 형을 내리기 전에, 죄인의 입에서 자백을 강제로 받아내기 위해 시뻘겋게 달군 쇠꼬챙이로 굽고 지지고 하며 고문까지 했기 때문에 생긴 이름이기도 합니다.

미운 사람을 이렇게 죽이며 기뻐한 주와 달기는, 나중에는 죄없는 사람마저 잡아다가 죽이는 짓을 했습니다. 히틀러의 전신이었는지도 모를 일입니다.

달기는 아기를 가져 배가 부른 여자를 보면 자신이 아기를 갖지 못하기 때문에 심술이 나곤 했습니다.

“저 계집은 뱃속이 어떻게 생겼기에 아기를 가졌을까? 어디 한번 구경하고 싶군요.”

하고 달기가 말하면 주는 기다렸다는 듯이

“나도 뱃속에서 처음 커나는 아이의 모양이 보고 싶었어.”

하며 지나가는 배부른 여자를 잡아다가 배를 가르고 태를 꺼내 보는 일을 취미삼아 즐기고 있었습니다.

또 겨울 아침에 찬 냇물을 맨발로 건너는 사람을 보았을 때는,

"저 놈의 다리는 뼛골이 어떻게 생겼기에 얼굴도 찡그리지 않고 건너갈까?"

하며, 그를 잡아다가 무슨 동물 실험이라도 하듯 뼈를 잘라 뼛골을 구경하곤 했다고 합니다.

이 이야기는 후세 만들어낸 이야기일지도 모릅니다. 공자의 제자 가운데 가장 말을 잘하고 세상 이치에 밝았다고 하는 자공은 이런 말을 했습니다. 〈논어〉에 있는 말입니다.

"주가 못된 짓을 한 것이 전해오는 말대로 그렇게 심하지는 않았다. 한번 나쁜 사람으로 찍히게 되면, 모든 나쁜 짓이 다 그에게 돌아가는 법이다."

자공의 이 말이 옳다고 보는 것이 좋을 것도 같습니다.

당시 제도로, 천자를 도와 나라 일을 결정하는 가장 높은 벼슬아치 세 사람을 삼공이라 부르고, 그 다음 자리에 있는 여섯 사람을 육경이라 불렀습니다. 조선조에 3정승 6판서란 것도, 이 3공 6경을 본받은 것이라 볼 수 있습니다.

이즈음의 3공은 뒤에 문왕으로 불리우는 주나라 임금 창(昌)과 구후(九侯)와 악후(鄂侯)였습니다.

그 구후의 딸이 얼굴이 아름답다는 말을 듣자, 주는 그 딸을 후궁으로 맞이했습니다. 이때 주는 달기에게 빠져 그녀와 함께 짐승같은 짓을 하며 밤낮없이 술과 고기 속에 묻혀 노래와 춤을 즐기며 날이 새는 지 밤이 깊는 지도 모르고 있을 때였습니다.

주는 며칠이 지나자 새로 맞이한 구후의 딸을 데리고, 놀이터로 들어갔습니다.

때묻지 않고 고이 자란 구후의 딸은 놀이터인 별궁 안으로 들어오자 요란한 음악소리와 미친듯이 울부짖는 소리에 먼저 놀랐습니다.

다시 몇 개의 문을 열고 안으로 들어선 그녀는 눈앞에 벌어진 광경을 보고 까무러칠듯 놀랐습니다

예쁜 여자들이 발가벗은 채 춤을 추는 것이었습니다.

주는 고개를 탁 숙이고 있는 그녀를 보고 말했습니다.

"그대도 옷을 벗으라. 그래야 누가 누구인지 모르고 즐겁게 놀 수 있지 않은가?"

그러나 그녀는 옷을 벗지 않았습니다. 그러자 먼저 와 있던 달기가 주를 부추겼습니다.

"어린 계집이 오만방자하군요. 저 계집의 성난 얼굴을 보세요. 임금님과 우리를 무슨 원수나 되는 것처럼 생각하고 있는 것이 분명합니다. 저 계집을 당장 발가벗기어 숯불에 떨어져 죽게 만들어야 합니다."

그러나 주는 죽일 생각은 없었습니다.

"처음 이곳에 왔을 때는 그대만이 아니고 누구나가 다 그대 같았다. 그러나 그 부끄러움을 뿌리치고 함께 어울리면 곧 아무렇지도 않게 된다."

하고 달랬습니다.

이때 그녀는 놀랐던 마음을 가다듬고 냉정한 상태가 되어, 차라리 죽기로 결심하고 있었으므로,

"차라리 죽을지언정 이런 짐승같은 짓을 할 수는 없습니다."

하고 칼날같은 목소리로 자르듯 말했습니다. 그러자 달기가 또 부추겼습니다.

"저 계집의 말하는 것을 보십시오. 제 집에 있을 때, 저의 아비로부터 우리를 짐승같은 사람이라고 배운 것이 틀림없습니다. 저 계집과 함께 그 아비를 무섭게 다스리지 않으면, 나라의 위엄을 바로 세우지 못할 것입니다."

그리하여 주는 구후의 딸을 목을 졸라 죽게 하고 그녀를 그렇게

가르친 아비가 더 얄밉다고 하며, 구후를 잡아다 죽인 다음 그 살을
발라 젓을 담게 하여, 그 젓을 각 나라에 돌리게 했습니다.

　"누구고 내가 하는 일을 반대하거나 헐뜯는 사람이 있으면, 모두
　이 꼴이 될 것이니 그런 줄 알라."
하는 뜻에서였습니다.

　그러자 악후가 이를 반대하고 나섰습니다.

　"그 딸을 죽인 것도 잘못이어늘, 그 아비마저 죽이고 그 살로 젓
　을 만들어 제후에게 돌린다는 것은, 임금의 허물을 스스로 알리는
　것이 되며 제후들로 하여금 등을 돌리게 하는 것이 될것입니다."
하고 거듭거듭 말렸습니다.

　그러자 주는 노여움이 잔인한 웃음으로 바뀌며,

　"그대는 구후보다도 더한 사람이니 그대의 살은 젓대신 포를 만들
　어 오래오래 두고 씹으리라."
하고 악후를 죽인 다음, 그 살을 말려 포를 만들게 했습니다.

　이런 소문이 서백 창의 귀로 들어오자 서백은 혼자 크게 탄식했습
니다.

　"죄없는 백성의 배를 가르고 다리뼈를 자르더니, 이제 죄없는 신
　하를 죽이고 그것도 마음에 차지 않아 젓을 담고 포를 뜨고 한다
　니 세상이 장차 어떻게 될 것인가!"

　혼자 한 말이었지만 곧 사람의 입을 거쳐 숭후(崇侯) 호(虎)의 귀
로 들어가게 되었습니다. 숭후 호는 주에게 아첨하기를 좋아하며 제
후들의 존경을 받고 있는 서백 창을 시기하고 있던 사람이었습니다.

　숭후 호는 서백이 한 말을 주에게 일러 바쳤습니다. 주는 서백을
불러 유리(羑里)감옥에 가두고 말았습니다.

　이 해가 주가 천자가 된 11년되던 해였습니다. 그리고 20년 뒤에
망합니다.

　서백은 감옥에 3년 갇혀있는 동안 그때까지 64괘의 모양단이 전해

지고 있었던 주역에, 그 괘의 성격과 이치를 설명하는 글을 지어 붙였다 합니다.

서백 문왕이 풀려나게 된 것은, 산이생(散宜生)과 굉요(閎夭)라는 두 신하에 의해서 였습니다.

산이생과 굉요는 먼저 주가 신임하고 사랑하는 비중이란 신하에게 뇌물을 바치고 서백을 죽이지 말도록 한 다음, 비중에게 주임금이 어떤 것을 좋아하는지를 알아내었습니다.

그래서 절세미인이란 소문이 나 있는 유신씨 딸과 여융의 얼룩무늬 말과 유웅이란 곳의 키가 크고 몸이 날랜 말 36마리와 그밖의 이상한 물건들을 구해, 주의 심복인 비중(費仲)을 통해 주에게 바쳤습니다.

비중으로부터 서백이 잘못을 뉘우치고 그 죄를 용서받기 위해 정성을 바치려 한다는 말을 듣고 있었던 주는, 그런 물건들을 받자 이렇게 말했습니다.

"이 유신의 딸 하나면 그 죄를 용서받고도 남을 터인데, 웬 귀한 말과 물건들을 이토록 많이 바쳤단 말인가?"

그러자 뇌물을 많이 받은 비중은,

"옛말에 누가 허물이 없으리요. 허물을 고치면 곧 어질어진다고 했습니다. 서백이 이제 다시 어진 신하로 돌아선 것 같습니다."

하고 듣기 좋은 말을 했습니다.

"그래, 그대 말이 옳아."

하고 주는 서백에게 활과 화살을 주고, 둘레에 있는 제후 나라 가운데 말을 잘 듣지 않는 사람이 있으면 마음대로 다스리라는 특명을 내렸습니다.

그리하여 서백은 더 이상 주의 비위를 거슬리는 일이 없이, 그 세력을 조금씩 키워나갔습니다.

서백은 감옥에서 풀려난 2년 뒤에 사냥을 나갔다가 위수라는 강에서 낚시하는 여상(呂尙)을 만나 그를 스승으로 삼고 나랏일을 그에게 맡겼습니다. 이 여상을 보통 강태공(姜太公)이라 부릅니다. 낚시꾼을 보고 강태공이라고 하는 것도, 그가 숨어 살며 날마다 낚싯대를 잡고 있었기 때문입니다.

강태공은 먼저 서백을 모함한 숭후를 무찌르고, 풍(豊)이란 곳으로 도읍을 옮기게 했습니다. 주와의 거리를 멀리하고 힘을 기르기 위해서였습니다.

그리고 5년 뒤에 서백은, 임금으로 있은 지 50년 되는 해에 97살의 나이로 세상을 뜨고, 그 아들 발이 뒤를 이어 서백이 됩니다. 이가 무왕입니다.

문왕은 죽을 때 아들 무왕에게 이런 유언을 했습니다.

"착한 것을 보거든 게을리 말고, 때가 이르거든 의심하지 말고, 옳지 못한 것을 버리고 그 곳에 머물러 있지 말라."

때가 이르거든 의심하지 말라고 한 것은, 언젠가 주를 무찌를 때가 올 것이니 그때는 망설이지 말고 큰 일을 결심하라는 뜻이었습니다.

뒤에 문왕으로 불리우는 서백 창은 그가 죽기 전에 천하의 3분의 2를 손에 넣고 있었습니다. 그의 힘으로도 주를 무찌를 수 있었지만, 많은 피를 흘리는 것이 싫어서 그대로 눌러 있었던 것뿐입니다.

무왕이 뒤를 이은 11년에 동쪽에 있는 여라는 나라를 무찔러 없애고 맙니다. 주와 거리를 멀리하고 있던 서백이 이제 동쪽으로 그 세력을 넓히기 시작한 것입니다. 다른 나라들은 다 무왕의 편이 되어 있었는데, 이 여나라는 주에게 충성을 바치고 있었기 때문입니다.

이때는 주가 망하기 3년 전이므로, 주로서도 서백을 마음대로 할 수 없었습니다.

이 여를 무찔렀을 때, 무왕은 그 길로 은나라까지 치고 내려갈 생각이었습니다. 무왕이 여를 쳤을 때, 부르지도 않았는데 8백이나 되는 둘레의 작은 나라들이 군대를 이끌고 나와 싸움을 도왔기 때문입니다.

그러나 강태공이,

"아직 시기가 이릅니다. 조금만 더 기다리십시오."

하고 말렸기 때문에 그대로 돌아가고 만 것입니다.

그러므로 누가 보아도 은나라가 머지 않아 망하게 되고, 대신 주나라가 천하를 차지하게 될 것이 뻔했습니다.

조이는 이 일을 알면서도 주의 노여움이 무서워 말을 못하고 있었는데, 더는 참을 수 없어 주에게로 달려와 바른 말을 하게 됩니다.

〈서경〉 상서 제16장에는 다음과 같이 적혀 있습니다.

서백이 이미 여나라를 무찌르자 조이가 두려워 임금에게 달려와 말했다.

"천자님이시여! 하늘은 우리에게 내린 명을 거두려 하고 있습니다. 옛 조상들이 자손을 도우시지 않는 것이 아니라 임금님이 방탕하고 놀기만을 좋아하여 스스로 끊은 것입니다.

지금 우리 백성들은 은나라가 빨리 망하기를 바라지 않는 사람이 없습니다."

그러자 임금은 말하기를,

"나는 날 때부터 하늘의 보호를 받고 있지 아니한가?"

라고 했다.

조이는 다시 말했다.

"은나라가 망하게 된 것은 곧 임금의 하신 일 때문이니, 이제 와서 하늘의 보호를 바랄 수 있겠습니까? 새로운 마음으로 하늘의 보호를 받도록 하십시오."

그러나 주가 이 말을 들을 리가 없습니다.

제17장 미자(微子)

　미자(微子)는 앞에서 말한 대로 주임금의 형이었습니다. 왕후가 되기 전에 낳았다는 이유로 왕후가 된 뒤에 낳은 동생 주에게 태자의 자리를 사양해야만 했던 불행한 사람입니다.
　이 장은 미자가 일찍이 태사 벼슬에 있던 삼촌인 기자와 아직도 소사 벼슬에 있는 왕자 비간을 보고, 나랏 일을 걱정하며 의견을 나누는 내용으로 되어 있습니다.

　미자가 말했다.
"태사님! 소사님! 은나라는 세상을 바로 잡지 못하고 있습니다. 임금과 신하들이 다 함께 술과 놀이에 빠져 있습니다. 은나라는 큰 사람, 작은 사람 할 것 없이 백성들에게서 빼앗아들이는 일과 나라의 재물을 축내는 일과 남을 속이고 해치는 일만 하고 있습니다. 이를 바로잡아야 할 벼슬아치들이, 법을 어기는 그들을 잡지 않고 벌을 주지 않는지라 약한 백성들은 나라를 원수처럼 여기고 있습니다. 지금 은나라는 강물을 건너려 해도 건너갈 나루터와 배가 없는 것과 같은 지경에 이르렀습니다. 망할 날이 눈 앞에 닥쳐와 있습니다.
　태사님! 소사님! 저는 이제 멀리 이곳을 떠나려 합니다. 두 분께서 무슨 지시나 가르침이 없으시면 은나라는 곧 망하게 됩니다. 어떻게 하면 좋겠습니까?"
태사가 말했다.
"왕자여! 하늘이 크게 벌을 내리시건만 모두 술에 빠져 미쳐 있습니다. 하늘을 두려워하지 않고 원로대신들의 말을 듣지 않고 있습니다.

  지금 조정에 있는 사람들은 나라의 것을 멋대로 가로채고 있건만, 한 사람도 벌을 받지 않습니다. 백성들에게 세금으로 곡식을 거둬들이는 것이 마치 원수의 물건을 빼앗듯 합니다. 백성들은 그들을 원수처럼 여기고 있으면서도 그것을 호소할 곳조차 없습니다.

  상나라는 곧 망하게 될 거요. 왕자는 이곳을 떠나시오. 내가 전에 왕자를 태자로 세우라고 한 것이 도리어 왕자를 해친 꼴이 되었습니다. 왕자가 이곳을 떠나 안전한 곳으로 피하지 않으면 우리 상나라는 완전히 뒤가 끊어질지도 모릅니다. 나는 이곳을 떠날 생각이 없습니다.”

  그리하여 미자는 은나라를 떠나 주나라로 난을 피하고, 기자는 미치광이 노릇을 하기도 하고 남의 집 종살이를 하기도 하며 눌러 있었고, 왕자 비간(比干)은 주임금을 타이르다 그의 손에 죽고 맙니다.

  이때 주는 비간을 죽이며 이런 말을 합니다.

  “너는 마치 성인이라도 되는 것처럼 나를 타이르고 있구나. 내 들으니 성인의 염통은 보통사람보다 구멍이 한 개가 더 많은 일곱 구멍이 있다고 하더구나. 과연 일곱 구멍이 있으면, 그때는 네가 성인이란 것이 분명하니 네가 지금 한 말을 따르겠다.”

  그리고 죽인 다음 염통을 꺼내 보며,

  “별수 없이 여섯 구멍이로군.”

하고 크게 웃으며 만족스러워 했다는 것입니다.

  악마가 아니고서야 어찌 그럴 수가 있겠습니까?

  이 소문을 전해 들은 강태공은 마침내,

  “이제 때가 왔습니다. 이 때를 놓쳐서는 안 됩니다. 은나라에는 충신이라고는 이제 한 사람도 남아 있지 않습니다. 주의 형 미자도 우리 주나라로 피난해 와 있습니다."
하고 무왕을 부추겨 은나라를 치고 내려오게 됩니다.

제4편 주서(周書)

人有恩於我不可忘 而怨則不可不忘.
"남에게 은혜를 입었으면 잊지마라. 그러나 남에 대한 원한은
속히 잊어야 한다."

  주서는 주나라 역사란 뜻입니다. 주나라 왕조는 서기전 1122년부
터 256년까지 그 명맥을 이어온 나라입니다. 춘추전국시대에는 이
름만의 천자였지만, 그래도 한 자손이 8백여 년을 천자로서 명맥을
이어온 것을 주나라밖에 없습니다.

제1장 태서(泰誓)

  태서는 큰 맹세란 뜻입니다. 제1장부터 제3장까지 상·중·하로
나뉘어 있는데 제1장은 주를 무찌르기 위해 맹진(孟津)이란 곳에서
제후 군사들과 합쳐 길을 떠나기 전에 한 연설이고, 제2장은 맹진나
루를 건너와서 한 연설입니다. 그리고 제3장은 은나라 국경을 향해
맹진을 떠날 때 마지막으로 한 연설이었습니다.

무왕 13년 봄에 맹진에 크게 모였다. 임금께서 말씀하셨다.

"슬프다! 우리 친구의 나라 임금님과, 임금을 도와 일하는 여러 분과 모든 장병들이여! 내가 지금 하는 맹세를 귀담아 들으시오.

하늘과 땅은 만물의 어버이입니다. 사람은 만물의 으뜸입니다. 사람 가운데 참으로 총명한 사람만이 임금이 될 수 있습니다. 임금은 곧 백성들의 부모가 되는 것입니다.

지금 은나라 임금 주는, 하늘 두려운 줄을 모르고 백성들에게 재앙을 내리고 있습니다. 술과 여자에 빠져 포학한 일을 일삼고, 화려한 궁전과 큰 못을 만들어 사치를 즐기며 모든 백성을 잔인하게 해칩니다. 죄없는 사람을 불태워 죽이고, 아이를 밴 부인의 배를 갈라 죽이니, 하느님이 크게 노하시어 우리 문왕에게 이를 없애라고 명령하셨습니다. 그러나 문왕께서는 그 일을 마치지 못했습니다.

그래서 내가 여러분들과 함께 주에게 마음을 고치도록 타일렀지만, 그는 더욱 포학한 짓을 일삼으며 '내게도 백성이 있고 보살피는 하늘이 있다'고 했습니다. 이를 그대로 내버려둘 수 있겠습니까?

은나라의 죄가 하늘에 닿은지라 하늘의 명령으로 이를 벌주는 것입니다. 내가 하늘의 명령에 따르지 않으면 내가 벌을 받을 것입니다. 하늘이 백성을 불쌍히 여기사 백성들의 뜻에 따라 이 일을 하게 하신 것이니, 여러분은 나를 도와 온 천하를 길이 맑게 하시라! 이제 때가 왔으니 어찌 때를 놓칠 수 있겠는가?"

그리하여 나루를 건너 또 한 번 맹세하고, 떠날 때 다시 한 번 맹세한 다음 마침내 은나라의 경계를 넘어 목야라는 들에서 주와 결전을 하게 됩니다.

제4장 목서(牧誓)

목서는 목야(牧野)라는 들판에서 한 맹세란 뜻입니다.

주는 무왕이 제후들의 연합군을 거느리고 쳐들어 온다는 급한 보고를 받자, 70만이라는 엄청난 수의 군사를 직접 이끌고 목야로 나와 연합군과 싸우게 됩니다.

이때 연합군의 군대 수는 밝혀지지 않았습니다. 그러나 주가 70만이란 수를 동원한 것으로 보아 적어도 10만은 넘었을 것으로 생각됩니다.

그런데 무왕과 강태공이 믿는 것은, 호분으로 불리우는 3천 명의 용사부대였습니다. 호분은 호랑이처럼 용맹스럽다는 뜻입니다.

뒷날 항우는 초나라 8천 명의 군대로, 진나라 20만 대군을 무찌르고 항복을 받은 일이 있습니다.

무왕은 앞의 태서 가운데에서 이런 말을 했습니다.

"주의 억만 명 군사가 있다 하더라도, 그들은 억만 명이 각각 다른 마음을 가지고 있다. 내가 거느린 3천 명 용사는 마음이 하나로 뭉쳐져 있다……."

마음이 하나로 뭉쳐진 것은 곧 힘이 하나로 뭉쳐진 것을 말합니다. 모래알이 억만 개 있으면 무슨 소용이 있겠습니까? 단단한 쇠꼬챙이 하나에도 견뎌나지 못합니다.

양쪽 군대가 멀리 마주 바라보고 있는 상태에서, 무왕은 연합군에게 이렇게 훈시하는 연설을 한 것입니다. 원문의 내용은 줄거리만 추리면 다음과 같습니다.

때는 갑자일(甲子日) 이른 새벽이었다. 주나라 무왕은 일찍 상나라 성밖의 목야란 곳에 이르러 맹세하셨다.

왕께선 왼쪽에 누런 도끼를 들고, 오른쪽에 흰 도끼를 들고 지휘하며 말씀하셨다.

"참으로 멀리 이곳까지 왔다. 서쪽 나라 사람들이여!"
하고 임금은 말씀하셨다.

"오오, 나의 친구 나라 임금들과 그 임금을 도와 이곳까지 멀리 온 모든 장병들과 멀리 중국 밖에서 나를 도와 이곳까지 온 고마운 사람들이여! 모두 창과 방패를 들고 내 훈시를 들으라!

옛 사람의 말에 '암탉이 아침을 알리면 집안이 망한다.'하였소. 지금 은나라 임금 주는 달기란 여자의 말만 듣고 있소. 어진 형제와 친척과 신하들은 모두 물리치고, 백성들이 미워하는 짓만 일삼는 사람들을 불러들여, 포학하고 간악하고 음탕하고 사치스런 짓만을 일삼고 있소.

나는 하늘이 내리신 벌을 그대로 행하는 것뿐이오. 바라건대 범같이 용맹스럽고 비호같이 날래며 곰같이 힘차게 싸워 주오. 도망쳐 오는 저쪽 군사를 맞아 싸우는 일이 없도록 해 주시오. 그들을 우리 편에서 일하도록 해 주시오. 장병들이여, 부디 힘써 주오! 그대들이 힘써 싸우지 않는다면 그대들에게는 오직 죽음이 있을 뿐이오."

그리하여 마침내 적은 수의 연합군은, 강태공의 훈련과 정신교육을 받은 3천 명의 선봉부대를 앞세우고 주의 친위부대를 유인해 낸 다음, 지방에서 갑자기 징발되어 훈련도 받지 못한 군대의 양쪽 날개를 찔렀습니다.

원래 싸울 생각이 없이 끌려와 수만 채우고 있던 70만 군대는, 싸우기도 전에 돌아서서 도망치기 시작했습니다.

그러자 주의 아낌과 사랑을 받아온 친위대 장병들도 싸울 생각을 버리고 도망치는 군대의 뒤를 따를 수밖에 없었습니다.

주는 싸움이 불리해진 것을 알자, 친위대만을 이끌고 나머지 자기 군대를 짓밟듯이 하며 성안을 향해 달렸습니다.

성안으로 들어온 주는 친위대 대장에게 보물창고의 열쇠를 주며, "그동안 나를 위해 애들 많이 썼다. 이 열쇠로 창고 문을 열고 모든 친위대 장병에게 각각 마음에 드는 물건들을 가지고 어서 이곳을 떠나도록 해라. 서백이 굳이 너희들을 죽이지는 않을 것이다." 라고 하고는 녹대라는 화려한 별궁으로 들어가, 가장 아끼며 즐겨 입던 옷으로 갈아입고 패물들을 몸에 지닌 다음, 스스로 녹대에 불을 질러 타죽고 말았습니다.

사람을 불에 태워 죽이기를 좋아한 그에게 하느님은 그 불이 얼마나 뜨거운 것인가를 알려 주기 위해 그렇게 만든 것일지도 모릅니다.

무왕은 뒤따라 들어와 숨어 있는 달기를 찾아내어 사형에 처한 다음, 많은 피를 흘리는 일도 없이 은나라 세력을 꺾고 주나라 새왕조를 세우게 되었습니다."

제5장 무성(武成)

무성(武成)은 무공(武功)을 이룩했다는 뜻입니다. 덕으로 다스릴 수 없는 포학한 은나라 주임금을 힘으로 무찔러 없애고, 주나라 새왕조를 세워 천하를 바르게 다스려 백성들을 편안하게 살 수 있게 만들었다는 뜻입니다.

긴 내용의 줄거리만을 간추리면 다음과 같습니다. 모두 넷으로 나뉘어져 있습니다.

은나라 주를 무찌르기 위해 1월에 군사를 이끌고 길을 떠났던 무왕은, 그 해 4월에 일을 마치고 서울로 돌아오셨다.

곧 군대를 풀어 각각 자기 나라와 자기 집으로 돌아가게 만들고, 수레를 끌던 말과 소는 각각 목장으로 보내 풀어 주었다. 이제 다시는 무력을 쓰지 않고 문화와 교육에 힘을 쏟을 것을 보이신 것이다.

주나라 종묘에 제사를 지내고, 그 제사에 참여한 모든 제후들에게 새 왕조의 벼슬을 내리고 모든 신하들에게도 새로 벼슬을 내렸다.

무왕은 제후들에게 다음과 같이 말씀하셨다.

"오오! 여러 임금들이여! 우리 조상 임금들께서 나라를 세우고 땅을 넓히셨소. 공류(公劉)와 태왕(太王)께서 나라의 기틀을 굳건히 하시고, 할아버지 왕계(王季)께서 부지런히 힘썼으며, 아버님 문왕께서는 마침내 넓으신 마음과 어진 정치로써 천하를 어루만지셨소.……이제 내가 문왕께서 못다하신 뜻을 이어받아 그 일을 끝내게 된거요."

무왕은 은나라 주임금의 죄악을 낱낱이 들어 하느님께 고하고, 주임금을 무찌르고 오는 도중, 이름있는 산과 큰 강에 이렇게 고했다.

"……장차 은나라가 어지럽힌 천하를 크게 바로잡으려 합니다. 은나라 임금은 하늘이 만드신 귀중한 물건들을 올바로 쓰지 않고 사치와 낭비로 쓸모없이 짓밟으며, 백성들을 굶주리고 헐벗게 하며 학대하고, 죄를 짓고 도망쳐온 무리들을 가까이한지라, 이들 무리들이 못에 고기가 모이고 숲에 짐승이 모이듯 하였습니다. 저는 이미 어진 사람을 얻은지라, 감히 상제의 명을 받들어 천하를 어지럽히려는 저들의 책략을 막을 수 있었습니다. 그리하여 온 중국은 물론이요, 먼 남쪽 북쪽의 오랑캐들까지도 복종하고 따르지 않는 곳이 없게 되었습니다.

하늘의 뜻을 받들어 명령한 대로 일을 펼친지라, 주를 치러 동쪽을 향했을 때는 그곳의 남녀들이 폐백을 들고 나와 기꺼이 맞아주었습니다. 하늘의 축복이 땅위에 넘친지라 모든 나라와 백성들이 우리 주나라에 귀순하게 되었습니다."

여기까지가 3절까지의 내용을 소개한 것입니다. 〈서경〉이란 책 자체가 알기 어려운 문장으로 되어 있을 뿐아니라, 뒷사람이 꾸며 넣었다는 말까지 전해지고 있으므로 가늠하기가 어렵습니다. 그러나 꾸며넣은 것이 아닌 것만은 분명합니다. 흐트러져 있는 것을 바로잡다 보니 뒤섞인 곳도 있을 것이며, 글자를 잘못 옮긴 것도 있을 것입니다. 과거의 일과 미래의 일이 순서없이 뒤섞인 듯한 대목도 많습니다.

다음 제4절에 나오는 내용은, 주를 치러 떠날 때부터 시작해서 일을 마쳤을 때까지를 함께 적고 있습니다.

앞의 제3절에 있는 내용을 맹자가 인용해 말한 것이 〈맹자〉에 나와 있는데, 이 제4절 가운데 나오는 내용에 대해서 맹자는 그 기록이 잘못되었다고 말하고 있습니다.

"나는 〈서경〉 무성편에는 올바로 기록된 것이 한두 줄 밖에 없다고 본다. 그 중에서 말이 안 되는 것은, 무왕이 주를 칠 때 주의 군사가 죽어 흘린 피로 절구공이가 떠다녔다는 것이다.……역사의 기록을 모두 참인 줄로 믿는다면 역사의 기록이 없는 것만도 못하다. 주나라의 남은 백성이 단 한 사람도 없다고 한 말을 어찌 믿을 수 있겠는가? 과장된 기록을 읽는 사람이 그대로 믿고 옮겨서는 안 될 것이다."

하는 뜻으로 풀이되는 말을 맹자는 하고 있습니다. 절구공이가 떠다녔다는 치열한 싸움의 내용을 제4절에는 그것이 무왕의 군사가 휘두르는 창과 칼때문이 아니고, 주의 70만 대군의 일부가 자기들끼리 편을 갈라 싸운 때문인 걸로 밝히고 있습니다.

죄를 짓고 도망온 강도·절도·폭력배들로 조직된 주임금의 친위대를, 징발되어 온 일반군인들이 무왕의 편을 들어 창칼을 되돌려 친위대를 무찔렀기 때문인 것으로 기록하고 있습니다. 맹자는 그것마저 과장된 거짓이라고 본 것입니다.

그런데 제4절에 나오는 내용 가운데, 무왕이 신에게 도움을 청하면서 강압적인 말을 한 대목을 우리는 새겨볼 필요가 있을 것 같습니다.

"신들이여! 나를 도와 만백성을 건지게 하여, 신으로서 부끄러운 결과를 가져오게 하지 말라."

하는 짤막한 말을 하고 있는 것입니다.

산과 강을 지키는 여러 신들에게 부탁과 함께 경고를 하고 있던 것이 아니었던가 싶습니다. 무왕은 하느님의 특명을 받은 임금이므로, 하느님의 권세를 빌어 땅위에 있는 모든 신들에게 경고를 하고 있었던 것 같습니다.

만일 싸움에 지장을 주는 이상한 일이 생기거나 하면, 그 책임을 물어 산신과 수신(水神)에게 벌을 내리겠다는 뜻이었던 것으로 풀이할 수 있을 것 같습니다.

조선 시대에는 이런 일이 있었습니다.

문경새재를 넘어가던 사람이 대낮에 호랑이에게 죽고 말았습니다. 호랑이는 산신령이 다스리는 것으로 믿고 있었던 때였으므로, 나라에서는 문경새재에 있던 산신당을 헐어 벌을 대신하게 했다는 것입니다. 그랬더니 산신령이 크게 화가 나서 그 호랑이를 갈기갈기 찢어 나무가지에 걸어놓았다는 것입니다.

물론 전설에 나오는 허황한 이야기로 보아야 하겠지요. 그러나 그 전설로 인해 우리는 그 시대의 민간신앙을 알 수 있는 것입니다.

또 이런 이야기도 있습니다.

병자호란 때에 귀신을 마음대로 부리는 도사가 한 사람 있었습니다. 그 도사는 의주목사의 심복참모로써 점도 치고 다른 일도 하곤 했습니다.

청나라가 압록강을 건너오려 했을 때, 이 도사는 귀신을 불러 강을 건너오지 못하게 하겠다고 큰소리를 쳤습니다.

도사는 목사의 승낙을 받고 강가 정자에서 아침부터 신장을 부르는 주문을 외기 시작했습니다. 그런데 전 같으면 금방 찾아왔을 신장들이 단 하나도 나타나지 않는 것이었습니다. 도사는 더욱 열심히 소리쳐 신장들을 불렀습니다. 그러자 점심때가 지나서야 한쪽 눈이 먼 귀신 하나가 앞에 나타났습니다.

"무슨 일로 신장들을 그토록 부르십니까?"
하고 한쪽 눈이 먼 귀신이 물었습니다.

"다들 어디 간 거냐? 왜 그렇게 불러도 오지 않는 거냐?"
하고 도사가 호통을 치자,

"중국 천자께서 행차하시는지라 모두 호위하러 나갔습니다."
하고 대답하는 것이었습니다.

"그럼 너는 어떻게 여기 남아 있는 거냐?"

"저는 병신이라 가지 않고 여기 남아 집을 지키고 있었던 것인데, 하도 부르시기에 안타까워 찾아온 것뿐입니다."

그제야 도사는 위대한 사람은 귀신도 호위를 하게 된다는 것을 알고, 큰소리치고 온 것이 부끄러워 어디로 피해 숨고 말았다는 것입니다.

물론 야사에 나오는 꾸민 이야기일지도 모릅니다. 그러나 역시 그같은 민간신앙이 뿌리깊이 남아 있었다는 증거로 볼 수 있습니다.

무왕이 행군하는 도중 산천의 귀신들을 보고 도와 달라고 한 부탁과 함께 부끄러움을 당하는 일이 없도록 하라고 한 것도, 오직 하느님 한 분만이 위에 계실 뿐 그밖의 땅위의 귀신들은 천자를 호위할 책임이 있다고 본 것 같습니다. 지금까지 은나라를 위하던 것을, 새로 천명을 받은 주나라를 위해 일해 달라고 부탁겸 명령을 한 것으로 볼 수 있습니다.

4절의 내용은 다음과 같습니다.

“그대 신들이여! 나를 잘 도와 온 백성들을 건지게 해달라 신들의 하는 일에 부끄러움이 없도록 하라.”
그리고 무오(戊午-1월 28일)에 군대가 맹나루(孟津)를 건너 갑자(甲子-2월 4일) 이른 새벽 빽빽한 숲같은 군사들을 이끌고 목들(牧野)에서 적과 만났다.
그러나 우리 군사와 맞서싸우는 적은 없었다. 앞에 있던 적의 군사가 창을 거꾸로 돌려 뒤에 있는 자기편을 쳐서 달아나게 만들었다. 이때 적의 군사가 흘린 핏물이 냇물처럼 흘러 절구공이가 떠내려갈 정도였다.

한번 싸움으로 천하를 크게 바로잡고, 곧 은나라의 잘못된 정치를 뒤집어 옛날 바른 정치로 돌려놓았다.

감옥에 갇혀 있는 기자를 풀고, 죽은 비간의 무덤을 크게 만들었다. 숨어 사는 상용(商容)의 마을을 지날 때는, 수레 위에서 허리를 굽혀 인사를 했다.

주임금이 쌓아 둔 녹대(鹿臺)의 재물을 풀어 어진 사람에게 나누어 주고 거교(鉅橋)의 창고에 쌓아둔 곡식을 풀어 가난한 백성들에게 나눠주니, 온천하의 백성들이 모두 기뻐하며 따랐다.

벼슬은 공·후·백·자·남 다섯으로 나누고 땅의 크기는 사방 100리와 70리와 50리 셋으로 구분해 주었다. 벼슬은 어진 사람에게만 주고, 백성들에게는 오륜(五倫)의 가르침을 베풀고 먹고, 사는 일과 장사지내고 제사지내는 일을 소중히 여기도록 했다.

…… 이렇게 하여 일일이 간섭하지 않고 내버려두어도 천하는 절로 다스려지게 되었다.”

정부가 간섭하지 않고 내버려두어도 천하가 고루 편하게 잘 살게 되는 것을 통치의 최고목표로 삼고 있었던 것을 알 수 있습니다. 그것이 이 무성편의 성공이라 말할 수 있습니다.

제6장 홍범(洪範)

홍범은 큰 법이란 뜻입니다. 무왕이 주를 무찌르고 그곳에 주의 아들 무경(武庚)을 제후로 봉해 은나라 제사를 받들게 한 다음, 기자를 찾아가 천하를 다스리는 길이 어떤 것인가를 물었습니다.

이때 기자가 대답한 내용이 이 홍범입니다. 천하를 다스리는 큰 법이 아홉가지가 있다고 하고, 그 아홉 가지에 대해 설명을 하고 있습니다. 큰 법 아홉 가지란 뜻으로 홍범 구주(九疇)라고 하기도 합니다.

원문의 첫 머리를 소개하면 다음과 같습니다.

무왕이 임금자리에 오른 13년에 주를 무찌르고 기자를 찾아가 만났다.

무왕은 말씀하였다.

"오오, 기자여! 하늘은 백성들의 삶을 평화롭게 도우시려 하나, 나는 하늘의 변함 없는 큰 법이 어떤 것인지를 모릅니다."

이에 기자가 대답하였다.

"…… 하늘은 큰 법 아홉 가지를 우이금에게 전하였다.

첫째는 오행(五行)이요, 둘째는 다섯 가지 일이요, 셋째는 여덟 가지 정사요, 넷째는 다섯 가지 기율이요, 다섯째는 나라 다스리는 큰 법을 세우는 일이요, 여섯째는 세 가지 덕을 쓰는 일이요, 일곱째는 의심나는 것을 풀어 밝히는 일이요, 여덟째는 여러 가지 나타나는 일을 잘 살펴 맞게 쓰는 일이요, 아홉째는 다섯 가지 복을 기르고 여섯 가지 좋지 못한 것을 물리치는 일입니다."

그리고 나서 기자는 그 아홉 가지에 대한 것을 자세히 설명하고 있습니다. 여기서는 맨 처음의 오행과 맨 끝의 다섯가지 복과 재난에 대해서만 설명하겠습니다. 오행이니, 오복이니 하는 말을 많이들 쓰고 있기 때문입니다.

오행은 하늘과 땅 사이의 모든것의 바탕을 이루고 있는 다섯 가지란 뜻입니다. 요즈음 말로 하면 다섯 가지 원소란 뜻입니다.

이 오행은 동양사상의 뿌리가 되는 것으로, 주역의 이치가 이 오행사상과 합쳐지게 되며 우주의 자연과 세상의 모든 일들을 이것으로 설명하고, 나아가 이 오행의 원리에 의해 과거와 현재와 미래의 필연적인 운명을 설명하기도 합니다.

오행이 생겨난 차례대로 보면 물·불·나무·쇠·흙으로 됩니다. 한자로는 수·화·목·금·토라 합니다. 지금 우리가 쓰는 요일에도 월요일과 일요일은 달과 해란 뜻이고, 나머지 다섯은 이 오행을 따서 화요일·수요일·목요일·금요일·토요일로 부르고 있습니다.

맨 먼저 물이 생기고, 그 다음 불이 생기고, 그 다음 나무가 생겼다고 말을 하는 생각은 과연 어떤 이치에서였을까요?

우리가 처음 살아 움직이는 새로운 생명체를 느끼게 되는 것은, 눈과 얼음이 녹은 뒤 날씨가 따뜻해지면, 얼어붙었던 땅에서 새 풀이 돋아나고 죽은 듯이 보이던 나뭇가지에서 새 움이 트는 것을 보는 그때입니다.

먼저 눈과 얼음이 녹으면 땅에 물이 생깁니다. 물이 축축히 배어든 땅 위를 따스한 햇볕이 쪼여 줍니다. 이것은 불입니다. 먼저 물이 있고 다음에 불이 있어야만 나무는 자라나게 됩니다. 그래서 물이 맨 먼저 생기고, 다음에 불이 생기고, 그 다음에 그 물과 불을 바탕으로 풀과 나무가 생겨나기 때문에 그런 차례로 생각한 것이 아닐까요?

움직이는 생명체가 움직이지 않는 생명체 이전에 생겨났다는 것은 생각할 수도 없는 일입니다. 풀과 나무가 없는 곳에는 새나 짐승이 살 수 없으니까요.

움직이지 않는 식물이 생겨나고, 그 다음에 움직이는 동물이 생겨났습니다. 사람도 그 동물에 속합니다. 사람은 오행을 이용하는 주인의 위치에 있으므로 오행에 들어갈 수는 없습니다.

사람은 물과 불과 식물을 이용하여 그 삶을 더 편하고 즐거운 것으로 만들어 갔습니다. 그런데 그 과정에서 가장 두드러진 변화를 가져오게 한 것은 쇠의 발견이었습니다. 쇠가 발견됨으로 해서 식물을 보다 자유롭게 이용할 수 있게 되었습니다. 쇠가 발견된 뒤부터 사람은 쇠 없이는 살 수 없게 되었습니다.

사람을 만물의 주인으로 보았을 때, 네번째로 없어서는 안 될 것이 쇠였으므로 쇠를 네번째 생겨난 것으로 보았는지도 모릅니다.

다시 말해서 우리의 삶에 필요한 것을 차례로 꼽는다면 첫째가 물이요 둘째가 불이요, 셋째가 식물이요, 넷째가 쇠붙이란 결론이 나오게 됩니다.

사람은 땅에서 생겨나, 땅을 떠나서 살 수는 없습니다. 그러나 그 땅을 이용할 줄은 몰랐습니다. 풀과 나무에서 나오는 것을 먹이로 삼고 있었을 뿐, 땅을 이용해서 풀을 심고 나무를 가꿀 줄은 몰랐습니다.

그러다가 쇠를 발견한 뒤에, 비로소 땅을 덮고 있는 흙을 이용하는 것을 알게 되었습니다. 낫을 만들어 풀을 베고, 도끼를 만들어 나무를 베어 그것으로 집을 세우고 지붕을 해이을 수도 있었으며 밭을 갈고 씨앗을 뿌려 농사를 지을 수도 있었습니다.

그러니까 지금껏 땅의 고마움을 모르고 살아오던 사람이, 쇠가 발견된 뒤에 흙의 중요성을 알게 되었고 그 흙을 이용하게 되었던 것입니다. 그래서 흙이 마지막 다섯 번째가 된 것이 아닐까요?

그런데 이 오행의 다섯 가지는, 서로가 서로를 도와서 생겨나게 한다는 것을 알게 되었습니다. 이것을 '오행상생'이라고 합니다. 다섯 가지가 서로를 생겨나게 하고 도와서 자라나게 한다고 생각한 것입니다.

물은 나무를 생겨나게 합니다. 이것을 한자로는 수생목이라고 합니다. 그 나무는 불을 생겨나게 합니다. 이것을 목생화라고 합니다. 여기까지는 의심할 것이 없습니다. 그런데 그 불이 흙을 생겨나게 한다고 합니다. 이것을 화생토라고 합니다. 어떻게 불이 흙을 생겨나게 한다고 생각한 것일까요? 땅이 처음에는 불덩어리였었는데, 차츰 식어 굳어지고 다시 풀어져 흙이 되었다는 땅덩어리의 역사를 알고 한 말이었을까요, 아니면 흙을 불로 구워 그릇을 만든 것에서 얻어진 생각일까요?

그 흙이 쇠를 낳는다고 합니다. 이것을 토생금이라고 합니다. 땅 속에서 쇠붙이를 캐내고 있었으니 쇠붙이가 땅에서 나는 것만은 의심할 여지가 없습니다.

그런데 그 쇠가 물을 낳는다고 합니다. 이것을 금생수라고 합니다. 쇠가 어떻게 물을 만들어낸다고 생각한 것일까요? 땅 속에서 쇠붙이를 캐낼 때, 그 구덩에서 샘물이 솟아나곤 했기 때문에 붙인 이름일까요?

다음은 이 오행이 서로서로 이긴다고 생각했습니다. 이것을 한자로는 '오행상극'이라 합니다.

물은 불을 이깁니다. 이것을 수극화라 합니다. 불은 쇠를 이깁니다. 이것을 화극금이라고 합니다. 쇠는 나무를 이깁니다. 이것을 금극목이라 합니다. 나무는 흙을 이깁니다. 이것을 목극토라 합니다. 그 흙은 물을 이깁니다. 이것을 토극수라고 합니다.

이 상극의 원리는, 사람이 오행을 삶의 도움으로 삼고자 했을 때의 원리이기도 합니다. 불이 나면 물로 끕니다. 쇠는 불로 녹여서 여러 가지 연장을 만듭니다. 나무는 쇠로 만든 연장을 가지고 베고 자르고 깎고 합니다. 나무가 흙을 이긴다고 한 것은, 몇 가지 다른 풀이가 나올 수 있습니다. 나무가 흙속에 뿌리를 박고 살지만, 그것은 땅 속에 있는 물과 불 속에 있는 영양을 빨아먹기 위한 한 방법에 지나지 않습니다. 이 목적을 위해 땅속으로 뿌리를 뻗기도 하고, 씨앗이 흙속에 묻혀 있다가 때가 되면 단단한 흙을 뚫고 올라 오게 됩니다.

이것은 식물이 땅을 이용하는 것이므로 이긴다고 보아 마땅합니다. 이용당한다는 것은 힘이 모자란다는 뜻이 되니까요.

또 하나는, 쇠가 발견되기 전에는 그 나무로 흙을 파기도 하고, 통나무를 땅에 묻어 집을 세우기도 했으므로 나무가 흙을 이긴다고 생각했을지도 모릅니다.

끝으로 흙이 물을 이긴다고 한 것은 당연한 것으로 볼 수 있습니다. 물웅덩이를 메우려면 흙이 필요합니다. 물이 넘치지 못하게 하려면 흙으로 둑을 쌓으면 됩니다.

아무튼 서로 낳고 서로 이긴다는 이 상생 상극의 원리는 인간이 그 삶을 보다 편리하게 하기 위해 생각해 낸 과학적인 연구가 바탕이 되었던 것입니다.

우주를 이루고 있는 물질의 원소가 과연 몇이나 되는지는 확실히 말할 수는 없지만, 그것을 바탕으로 인류가 만들어낸 오늘의 물질문명은 결국 이 상생 상극의 원리를 발견하고 이용한 것에 지나지 않습니다.

그럼 아홉번째의 오복이란 무엇무엇이 합쳐져 다섯일까요? 이 홍범에서 기자가 말한 다섯 가지 복은 우리가 보통 알고 있는 그것과는 약간 다릅니다.

우리가 흔히 말하는 다섯 가지 가운데 세 가지는 여기에 있는 것과 같습니다. 오래 살고 넉넉하게 살고 건강하게 사는 것입니다. 홍범에는 이것을 수·부·강녕이라 했습니다.

홍범의 나머지 두 가지는, 넷째가 착한 마음으로 좋은 일을 힘써 하는 것입니다. 이것을 유호덕이라 했습니다. 착한 마음은 있어도 착한 일을 못하는 사람이 많습니다. 세상 일은 마음이 그 바탕이 되기는 하지만 마음만으로 되는 것은 아니니까요. 착한 마음으로 좋은 일을 힘써 할 수 있다면 그보다 더 행복한 일이 또 어디에 있겠습니까?

다섯째는 오래 편안히 살다가 조용히 세상을 하직하는 것입니다. 이것을 고종명이라 했습니다. 불행한 재난으로 목숨을 잃게 되는 것이 복일 수는 없습니다. 그것을 우리는 비명횡사라고 합니다. 죽을 때가 아닌데 엉뚱하게 죽고 말았다는 뜻입니다.

그런데 보통 말하는 다섯 가지 복에는, 여기 있는 것이 아닌 높은 벼슬에 오르는 것과 아들을 많이 두는 것이 들어 있습니다. 벼슬이 높은 것을 귀라 하고 아들 많은 것을 다남자라고 합니다. 그래서 다섯 가지를 합해서 수·부·귀·강녕·다남자라고 합니다. 그러나 부·귀·다남자를 합쳐 복이라 하고, 나머지 둘을 합쳐 수·복·강녕이라고 말하기도 합니다.

이것은 홍범에 나와 있는 오복 가운데 앞에 있는 세 가지만을 들어 수·부·강녕이라고 한 것을, 부란 글자 대신 복이란 글자를 넣은 것이기도 합니다. 이 한 가지만 보아도 성인이 생각하는 복과 보통사람이 생각하는 복과는 거리가 먼 것임을 알 수 있습니다.

다음에 여섯 가지 재난은 이런 것입니다.

첫째는 제 명대로 살지 못하고 잘못 죽거나 젊어서 일찍 죽은 것이고, 둘째가 병에 걸리는 것이고, 셋째가 걱정이고, 넷째가 가난이고, 다섯째가 마음이 착하지 못한 것이고, 여섯째가 몸이 허약한 것입니다.

제7장 여오(旅獒)

여오는 여나라 개란 뜻입니다. 중국 서쪽에 있는 여라는 오랑캐 나라에서, 키가 크고 성질이 사나우며 주인이 시키는 대로 사람의 뜻을 알아채고 움직이는 개를 무왕에게 바친 일이 있었습니다.

무왕은 신기하고 고마운 생각에서 이를 받았습니다. 그러자 소공(召公)이, 받지 않아야 했을 것을 받았다 하여 이 글로 무왕을 깨우쳤다 합니다.

그 중요한 줄거리만 추리면 이런 내용입니다.

상나라를 무찌르니 사방의 오랑캐들이 길을 열었다. 서쪽의 여라는 오랑캐가 그들의 특산물인 개를 바쳤다. 무왕이 이를 받자, 태보 벼슬에 있던 무왕의 아우 소공이 이 글을 지어 무왕의 교훈을 삼게 했다. 이 글은 이렇게 말했다.

"오오 거룩하신 임금께서 착한 일을 힘쓰시니, 사방 오랑캐들이 모두 찾아와 그 지방 특산물을 바쳤습니다. 그것의 대부분은 늘 쓰는 옷과 음식과 그릇이었습니다. 임금께서는 그것을 가까운 친척들에게 나눠 주시어 정을 더욱 두텁게 하셨습니다.

색다른 물건을 귀중히 여기고 항상 쓰는 물건을 천하게 여기게 되면, 백성들이 이를 본받아 가난을 면하기 어려울 것입니다. 개와 말은 그 성질이 이 땅에 맞지 않는 것은 기르지 못하게 하시고, 이상한 새나 짐승을 나라에서 기르지 마십시오. 먼 곳에 있는 물건을 보배로 여기지 않으시면 먼 곳에 있는 사람이 가벼운 마음으로 찾아올 것입니다. 어진 사람만을 보배로 여기시면 가까운 사람들이 편안을 얻게 될 것입니다. 조그만 일을 삼가지 않으시면 크게 어진 일에 더러움을 가져오게 됩니다. 아홉 길 동산을 쌓는 일에 있어서, 한 삼태기 흙이 모자라 지금까지 쌓은 공을 헛되게 하는 일이 없게 하소서."

이것은 은나라 마지막 임금 주가, 코끼리 이빨로 젓가락을 처음 만들었을 때, 기자가 앞날을 걱정했던 것과 같은 뜻에서 나온 것입니다. 주는 기자의 그 같은 말을 원수처럼 여겼기 때문에 결국 나라를 잃게 되었던 것입니다.

그러나 무왕은 소공의 이 같은 말을 귀 담아 듣고 작은 일에 더욱 조심하여 그 싹이 자라기 전에 잘라버리곤 했기 때문에, 그 자손이 오래 나라를 지키게 된 것입니다.

옷도 될 수 없고 밥도 될 수 없는 색다른 것을 좋아하는 것을 경계한 것은, 바로 외국 것을 좋아하는 사람들의 그릇된 생각을 일깨우는 좋은 본보기가 될 수 있을 것 같습니다.

제8장 금등(金縢)

금등(金縢)은 쇠로 만든 끈이란 뜻입니다.

이 편의 제3장에 금등궤짝(金縢之匱)이라는 말이 나오고 그 궤짝 속에 쓴 글을 넣어두었다 해서 붙인 이름입니다.

이 글에 대해서는 말이 많습니다. 주공이 지은 것으로 전해지고는 있으나 문체나 문장이나 내용으로 보아 본래의 것은 없어지고 후세 사람이 만들어 넣은 것으로 보기도 합니다.

그 줄거리와 이에 얽힌 이야기는 대충 다음과 같은 것입니다.

은나라를 무찌르고 새 왕조를 세운 지 2년이 되던 해에, 무왕의 병이 위독해 있었습니다. 강태공과 소공(召公)은 병이 심상치 않다며 점을 쳐 보자고 했습니다.

그러나 주공만은 점을 치는 것에 대해 반대했습니다. 아무래도 좋은 점괘가 나오지 않을 것 같았기 때문입니다. 그렇게 되면 아직 새 왕조의 기반이 다져지지 않은 상태에서 더욱 어려운 상황이 벌어질 것이 틀림없었기 때문입니다.

기반이 다져지지 않은 상태라고 한 것은, 아직도 옛 은나라에 충성을 바치려는 세력들이 만만치 않게 다시 뒤집을 생각을 품고 있었고, 주나라 왕실 안에서도 파벌이 생겨 서로 반목하고 있었기 때문입니다.

특히 주공이 염려하고 있던 것은, 친 형제인 관숙(管叔)과 채숙(蔡叔)이었습니다. 은나라 마지막 임금 주의 아들 무경(武庚)을 은후(殷侯)로 봉하고 조상 제사를 받들게 한 다음, 그가 혹시 반란을 꾸밀지도 모르므로 주공은 무왕에게 말하여 친형인 관숙과 친동생인 채숙을 은나라로 보내 무경을 감시하도록 했던 것입니다.

그러나 감시를 위해 은나라로 가 있던 관숙과 채숙은, 같은 형제인 주공은 재상이 되어 권력과 부귀를 누리고 있는데, 자기들은 멀리 떨어져 나와 보잘것없이 사람을 감시하는 일을 맡고 있는 것이 불만이었던 것입니다.

사실상 주나라 왕조를 세운 것은 주공이었습니다. 공자같은 성인도 주공처럼 되기를 꿈꾸고 있을 정도의 위대한 분이었습니다. 그러나 그런 아우와 형을 가진 것을 자랑스럽게 여겨야 할 관숙과 채숙은, 자랑은커녕 시기하고 미워하고 있었던 것입니다.

그들은 자기들도 주공같은 지위에 있기만 하면 얼마든지 똑같은 일을 할 수 있다고 생각했을지도 모릅니다.

사촌이 땅을 사면 배가 아프다는 속담처럼, 친형제인 주공이 새 왕조의 주역이 되자 더욱 배가 아팠을지도 모르는 일입니다.

주공은 그들이 불평과 불만을 품고 있는 것을 알자 몹시 마음이 아팠습니다. 친형제이기에 믿고 시켰던 일인데, 그 일로 인해 형제의 정이 멀어졌을 뿐아니라 형제가 아닌 사람을 보낸 것만도 못한 결과를 가져오게 될지도 모르는 일이기 때문이었습니다.

그런 마당에 무왕이 세상을 뜨게 되면 사태는 걷잡을 수 없게 어지러워질 것은 뻔한 일이었습니다.

주공은 형인 무왕이 오래 살아 있는 것만이, 왕실의 기반을 튼튼히 하는 유일한 길이라는 생각에서 자기가 무왕을 대신해 죽기로 결심했습니다. 주공은 그것이 가능한 것으로 믿고 있었던 것입니다.

그리하여 점을 치기에 앞서 그같은 소원을, 태왕과 왕계와 문왕에게 빌었습니다. 새왕조를 이룩하는데 공이 컸던 증조할아버지와 할아버지와 아버지, 세 분 신령에게 도움을 청한 것입니다.

주공의 그같은 소원을, 사관(史官)이 대신 글로 지어 읽은 내용이 제2절에 이렇게 실려 있습니다.

'당신의 원손(元孫)인 발(發＝무왕의 이름)이 나쁜 병에 걸려 위독한 상태에 있습니다. 세 임금께서 하늘에 계시며 자손을 보호할 책임이 있으시다면, 이 단(旦＝주공의 이름)으로 하여금 죽음을 대신하게 하여 주옵소서……'

하는 긴 내용입니다. 뒷 부분은 이에 따른 설명에 지나지 않으므로 생략했습니다.

이렇게 빌고 난 다음 점을 치게 했습니다. 주공은 자신의 기도를 조상이 받아들여 주었는지를 확인하려 했던 것입니다.

그 당시의 점은 거북점이었습니다. 거북의 등껍질을 불 위에 올려놓고, 등껍질 위에 기름을 적당히 부어놓으면 불 기운에 기름이 끓어오르며 옆으로 넘쳐 아래에 흘러내리게 됩니다. 그 기름이 흘러가 닿은 곳의 글자를 보고 좋고 나쁜 것을 판단하게 됩니다.

이렇게 차례로 세 거북의 등껍질로 점을 쳐 보았는데 모두가 똑같이 좋게 나타났습니다. 글자만 보아도 좋고 나쁜 것을 알기 때문입니다.

이번에는 점괘에 나타난 글자에 대한 풀이가 적혀 있는 책을 꺼내 보았습니다. 역시 생각한 대로 좋게 실려 있었습니다.

주공은 기뻐하며,

"임금의 병이 나으실 것이다. 세 분 조상께서 이 단의 소원을 들어주실 것이 틀림없다."

하고 사관이 적어 대신 읽은 그 축문을 금등궤 속에 넣어둔 다음, 이 사실을 누구에게도 말하지 말라고 일러 두었습니다.

이튿날 무왕의 병은 씻은 듯이 나았습니다.

그 후 5년이 지난 겨울에 무왕은 세상을 떠났습니다. 그 5년 동안에 주나라는 어느 정도 기반을 다질 수 있었습니다. 무왕이 있는 동안은 관숙과 채숙이 감히 불평이나 불만을 터뜨리지 못했던 것입니다.

그러나 문제는 여전히 남아 있었습니다. 무왕의 아들 태자 송(誦)이 아직 나이가 어렸기 때문입니다.

주공은 하는 수 없이 총재인 자신이 천자의 일을 대신했습니다. 나이어린 천자를 뒤에 앉게 하고 자기가 직접 제후들과 중신들의 조회를 받으며, 보고를 받고 지시와 명령을 내렸던 것입니다.

이렇게 되자 관숙과 채숙은 참고 견뎌 온 불평과 불만이 더욱 커질 수밖에 없었습니다. 그들은 주공을 밀어내고 그들이 권력을 잡으려 했습니다.

그래서 흔히 쓰는 야비한 방법으로 없는 일을 있는 것처럼 꾸며 헛소문을 퍼뜨린 것입니다. 흔히 말하는 유언비어라는 것이지요.

"주공이 머지 않아 어린 천자를 밀어내고 자기가 직접 천자의 자리에 오를 것이다."

하는 것이었습니다.

주공은 사실상 실권을 쥐고 있었고 대신과 고관들은 거의가 주공이 천거해 쓴 사람들이었으며, 백성들도 주공이 하는 일이면 무엇이든 따르는 상태였으므로 주공이 마음만 먹으면 얼마든지 할 수 있는 일이었습니다.

마침내 이 소문은 천자인 성왕(成王)의 귀에까지 들어갔습니다.

성왕은 나이 12살에 아버지 무왕이 죽고, 이듬 해 정식 천자가 되었을 때는 13살밖에 되지 않았습니다. 그는 총명하기는 했지만 그것이 헛소문일 것이라는 것까지는 알지 못했습니다.

그 소문을 성왕보다 먼저 듣고 있었던 주공은, 두 원로대신인 강태공과 소공을 불러놓고 말했습니다.

"나로서는 자리에서 물러나 피해 있는 방법밖에 없습니다. 그것만이 나이 어린 천자의 의심을 풀고 돌아가신 선왕에 대한 충성을 다하는 길이 되기 때문입니다."

그리하여 주공은 총재의 자리에서 물러나 동쪽으로 멀리 떨어진 곳에 피해 있었습니다. 피해 있는 동안, 그는 세상의 무상함을 느껴서였는지 아니면 지루한 나날을 슬기롭게 보내기 위해서였는지, 〈주역〉의 384효에 대한 이치를 설명해 붙이는 일을 했다고 합니다. 그것이 그대로 〈주역〉에 실려 전해지고 있다는 것입니다.

위대한 학문이나 예술은 불행한 환경 속에서 싹이 트고 열매를 맺는다는 말이 이래서 생긴 것입니다.

주공이 동쪽으로 나가 피해 산 지 만2년이 되는 성왕 3년 가을에, 뜻하지 않은 재난이 갑자기 들이닥쳤습니다. 큰 풍년이 들었다고 기뻐하고 있던 가을, 아직 추수하기에는 이른 철이었습니다.

비도 오지 않는데 요란한 우뢰소리가 번갯불과 함께 사람들을 놀라게 하는가 하면, 바람이 휘몰아치며 아직 영글지 않은 벼를 모조리 쓰러뜨리고 아름드리 큰 나무가 뿌리째 뽑혀나오기까지 했던 것입니다.

하늘이 크게 노해 임금에게 벌을 내리는 것으로 보는 것이 그 당시의 일반적인 믿음이었습니다.

이 일을 크게 두려워한 어린 성왕은, 자기가 어떤 잘못을 저질렀는지 말해 달라는 영을 내렸습니다.

이때 비로소 사관이 말했습니다. 나라를 위해 임금 대신 죽기를 원한 주공을 의심하여 벼슬에서 물러나게 한 것이 신령의 노여움을 산 것일지도 모른다는 것이었습니다.

성왕은 그때 곧 그 축문의 내용을 확인하기 위해, 축문이 들어 있는 금등궤를 열었습니다. 그리고 그 축문을 두 손으로 움켜쥐고 흐느껴 울었습니다. 그토록 왕실을 위해 몸과 마음을 바쳐 온 주공을 모르고, 죄인들이 퍼뜨린 헛소문에 속아 그를 의심하며 멀리한 자신의 어리석음에 대한 뉘우침과 안타까움에서 오는 울음이었겠지요.

성왕은 손수 수레를 몰고 주공을 찾아가 용서를 빌고 모시고 돌아와 다시 나랏일을 맡겼습니다.

그러자 촉촉히 비가 내리며 바람이 앞서와는 달리 반대쪽에서 불어왔으므로 누웠던 벼가 다시 일어나 풍년이 들었다는 것입니다.

성왕은 거짓 소문을 퍼뜨린 관숙과 채숙의 죄를 다스리려 했습니다. 그러나 관숙과 채숙이 죄를 받게 될 것이 두려워 먼저 반란을 일으켰습니다. 감시를 받게 되어 있는 무경을 등에 업고, 은나라의 옛 세력들과 힘을 합쳐 주나라에 대항하여 독립된 나라를 세우려 했던 것입니다. 말하자면 자기 목숨을 살리기 위해 원수와 손을 잡고 조국을 배반한 것입니다.

그리하여 주공은 군대를 이끌고 나가 이들을 평정하고 주동자인 관숙과 무경을 죽이고 채숙은 귀양을 보낸 다음, 무경 대신 주임금의 형인 미자(微子)를 송(宋)나라에 봉해 은나라의 뒤를 잇게 했습니다.

난을 평정하고 돌아온 주공은 올빼미(鴟鴞)라는 시를 지어 성왕에게 주었습니다. 올빼미처럼 사나운 무리들이 나라를 해치는 일이 없도록 하라는 내용이 담겨 있는 겁니다.

성왕은 그 시의 뜻이 자신을 깨우치기 위한 것임을 알고도 감히 주공을 원망하거나 탓하지는 못했다는 것입니다.

이것이 금등편의 내용입니다. 원문에는 차례가 바뀐 곳이 있으므로, 있었던 일을 차례대로 고쳐 썼습니다.

제9장 대고(大誥)

　대고(大誥)는 널리 천하에 알린다는 뜻입니다. 고(誥)는 고(告)와 같은 뜻으로 쓰이며, 알리는 말이라는 뜻도 됩니다.
　이것은 주공이 무경과 관숙과 채숙의 난을 평정하기 위해 군대를 동원하며 모든 제후와 관원들과 백성들에게 출병의 정당성과 불가피성을 알리고, 반드시 승리하게 될 것이며, 그로써 천하가 태평하게 될 것을 강조하고 선포한 내용입니다.
　이로써 이미 망한 은나라를 동정하는 제후들이 아직 많이 있었음을 알 수 있고, 은나라 주임금의 횡포에 시달려 온 백성들이 그 횡포에서 벗어나고 싶은 욕망에서 일시적으로 주나라를 환영하여 은나라 주임금을 무찌르는 일에 협력을 아끼지 않았으나, 그 결과는 혼란이 계속될 뿐 전과 별로 나은 것이 없었으므로 다시 옛날을 동경하게 된 것이 아니었던가 하는 느낌을 주는 내용입니다.
　이 글은 주공이 성왕을 대신해 지은 것으로, 선포하는 주체는 물론 성왕입니다. 그러나 여기에 나와 있는 성왕의 말이란 주공의 말일 수밖에 없습니다. 성왕이 제후들이나 신하들과 주고받은 말을 주된 내용으로 하고 있는데, 제후들이나 신하들이 무경과 관숙·채숙을 무찌르는 일을 달가워 하지 않았던 것을 잘 나타내고 있습니다.
　그들은 승패를 가늠할 수 없었으므로 중립을 지키려 했던 것 같습니다. 주나라 신하와 백성들도 파벌싸움의 희생이 되고 싶지 않았던 모양입니다.
　그러므로 전쟁의 결과를 놓고 거북점을 쳐 보았더니 크게 좋게 나타났다는 것을 강조하고 있습니다. 옳고 그른 것보다는 이기고 지는 결과를 중시하는 지도층의 심리를 잘 말해 주는 것이라 볼 수 있습니다.

5절로 된 긴 내용의 뜻을 간추리면 다음과 같습니다.

왕은 말씀하셨다.

"아아! 여러 나라와 관원들에게 널리 알리노라. 불행하게도 하느님은 우리 집안에 재앙을 내리셨소. 이 모두가 나의 어질지 못한 것에 원인이 있었소.

나는 지금에야 하늘이 나에게 주신 소임을 다하지 못한 것을 깨달았소. 그 소임을 다하라는 하느님의 명령을 거역할 수는 없소.

여러 나라와 여러 관원들은 반대하지 않는 사람이 없구려! 모든 책임이 우리 집안 싸움에 있다고들 말하는 것을 나는 알고 있소. 점괘가 좋은 점으로 나왔다고 하는 말까지도 믿지 않는 것 같소.

그대들은 다시 싸움이 벌어지게 되면 오갈데 없는 백성들이 더욱 불행해지게 된다고 말하고 있소. 그러나 나는 하늘이 명하는 일을 거역할 수가 없소. 그대들은 문왕이 꾀하신 큰 일을 기어코 이룩해야 한다고 나를 격려해야 할 것이오. 나는 하느님의 명령을 버릴 수는 없소. 하느님은 백성을 편안하게 하라고 명령하셨소. 하느님은 반드시 나와 백성을 도우실 것이오. 나는 점괘에 따라 반역자를 무찌르고 말겠소. 점괘는 우리 주나라 왕실을 튼튼히 하라는 것이었소."

왕은 또 말씀하셨다.

"여러분들 가운데 옛날부터 일해온 관원들은 문왕과 무왕 당년에 나랏일에 얼마나 힘썼는지를 잘 알고 있을 것이오. 내 어찌 조상의 하신 일을 살리려 꾀하지 않을 수 있겠소? 여러분이 하느님의 뜻을 거역하게 되면 하늘은 백성들에게 재앙을 내릴 것이며, 나를 도와 하느님의 뜻에 따르면 복을 내리시게 될 것이오."

왕은 또 말씀하셨다.

"부디 힘써 일을 하라! 여러 제후와 관원들이여! 하늘이 우리를 돕고 있다는 것을 못 믿어서야 되겠는가? 하느님의 뜻으로 은나라가 망하고 주나라가 대신 일어났거늘 하늘이 다시 그 은나라를 일으키고 주나라를 망하게 하겠는가? 오늘의 어지러움은 그대들이 주나라 왕실을 공경하지 않은 것에도 원인이 있지 않소? 그대들은 하늘의 뜻을 거역하려 하는 것이오? 이제 내가 하느님의 뜻을 받들어 반역자를 무찌르기 위해 동으로 향하고 있으니 모두 동참하도록 하오. 점괘에도 또한 그대들이 동참하게 될 것을 말하고 있소."

대충 뜻만을 살려 간단히 옮겨둔 내용입니다. 그 때의 상황이 얼마나 어수선하고 심각했으며, 무왕이 주를 무찌를 당시에는 상상조차 못했던 어려움이 닥쳐와 있었음을 짐작할 수 있는 일입니다.

권력을 잡고 있는 집권층만 넘어뜨리면 곧 나라와 천하는 곧 내것이 될 것으로 믿는 혁명주의자들의 생각이 얼마나 어리석은 일인가를 말해 주는 것이기도 합니다.

제10장 미자지명(微子之命)

이것은 성왕이 무경을 무찔러 은나라를 없앤 다음, 다시 주임금의 형인 미자를 송나라에 봉하여 은나라의 어진 임금들의 제사를 받들게 할 때, 미자에게 내린 명령을 담은 내용입니다.

미(微)는 나라 이름이고 자(子)는 벼슬의 품계를 나타내는 것으로, 귀족의 다섯 계급 가운데 네번째에 해당되는 것입니다. 그러니까 송나라 임금이 되기 전의 이름을 말한 것입니다.

왕께서 말씀하셨다.

"아아! 은나라 왕의 맏아들이여! 어진 옛 임금의 높은 덕과 어짐을 본받아 그 전통을 잇고 그 예법과 문물을 닦도록 하오. 우리 주나라 왕실의 귀한 손님으로 자주 찾아와 두터운 정과 의리를 길이길이 이어가도록 해주오.

아아! 그대의 조상 탕임금은 성스럽고 마음이 넓고 깊으신 분이시었소. 하느님의 보살핌으로 새로 은나라 왕조를 세우고 백성들을 너그럽게 어루만지시고 사학(邪虐)한 무리들을 쫓아내신지라, 그 공이 후손들에게까지 길이 미치게 된 것이오. 그대는 옛 조상들의 바른 길을 따르고 그 길을 닦았다는 아름다운 소문이 나 있었소. 하느님도 그대의 제사를 기꺼이 받을 것이며 백성들도 잘 따를 것이므로, 그대에게 공(公)의 품계를 주어 동쪽 땅을 다스리게 하려 하오. 부디 가서 그대의 가르침을 펴고, 옛 법을 지키고 따르며 우리 주나라 왕실의 울타리가 되도록 해 주시오. ……"

하는 내용입니다.

이것은 뒷 사람이 만들어 넣은 것으로 보는 사람이 많습니다.

제11장 강고(康誥)

강고(康誥)는, 성왕이 그의 아우 강숙(康叔)을 위(衛)나라 제후로 봉했을 때 이른 말을 담은 내용입니다.

모두 7절로 나뉘어져 있는데 제1절은 주공이 무경의 반란을 평정하고, 낙양(洛陽)에 제2의 왕도를 제후들의 도움으로 이룩하게 되었을 때, 성왕이 천하에 널리 알리는 훈시를 내리고, 그 가운데서 나이 어린 자기 동생 봉(封=康叔의 이름)을 동쪽 땅에 봉한다는 것을 밝히고 있습니다. 그리고 제2절부터는 직접 강숙에게 훈시를 내린 내용을 담고 있습니다.

　내용은 모두 한결같이 문왕과 무왕의 덕을 기리고, 조상의 덕을 본받아 옳은 일에 힘쓰고 백성을 친자식처럼 알뜰히 보살펴야만 나라를 보존하게 되고, 백성들과 함께 복을 누리게 된다는 내용을 거듭 밝히고 있습니다. 물론 그밖의 정치에 관한 구체적인 말들도 없지는 않습니다.

　〈예기〉의 대학편(大學篇)이 지금은 사서의 하나로 독립된 책이 되어 있는데, 누구나 알고 있는 수신·제가·치국·평천하란 말은 〈대학〉에 나와 있는 말입니다.

　이 〈대학〉에는 이 강고편의 말을 자주 인용하고 있습니다. 〈맹자〉에는 묵자(墨子)의 제자인 이자(夷子)가, 여기 나와 있는 약보적자(若保赤子)란 말을 뜻도 잘 모르면서 반박자료로 인용하고 있습니다.

　강고의 내용 가운데 많은 말들이 격언처럼 널리 쓰여지고 있었음을 알 수 있습니다.

　약보적자란 말은 백성들을 갓난아기처럼 보호한다는 뜻입니다. 〈대학〉 치국장(治國章)에는 이렇게 말하고 있습니다.

　'강고에 말하기를 갓난아기 보호하듯 하라고 했다. 참으로 백성을 잘 보살필 생각만 있으면, 비록 그 정책이 백성을 보호하는 데 있어서 꼭 적중(適中)되는 것이 아니라 하더라도 그리 먼 것은 되지 않는다는 뜻이다. 처녀들이 시집가기 전에 아기 기르는 법을 미리 배우고 가는 일은 없지만, 시집가서 다 아기를 잘 기르지 않는가? 백성을 보호하려는 정성이 정책의 밑바탕이 된다는 것을 말한 것이다.'

하는 내용의 말을 하고 있습니다.

　또 평천하장(平天下章)에는,

　'강고에 말하기를, 유명(惟命)은 불우상(不于常)이라고 했다. 이

말 뜻은 정치를 착하게 하면 나라를 얻게 되고, 착하지 못하게 하
면 나라를 잃게 된다는 것을 말한 것이다.'
라고 말하고 있습니다.

즉 하늘의 명령은 일정하지가 않다는 강고의 말은, 사람이나 나라
를 보아 명령을 내리는 것이 아니라 착한 정치 하는 사람에게 내리
는 것이므로, 백성들에게 착한 정치를 펴지 않을 때는, 일단 내렸던
명령도 다시 거두어들여 다른 착한 사람에게 넘겨준다는 것을 말한
것입니다.

맹자는 이런 말을 했습니다.

"하늘은 백성의 소리를 가지고 판단의 기준을 삼는다."

결국 백성이 좋아하는 정치가 하늘이 좋아하는 착한 정치가 된다
는 뜻입니다. 흔히 말하는, '민심(民心)이 천심(天心)이다.'하는 말
은 이렇게 해서 생겨난 것입니다.

오늘에 와서 흔히 말하는 여론정치라는 것이, 실은 먼 옛날부터
이미 뿌리박고 있었음을 알 수 있습니다.

자기 생각을 여론인 것처럼 말하는 정치인들이 있다면, 그들은 여
론의 지탄을 받아 마땅한 일입니다.

이 강고편에 말했듯이 백성을 갓난아기 보호하듯 하는 정치인에게
여론은 쏠리기 마련이며, 그 여론대로 하느님의 도움을 받아 통치권
을 얻게 된다는 것으로 보아도 좋을 것입니다.

제12장 주고(酒誥)

주고는 술에 대한 경고란 뜻입니다. 주공이 그의 아우 강숙을 위
나라 임금으로 보내며 술을 경계하라고 타이른 것이라 합니다.

강숙이 새 임금으로 가게 되는 위나라는 바로 주가 도읍하고 있었
던 은나라 땅이었습니다. 주가 극장 안에 돌로 된 큰 못을 만들고,

그 못을 술로 가득채운 다음 그 위에 배를 띄우고 술로 된 그 못물을 퍼마시며 한 달이고 보름이고 그곳에서 불을 밝히고 낮을 밤삼아 놀곤 했었습니다.

그리고 이를 못하게 말리는 신하가 있으면 불에 태워 죽이는 형벌을 내리고, 이를 잘하는 일이라 칭찬을 하며 같이 어울리는 신하는, 이를 충신이라 하여 상을 주고 벼슬을 올리곤 했습니다. 때문에 벼슬아치로서 술을 좋아하지 않는 사람이 없었습니다. 그 풍속이 백성들에게까지 퍼져 은나라 백성으로 술을 즐겨 마시지 않는 사람이 없었습니다.

그런 위나라로 임금이 되어 가게 되었으므로, 주공은 특히 그가 사랑하는 아우 강숙에게 술을 조심하라고 타이르고, 나아가 그곳 백성들에게도 명절 때나 제사 때가 아니면 술을 마시지 못하게 한 것입니다.

중요한 부분만을 간추리면 다음과 같습니다.

주공이 성왕을 대신해 말하였다.
"내가 위나라에 왕의 명령을 분명히 알리겠다. 네가 존경하는 아버지 문왕께서 모든 관원들에게 말씀하시기를 '술 마시는 일을 멈추라.' 하셨다. 큰 나라나 작은 나라나 술로써 망하지 않은 나라가 없다.

나는 다시 이르노니 은나라의 어진 신하와 제후들에게 잘 일러 가르치라. 크고 작은 모든 관원들과 너까지도 포함하여, 비록 명절 때나 제사 때라도 술에 깊이 취하는 일이 없도록 절제하라. 만일 평상시에 '여러 사람이 모여 술을 마신다'는 보고가 들어오거든, 그들을 용서하여 놓아주지 말고, 모두 묶어 주나라 서울로 보내라. 내 그들을 모두 죽일 것이다. 그러나 은나라 옛 신하들과 관리로서 이미 술에 깊이 빠져 고칠 수가 없는 사람은 죽일 필요가 없다.

　다시 이르노니 너는 항상 나의 가르침에 따라, 네가 다스리는 백성들로 하여금 술에 깊이 **빠지는** 일이 없도록 하라.”

　한 권력자가 뿌린 나쁜 씨앗이 얼마나 많은 사람을 병들게 했는지를 알 수 있습니다.

　미국같은 자유주의 나라에서도 술을 먹지 못하도록 금한 일이 있었습니다. 그리고 지금도 누가 술이 너무 취해 사고를 당하거나 하면, 어느 술집에서 술을 마셨는지를 조사하여 벌금을 물리고 있기 때문에, 술집에 가서도 술을 취하도록 실컷 마시지 못한다고 합니다.

　내가 아는 교수 한 분이 교환교수로 미국에가서 1년 반 동안 있다가 돌아온 일이 있었습니다. 그 분의 말이,

　“미국은 자유의 나라라고 해서 모든 것이 우리 나라보다 훨씬 자유일 것이라고 생각했었는데, 나는 내가 좋아하는 술을 한 번도 실컷 마신 적이 없다.”

고 했습니다.

　그 까닭을 물었더니,

　“술집에서 술을 한 병 마시고 다시 한 병을 청했더니, 글쎄 팔 수 없다고 하지 않겠어? 그래서 내 돈 주고 내가 먹는데 술집에서 술을 팔지 않겠다니 그게 무슨 소리냐고 따졌더니, 심부름하는 사람의 말이 ‘손님이 너무 취해서 비틀거리거나 하면, 저희가 벌을 받게 되어 있기 때문입니다’라고 하지 않겠어?”

라며 입맛을 쩍쩍 다시는 것이었습니다.

　중국 사람들은 술이 취해서 길에 나와 비틀거리거나 허튼소리 하는 사람이 없다고 합니다. 정말 본받을 일이지요. 그러나 그렇게 된 것이 그리 오래된 일이 아니라고 합니다.

청나라 말년에 술을 먹고 주정을 하거나 싸우거나 하는 일이 너무도 많아서 황제의 임시 특명으로 그런 사람을 모조리 잡아다가 죽인 일이 있었습니다. 그 뒤로 집안에서만 술을 실컷 마실 뿐, 밖에 나와 술집에서 술을 지나치게 먹는 일이 없어졌다는 것입니다.

우리나라만이 술 마시는 자유를 너무 많이 누리고 있는 것 같습니다. 주택이 있는 곳에까지 술집이 들어와 있고, 술을 마셨다 하면 취하고야 마는 버릇이 있어, 2차니 3차니 하는 말까지 생겨나고 있으니 말입니다.

이 주고가 우리나라에 알맞은 교훈으로 여겨지기도 합니다.

제13장 자재(梓材)

이 편도 역시 성왕이 아우 강숙에게 이르는 내용입니다. 강고와 주고와 이 자재 세 편이 다 강숙에게 이르는 내용입니다. 결국 주공이 성왕을 대신해서 말한 것이지요.

자(梓)는 가래나무로, 나무 가운데 가장 쓸모 있는 좋은 나무라 하여 나무임금(木王)이니, 모든 나무의 어른(百木之長)이니 하고 불리웠다 합니다. 제2절에 나오는 자재(梓材)라는 말을 따서 편 이름을 만든 것인데 가래나무로 그릇을 만들 때, 부지런히 순서와 절차를 따라 나무껍질을 벗기고 자르고 끊고 다듬고 물감을 풀어 곱게 칠을 하듯, 나라를 법에 따라 정성을 다해 다스리라는 뜻으로 말한 것입니다.

제2절은 모든 백성들과 관원들의 느낌과 바람을 대신들에게 전달하여, 밑에 있는 백성들과 관원들이 바라는 정치를 펴야 하며, 지난 혼란기에 본의 아니게 저지른 죄를 너그러이 용서하고, 절대 죽이는 일은 하지 않겠다는 말을 널리 알리라고 하고 있습니다.

정치에 서투르거나 생각이 모자라는 사람들은 나라를 바로잡는 일을, 지난날의 반대세력을 숙청하는 일에서부터 시작하는 것이 보통입니다.

가까운 예를 들면, 6·25사변 때 집권층 사람들은, 서울은 절대 적에게 넘겨주지 않을 것이니 안심하라는 방송을 계속했습니다. 자기들은 벌써 대전으로 피난해 있으면서, 그같은 방송을 서울에서 하고 있는 것처럼 했던 것입니다.

그것은 혼란을 피하려는 생각과 함께, 자기들만이 쉽게 피난할 수 있도록 하기 위한 수단이기도 했습니다. 그것이 부득이한 일이었다 하더라도 서울에 남아 있는 사람에게는 속임수를 쓴 것에 지나지 않는 일이었습니다.

그 후 석 달 뒤 서울을 수복하여 왔을 때는 위로와 사과의 말을 하는 것이 도리였습니다. 그런데 사과나 위로는커녕 몰래 도망간 자기들만이 애국자요, 서울에 남아 있었던 사람들은 반역자에게 협력한 사람들이라 하여 죄인으로 몰아붙였던 것입니다. 그들은 그것을 당연하고 현명한 처사로 알고 했을지는 모르지만, 착하고 힘없는 백성들을 원수로 만들고 말았던 것입니다.

이 편의 제1절은, 강숙이 부임해 가는 위나라가 무경과 관숙·채숙의 반역자들이 반란을 일으켜 완강하게 오래 버티고 있던 곳이었으므로, 적지 않은 두려움 속에 있었을 것이 틀림없습니다. 그런 백성들의 마음을 위로하고, 반역자에게 협력할 수 밖에 없었던 말단관원들을 안심시키도록 정책을 펴고, 설사 반역자에 적극적으로 협력한 사람일지라도 죽이거나 하는 보복적인 처사를 하여 그 가족이나 가까운 사람들의 마음에 원한을 심어주는 일만은 절대로 피하라는 뜻을 말한 것이라 볼 수 있습니다.

그 끝에는 이런 말이 적혀 있습니다.

"……지난날 간악한 일을 한 자와, 사람을 죽인 자와, 사람을 못살게 군 자들을 너그러이 용서하면 그들도 임금을 본받아 서로 용서를 하고 다시 화합하게 될 것이다.”

제2절은 천자와 백성들과의 중간에 위치한 제후의 중요한 임무가, 천자의 어진 뜻을 받들어 백성들을 바른 길로 이끄는 일이며, 그것은 임금 스스로 본보기가 되도록 해야 하며, 나라를 다스리고 백성을 이끄는 일은 농부가 논밭을 가꾸는 것과 같고 목수가 집을 짓는 것과 같다는 것을 말하고 있습니다.

첫 머리에는 이런 말이 적혀 있습니다.

“천자가 제후들을 세운 것은 백성들을 잘 거느리고 착한 사람이되게 가르치려는 것이다. 천자는 말씀하셨다.

그대들은 다같이 백성들을 해치는 일이 없도록 하라. 다같이 학대하는 일이 없도록 하라. 홀어미와 같은 의지할 곳 없는 사람과 천한 사람들을 더욱 조심해 보호해 주라……”

하고 말하고 있습니다.

제3절은 문왕 무왕이 제후들을 어떻게 거느렸으며 제후들이 어떻게 왕실을 받들었는가를 말하고 맨 끝에 가서,

“너는 이를 거울로 삼아, 천년 만년 왕실을 받들고 자손만대에 걸쳐 백성들을 잘 보호하라.”

하고 훈계와 축복의 말을 하고 있습니다.

제14장 소고(召誥)

소고(召誥)는 소공(召公)이 성왕에게 고한 글이라는 뜻입니다.

무왕이 처음 왕조를 세운 옛 서울은 서쪽에 치우쳐 있었으므로, 장차 천하의 중심지가 될 낙(洛)에 새 도읍을 꾸며 그리로 옮길 것을 계획하고 있었습니다. 그것은 주공의 뜻이기도 했습니다.

그러나 도읍을 옮긴다는 것이 쉬운 일이 아닙니다. 그래서 먼저 소공을 낙으로 보내 땅과 위치를 살펴보게 했습니다. 그때의 일을 기록한 내용입니다.

제1절은 소공이 주공보다 먼저 낙에 이르러 도읍을 꾸밀 적당한 곳을 정한 다음, 그곳이 과연 적당한지 아닌지를 점을 칩니다. 점이 좋게 나왔으므로 종묘와 궁전 세울 곳을 측량하고 그 위치에 표말을 세워 표시합니다.

그리고 제사를 지내고, 그 뒤 주공이 이르러 새 도읍을 정한 것을 온 백성들에게 알리고 제후들에게 명령한 내용들을 담고 있습니다.

인류역사의 초기에는 이른바 제정일치(祭政一致)의 시대가 있었다고 합니다. 하느님과 신명과 조상의 영혼에 제사를 드리는 것이 정치와 불가분의 관계에 있었던 것을 '제정일치'라고 합니다. 천자(天子)라는 이름도 하느님의 아들로서 하느님의 뜻을 받들어 땅위의 사람들을 거느리고 다스린다는 뜻에서 나온 말입니다. 그것은 임금이라는 정치적인 뜻보다는 하느님이란 종교적인 뜻을 담고 있었던 것입니다.

점을 치는 것은 하느님의 뜻을 묻는 것이며, 그 뜻에 따르기 위한 절차라고 볼 수 있습니다. 그리고 처음 제사를 드리는 것은 '당신 뜻을 받들어 일을 시작하니 잘 이끌어 주시고 보살펴 주십사.'하는 뜻이며, 일을 마친 다음에 지내는 제사는 원대로 된 데에 대한 감사의 뜻으로 지내는 것이었습니다.

오늘날에도 그런 사상은 아직 남아 있으며, 종교인들은 그것을 형식만이 틀리는 다른 방법으로 행하고 있는 것입니다. 우리는 이 글을 통해 그 당시의 제정일치의 모습을 엿볼 수 있습니다.

제2절은 은나라 백성들에게 이른 내용입니다. 은나라가 이미 망하고 주나라가 다시 일어난 것은 다 하느님의 뜻으로 된 것이니, 이제 딴 생각을 버리고 주나라에 충성을 하라고 이른 것입니다. 은나라가

아직 망하지 않았을 때, 하느님의 뜻을 거역하고 포학한 일을 계속하는 주임금을, 같은 은나라의 어진 재상과 친척들마저 등지고 주나라로 오지 않았더냐? 하는 것을 강조하고 있습니다.

옛 신하와 옛 백성들은 한때 원수처럼 여겨졌던 은나라가 망하고 난 지금에는, 은나라가 망하지 않았을 때의 좋았던 점만이 자꾸만 생각에 떠오르곤 했던 것입니다.

주공이 도읍을 낙으로 옮긴 것도 이를 은나라 백성들에게 은나라를 잊도록 하기 위한 한 방법이었음을 알 수 있으며, 은나라 자손들을 숙청하기보다는 보호하는 정책을 쓴 것도 백성들의 그같은 마음을 달래주기 위한 방법에서였다고 볼 수 있습니다. 이것은 하나의 얄팍한 회유책이 아니라, 어질고 너그러운 본성이 그 바탕이 되었던 것 입니다.

맹자는 이런 말을 했습니다.

"착한 일을 하며 그것으로 사람의 마음을 굴복시키려는 사람은 끝내 그 목적을 달성하지 못한다. 굴복시키려는 생각을 버리고 착한 마음으로 보살펴 주어야만 굴복하게 되는 것이다. 백성들이 마음으로 복종하게 되었을 때만 천하를 통일할 수 있다."

맹자는 백성들의 마음을 달래기 위한 일시적인 방법으로는, 백성들의 지지를 받을 수 없다는 것을 말하고 있는 것입니다. 백성을 친자식처럼 보살피는 정책을 계속해서 펴나가야만 비로소 백성들을 따르게 만들 수 있다고 말한 것입니다.

이렇게 볼 때 주나라의 새 왕조를 세운 주공이 얼마나 고심했을 것인가를 짐작할 수 있습니다. 처음엔 무력으로 반대세력을 무찌르고, 도읍을 은나라 옛 땅으로 옮겨와 백성들이 하루빨리 은나라를 잊도록 만들며, 좋은 말과 착한 정치로써 그들을 회유하고 있었던 것입니다.

당태종은 나라를 새로 세우기보다 지키기가 더 어렵다고 말했다 합니다. 힘으로 임금을 밀어내고 정부를 새로 세우기만 하면 백성들이 무조건 따를 것으로 생각하는 사람들에게 좋은 거울이 될 수 있을 것 같습니다.

제3절은 소공이 성왕에게 하느님의 뜻을 받들어 백성을 사랑하는 정치를 펴도록 권고하는 내용입니다. 옛날 하나라의 걸임금과 은나라의 주임금이 나라를 잃게 된 원인이, 하느님의 뜻을 등지고 백성들을 올바로 보살피지 않았던 것에 있음을 강조하고 있습니다.

제4절은 소공이 주공의 말을 인용하여, 은나라의 옛 관원들을 너그러운 마음으로 잘 달래어 따르도록 하고 은나라의 옛 관원들과 주나라의 새 관원들이 잘 서로 융합하도록 하라는 내용입니다.

정권이 바뀌기가 무섭게 옛 관원들을 숙청하거나 스스로 물러나게 하고, 자기를 따르는 사람으로 그 자리에 대신 들어와 앉게 하는 것이 지난날의 정치였습니다. 그러므로 선거 때면 여당과 야당이 목숨을 걸다시피 하며 피나는 추한 싸움을 벌이곤 했던 것입니다. 나라를 위하고 백성을 위하는 참다운 정치는, 새로 권력을 잡은 쪽의 융화정책에 있음을 말해 주는 것이라 볼 수 있습니다.

제5절에는 소공이 성왕에게 마지막으로 충고하는 내용이 담겨 있습니다. 임금이 아직 나이가 어리므로 염려스런 마음에서 이런 충고를 한다는 것을 밝히고, 어렸을 때 몸을 닦고 덕행에 힘쓰라고 권고합니다. 그리고 그 가운데는 옛날 우리와 원수였던 사람과 백성들을 차별하지 말고 똑같이 사랑을 베풀어, 한 마음이 되도록 하여 모두 나라에 충성하도록 해 달라는 말을 거듭 하고 있습니다.

제15장 낙고(洛誥)

낙(洛)은 새로 꾸민 도읍인 낙읍(洛邑)을 말합니다. 낙읍에 새 도읍을 꾸민 다음, 주공이 이곳 유수(留守)로 있게 됩니다.

주공은 새 도읍지로 어디가 과연 좋을지를 몰라 여러 곳을 놓고 점을 쳐 보았습니다. 처음에 황하 북쪽을 점쳐 보고, 그 다음엔 간수(澗水) 동쪽을 점쳐 보고, 그 다음엔 전수(瀍水) 서쪽을 점쳐 보았으나, 낙수만이 좋게 나왔으므로 이곳에 도읍을 세우게 되었다는 것을 성왕에게 보고 하자, 성왕은 주공의 말을 믿고 따르겠다며 그의 수고와 공을 치하합니다.

이것이 제1절의 내용인데 주공과 성왕이 주고받은 말을 사관이 기록한 것으로 되어 있습니다.

제2절은 주공이 성왕에게 옛 서울에 남아 있는 신하들을 낙읍으로 데려올 뜻을 말하자, 성왕은 주공의 뜻에 따를 것을 말하며 오기를 꺼리는 그들을 잘 타일러 사이좋게 지낼 것을 거듭 당부하는 내용을 담고 있습니다. 역시 관리들이란 귀찮고 일이 많은 것을 싫어하는 이른바 안일무사만을 바라고 있음을 말해주고 있는 것으로 볼 수 있습니다.

그러나 주공이 이 낙읍을 제2의 서울로 꾸며둠으로 해서 3백 년 뒤 이곳을 새 서울로 하여, 기울어진 주나라 왕조는 5백 년을 다시 이어가게 되는 것입니다. 점괘가 좋게 나온 것은 그런 미래를 말해준 것이었을지도 모릅니다. 성왕은 주공의 점괘를 믿는다고 말했던 것입니다.

제3절은 주공이 성왕에게 제후들로부터 공물(貢物)을 받아들이는 일을 설명하고, 공물의 많고 적은 것과 좋고 나쁜 것보다는 예를 제대로 갖추었는가를 더 중시하라고 말합니다. 물건의 양과 질적인 것보다는, 그 마음의 참되고 참되지 못한 것을 더 중하게 여기라고 한 것입니다.

제4절은 성왕이 주공에게 한 말로, 주공이 이룩한 일을 높이 칭찬하고 모든 것을 주공에게 맡기고 돌아가니, 새 도읍의 일을 주공이 잘 해 달라는 부탁을 담은 내용입니다.

끝 절인 제4절은 주공이 성왕에게 절하며, 성왕의 명을 받들어 은나라 신하와 백성들을 잘 이끌어 주나라에 충성하는 착한 신하와 착한 백성이 되도록 하겠다는 것을 다짐한 내용입니다.

제16장 다사(多士)

다사(多士)는 많은 선비란 뜻으로, 은나라의 옛 관원들을 가리킨 말입니다. 그들은 아직도 은나라에 대한 옛 인연을 잊지 못하는 한편, 새 왕조인 주나라에 대해 서먹서먹한 느낌을 떨쳐버리지 못하고 있었던 것입니다.

새로 낙읍에 도읍을 완성한 것은 성왕 7년의 일이었는데, 궁전만 지었다고 서울이 되는 것은 아니므로 그 둘레에 있는 여러 곳에서 힘이 있고 생활의 여유가 있는 사람들을 새 서울 낙읍으로 이주시켰던 것입니다.

주공은 성왕의 말이라 하여, 은나라 유민들을 낙읍으로 이주시키며 그들의 지도급 인사와 관원들을 회유하고 설득시키는 내용으로 되어 있습니다. '다사'라는 말이 여러차례 나오기 때문에 '다사'로 편의 이름을 삼았던 것입니다.

모두 4절로 나뉘어져 있는데, 거의가 비슷한 내용으로 주나라가 은나라를 대신한 것은 하늘의 뜻에 따른 것이며, 다른 야심이 있어서 그런 것이 아님을 강조하고 있습니다. 그만큼 은나라의 옛 관원과 지도급 인사들이 주나라에 완전히 복종하는 태도를 보이지 않았음을 알 수 있습니다.

그래서 서울을 낙읍으로 옮기고, 사람들을 그리로 이주시켜 회유와 감시를 아울러 펴는 정책을 썼던 것으로 짐작됩니다.

끝에 가서는 은나라 유민들을 탄압하는 일이 없을 것과, 오히려 학정에 시달리는 은나라 백성들을 구해내기 위한 혁명이었으므로 은

나라 유민을 우선적으로 보호할 것이니, 안심하고 새 정책에 협력하고 순종해 달라는 부탁을 거듭하고 있는 내용입니다.

〈맹자〉에는 공손추(公孫丑)란 제자와 맹자와의 사이에 주고받았던 대화로, 다음과 같은 내용의 말이 실려있습니다.

"선생님께서 제나라의 재상이 되어 뜻대로 하실 수 있다면 패천하를 할 수 있겠습니다."

"지금 제나라로서 통일천하를 이루는 것은 손바닥 뒤집는 것처럼 쉬운 일이야."

"문왕같은 위대한 임금도 백년 가까이 살고 있었는데도 통일천하를 이룩하지 못했습니다. 문왕의 아들 무왕과 주공이 뒤를 이은 뒤에야 통일천하를 이룩할 수 있었습니다. 그럼 선생님께서는 문왕보다 더 훌륭한 일을 할 수 있다는 말씀입니까?"

"내가 어찌 문왕을 당할 수 있겠는가? 은나라는 탕임금부터 무정에 이르기까지 거룩한 임금이 일곱이나 있었고, 무정이 제후들을 거느리며 천하 다스리기를 손바닥 위에 올려놓듯 했다.

그 무정과 은나라를 망친 주임금과는 별로 멀지 않은 시기였으므로 훌륭한 제도와 법이 그대로 남아 있었고, 은나라에 충성하는 전통을 지닌 제후들이 아직도 많았다. 게다가 문왕은 겨우 사방 백리의 영토밖에 갖고 있지 않았었다.

지금 제나라는 은나라와 같은 사방 천리의 영토를 가지고 있고, 은나라 당시와 같은 많은 백성을 거느리고 있다. 그러므로 어진 정치만 하면 온 천하 백성들이 모두 제나라 백성이 되기를 원할 것이니, 일은 옛 사람의 반밖에 하지 않고, 공은 그 두 배로 이룩할 수 있는 것이 지금이다."

이 대화를 통해 우리는 주공의 어려웠던 처지를 충분히 짐작할 수 있습니다. 5백년 전통을 지닌 은나라가 주임금 하나의 잘못으로 정권을 잃었다고 해서, 사방 천리 안에 사는 백성들이 혁명을 일으킨 새 정권에 무조건 따를 리는 만무한 일이었습니다.

무경이 반란을 일으켜 아버지 주임금의 빼앗긴 정권을 되찾으려 했던 것도 그만한 배경이 있어서였을 것이며, 혁명세력의 주체로서 실권에서 밀려난 관숙과 채숙이 무경과 손을 잡고 조국을 배반한 것도, 정세가 그렇게 옮겨가고 있었기 때문으로 볼 수 있습니다.

구한말의 정치권 사람들이 각각 외국의 세력을 등에 업고 개인의 영달을 위해 조국을 배반하고 적과 내통하고 있었던 것도, 다 같은 배경에서라고 볼 수 있습니다.

그러기에 주공이 위대하다는 것입니다. 그리고 그런 어려움 속에서 탄압이 아닌 회유정책으로 은나라 유민들을 달래어 주나라에 복종하게끔 만들었으니 말입니다.

제17장 무일(無逸)

무일은 편안한 것을 찾지 말라는 뜻입니다. 편안하고 즐거운 것을 좋아하게 되면, 그것은 곧 사치와 방탕으로 흐르게 되어 나라를 어지럽게 만들고 백성들을 괴롭게 하기 때문에, 끝내는 임금의 자리를 오래 지키지 못하게 된다는 것을 임금에게 일깨운 글입니다. 이것은 주공이 성왕에게 올린 글이라고 합니다.

그 내용을 대충 간추리면 이런 내용이 됩니다.

주공이 말하였다.

"벼슬에 있는 사람은 편안한 것을 즐기는 일이 없어야 합니다. 먼저 백성들이 씨뿌리고 가꾸고 거두어 들이는 일이 얼마나 어려운 것인가를 알아야 합니다. 그런 다음에 편안함을 누리게 되면 백성들이 고생하는 것을 생각하여 정도에 벗어나는 일이 없게 됩니다.

백성들 가운데, 그 부모들은 부지런히 농삿일을 하는데도 아이들은 그것이 얼마나 어렵고 힘든 것인 줄을 모르고 자라기 때문에 차츰 자라 편안하고 즐거운 것만을 찾게 됩니다. 그때서야 부모들이 나무라면 그들은 부모에게 업신여기는 말을 하게 됩니다. '당신네 늙은이들은 아무것도 모릅니다.'라고 말입니다."

주공은 또 말하였다.

"옛날 은나라 중종임금은 하늘이 맡긴 책임이 무거운 것을 알고, 잠시도 편안하고 즐거운 것을 찾지 않았기 때문에 75년이나 임금의 자리에 있었습니다. 고종임금에 이르러서는 일찍이 몸소 백성들과 어울려 함께 힘든 일을 하며 지냈고, 임금이 된 뒤에도 편안하고 즐거운 일을 찾지 않았습니다. 백성들은 늙은이고 젊은이고 모두 고종에 대해 원망을 조금도 품지 않았습니다. 그래서 고종은 59년이나 나라를 평화롭게 다스렸습니다.

또 조갑은 스스로 임금될 사람이 못된다 하며, 오랫 동안 백성들과 함께 일하며 지냈습니다. 그러므로 임금이 된 뒤에는 백성들의 고통을 알아 그들을 불쌍히 여기고 사랑하며 보호하였고, 의지할 곳 없는 사람도 일일이 보살펴 주었습니다. 그 조갑도 33년 동안이나 나라를 평화롭게 다스렸습니다. 그러나 그뒤로부터는 백성들의 어려움을 알지 못하고 편안한 것만을 찾았기 때문에 오래 그 자리를 지키지 못했습니다."

주공은 또 말하였다.

"아아! 우리 할아버지 태왕과 왕계께서는 하느님을 두려워 하여 스스로 몸을 낮추고 백성을 돌보았습니다. 아버님 문왕께서는 백성들이 입는 옷을 입고, 들판에서 몸소 밭일을 하셨습니다. 사냥을 즐기는 일도 없었습니다. 늦게 임금이 되시어 50년 동안 나라를 일으켜 왔습니다.

아아! 선왕의 뒤를 이으신 임금님이시여! 화려한 궁궐의 즐거움이나 사냥에 빠져드는 일이 없게 하옵소서! 백성들의 어려움을 생각하시고, ‘오늘은 참으로 즐거웠다.’라든가 하는 일이 없게 하옵소서. 이는 백성의 본보기가 될 수 없는 일이며 하늘이 바라는 일이 아닙니다. 은나라의 망한 임금처럼 여자에게 매혹되거나 술에 빠지는 일이 없게 하옵소서! 옛 어진 임금과 조상들의 남기신 교훈을 명심하시고 본받도록 하옵소서.”

우리는 여기서 옛 성인들이 얼마나 나라와 백성을 위해 애썼는가를 알 수 있습니다. 그리고 이 편의 맨 앞에서 보았듯이, 백성들 가운데서도, 부모들이 열심히 살림을 하며 아이들만은 편안히 지내게 한 결과, 그 아이들의 길이 잘못 들어, 잘못을 나무라는 부모들을 보고 도리어

“당신들이 무엇을 압니까?”

하고 반발했다는 이야기는, 오늘날 흔히 말하는 세대차니 하는 것이 얼마나 잘못된 생각인가를 일깨워 주는 말이라고 볼 수 있습니다.

그것은 세대차가 아닙니다. 어려서부터 사는 것의 고생스러움을 알려주지 못하고 편안히 곱게만 길렀기 때문입니다. 좋은 뜻의 세대차는 있을 수 있습니다. 그것은 바람직한 일입니다. 그러나 나쁜 뜻의 세대차는 부모들의 모자란 생각과, 돈만 아는 둘레에 있는 사람들의 그릇된 생각 때문이란 것을 이 글로써 깨달아야 할 것 같습니다.

제18장 군석(君奭)

군석은 소공을 가리킨 것입니다. 소공의 이름인 석(奭) 위에 군(君)이란 말을 얹어 높여 부른 것입니다.

주공이 거의 독재를 하듯 했으므로, 주나라의 두 기둥으로 불리우는 소공도 주공이 혹시 야심을 품고 있지는 않나 하고 의심을 품었

던 것입니다. 그런 눈치를 챈 주공이 그 의심을 풀어주기 위해 이런 말을 했다는 것이 역사의 기록입니다.

그러나 이 글 내용에는 의심하지 말라는 부탁 같은 말은 나오지 않습니다. 다만 어린 임금을 함께 도와 일하자는 말을 하고 있습니다. 그것이 아마 상대의 의심을 푸는 방법이었을 것입니다. 네가 왜 나를 의심하느냐 하는 말보다는 간곡한 부탁이 의심을 푸는 좋은 방법임을 우리는 알아야 할 것입니다.

5절로 나뉘어져 있는데 1절부터 3절까지는 '그대 석이여(君奭)!' 하는 말로 시작됩니다. 그래서 '군석'이라는 편이름을 붙인 것입니다. 물론 사관이 주공의 말을 기록한 것입니다.

무왕이 죽고 어린 성왕이 뒤를 이었을 때, 하남(河南)을 경계로 서쪽은 소공이 맡아 다스리고 동쪽은 주공이 맡아 다스리게 되었는데, 주공이 섭정으로 있으면서 혼자서 나랏일을 마음대로 하고 있었으므로 주공을 의심하게 되었던 것입니다.

실권의 제2인자인 어진 소공까지도 주공을 의심하고 있었으니, 세력권에서 벗어난 관숙과 채숙이 주공을 의심한 것은 당연한 일이기도 했습니다.

뒷날 사람들은 남은 기록만을 보고,

'주공같은 성인의 마음을, 같은 형제로서 의심을 하다니?'

하고 말들을 합니다. 그러나 속담에도 있듯이 열길 물 속은 알아도 한길 사람 속은 알 수 없는 것이 사실이고 보면, 의심받을 위치에서 일하는 사람처럼 외로운 사람은 없다고 보아야 할 것입니다.

기록에는 이렇게 나와 있습니다.

'성왕이 나이가 어려, 주공이 섭정으로 나랏일을 맡아 하게 되자 소공이 주공을 의심했다. 그래서 주공이 '군석'이란 글을 지어 주었더니 소공이 의심을 풀고 기뻐했다.'

이것이 성왕 원년의 일인 것처럼 되어 있으므로, 주공은 의심할 것을 미리 알고 그같은 부탁을 했던 것으로 보입니다.

관숙과 채숙에게도 주공이 같은 생각으로 미리부터 손을 썼으면, 그들이 주공을 시기하여 헛소문을 퍼뜨리고 반란을 일으키는 일은 없었을 것입니다.

소공은 주공의 아저씨였다는 말도 있고, 먼 친척이라는 말도 있습니다. 그러나 관숙과 채숙은 친형제 사이였습니다. 주공은 형제라는 것만 믿고 만일에 대한 염려는 하지 않았던 것인지도 모릅니다.

그 점에 대해 〈맹자〉에는 이런 내용이 나와 있습니다.

맹자가 제나라 선왕(宣王)의 정치고문으로 있을 때였습니다.

연(燕)나라에 내란이 일어난 틈을 타서 제나라는 연나라를 손에 넣고 말았습니다. 작은 성 하나를 함락시키는데도 보통 석 달에서 반 년이 걸리는 것이 그 당시의 일반적인 상황이었는데, 같은 면적인 사방 천리의 나라를 겨우 50일에 완전히 손에 넣고 말았던 것입니다.

제선왕은 맹자를 보고 물었습니다.

"어떤 사람은 연나라를 차지하라고 말하고, 어떤 사람은 차지해서는 안 된다고 말합니다. 같은 면적인 사방 천리의 나라로서 겨우 50일 만에 완전승리를 거두었으니 이것은 사람의 힘이라기보다 하늘의 도움으로밖에 볼 수 없습니다. 하늘이 주는 것을 마다하면 천벌이 있을 것이니 차지하는 것이 어떻겠습니까?"

앞에서 주공도 은나라 사람들을 달랠 때 늘 하늘의 뜻이란 것을 강조했습니다. 제선왕도 자기 욕심을 채우려고 하며 하늘을 팔려고 했던 것입니다.

맹자는 이렇게 대답했습니다.

"연나라 백성이 제나라 백성이 되기를 원하거든 차지하십시오. 옛날 주나라 무왕이 그러했습니다. 그러나 연나라 백성이 제나라 백성이 되기를 원하지 않거든 차지하지 마십시오. 옛날 주나라 문왕이 그러했습니다. 같은 천리의 나라인데도 연나라 백성이 제나라 군사를 반가이 맞이한 것은, 제나라 군사가 내란을 가라앉혀줄 것으로 믿었기 때문입니다. 만일 그 기대에 벗어나게 되면 반가이 맞이하던 연나라 백성은 곧 등을 돌리고 말 것입니다."

그러나 제선왕은 욕심대로 연나라를 삼키고 말았습니다. 그러자 이웃나라들이 가만있지 않았습니다. 서로 힘을 합쳐 제나라를 무찌르려 했던 것입니다.

그러자 제선왕은 또 맹자에게 대책을 물었습니다. 맹자는 이렇게 대답했습니다.

"연나라 백성이 제나라 군사를 환영한 것은 자기들을 도와줄 줄로 알았기 때문입니다. 그런데 제나라 점령군은 백성들의 기대를 저버리고, 지도급 인사들을 처형하고 반대하는 젊은이들을 체포하여 감금하는가 하면, 종묘를 허물고 나라의 보물들을 제나라로 실어 오고 있지 않습니까? 지금 당장이라도 그같은 일을 중지시키고, 연나라 사람들과 상의하여 그들이 원하는 사람을 임금으로 앉히고 곧 군사를 돌아오게 하십시오. 그러면 연나라 백성들의 반항도 받지 않을 것이며, 다른 나라와의 전쟁도 피할 수 있을 것입니다."

그러나 제선왕은 이미 손에 들어와 있는 연나라를 되돌려 주기가 아까워 머뭇거리기만 했습니다. 결국 연나라 사람들은 반란을 일으켜 제나라 군사를 몰아내고 말았습니다.

이때서야 제선왕은 맹자의 말을 듣지 않은 것을 후회하며 신하들에게 이런 말을 했습니다.

"나는 너무도 부끄러워 맹자를 대할 수가 없게 되었구려!"

모여 있는 신하들은 모두 침통한 표정으로 말이 없었습니다. 그러나 임금의 비위를 잘 맞추며 아첨하기 좋아하는 진가(陳賈)라는 신하가 이런 말을 했습니다.

"너무 걱정하지 마십시오. 임금께선 스스로 주공과 비교해서 누가 더 어질고 지혜롭다고 생각하십니까?”

“그게 무슨 소리인가? 어떻게 주공같은 성인과 비교를 한단 말인가?”

“주공이 관숙에게 은나라를 감시하라고 시켰는데, 그 관숙이 은나라를 등에 업고 반란을 일으켰습니다.

그럴 줄 알고 시켰다면 그것은 어질지 못한 것이 되며, 모르고 그랬다면 그것은 지혜롭지 못한 것이 되옵니다. 주공같은 성인도 그런 실수를 했거늘 임금이라고 해서 실수가 없겠습니까? 제가 맹자를 만나 임금의 부끄러움을 풀어드리겠습니다.”

맹자를 찾아온 진가는 그 당시 유행하던 변사의 흉내를 내며 말을 꺼냈읍니다?

“주공은 어떤 사람입니까?”

“옛날 성인이었지.”

“관숙을 시켜 은나라를 감시하게 했었는데, 그 관숙이 은나라를 업고 반란을 일으켰다는 것이 사실입니까?”

“사실이었다.”

“그럴 줄 알고 시켰던 것인가요?”

“알지 못했었다.”

“그럼 성인도 그런 실수를 하게 되는 것입니까?”

맹자는 진가가 임금을 대신해서 변명하러 온 것임을 알고 있었습니다.

“주공은 아우였고 관숙은 형이었으니, 형을 의심하지 않고 보낸 주공의 실수는 너무도 당연한 것이 아닌가?”

맹자의 이 말은, 주공의 실수와 제선왕의 실수는 성질부터가 다른 것임을 말한 것입니다. 진가는 머쓱해서 더 이상 말을 잇지 못했습니다. 맹자는 그를 보고 이렇게 꾸짖었습니다.

“옛 사람들은 잘못이 있으면 그것을 고치려 힘썼는데, 요즈음 사

람들은 잘못이 있으면 솔직히 시인하는 것이 아니라 변명까지 하
려 하거든.”

　결국 주공은 형제를 의심하지 않는 어진 마음 때문에 일을 그르치
게 되었던 것입니다.

　그러므로 공자도 이런 말을 했습니다.

　“그 사람의 실수를 보면 그 사람의 어진 것을 알 수 있다.”

　그러나 아는 길도 물어서 가고 돌다리도 두들겨 보고 건너가는 마
음과 함께, 믿는 도끼에 발등 찍히는 일이 없도록 하는 것이 큰 일
을 하는 사람의 지혜라 볼 수 있습니다.

　이 ‘군석’은 그런 것의 하나가 되는 것입니다.

제19장　채중지명(蔡仲之命)

　채중은 관숙과 함께 은나라를 업고 반란을 일으켰던 채숙의 아들
입니다. 아버지 채숙은 반란죄로 감옥에 가두어 두었었는데, 그가
죽은 뒤 그의 아들 채중이 어진 것을 보자　그를 채(蔡)라는 나라에
봉해 주고 훈계한 것입니다. 명(命)은 훈계의 뜻입니다.

　2절로 되어 있는데 제2절에선 관숙과 채숙과 곽숙(霍叔)을, 그 죄
의 무겁고 가벼운 것에 따라 벌을 내린 것을 말하고 있습니다. 주동
자인 관숙은 사형에 처하고, 채숙은 감옥에 가두었고, 곽숙은 3년
동안 평민의 신분으로 근신하고 있도록 했다는 내용입니다.

　그 채숙의 아들 채중이 행동이 바르고 마음이 어질 었으므로 그를
경사(卿士)라는 대신의 벼슬에 있게 했다가, 천자인 성왕의 뜻에 따
라 그를 다시 제후로 봉하면서 훈계를 한 내용입니다.

　그 훈계의 말에는,

　“……너의 할아버님 문왕의 법과 가르침을 따르고, 너의 아버지처
럼 왕명을 거역하는 일이 없도록 하라”

하는 내용이 들어 있습니다.

제2절에서는 먼저

"하느님은 친한 사람이 따로 없다. 오직 덕이 있는 사람을 도울 뿐이다. 백성의 마음은 일정하지 않아 오직 은혜를 베푸는 사람을 따를 뿐이다. 착한 일에는 크고 작은 것이 다르지만 모두 나라를 다스리는 일에 도움이 되는 것이며, 악한 일 또한 크고 작은 것이 다르지만 그 결과는 다 나라를 어지럽히는 것이 된다. 그러므로 착한 일이면 크고 작은 것을 가리지 말고 힘써 행해야 하며, 악한 일은 아무리 작은 것이라도 이를 경계하고 멀리해야 한다."

라고 이르고, 끝에 가서

"아아! 어린 호(胡)야!"

하고 채중의 이름을 부르며,

"너는 가서 나의 명령을 저버리는 일이 없도록 하라!"

하고 이릅니다.

제20장 다방(多方)

다방(多方)은 여러 나라라는 뜻입니다. 방(方)은 지방(地方)을 가리킨 것입니다.

주공이 성왕의 명령을 받들어 동쪽 지방의 여러 나라에 선포한 내용입니다. 이것 역시 옛 은나라 유민들의 가라앉지 않은 마음을 주나라로 돌아오게 하려는 간곡한 부탁이었던 것으로 볼 수 있습니다.

모두 5절로 나뉘어져 있는데, 제1절에서는 은나라가 망하고 주나라가 그를 대신하게 된 배경을, 하나라가 망하고 은나라가 대신 천하를 다스리게 된 역사적 사실을 들어 비교해가며 설명하고 있습니다.

하나라 5백년의 통치가 마지막 임금인 걸의 횡포와 부패와 무질서로 걷잡을 수 없게 되자, 하느님은 은나라의 탕임금으로 하여금 하나라를 대신하게 했다는 것입니다. 은나라 마지막 임금인 주가 하나라 걸보다 더한 나쁜 임금이었으니, 하느님이 은나라를 없애고 주나라에게 은나라를 대신하게 한 것은 필연의 결과가 아니겠느냐는 것이지요.

"오오! 그대들 사방의 많은 나라와 은나라 제후들의 통치 아래에 있는 백성들에게 이르노라!"

하는 말로 시작하여, 하나라 걸의 포학과 부패와 무질서를 설명하고, 참다 못한 하느님이 마침내 대신할 훌륭한 임금을 찾던 중 성탕(成湯)을 발견하고, 성탕에게 명령을 내려 하나라를 무찌르게. 했다는 것입니다. 1절 끝에

"……이에 빛나는 아름다운 명령을 크게 성탕에게 내리시와 하나라를 무찔러 없앴다."

라고 하고 있습니다.

제2절에서는, 한번 버린 하나라를 하느님은 다시 돌보지 않았기 때문에 선량한 백성들은 그로 인해 편안한 생활을 할 수가 없었고, 백성을 보살펴야 할 관리들은 그 책임을 저버리고 걸을 본받아 백성들을 더욱 괴롭히기만 하여, 백성들도 마침내는 하나라를 등지고 말았다는 내용입니다.

결국은 하느님의 결정에 의해 이루어진 것이지만, 하느님이 그같은 결정을 내리게 된 근본원인은 임금에게 있었고, 하느님의 목적은 백성을 건지는 데에 있었다는 것을 말하고 있습니다.

제3절은 2절과 비슷한 내용으로, 결국 백성들은 첫째로 임금을 잘 만나야 하고 둘째로 관리들을 잘 만나야 하므로, 썩고 병든 은나라의 못된 제후들을 내쫓고 백성을 보살피는 일을 저버린 관리들을 갈아치우는 것이 마땅하다는 것을 말하고 있습니다. 그러니 이 모두가 백성들을 잘 살게 하기 위해 주나라 천자의 고마운 뜻에서 단행된

것이므로, 백성들은 안심하고 새로 펴는 정책에 따라 달라는 부탁을 한 것입니다.

제4절에는 그동안 백성들이 새 왕조가 하는 일을 잘 따르지 않았던 점을 꾸짖고 있습니다. 그리고 주동자를 부득이 감금하고 처벌까지 하게 된 것을 설명하고, 그것은 새 왕조의 정책이 과격해서가 아니라 하느님의 뜻과 시대의 흐름을 거역하는 미련하고 고집스런 사람들이 스스로 저지른 불행으로, 앞으로도 그같은 일을 꾀하는 사람이 있으면 백성들을 보호하기 위해 엄히 다스릴 것이니 그런 일이 없도록 하라고 경계하는 내용입니다.

제5절에는 다시 달래고 타이르는 내용입니다. 주공은 왕의 말씀이라 하여 이렇게 전하고 있습니다.

"그대들 여러 지방 관리들과 은나라의 관리들에게 이르노라. 그들은 내 밑에서 일한 지 이미 5년이 되었다."

하고, 법을 지키고 세금을 바치고 하는 일에는 잘 따르고 있으나, 아직 서로 화목하지 못하고 있으니 하루 빨리 마음을 바꾸어 화목하게 지내도록 하라는 부탁을 하고 있습니다.

그리고 다시,

"여러 관원들이여! 너희가 만일 내 명령에 따라 힘쓰지 않으면 너희들은 곧 편안함을 누릴 수 없을 것이며, 백성들 또한 편안함을 누릴 수 없을 것이다."

라고 거듭 말하고, 끝에 가서 다시,

"너희들이 끝내 융합하지 못하면, 나는 너희들을 징계하여 벌을 내릴 수밖에 없을 것이니 그때 가서 나를 원망하는 일이 없도록 하라!"

하고 경계하고 있습니다.

역사의 기록에는, 은나라 백성들이 주나라의 어진 정치를 바라고, 마치 고기가 물을 찾아 모인 것처럼 되어 있습니다.

  그것은 초기의 일부 지역의 일일 수도 있겠으나, 역시 권력을 잡은 사람들을 위해서 쓴 기록 때문이라고 볼 수밖에 없습니다.

  공자의 제자 자공은 〈논어〉에서 이런 말을 했습니다.

  "주임금은 기록에 나와 있는 것처럼 그렇게 악한 짓을 한 사람이 아니었다. 그가 나쁜 임금에는 틀림이 없다. 그가 나쁜 임금으로 나라를 잃게 되자, 세상 모든 악한 짓들이 모두 그가 한 것처럼 되고 만 것이다."

  주공이 두고두고 은나라 옛 관리들과 백성들을 타이르고 달래고 위협하고 하던 글들을 보았을 때, 자공의 말이 옳았던 것으로 볼 수 있습니다.

  또 무왕이 주를 무찌른 싸움에서 피가 냇물처럼 흘러 절구공이가 떠다녔다는 것도 과장된 말이 아니었을지도 모르는 일입니다.

  더욱이 은나라 군사가 저희들끼리 싸워서 그랬다는 것은 믿기 어려운 내용이라 볼 수 있습니다. 주나라 총사령관이었던 강태공은 병법(兵法)의 창시자였던 것으로 전해지고 있습니다. 적은 군사로 은나라 70만 대군을 상대로 싸워 이길 수 있었던 것이, 뛰어난 전략과 전술과 전투에 의한 것임을 증명하는 것이라 볼 수 있습니다.

  그래서 역사를 연구하다 보면 언제나 정사(正史)보다는 야사(野史) 속에 숨어 있는 참을 찾아낼 수 있는 것입니다. 소설처럼 꾸며진 거짓말 속에서도 어딘가 참 모습이 숨어 있을 것으로 여겨집니다. 그러나 야사가 정사보다 옳을 수는 없는 일입니다.

제21장 입정(立政)

  입정은 정치를 바르게 세운다는 뜻입니다. 이 내용 역시 주공이 나이 어린 천자 성왕에게 올리는 교훈의 말입니다.

여기서 특히 힘주어 말한 내용은, 법을 맡아 다스리는 법관에게, 법을 법대로 행하도록 내버려두지 않고, 임금의 사사로운 생각이나 감정으로 그 법을 어기고 더 엄하게 벌을 주라고 한다든가, 어떤 특정한 사람만을 특별히 죄를 용서하거나 가볍게 해주라고 하지 말라는 것입니다.

법은 모든 사람에게 평등해야 한다는 것은, 예나 지금이나 다를 것이 없는 진리임을 알 수 있습니다. 권력이 있는 사람은 법을 어겨도 눈감아 주고, 힘이 없는 약한 백성들은 죄없이 법에도 없는 벌을 받아도 호소할 곳이 없게 된다면, 그 나라가 제대로 다스려질 리가 없습니다.

중요한 부분만을 간추리면 대충 이런 것입니다.

주공은 이렇게 말하였다.

"머리 숙여 새로 천자가 되신 임금께 아뢰옵니다. 옛날 하나라가 처음 크게 다스려졌을 때는, 천자와 모든 관원들이 하늘을 존경하고 각각 맡은 일을 성실하게 지켰습니다. 그것은 천자께서 덕이 있고 재주가 있는 사람을 골라 썼기 때문입니다.

그런데 하나라의 마지막 임금 걸은, 사람을 쓰는 데 있어서 그런 옛 법을 따르지 않고, 포악한 짓을 일삼으며 포악한 사람만을 썼기 때문에 망하고 말았습니다.

은나라 탕임금이 하나라를 대신하여 천자가 되었을 때는, 다시 옛 법대로 옳은 사람을 뽑아 각각 그 재주에 맞게 썼습니다. 그러므로 온 천하가 이를 본받아 탕임금의 거룩한 정치가 그대로 행해질 수 있었습니다.

은나라 마지막 임금 주는 하는 일이 난폭하여 무서운 벌로써 제 뜻을 펴려 했고, 그가 쓴 관원들 또한 그러한지라 하느님도 이에 그를 벌하여 우리 주나라로 하여금 천하를 다스리게 한 것입니다.

우리 문왕과 무왕은, 옛 법을 따라 모든 대신이며 그밖의 관리들이며 제후들에 이르기까지 마음과 행실과 재주가 뛰어난 사람을 뽑아, 각각 그 일에 맞게끔 썼습니다.

문왕께서는 모든 명령하는 일과, 모든 재판하는 일과, 모든 감찰하는 일에 있어서 한 사람이 양쪽을 겸하게 하는 일이 없었습니다. (명령하는 사람은 맡은 일에 대해 명령만을 하고, 재판하는 사람은 법에 따라 법대로만 시행하고, 감찰하는 사람은 법대로 시행되는가를 감찰만 한 것입니다.) 그리고 문왕께서는 그 같은 명령이나 재판이나 감찰에 대해 간섭하는 일이 없었습니다. 바른 사람을 뽑아 일을 맡겼으므로 그들의 의견을 따라 그대로 행했을 뿐입니다. 그래도 모든 일이 제대로 잘 되어 나갔습니다.

무왕께서도 문왕의 하신 일을 어기거나 바꾸는 일이 없었습니다. 그리하여 마침내 천하를 얻어 주나라를 세우게 되었습니다.

신은 옛 사람들의 훌륭한 말씀을 가지고 당신께 권하옵니다. 젊으신 왕이여! 이제부터 당신은 선왕의 자손으로 선왕의 법에 따라, 법관이나 감찰관이 하는 일에 간섭하는 일이 없도록 하옵소서. 법을 맡은 그들이 법대로 하게 하셔야 합니다. 사람을 쓸 때 옳은 사람을 쓰도록 하시고, 그들이 법에 따라 하는 일에 간섭하는 일이 없도록 하옵소서."

주공이 만든 주나라의 모든 제도와 법은, 거의 완전한 정도에 이르러 있었다고 합니다. 공자같은 성인도 그 주공의 법을 5백 년이 지난 뒷날에 그대로 본받아 시행하려고 했을 정도입니다.

주공이 만들었던 교육제도를 보면 8살이면 누구나가 다 소학에 들어가게 되어 있었습니다. 물론 남자에 한해서이지만, 의무교육 제도를 편 것입니다. 8살부터 15살까지 소학에서 배웠으니까 지금의 국민학교와 중학교 공부를 소학에서 배웠던 것입니다. 그리고 15살이 되면, 소학교 성적이 특히 뛰어난 사람은 대학에 들어가 공부를 하게 되어 있었습니다. 지금의 고등교육과 같은 내용의 공부를 한 것입니다.

남자는 20살이면 상투를 올려 어른이 되고, 30살에 장가를 가는 것이 가장 좋은 것으로 되어 있었습니다. 이것도 오늘의 일반상식과 틀리지 않습니다.

여자는 15살이면 쪽을 올려 어른이 되었습니다. 그리고 20살이면 시집을 가도록 했습니다. 여자의 결혼하는 나이를 남자에 비해 10년이나 낮춘 것은 잘된 일이라고 보는 사람이 많습니다.

그런데 주공이 만든 제도 가운데 독특한 것을 볼 수 있습니다. 제17장 무일에서 말했던, 정신을 살리기 위한 제도라 볼 수 있습니다.

그것은 천자의 뒤나 임금의 뒤를 이을 태자나 세자는, 다른 왕자나 공자와는 달리 반드시 농촌으로 가서 일정한 기간 동안 농민들과 같은 생활을 하게 하는 것입니다.

백성들이라면 농민이 거의 전부이다시피 했고, 다른 공장이나 가게에서 일하는 직공이나 장사꾼보다 농민들이 가장 힘든 일을 하며 가난하게 살기 때문에, 그들의 실정을 잘 알도록 하게 하는 한편 그들을 위한 정치를 하게끔 만들려는 생각에서였습니다.

그리고 태자나 세자는 학교에서도 다른 학생들과 똑같은 신분으로 나이에 따라 차례로 앉게끔 했습니다. 임금이 되기 전에는 어디까지나 스승과 제자의 도리를 지켜야 하고, 어른과 아이 또는 선배와 후배의 도리를 지켜야 한다는 정신에서였습니다.

그런데 뒷날에는 말로만 주공이니 공자니 할 뿐, 이 제도를 하나도 지키지 않았습니다.

태자나 세자가 농촌으로 내려가서 농삿일을 배우는 일도 없었고, 학교에 들어가 보통 학생들과 함께 배우는 일도 없었습니다. 남자들은 벼슬이 높거나 돈이 많은 사람이면 15살이 되기 전에 장가를 들었고, 반대로 그렇지 못한 사람은 상투도 올리지 않은채 30살이 되고 40살이 되어도 머리를 땋고 다녀야만 했습니다.

남자와 여자가 결혼할 때의 나이 차이도, 거꾸로 여자가 많은 것이 상식처럼 되어 있었습니다. 그리고 처녀도 시집을 가기 전에는 20살이고 30살이고 쪽을 짓지 않고 머리를 땋고 다녀야 했기 때문에 노처녀라는 것이 그대로 드러나 보였습니다.

유교를 국교로 정한 조선조에 들어와, 일찍 장가 보내는 나쁜 풍속이 벼슬아치와 선비의 집안에서 더 지켜지고 있었으니, 말로만 공자니 맹자니 할 뿐, 그릇된 풍속을 고칠 생각은 전혀 하지 않았던 것을 알 수 있습니다.

주공이 성왕에게 그토록 법을 지키고 법에 따르라고 하고, 법을 시행하는 일에 이래라 저래라 간섭하지 말라고 부탁한 것은, 자신이 만든 제도와 법을 지켜 달라는 생각에서였을지도 모릅니다.

제22장 주관(周官)

주관(周官)은 글자 그대로 주나라 관리란 뜻입니다. 이 장에는 성왕이 주나라 관원들에게 훈계한 내용을 담고 있습니다.

"주나라 왕께서 모든 나라를 어루만지시고……조회에 들지 않는 임금들을 무찔러 그 백성들을 편안하게 하고, 주나라 원래의 서울인 호경으로 돌아와 관리들을 감독하여 바로잡았다."

라고 전제하고, 옛날 요임금·순임금 때의 일을 들어 본보기로 설명하고, 하나라·은나라 때는 관리가 배로 늘었지만 그로써 나라가 역시 잘 다스려졌는데, 아무리 필요한 관직을 늘린다 해도 그 관직을 맡은 관리가 충실하지 못하면 아무 소용이 없다는 것을 말한 것이 제1절의 내용입니다.

제2절은 성왕이 태사(太師)·태부(太傅)·태보(太保)의 3공(公)과, 그 다음 직책인 소사(少師)·소부(少傅)·소보(少保)의 3고(孤)를 세워, 자신을 직접 돕게 한다는 것을 밝히고 그밖의 직책에 대해 다음과 같이 설명하고 있습니다.

"총재(冢宰)는 나라를 맡아 다스리고 백관을 통솔하여 천하를 고루 잘 살도록 하는 것이며, 사도(司徒)는 나라의 교육을 맡아 오륜(五倫)의 가르침을 펴서 모든 백성들로 하여금 가르침에 잘 따르도록 하는 것이며, 종백(宗伯)은 나라의 예를 맡아 신명과 사람의 관계를 바로 다스려 위와 아래가 화합하도록 하는 것이며, 사마(司馬)는 나라의 정벌(征伐)하는 일을 맡아 육군(六軍)을 거느리고 나라를 편안히 지켜야 하며, 사구(司寇)는 나라의 법을 맡아 간악한 일과 난폭한 일들을 밝히고 벌을 주는 직책이며, 사공(司空)은 나라의 땅을 맡아 모든 백성들을 기후와 지형에 맞추어 잘 살게끔 하는 직책이다.

이들 여섯 경(卿)의 벼슬은 각각 그 나누어진 직책에 따라 그 부하를 거느려 구주(九州)의 장관들을 이끌어 온 백성들을 넉넉하게 해야 하오."

여기 말한 이 제도는 이름만이 바뀌었을 뿐, 거의 그대로 지켜져 내려온 셈이라 볼 수 있습니다.

특히 우리 나라의 경우 조선조의 이른바 3정승 6판서라는 것도, 이 주관에 나오는 3공과 6경을 본딴 것으로 볼 수 있습니다.

또 요즈음으로 말하면 3공과 3고는 대통령 비서실의 비서관에 해당된다고 볼 수 있었고, 총재와 6경은 국무총리와 각 장관과 같은 것입니다.

공자는 주나라에 와서 완전한 제도가 빈틈없이 짜여져 있음을 자주 칭찬한 일이 있고, 그 모든 것을 해낸 것이 주공이었으므로, 공자가 정권을 잡게 되면 주공처럼 그 당시에 알맞는 제도와 법령을 다시 만들 꿈을 늘 꾸고 있었던 것입니다.

그것을 잘 말해 주고 있는 내용이 〈논어〉에 이렇게 나와 있습니다.

"내가 이젠 정말 늙었나보다! 주공을 꿈에 만나본 것이 너무도 오래였으니 말이다!"

성왕의 이름을 빌린 이 모든 말과 글들은, 모두가 주공의 손에 의해 된 것임은 말한 것도 없는 일입니다.

제3절에는 사방 제후들이 6년을 넘기지 않고 한 차례씩 천자에게 조회를 들어와야 한다는 것과, 왕은 6년을 한 주기로 해서 각 지방을 순시하며 정해진 곳에서 둘레의 제후들을 불러모으고, 그 동안의 업적에 따라 상을 내리고 계급을 올려주기도 하고, 또는 벌을 내리고 내쫓기도 한다는 것을 적고 있습니다.

그 다음에는 관리들에게 훈계를 내리고 있는데, 그 내용을 보면 백성들에게 내리는 명령은 신중을 기해야 한다는 것과, 내린 명령은 관리가 먼저 앞장서서 지켜야 한다는 것과, 한번 내린 명령은 함부로 바꾸지 말아야 한다는 것을 말하고 있습니다. 그리고 어디까지나 자신이 법을 지키는 본보기가 되어야 하며, 말로만 그럴 듯하게 꾸며대고 실천이 따르지 못하면, 하는 일이 실패로 끝나게 되며 질서가 문란해지고 만다는 것을 경계하고 있습니다.

그리고 옛일을 거울삼아 열심히 공부하고 일에 부지런해야 하며, 일을 할 때는 과감한 결단력을 가지고 추진해야 뒤탈이 없게 된다고 말하고 있습니다.

요즈음 흔히 말하는 무사안일주의와 소극적인 책임회피의 행정을 경계한 것이라고 볼 수 있습니다.

끝의 제4절에서는 오늘날의 관리들에게도 그대로 해당되는 말을 하고 있습니다.

"벼슬은 교만하라고 준 것이 아니며, 녹은 사치하라고 주는 것이 아니다.

공손하고 검소하며 바른 일만을 행하고 거짓된 일을 행하지 말라. 바른 일을 하면 마음이 날로 편안해지고, 거짓된 일을 행하면 마음이 괴롭게 되고 날로 졸렬해지고 만다.

영화를 누리고 있을 때 위험한 일이 있을 것을 생각하여 항상 두려운 생각을 갖도록 하라.

어진 사람을 뒤에서 밀어주고, 능력 있는 사람에게 양보하게 되면 모든 관리들은 화합하게 될 것이다. 화합이 없는 곳에서 바른 정치는 행해질 수 없는 것이다.

그대들이 추천한 사람이 그 직책을 잘 감당하면 그것은 곧 그대들의 능력을 나타내는 것이며, 그렇지 못하면 그것은 그대들이 능력이 모자라거나 책임을 다하지 못한 것이 될 것이다.”
하는 내용의 말들을 담고 있습니다. 어느 것 하나 명심해야 할 말 아닌 것이 없다고 여겨집니다.

제23장 군진(君陳)

군진(君陳)은 사람 이름입니다. 주공이 은나라 옛 도읍으로 옮겨가 그곳을 다스리다 세상을 뜨자, 성왕은 주공의 뒤를 이어 이 군진이란 신하로 하여금 그곳을 다스리게 한 것으로 풀이되고 있습니다.

성왕이 군진을 떠나보내며 했던 말로 보아야 하겠지요.

제2절에서 성왕은 이렇게 말합니다.

“군진이여! 그대는 마음씨가 어질며 부모에게 효도하고 몸가짐이 공손한 사람이오. 부모에게 효도하는 사람이라야 형제 간에 우애가 있을 수 있으며, 그 효도와 우애를 그대로 정치에 펼 수 있는 법이오. 그대에게 동쪽지방을 맡기노니 공경을 다해 다스리도록 하오.

　　옛날 주공은 온 백성을 잘 가르치고 보호하였기 때문에 백성들
이 주공의 하는 일을 잘 따랐소. 가서 맡은 일을 조심하여 주공의
옛 법을 따르고 그의 가르침을 힘써 밝히면 백성들은 잘 다스릴
수 있을 것이오.”
하고 말한 다음 거듭 주공을 본받아 힘쓸 것을 당부했습니다.

　　윗글로 보아 성왕이 얼마나 주공을 숭배하고 있었는지를 알 수 있
습니다. 또한 군진을 가장 믿음직한 사람으로 보았음을 알 수 있습
니다.

　　참으로 어질고 지혜로운 사람은, 자기보다 어질고 지혜로운 사람
을 본받게 됩니다. 어질지 못한 사람과 지혜롭지 못한 사람일수록,
어진 사람과 지혜로운 사람이 한 일을 업신여기거나 보다 잘해 보겠
다는 생각으로 바꾸거나 뜯어고치기도 합니다.

　　성왕은 주공의 옛 법과 가르침을 잘 지키고 따를 사람으로 군진을
택한 것이었습니다. 효성과 우애가 있는 사람이면 남의 좋은 점과
잘한 일을 시기하는 일이 없기 때문입니다.

　　옛날 진시황이 세운 진나라가 망하고 그 뒤를 이어서 일어난 나라
가 한나라입니다. 그 한나라 제국을 세우는 데 가장 큰 공을 세웠던
사람이 장량(張良)과 한신(韓信)과 소하(蕭何)였습니다.

　　장량은 외교와 전략에 뛰어난 사람이었고, 한신은 전술과 전투에
뛰어난 사람이었으며, 소하는 경제와 행정에 밝은 사람이었습니다.
통일천하를 이룩한 한나라는 이제 외교니 전략이니 전술이니 하는
것들이 필요없게 되었습니다. 경제재건과 치안과 복지정책이 무엇보
다 중요한 시기였습니다. 그것을 소하가 잘 해내었던 것입니다.

　　이때 한나라에는 소하와 같은 건국공신이요, 무장이기도 했던 조
참(曹參)이란 사람이 있었습니다. 무슨 이유에서인지 조참은 소하와
사이가 좋지 않았습니다. 서로 뜻이 맞지 않아 자주 충돌한 끝에 조
참은 벼슬을 그만두고 시골 집으로 내려가서 조용히 살고 있었습니

다.

　조참은 무인 기질 때문인지 급격한 개혁을 주장하고 있었는데, 소하는 완만한 정책변화를 꾀하고 있었기 때문에 뜻이 맞지 않았던 것일지도 모릅니다.

　그런데 소하가 조참보다 훨씬 선배였으므로 소하가 먼저 세상을 뜨게 되었습니다.

　시골에서 오랜 동안 답답한 나날을 보내고 있던 조참에게 그 소식이 들어오자, 조참은 즉시 서울 들어갈 차비를 하라고 집안 사람들에게 명령했습니다.

　"무얼 그렇게 서두르십니까?"

하고 부인과 아들과 심복들이 물었습니다.

　"소하는 나를 자기 후임으로 추천했을 것이다. 곧 나라의 부름이 계실 것이니, 미리 떠날 준비를 해두라는 것이다."

　"소상국과 대감과는 원수 같은 사이였지 않습니까? 그가 대감을 후임으로 추천했을 리가 없습니다."

　"그건 너희들이 몰라서 하는 소리다. 개인의 감정과 나라의 큰일을 혼동할 소하가 아니다. 소하가 없는 마당에 그 뒤를 이을 사람은 나밖에 없다. 그가 그것을 모를 리가 없다."

　집안 사람들은 조참의 말이 믿어지지 않았지만 시키는 대로 떠날 준비를 해두고 있었는데, 과연 그날 나라에서 급히 들라는 천자의 명령을 가지고 사신이 나타났습니다.

　이 이야기는 아주 유명한 이야기로 전해지고 있습니다.

　소하는 죽기 전, 천자가 찾아와 후임자로 누가 좋겠느냐고 묻자 조참을 추천한 것입니다. 천자도 뜻밖이었지만 소하의 유언에 따라 조참에게 상국의 자리를 물려주게 되었습니다.

　요즈음으로 말하면 여당 당수가 죽으면서 야당 당수에게 정권을 넘겨준 그런 결과가 된 것입니다.

그런데 이상한 것은, 조참이 상국이 되어 정책을 자기 마음대로 바꿀 수도 있고 고칠 수도 있는 일인데, 일체 그런 일이 없는 것입니다. 부하들이 바꾸거나 고치자고 해도 일체 들어주지 않았던 것입니다. 조참은 그가 죽는 날까지 그렇게 했습니다.

그가 시골에 가 조용히 있는 동안, 소하의 완만한 개혁정책이 옳았음을 알았던 것으로 여겨지기도 합니다. 역시 선배인 소하가 젊은 자기보다는 앞을 정확히 내다보고 있었다는 것을 깨달았을지도 모릅니다.

완만이냐, 급진이냐 하는 차이만 달랐을 뿐 정책의 목표는 같았을 것으로 생각됩니다. 소하는, 좀 더디더라도 마찰과 갈등이 없는 자신의 정책이 성공을 거두어 이제 더 이상 개혁이 필요없게 되었을 때가 되어서야 죽었던 것으로 보입니다.

그러므로 소하는 조참을 자기 후임자로 점찍어 두고 있었던 것으로 생각됩니다. 자기가 뿌리를 내리게 한 정책을 열매를 맺도록 해줄 사람이 바로 조참이란 것을 알고 있었을 것입니다.

그것은 말없는 가운데, 나라를 아끼고 백성을 사랑하는 두 위대한 정치인끼리만 서로 믿고 서로 통할 수 있었던 일로 짐작됩니다. 그러기에 소하는 조참을 자기 후임으로 추천했고, 조참도 그것을 알고 기다리고 있었던 것입니다.

성왕이 군진을 주공의 후임으로 선택한 것도 주공의 추천에 의한 것이었을 것으로 생각됩니다.

이 편 제2절에 나와 있는 '오직 효도만이 형제에게 우애할 수 있고, 능히 정치에 그대로 베풀 수 있다.'하는 말은 〈논어〉에서 공자가 인용하기도 했습니다.

누군가가 공자에게 물었습니다.

"선생님은 왜 정치에 참여하지 않습니까?"

하고, 공자가 제자들만 가르치고 정계에 나서지 않는 것을 궁금해

했던 것입니다.

그러자 공자는 〈서경〉에 있는 이 말을 인용하며,

"부모에게 효도하고 형제간에 우애하는 것이 정치하는 것이 될 수
도 있는 것인데, 꼭 벼슬을 해야만 하겠는가?"

하고, 젊은이들에게 효도하고 우애하도록 일깨워 주는 것도 정치 못
지 않게 중요한 것임을 말했던 것입니다.

제2절에는 누구나 성인의 일을 본받으면 성인처럼 된다는 것을 강
조하고, 백성들이 무엇을 원하고 있는지를 잘 살펴서, 그것을 먼저
천자인 나에게 알리고 솔선해서 하라는 것을 부탁하고 있습니다.

이 말들 가운데,

"위에 있는 그대는 바람이요, 아래 있는 백성은 풀이다."

라는 말은 유명한 말로 전해지고 있었습니다.

〈논어〉와 〈맹자〉에는 이 말이 인용되고 있습니다. 맹자는 공자의
말인 것처럼 인용하기도 했습니다. 이로 미루어 보아 이 말은 옛날
부터 있어온 말이었던 것 같습니다.

공자에게 배운 일이 있었던 세도재상의 아들 계강자(季康子)가,
아버지의 뒤를 이어 젊은 나이로 세도재상의 자리에 올랐을 때, 공
자에게 와서 이렇게 물었습니다.

"옳지 못한 일 하는 사람을 엄하게 다스려 사형에 처함으로써, 다
른 사람들로 하여금 바른 길을 걷도록 만들고 싶은데 어떻겠습니
까?"

이때 사방에 도둑이 들끓어 백성들이 불안해 하고 있었으므로 법
이 물러서 그런 것으로 알고 있었던 것입니다. 그것은 정치를 잘 모
르는 사람들의 공통된 생각이기도 합니다.

공자는 이렇게 말했습니다.

"그대가 정치를 하면서 어떻게 죽이는 방법부터 쓰겠다는 것인
가? 그대가 착한 일을 하게 되면 백성들도 따라 착한 일을 하게

된다. 위에 있는 사람이 하는 일은 바람과 같고, 아래 있는 사람이 하는 일은 풀과 같다. 풀은 바람이 부는 대로 따라 움직일 뿐이다.”

바람과 풀의 비유는 그 유래가 오래였음을 알 수 있으며, 또 적절한 비유이기도 했으므로 자주 인용되고 있었던 것 같습니다.

제3절 역시 주공의 한 일과 주공의 가르침을 그대로 본받아 실천할 것을 거듭거듭 부탁하는 내용입니다.

제24장 고명(顧命)

고명(顧命)은 임금이 죽을 때 중신들을 돌아보며 명령했다는 뜻으로, 임금의 유언을 말합니다. 그 유언이 대개는 뒤를 이을 태자나 세자를 잘 보살피고 도와 바른 정치를 하게끔 해 달라는 내용이므로, 그런 유언의 부탁을 받은 신하를 고명지신(顧命之臣)이라 하여, 뒤를 이은 새 임금의 신임과 존경을 받는 신하란 뜻을 아울러 갖게 되었습니다.

성왕이 죽기 전에 중신들을 불러 모아 놓고, 태자 소를 부탁하는 유언을 한 것을 내용으로 담고 있습니다.

성왕은 13살에 즉위하여 37년 4월에 죽은 것으로 되어 있으니 50살밖에 안 된 나이였습니다.

제1절에는 먼저 성왕의 손과 얼굴을 씻긴 다음 갓과 옷을 입히고 옥으로 장식된 안석에 기대어 앉게 하고, 태보(太保) 석(奭)을 비롯한 중신들과 그밖의 신하들을 모아 놓고, 다음과 같이 말한 것으로 되어 있습니다.

“아아! 병이 너무도 심하여 곧 죽기에 이르렀도다! 조금만 늦어도 하고픈 말을 남길 수 없을 것 같아 경들을 불러 자세히 이르는 것이오. ……태자 소(釗)를 잘 보호하여 문왕과 무왕이 이룩하신

356

뜻을 잘 잇게 하고, 받들어 옳지 못한 길로 빠져드는 일이 없도록
해주오.”
하는 내용의 말을 합니다.
　제2절은 성왕이 유언을 남긴 며칠 뒤에 세상을 뜨자, 태자를 상주
로 받들어 장례를 준비하는 내용이 담겨 있습니다.
　주된 내용은 죽은이가 쓰던 물건들을 사방에 벌려놓은 것입니다.
평풍과 장막과 안석과 깔던 자리들의 색깔과 모양들을 자세히 적어
놓고 있습니다.
　제3절에는 장례식에 쓰이는 여러 가지 물건들을 진열한 것으로 되
어 있습니다. 옥과 돌로 된 그릇을 비롯해, 칼이며 노리개며 구슬이
며 옷가지며 수레며 무기며 악기들을 여러 곳에 수없이 벌려 놓은
것으로 되어 있습니다.
　제4절에는 장례식을 거행하는 내용이 담겨 있습니다.
　성왕의 유언에 따라 태자가 정식으로 왕위에 오른 뒤, 상주로서
제사를 주관하고 있는 내용들이 담겨 있습니다.

제25장 강왕지고(康王之誥)

　이 편은 성왕의 뒤를 이은 강왕(康王)이, 신하들에게 내린 훈계를
담고 있습니다. 원래는 앞에 있는 ‘고명’ 편에 들어 있었던 것을 떼
어낸 것으로 보기도 합니다. 제1절의 내용은 ‘고명’의 내용으로 볼
수도 있으므로 그렇게 본 것 같습니다. 그러나 제2절에는 신하들이
말한 1절의 내용에 대해 강왕이 대답한 내용의 말이 담겨 있기 때문
에 그래서 ‘강왕지고’라는 이름으로 갈라놓은 것 같습니다.
　제1절에는 태보와 필공(畢公)이 각각 서방과 동방의 여러 제후들
을 거느리고 들어와 천자인 강왕에게 폐백을 올리고 인사를 마친 다
음, 앞으로 정치를 잘 해달라는 부탁의 말을 올리고 있습니다.

그러니까 제1절은 천자인 강왕의 훈계가 아니라, 고명지신인 태보와 필공이 강왕에게 한 훈계가 되는 셈입니다.

이에 대한 강왕의 대답이 제2절의 내용입니다.

"여러 나라의 임금들이여! 덕이 없는 이 소(釗)는 그대들의 말에 대답하오"

하고 말을 꺼낸 다음 제후들의 애써 준 공로에 대해 고마운 뜻을 전하고, 문왕·무왕·성왕에게 충성을 다했듯이 자신도 변함없이 잘 보호하고 이끌어 달라는 부탁을 한 것입니다.

제26장 필명(畢命)

이 편은 강왕이 필공에게 내린 명령, 즉 훈계를 담은 내용입니다.

필공은 고명지신으로 주공의 뒤를 이어 태사의 자리에 있게 되었으므로, 옛날 주공이 한 일을 본받아 그대로 행할 것을 당부하고 있습니다.

제1절에는

'12년 6월 왕이 서울에서 풍(豊)까지 걸어나와, 성주(成周) 백성들을 필공에게 맡겨 동쪽지방을 다스리도록 하셨다.'

라는 것으로 시작하여 문왕과 무왕이 은나라 뒤를 이어받았고, 주공이 문왕·무왕·성왕을 보좌하여 주나라를 튼튼히 만들고, 미련을 버리지 못하는 은나라 백성들을 낙읍으로 옮겨 그들을 주나라 왕실과 가까이 지내도록 만드는 한편, 그들의 좋지 못한 풍속까지 바꿔놓는 교화를 편 것을 말하고 있습니다.

제2절에는

"오오! 태사여! 지금 나는 그대에게 주공의 일을 명하노니, 가서 착한 사람과 악한 사람을 구별하고 그들이 사는 마을을 널리 알려, 백성들로 하여금 착한 일을 본받고 악한 일을 경계하도록 하오."

하는 말이 나옵니다.

뒷날 효자나 열녀가 있는 마을 앞에 정문(旌門)을 세워, 오가는 사람들이 그 마을에 효자가 있고 열녀가 있음을 알게끔 한 것이 모두 주공에 의해 시작되었음을 짐작해 볼 수 있을 것 같습니다.

그런 방법으로 은나라 백성들을 회유했던 것 같습니다. 뒤이어 이런 말을 덧붙이고 있습니다.

"정책은 자주 바뀌지 않아야 하며, 말은 간단하면서 구체적이어야 하오. 색다른 것을 좋아하는 일이 없도록 하오. 은나라 풍속은 사치를 좋아하고, 말을 교묘하게 잘하는 사람을 훌륭한 것으로 알고 있소. 그 풍속이 아직도 완전히 끊이지 않고 있으니, 그대는 이 점을 깊이 마음에 새겨 두시오."

이로써 은나라가 망할 즈음에 주임금이 퍼뜨린 사치풍조가 얼마나 뿌리깊게 백성들에 퍼져 있었나를 짐작할 수 있고, 성실한 사람보다 말을 앞세우는 사람들이 출세를 하는 경우가 많았던 것을 짐작할 수 있습니다. 우리가 살고 있는 세상에 뿌리박힌 황금만능의 풍조라든가, 언론자유의 그릇된 일면을 되새겨보게 하는 내용인 것 같습니다.

그리고 백성이 정부의 정책을 불신하게 되는 원인이, 수시로 바뀌는 데에 있다는 것을 말한 것이기도 합니다.

제3절에서 강왕은 이렇게 훈계하고 있습니다.

"대를 이어 나라의 녹을 받는 귀족의 집안은, 예를 지키고 법을 따르는 일이 적다고 들었소. 이들 은나라 사람들은 영화를 누린 지 오래이기 때문에 사치를 당연한 것으로 알고, 남을 내려다보는 교만함이 몸에 배어 있소."

하며 옛 은나라 귀족들을 잘 감시하고 일깨워 그들이 백성의 교화에 방해요인이 되지 않도록 철저히 단속하라는 부탁을 하고, 옛 은나라의 세력권이었던 동쪽지방의 치안과 교화를 위해 그들 지도층의 감시와 단속에 역점을 두어야 한다는 것을 강조한 다음, 주공의 뒤를 이어 군진이 그곳을 잘 다스렸듯이 이제 필공이 그 뒤를 이어 주공의 정책과 한 일을 그대로 이어가달라는 것을 거듭 부탁하고 있습니다.

오늘날 우리 사회가 안고 있는 큰 문제도, 지도층에 있는 사람들이 사치와 향락을 일삼고 있는 것에 있다고 볼 수 있습니다.

그래서 상대적 빈곤이니 소외계층이니 하는 말이 생겨나게 되고, 감수성이 예민하고 반발심이 강한 청소년들이 절도니 강도니 하는 파렴치한 것을 부끄럼없이 저지르고 있으며, 툭하면 거리로 쏟아져 나와 울분을 터뜨리고 하는 일이 벌어지곤 하는 것입니다.

이를 막으려면 여기 말한 대로 사치풍조를 먼저 없애도록 하고, 지도계층으로 자처하면서도 생각이 모자라는 사람들을 감시하고 단속하는 정책과 사회운동이 필요할 것 같습니다.

속임수를 잘 써서 돈을 많이 갖게 된 사람이 정계니 경제계니 하는 곳에서 나보란 듯이 행세를 한다면, 그 사회는 화합된 사회가 될 수 없습니다. 통치자는 이 점을 명심해야 한다는 것이 이 편의 내용인 것 같습니다.

이 편은 뒤에 누군가가 거짓으로 만들어 넣은 것으로 보는 것이 보통입니다. 그러나 만들어 넣은 사람도 그만한 이유와 목적이 있었겠지요. 역시 지도계층에 있는 무능한 사람들이 사치와 방탕을 일삼고 있는 것을 개탄한 데서 나온 것일지도 모릅니다.

제27장 군아(君牙)

군아(君牙)는 사람의 이름입니다. 강왕 다음이 소왕(昭王)이었고, 소왕 다음이 목왕(穆王)입니다. 목왕이 즉위한 지 3년되는 해에 군아를 대사도(大司徒)에 임명한 것으로 역사는 적고 있습니다. 이 편은 군아를 대사도에 임명할 때 내린 훈계입니다.

강왕은 즉위한 지 26년 되던 해 죽었습니다. 주나라는 성왕 후기와 강왕 전기에 걸쳐 가장 큰 태평을 누렸습니다. 기록에는 이 40년 동안 죄인이 하나도 없어, 경찰도 검찰도 형무소도 죄인을 다스린 일이 없었던 것으로 되어 있습니다.

강왕의 뒤를 이은 소왕은 51년 동안 왕위에 있었는데, 그는 아무 걱정없이 편안하게 지내며 놀기에 바빴던 것 같습니다.

그는 뱃놀이를 즐겨, 양자강 상류에서 물길을 따라 자주 남쪽으로 내려오곤 했는데, 천자를 모신 일행들이 강가에 살고 있는 백성들에게 여러 가지로 불편과 폐를 끼쳤을 것은 물론입니다.

양자강 상류에서 중류까지를 한수(漢水)라고 불렀는데, 이곳은 경치가 아름답기로 유명한 곳입니다. 그리고 이 지대는 아직 문명의 혜택을 모르는 토인들이 살고 있었으므로, 천자를 모신 일행이 그들을 함부로 대했을 것으로 짐작됩니다.

천자의 일행이 거의 해마다 한차례씩 내려와 민폐를 끼치곤 했으므로, 이곳 사람들은 마침내 천자를 죽이기로 계획을 세웠습니다.

그들은 아교를 녹여 배를 만들었습니다. 요즈음에 흔히 볼 수 있는 플라스틱 같은 성질의 이 아교는 얼른 보면 무슨 보석처럼 보였을 것입니다.

태평시대의 팔자좋은 천자는 세상 물정에 어두울 수밖에 없습니다. 그 천자를 모시고 따라다니는 신하나 사람들도 마찬가지였을 것은 뻔한 일입니다. 그들은 토인들이 겉으로 고분고분하는 것만 보았을 뿐, 그들이 속으로 귀찮아 하며 미워하는 눈치를 살필 줄은 몰랐던 것입니다.

그들이 아교로 만든 신기한 배를 올리자, 소왕 일행은 아무 생각없이 그 배에 올라 뱃놀이를 즐겼습니다. 그러나 그들이 강 중간에 이르자 아교가 녹으며 배는 가라앉고 말았습니다.

가난하고 힘없는 백성들의 고달픔은 생각지도 않고, 놀기만을 일삼던 천자와 그 일행은 수수께끼의 죽음을 당하고 말았던 것입니다.

이 일을 역사에는 이렇게 적고 있습니다.

"왕이 남쪽을 순시하고 돌아오며 한수를 건너게 되었을 때, 한수 주변의 사람들이 아교로 만든 배를 왕에게 올렸다. 중류에 이르러 아교가 녹는 바람에 배에 타고 있던 왕과, 왕을 모시고 있던 채공(蔡公)등이 모두 물에 빠져 죽었다."

천자 일행이 죽은 이곳은 초(楚)나라 땅이었습니다. 춘추시대 관중이 초나라를 칠 때, 옛날에 있었던, 이 소왕의 죽음에 대한 책임을 묻기도 합니다. 그러나 초나라는 굴완(屈完)이란 사신을 보내, "그것은 우리로서는 모르는 일이니 그곳에 가서 물어 보시오." 하고 대답했습니다.

주나라는 이 소왕의 죽음을 하나의 경계선으로 하여 점점 힘을 잃게 됩니다. 사치와 놀이를 즐기는 귀족사회는 무능하고 무력해질 수밖에 없는 일입니다.

그런데 소왕의 뒤를 이은 목왕은 소왕보다 더 놀이를 즐긴 임금으로 전해지고 있습니다. 천자로 있던 55년 동안 이름 있는 곳은 한 곳도 빼놓지 않고 골고루 찾아다니며 실컷 놀기에 바빴습니다.

그래서 둘레에 있는 먼나라들은 주나라를 등지기 시작했고, 오랑캐로 불리우는 이민족들은 반란을 일으키기도 했습니다.

목왕 17년에는 산동지방의 서자(徐子)가 언왕(偃王)으로 행세하며, 둘레의 36나라를 거느리고 주나라와 맞선 일이 있었습니다. 뒤에 서언왕(徐偃王)으로 불리운 이 서자는 무력을 가지고 36나라를 굴복시킨 것은 아닙니다. 옳고 바른 일로 백성들을 사랑하고 이웃나라와도 사이좋게 지내고 있었으므로, 36나라가 서자를 왕으로 추대했던 것입니다.

목왕은 서언왕을 치기에 이릅니다. 서언왕은 백성들을 해칠 수 없다 하여 혼자 북쪽으로 달아나 그곳에서 죽고 맙니다.

목왕은 놀이를 즐기는 한편 싸움도 좋아하는 편이었던 것 같습니다. 35년에는 서쪽에 있는 견융(犬戎)을 치기도 했습니다. 개가죽으로 옷을 해입는다 해서 개오랑캐란 이름을 붙였던 모양인데, 백 수십 년 뒤에는 이 견융의 침략에 의해 주나라는 동쪽으로 쫓겨가고 맙니다.

목왕은 견융 임금이 조공을 바치지 않는다는 이유로 치려고 했던 것인데, 그보다는 힘을 자랑하려는 생각에서였습니다.

신하들이 말렸지만 듣지 않았습니다. 목왕은 결국 그곳에 가서 뜻을 이루지 못하고 겨우 그곳의 특산물인 흰 늑대 네 마리와 흰 사슴 네마리를 잡아 가지고 돌아왔다고 역사는 적고 있습니다.

목왕이 이유없이 먼 이민족을 힘으로 정복하려 하는 것을 보자, 그동안 주나라의 앞선 문화를 존경하며 찾아오던 이민족들은 완전히 등을 돌리고 말았습니다.

공자는 〈논어〉에서 이런 말을 했습니다.

"멀리 있는 사람이 나를 따르지 않을 때는, 무력을 쓰지 말고 착한 정치로써 스스로 찾아오게 만들어야 한다."

신하들도 공자와 같은 말로 목왕을 달랬던 것인데, 목왕은 무력으로 그들을 굴복시키려다가 완전히 그들을 원수로 만들고 말았던 것입니다. 그리하여 백년 뒤부터 그들의 침략을 받기 시작한 것입니다.

목왕이 신하에게 내린 훈계의 글이라 하여 전해지고 있는 것이, 이 편과 다음에 이어지는 두 편을 합쳐 모두 3편입니다. 그런데 이 글은 모두 뒤에 누군가가 만들어 넣은 거짓글로 보고 있습니다.

제1절에는 군아가 조상 때부터 나라에 충성을 했으니, 조상을 본받아 나라에 충성하고 임금을 잘 도와 조상의 이름이 부끄럽지 않게

해 달라는 부탁과 함께, 자기도 옛 조상의 어진 정치를 본받아 힘쓸 것을 다짐하는 내용이 담겨 있습니다.

제2절에는 어리석은 백성들이란, 비가 오면 비가 온다고 원망이고 겨울 날씨는 추운 것이 당연한데도 춥다고 원망을 하는 것이니, 그런 그들의 마음을 잘 살펴 원망이 없도록 힘쓰라는 내용과, 옛 조상들이 한 일을 거울삼아 열심히 하라는 부탁을 담고 있습니다.

제28장 경명(冏命)

경명(冏命)은 백경(伯冏)을 태복에 임명하여 훈계한 내용입니다. 태복이라는 벼슬은, 계급은 하대부(下大夫)이지만 임금을 가까이 모시며 온갖 시중을 들고 명령을 전달하는 직책이므로 임금에게는 아주 중요한 위치였기에 특별히 훈계를 내린 것이라 볼 수 있습니다.

태복이란 벼슬은 오늘날의 수석비서관같은 자리였던 것 같습니다.

제2절에는 문왕과 무왕을 보필하는 신하들이 성스럽고 총명하여, 옆에서 임금을 잘 보살펴 드린 힘이 또한 컸음을 말하고,

　"오직 나만은 어질지 못하여, 좌우에 있는 사람들의 힘을 빌어 나의 모자람을 보충하고 허물을 바로잡아 선왕의 옛 어진 일을 이어 가려 하오."

하는 말로, 백경을 특히 태복의 벼슬에 임명하게 된 동기를 밝히고 있습니다.

그리고 제2절에서는

"지금 나는 그대를 태복에 임명하여, 심부름하고 시중드는 신하들의 우두머리로 앉혔으니……쓰는 사람들을 잘 선택하되, 말을 교묘하게 잘 하는 사람과 남의 비위를 맞추려고 얼굴빛을 바꾸는 사람과 남의 눈치만을 살피는 사람과 아첨하는 사람을 쓰지 말고 정직한 사람만을 골라 쓰도록 하오. 신하가 아첨을 하면 임금은 스

스로를 성인인 것처럼 착각을 하게 될 것이오. …… 그대가 간사한
사람을 가까이 하여, 내 귀가 되고 눈이 될 관리로 쓰게 되면 곧
선왕의 법도에 벗어난 일을 하게 될 것이오 그것은 나와 그대가
다 함께 성왕에게 큰 죄를 짓는 결과가 되고 말 것이오…….”
하는 내용의 말을 하고 있습니다.

이 교훈은 영원한 진리를 그대로 말하고 있습니다. 그러한 이치를
누구나 다 알고 있는 데도, 통치자들은 그것을 그대로 지키지 않아
결국 나라도 그르치게 되고 그 몸도 망치는 결과를 가져오곤 했던
것입니다.

제29장 여형(呂刑)

여형(呂刑)은 여후(呂侯)의 형법(刑法)이라는 뜻으로 볼 수 있습
니다. 여후는 목왕의 사구(司寇)였다고 합니다. 사구는 요즈음으로
말하면 검찰총장과 대법원장의 권한을 아울러 가진 법무장관과 같은
벼슬입니다.

목왕은, 소왕 때부터 사치풍조가 만연되어 있었고 관리들의 부패
가 또한 심하여 법의 집행이 너무 가혹하기도 하고 불공정하기도 하
여 치안상태와 사회질서가 문란해 있었으므로, 여후를 새 사구에 임
명하며 특별히 이같이 긴 훈계와 당부를 한 것으로 볼 수 있습니다.

역사에는 목왕 50년에 여형(呂刑)을 지어 사방에 알렸다라고 쓰여
있고, 그 주석에는 이렇게 풀이하고 있습니다.

“ 여형은 주서(周書) 편의 이름이다. 목왕이 여후를 사구로 임명
하고 그로 하여금 형법책을 만들게 했는데, 사관이 그 말을 기록
하고 그것을 여형이라 이름하였다.”

이 장은 전부 7절로 되어 있는 긴 내용입니다. 제1절은 주나라가
건국한 지 벌써 백년이 지났고 지금의 임금도 벌써 나이가 늙었으므

로, 많이 달라진 세상 형편을 참작하여 새 형법을 만들고 이를 사방에 알리어 지키게끔 한다는 말로 시작됩니다.

그리고 까마득한 옛날의 전설속에, 치우(蚩尤)가 반란을 일으켜 세상을 어지럽게 하고 나아가 말을 듣지 않는 백성들을 잔인하고 혹독한 형벌로써 다스린 것을 보기로 들고 있습니다. 그리고 그때의 백성을 묘민(苗民)이라고 썼습니다.

역사는 치우에 대해 이렇게 쓰고 있습니다.

'치우는 신농씨의 자손이다. 그는 싸움을 즐기고 반란을 일으키기를 좋아했다. 칼과 창과 큰 활을 만들어 온 천하의 백성들을 못살게 굴었다. 그래서 황제(黃帝) 헌원씨(軒轅氏)가 제후의 군사를 징발하여 치우와 탁록(涿鹿) 들에서 싸우게 되었다.

치우는 안개를 일으키는 재주를 가지고 있었으므로 이쪽 군사는 방향을 잡지 못해 길을 잃고 말았다. 그래서 헌원씨는 수레 위에 나침반을 붙인 지남거(指南車)를 만들어 마침내 치우를 사로 잡아 죽였다.'

이래서 헌원씨는 신농씨의 뒤를 이어 천자가 되고 황제(黃帝)라는 이름을 갖게 되었다는 것입니다.

역사가들은 이 전설의 기록을 초기 청동기 사회의 세력권 이동으로 보고 있습니다. 지남거 이야기가 나와 있듯이, 이때부터 자연을 이용하는 과학이 발달하기 시작한 것으로 보이는 전설의 기록들이 많이 나오고 있습니다.

묘민(苗民)은 한민족 이전의 원주민이었던 묘족(苗族)을 말합니다. 묘족의 이름은 요순시대에도 나옵니다. 한민족의 세력에 밀려 그들은 자꾸만 남으로 이동하여 오늘의 베트남까지 쫓겨간 것으로 되어 있습니다.

여기에도 치우의 포학한 정책으로 인해 묘족의 원주민들이 나라의 명령에 따르지 않았던 것을 지적하고 있습니다. 법이 공정하게 집행

되지 않거나, 지나치게 가혹하거나 하면, 결국은 나라가 어지러워지게 된다는 것을 보기로 들고 있습니다. 그리고 치우가 만든 잔학한 형벌로, 죽이고 코 베고 귀 베고 생식기를 잘라내고 얼굴에 먹물을 넣었던 다섯 가지를 들고 있습니다. 역사에는 순임금이 만든 것으로 나와 있읍니다만…….

코 베고, 귀 베고, 먹물을 넣고 생식기를 잘라내고 발을 자르고 하는 형벌은, 목왕 당시는 물론이고 근세까지 이어지고 있었습니다. 치우의 잔학한 짓에서 비롯된 그 형벌이 그토록 오래 계속되어 온 것은 무엇 때문이었을까요? 사형을 폐지했던 나라들이 다시 사형법을 되살린 예가 있었던 것과 같은 것일까요? 인도적인 생각에서 생명을 존중하게 되면, 남의 생명을 우습게 알고 제 목숨만 소중하게 여기는 흉악범이, 그 인도적이고 관대한 처벌을 다행삼아 흉악한 짓을 더욱 거리낌없이 하게 된다는 통계에 의해 그같은 결과로 나타났다고들 합니다.

결국 사람을 도덕적으로 이끄는 정책이 밑받침이 되어 있지 않는 한, 처벌이 너무 가혹한 것이나 너무 관대한 것이나 모두 바람직한 것이 될 수 없다는 것을 증명하는 것이라 볼 수 있습니다.

1절에서 지적한 것 가운데 특히 유념할 말은, 그 가혹한 형벌이 죄를 짓지 않은 사람에게도 마구 적용되고 있었다는 것입니다.

중국사람들은 거리에서 술주정하는 사람이 없는 것으로 유명합니다. 그것이 하나의 전통처럼 되어 있다고 합니다. 그러나 그것은 교육에 의해 그렇게 된 것은 아니었습니다. 아무리 타일러도 안되자, 거리에서 술이 취해 행패를 부리는 사람은 누구나 할 것 없이 잡아다 죽이는 방법을 썼다고 합니다. 그래서 사람들은 밖에 나가서는 취하도록 술을 마시는 일이 없게 되었다는 것입니다.

자유중국은 한동안 도둑이 없는 것으로 알려져 있었습니다. 그것은 장개석 총통 당시에 도둑이 하도 극성을 부리자, 강도든 절도든 무조건 거리로 끌어내어 사람들이 보는 앞에서 총살을 시켰다고 합니다. 또한 어느 대학 교수의 아들인 중학생이 절도범들의 절도행위를 바라보고도 신고를 하지 않았다 하여, 공범으로 몰아 주민들의 진정도 아랑곳하지 않고 총살형을 내렸다는 것입니다.

법의 관대함을 악용하는 범죄행위는 관대한 법 자체에도 책임이 있다고 보아야 할 것입니다. 그러나 더 문제가 되는 것은, 죄를 지은 사람을 눈감아 주고, 죄없는 사람을 벌주는 일입니다.

그것을 이 여형에서는 특히 경계하고 있습니다.

제2절은 그 묘족의 백성들이 치우로 인해 더욱 포학해져서, 하느님의 버림을 받아 그 임금은 죽고 그 나라는 망했으며 그 백성들은 끝내 불행하게 되었음을 말하고 있습니다.

그리고 제3절에서 순임금 시대의 위대한 세 지도자의 실례를 들고 있습니다.

법을 맡아 다스린 백이(伯夷)와, 범람하는 홍수를 잘 다스린 우(禹)와, 곡식 가꾸는 일에 힘쓴 직(稷)을 들고 있습니다. 여기 말한 백이는 고요(皐陶)의 별명이었던 것 같습니다. 고요는 법을 공정하게 다룬 법관으로 전해지고 있습니다.

〈맹자〉에는 이런 내용이 나옵니다.

맹자의 제자가 맹자에게 물었습니다.

"천자인 순임금의 아버지가 살인을 했을 경우, 법관인 고요는 어떻게 하겠읍니까?"

"살인범으로 체포하여 감옥에 가둘 것이다."

"순임금이 못하게 하지 않을까요?"

"법은 나라의 기강인데 천자가 어떻게 그 법을 어기라고 명령할 수 있겠는가?"

"그럼 순임금같은 효자가 천자로 있으면서 그 아버지가 사형을 받게 되는 것을 가만히 보고만 있는 것입니까?"

"순임금은 법을 어기라고 명령할 수도 없고, 그렇다고 아버지가 죽는 것을 보고만 있을 수도 없으므로, 천자의 자리를 버리고 아버지를 몰래 업고 멀리 바닷가로 가서 홀가분한 마음으로 평생을 보내게 될 것이다."

"그럼 고요가 그러도록 내버려두는 것입니까?"

"고요는 법을 어기고 죄인을 용서하는 일은 없지만, 그 정도의 정은 베풀어주는 것이 도리일 것이다."

맹자는 법이 권력에 앞서 절대적인 권위를 지니고 있음을 말한 것입니다. 천자도 그 법은 어길 수 없으며, 천자의 아버지라고 용서될 수 없음을 말하고 있습니다. 요즈음 흔히 말하는 '법은 만인 앞에 평등하다'는 원칙을 말한 것입니다.

그러나 그 법을 집행하는 데 있어서는 인도적인 아량을 베풀 수 있음을 말한 것입니다. 그리고 한 개인의 자격으로 아버지를 숨겨줄 수는 있어도, 법을 공정하게 집행할 책임이 있는 법관이나 천자의 자격으로는 그 법을 무시할 수 없음을 맹자는 분명히 밝히고 있는 것입니다.

여기 나와 있는 백이는 그 고요를 가리킨 것이 틀림없을 것으로 보입니다.

제4절은, 3절에서 말했던 그 세 사람을 잘 본받아 그대로 행하라는 내용이 담겨 있습니다.

제5절은 같은 내용의 말을 여러 제후들에게 전하는 뜻으로 말하고 있습니다. 특히 억울하게 벌을 받는 일도 없어야 하며, 가벼운 죄를 무겁게 다스리는 일도 없어야 하며, 무거운 죄를 가볍게 다스리는 일도 없어야 하며, 피고와 원고를 공정하고 치밀하게 조사하고 심문하여 불평이 생기지 않도록 하라는 것입니다.

그리고 의심스러운 일은 용서하는 방법을 쓰는 것이 좋고, 가능하면 체형보다는 벌금형을 내리도록 하라는 내용도 들어 있습니다.

이 벌금형에 대해서는 옳지 않게 보는 학자들이 많습니다. 결국 돈이 많은 귀족이나 부자들을 위한 편법으로 작용하여 법의 공정성을 잃게 되고, 돈 있는 사람들의 범법행위를 부채질하는 결과를 가져오게 된다는 것입니다.

자본주의사회의 모순으로 지적되는 보석금제도나 공탁금이니 벌금이니 하는 것이, 이때부터 있어 왔음을 알 수 있습니다.

제6절에는 벌금에 대한 구체적인 설명이 나옵니다. 죄가 의심스러우면 용서를 하되 벌금을 물리라고 한 것입니다. 그 의심스럽다는 말은, 정상을 참작해서 본의 아니게 저질러진 것으로 보였을 때를 가리킨 것으로 볼 수 있습니다. 결국 법관의 재량에 따른 편법으로 귀족과 부호를 위한 특례라고 볼 수 있습니다. 그것이 또 정부나 지배층의 수입을 늘리는 방법이었을 가능성도 없지 않습니다.

그것을 간추리면 이런 내용입니다.

"먹물을 넣을 죄를 범했을 때, 그 동기가 참작될 때는 죄를 용서하고 그 대신 벌금을 백 환(鍰)을 물리라. 코를 베어야 할 죄의 경우는 두 배인 2백 환을 물리고 발을 잘라야 할 죄인 경우는 그 두 배인 4백 환을 물리고, 생식기를 없애야 할 죄는 세 배인 6백 환을 물리고, 사형인 경우는 천 환을 물린다."

여기에서 말한 환은 그 당시의 화폐의 단위를 말하는 것으로, 뒷날의 6냥(兩)에 해당되는 것으로 주석에는 나와 있습니다.

이 벌금형은 줄곧 시행되어 왔던 모양으로, 천금(千金)을 가진 사람은 거리에서 사형을 당하지 않는다는 말이 춘추전국시대에 자주 쓰여지곤 했습니다.

이 천환이면 사형도 면제될 수 있는 벌금형 제도에 대해, 명나라 때 유명한 도학자였던 왕양명은 다음과 같이 말하고 있는데,

"……천 환을 가진 사람이면 멋대로 사람을 죽여도 된다는 결론이 나오지 않는가? 돈만을 소중히 알고 사람의 목숨을 가볍게 여기

는 어지러운 모습을 뒷 세상에 씨뿌린 것이라 볼 수 있다."
하는 내용이었습니다.

　마지막 제7절에는 거듭 법의 공정하고도 신중한 운용과 집행을 당부하고, 그러기 위해서 법관 자신이 바른 마음과 바른 행실로써 남의 모범이 되어야 한다는 것을 훈계한 내용이 담겨 있습니다.

제30장 문후지명(文侯之命)

　문후지명은 문후에게 내린 명령이란 뜻입니다. 주나라 유왕(幽王)이 오랑캐 손에 죽고, 진(晋)나라 문후와 정나라 무공(武公)이 오랑캐를 쫓은 다음 유왕의 아들 평왕(平王)을 도와 낙읍으로 서울을 옮기는 데 공이 컸으므로, 평왕이 진나라 문후에게 이 글을 내린 것이라고 합니다.

　유왕이 오랑캐의 손에 죽고, 뒤를 이은 평왕이 서울을 동으로 옮기게 되기까지의 일을 이야기하면 다음과 같습니다.

　유왕의 할아버지 여왕은 포학한 임금이었습니다. 임금이나 정부를 비난하는 사람은 금방령이라는 새로 만든 법령에 의해 모조리 잡아 죽였습니다. 금방령이란 비방하는 것을 금지하는 법령이란 뜻입니다.

　그래서 사람들은 길에서 아는 사람을 만나도 눈으로만 인사를 보낼 뿐 반가운 인사를 하지 못했습니다. 비밀경찰이란 사람들이 여기저기에 퍼져 있으면서, 두세 사람이 모여 이야기만 해도 달려와,

"지금 무슨 이야기를 했는가? 정부를 비난한 거지?"
하고 캐묻고, 때로는 끌고가 실적을 올리기 위해 억지로 죄인을 만들곤 했기 때문입니다.

　이때 정승인 소공이 임금에게 금방령을 폐지하라면서 이런 말을

했습니다.

"사람의 입을 막기란 내를 막기보다 더 어렵습니다. 내를 막으면 물은 둑을 무너뜨리고 맙니다. 속에 쌓인 백성들의 불평을 입으로 토해내지 못하게 하면, 그들은 그 불평을 행동으로 나타내게 됩니다. 그들이 불평을 행동으로 나타내면 그때는 나라를 무너뜨리게 됩니다."

그러나 여왕은 듣지 않았습니다. 그리하여 결국은 도성 안 백성들이 들고 일어나 대궐을 둘러싸게 되었고, 여왕은 체라는 곳으로 도망갔다가 15년 뒤에 그곳에서 죽게 됩니다.

그 뒤를 이은 선왕은 정치를 잘했습니다. 그러나 선왕이 죽고 그 뒤를 잇게 된 유왕은 할아버지 여왕을 닮은 듯이 방탕하고 포학한 짓만 계속했습니다.

하나라 마지막 임금 걸에게 말희라는 절세미인이 있어서 더욱 빨리 망하게 만들고, 은나라 마지막 임금 주에게는 달기라는 절세미인이 있어서 나라를 망하게 했듯이, 이 유왕에게는 포사라는 절세미인이 있었습니다.

포사는 15살에 유왕의 후궁으로 들어와 백복이란 아들을 낳았습니다. 그러자 유왕의 그녀에 대한 사랑은 더욱 깊어졌습니다.

포사는 괵석보와 윤구라는 간신들과 짜고 왕후와 태자를 모함하여 내쫓은 다음, 포사 자신이 왕후가 되고 아들 백복이 돌도 안 지나서 태자가 되게 하였습니다.

그런데 이 포사라는 여자는 웃는 일이 없었습니다. 웃는 것을 보려고 유왕이 아무리 애를 써도 웃지 않았습니다.

"어찌하여 그대는 웃을 줄을 모르는가?"

하고 유왕이 묻자, 포사는

"나오지 않는 웃음을 어찌하옵니까? 저는 어려서 오늘날까지 한 번도 웃은 일이 없습니다."

하고 대답하는 것이었습니다.

"내 기어코 그대를 한번 웃기고 말리라."

하고 큰소리 친 유왕은 곧,

"왕후를 웃게 하는 사람 있으면 그에게 천금 상을 내리리라."

하는 명을 내리고 이를 널리 알리게 했습니다.

이것을 가리켜 천금매소라고 합니다. 천금을 주고 웃음을 산다는 뜻입니다.

그때의 천금이면 지금의 돈으로 2억 원쯤 되었습니다. 천금을 바치면 죽을 죄를 지은 사람도 풀려난다고 할 정도였으니까요.

이때 간신으로 잘 알려진 괵석보가 의견을 말했습니다.

"여산에는 별궁이 있고, 별궁 뒤 산꼭대기에는 봉화터가 있습니다. 왕후마마와 함께 그리로 납시어 노시며 저녁에 봉화불을 크게 올리면, 둘레에 있는 제후들이 도성에 무슨 변이 있어 그리로 피난 오신 줄 알고, 저마다 급히 군사를 이끌고 달려오지 않겠습니까?"

"그야 그렇지."

"왔다가 허탕을 치고 돌아가는 모습을 보시면 왕후마마께서도 웃지 않으시고는 견디지 못하실 것입니다."

"그거 참 그럴 듯한 생각이야."

하고 유왕은 즉시 포사와 함께 여산 별궁으로 나가 밤에 봉화불을 올리게 했습니다.

과연 둘레에 있는 제후들은 밤을 새워 군사를 이끌고 달려왔습니다.

그러나 별궁에는 등불이 대낮처럼 밝혀져 있고 음악소리만 흘러나왔습니다. 때는 벌써 이른 새벽이었습니다.

유왕은 괵석보를 시켜 제후들에게 이런 말을 전했습니다.

"먼 길에 수고가 많았소. 내 왕후와 이리로 놀러 나왔다가 심심하기도 하고 또 약속이 잘 지켜지는지 시험도 할겸 잠시 봉화불을 올리게 한 것뿐이오. 다행히 도적은 오지 않았으니 그만 돌아들 가도록 하오.”

이 말을 들은 제후들은 서로 얼굴만 바라볼 뿐 어이가 없어 말도 하지 못했습니다.

결국 제후들은 저마다 위세를 떨치며 들고 왔던 수많은 깃발들을 둘둘 말아 수레에 싣고, 군대들도 무거운 투구와 갑옷과 무기들을 수레에 실은 다음 지친 모습으로 뿔뿔이 흩어져 돌아가기 시작했습니다.

이때 포사는 유왕과 함께 높은 다락에서 술잔을 기울이며 이 광경을 굽어보고 있었습니다.

마음이 독하거나 어리석은 사람일수록 남의 불행이나 낙심한 모습을 보고 기뻐하는 법입니다.

포사는 그만 자기도 모르게 손뼉을 치며 꾀꼬리 같은 목소리로 깔깔거리며 웃는 것이었습니다.

그녀의 웃는 모습을 본 유왕은.

“그대가 한번 웃으니 백 가지 아리따움이 한꺼번에 다 솟아나는구려 ! ”

하며 기뻐했습니다. 자기가 이겼다는 생각과 목적을 이루었다는 철없는 생각에서였을지도 모릅니다.

괵석보가 그 공으로 약속대로 천금 상을 받은 것은 물론입니다.

이런 일이 있고 난 얼마 뒤, 유왕은 괵석보와 포사의 부추김을 받아, 외가인 신나라로 가 있던 전 태자를 없애기 위해 군대를 일으킬 계획을 짜고 있었습니다.

유왕의 장인이요 태자의 외할아버지인 신후는, 자기 나라와 태자를 지킬 목적으로 이웃하고 있는 오랑캐 임금 견융주와 이런 약속을 했습니다.

"나와 함께 서울로 치고 들어가 천자로 하여금 잘못을 뉘우치게 하고, 내 딸과 외손자를 다시 왕후와 태자로 삼게 해 주시오. 그러면 대궐 안에 있는 비단과 보물을 당신 원하는 대로 다 주겠소."

그리하여 신후는 견융주의 군사 5만과 함께 앞질러 주나라 서울로 치고 들어갔습니다.

그들과 몇 차례 싸움에 패한 유왕은 여산 별궁으로 가 봉화를 올렸습니다. 그러나 구원병을 거느리고 오는 제후는 한 사람도 없었습니다. 한 번 속고 난 뒤라 아무도 또 속고 싶지는 않았던 것입니다.

그리하여 결국 유왕은 오랑캐의 손에 죽고 맙니다. 견융주는 어린 백복도 포사의 품에서 빼앗아 땅에 던져 죽게 만들고, 포사만은 미인이라 하여 데리고 주나라 성안으로 들어갔습니다.

견융주는 신후 따위는 눈에도 없었습니다. 늑대가 무서워 호랑이를 불러들인 꼴이 되어버린 신후는, 힘이 없었기 때문에 좋은 말로 달래기만 할 뿐이었습니다.

오랑캐인 견융주와 그의 부하들은, 평생 구경도 못한 화려한 궁전 안에서 밤낮으로 술을 마시며 돌아갈 생각을 하지 않았습니다.

신후는 하는 수 없이 몰래 사람을 보내 진나라·정나라·위나라의 도움을 청했습니다.

결국 견융주는 이 세 나라의 구원병에 의해 물러가게 됩니다. 그러나 물러가며 그들은 귀한 비단과 보물들만 싣고, 대궐에 불을 지르고 달아났습니다. 다급한 나머지 그같은 방법을 쓴 것입니다. 불을 끄느라 뒤쫓지 못하게 하기 위한 것이었습니다.

오랑캐를 쫓아낸 뒤 전 태자가 천자의 자리에 오르니 이가 평왕입니다.

평왕은 불에 타버린 대궐을 다시 세우기도 힘드는 일이었고, 한번

재미를 붙인 견융주가 언제 또 쳐들어올지도 모르는 일이었으므로,
먼저 동쪽에 있는 제2의 도시인 낙읍으로 서울을 옮길 수밖에 없었
습니다.

이에 반대하는 신하들도 있기는 했습니다. 그러나 그들도 속으로
는 떠나는 것을 바라고 있었습니다.

낙읍으로 온 평왕은 무척 만족했습니다. 옛 서울과 조금도 다를
바 없었기 때문입니다. 이곳 낙읍은 주공이 꾸민 또 하나의 서울이
었습니다. 낙읍이 위치로는 가장 중심지였으므로, 서쪽까지 멀리 조
회를 와야 하는 번거로움을 덜어주기 위해 주공은 이곳 대궐에서 제
후들을 모으곤 했던 것입니다. 그것은 마치 오늘과 같은 일이 있을
것을 미리 알고 준비해 둔 것처럼 여겨지기도 했습니다.

그리하여 평왕은 이 낙읍에서 동주의 첫 천자로 뿌리를 박게 됩니
다.

이때 일을 마치고 돌아가는 진나라 임금 문후에게 여기에 실려있
는 내용의 말로써 위로와 격려를 한 것입니다.

그 내용은 문왕과 무왕의 같은 자손이니 나를 돕고 나라를 잘 다
스리는 것이 임금에 대한 충성일 뿐만 아니라 할아버지에게 효도하
는 길이란 것을 힘주어 말하고 있습니다.

제31장 비서(費誓)

이 편은 노나라 희공(僖公)이 회이(淮夷)를 무찌르기에 앞서, 장
병들을 비(費)라는 고을에 모아 놓고 훈시를 한 내용을 담은 짤막한
글입니다. 그래서 비서라고 한 것입니다.

"아아! 여러분들 조용히 하시오. 그리고 내 명령을 잘 들으시오.
회이와 서이(徐夷)가 함께 일어났소."
하는 말로 시작하여, 장비를 잘 갖출 것과 복장을 단정히하고 무기

를 빠짐없이 지닐 것과, 그 무기들의 성능을 유감없이 발휘할 수 있도록 점검할 것을 부탁하고, 그런 무기들을 적을 무찌르는 것외에 다른 곳에 써서는 안 된다는 것을 말하고 있습니다.

그리고 집에 있는 소와 말들을 풀어놓아 상해를 입는 일이 없도록 할 것과, 마소나 노예들이 도망갔을 때는 보고만 하고 그들을 잡기 위해 위치를 벗어나는 일이 있어서는 안 된다는 것과, 위치를 벗어났을 때는 벌을 받게 된다는 것을 말하고 있습니다. 그리고 또 민가에 침입하거나 남의 것을 약탈하는 일이 있으면 엄한 벌을 내린다는 것을 밝히고 있습니다.

그리고 적이 침범해 올지도 모르는 국경지대에 있는 백성들에게, 무너진 성벽을 수축할 재료들을 준비할 것과 떠나는 날 말과 소에게 먹일 마른 풀과 금방 벤 풀을 준비하라고도 이릅니다.

아마 회이와 서이들이 먼저 노나라를 침범할 준비를 하고 있다는 정보에 따라 그에 대처하기 위한 준비를 갖추고 있었던 것으로 보입니다. 즉 정복을 위한 출군이 아니라 방어를 위한 출군이었던 것 같습니다. 적어도 그런 형태의 출군에 즈음한 훈시로 볼 수 있습니다.

제32장 진서(秦誓)

진서는 진나라의 맹세란 뜻입니다. 이 진나라는 앞에 나왔던 문후의 나라가 아닙니다. 진시황이 천하를 통일한 그 진나라입니다.

평왕이 서울을 옮겨갈 때, 그를 호송하는데 가장 공이 컸던 진양공은 평왕의 특명과 약속에 의해 오랑캐에게 빼앗겼던 땅을 다시 찾아 차지함으로써, 갑자기 강하고 큰 나라가 되었습니다.

그뒤 여러 대를 거쳐 목공에 이르러, 천하를 호령한 다섯 나라 중의 한 나라가 됩니다. 진서는 그 목공이 자기의 잘못을 뉘우치고 새로운 다짐을 하는 맹세의 글입니다.

진목공이 이같은 뉘우침과 다짐을 다시 하고, 이로써 끝내 천하를 호령하게 됩니다.

그렇게 되기까지의 역사를 더듬어 보기로 하겠습니다.

천하를 호령하게 된 춘추시대의 다섯 임금들은, 모두 보통사람들로서는 생각조차 하기 어려운 남다른 데가 있었습니다.

그들이 행한 일들은 각각 다르지만, 공통된 점은 다같이 마음이 너그럽고 넓어서 남을 꾸짖기에 앞서 먼저 자신을 되돌아보고, 원수로서 죄를 다스려야 할 사람을 용서해 주고 은혜를 베풂으로써 끝내는 그들의 도움을 얻게 된 것입니다.

진목공을 도와 천하를 호령할 수 있는 힘을 쌓게 한 신하 가운데, 가장 유명한 사람은 백리해였습니다. 백리가 성이고 해가 이름입니다.

천하를 손바닥 위에 올려놓고 움직일 수 있는 지혜와 재주를 가지고 있으면서, 72살까지 온갖 고생을 하며 지내야만 했던 백리해의 일생은 사람들의 마음을 슬프게도 하고 기쁘게도 합니다.

그러므로 진목공의 이야기에 앞서 백리해의 이야기를 먼저하는 것이 좋을 것 같습니다.

백리해는 우나라 사람이었습니다. 우나라는 서쪽 변두리에 있는 자그마한 나라였습니다. 천하를 바로잡을 큰 뜻을 품고 있는 백리해는 날개를 마음껏 펼 수 있는 큰 나라로 떠날 결심을 하게 됩니다.

그러나 이제 돌 지난 아들 하나만이 있는 젊은 아내를 혼자 집에 남겨두고 차마 떠날 수가 없었습니다.

남편의 고민하는 눈치를 살핀 아내 두씨가 먼저 조용히 말했습니다.

"저는 당신이 천하에 뜻을 두고 있는 것을 잘 알고 있습니다. 당신이 언젠가는 크게 성공하리라는 것도 믿고 있습니다. 어린 아들 하나쯤이야 저 혼자인들 길러내지 못하겠읍니까? 부디 집 걱정은 마시고 뜻하시는 길을 떠나도록 하십시오.”

남편의 말을 듣지도 않고, 벌써 그 속마음을 꿰뚫어보고 있었던 두씨였습니다.

그리하여 백리해는 목적지도 없는 긴 여행을 떠나게 됩니다.

백리해와 부인 두씨는 남다른 재주를 가지고 있었습니다. 백리해는 모든 지식만이 아니고 힘과 무술도 가지고 있었습니다. 부인 두씨는 여자들이 하는 바느질이나 길쌈이나 음식 솜씨뿐만 아니라, 타고난 아름다운 목소리로 노래도 잘 불렀고 특히 거문고를 잘 탔습니다.

백리해가 낮에 밖에 나가 일을 하고 돌아오면 두씨는 언제나 거문고와 노래로 남편을 위로하곤 했습니다.

그러나 집은 그렇게 가난할 수가 없었습니다. 백리해가 떠나는 날 두씨는 멀리 떠나는 남편을 위해, 하나 있는 씨암탉을 잡아야만 했습니다. 장작이 없어 부엌문 빗장을 뽑아 장작 대신 불을 때야만 했습니다.

두씨는 배불리 먹고 길을 떠나는 남편을 사립문 밖에서 배웅하며 어린 아기를 안고 눈물을 흘리면서 이런 말을 했습니다.

“부디 몸 조심 하십시오. 뜻을 이루시는 날 저와 자식을 잊지 말아 주십시오.”

이렇게 길을 떠난 백리해는 가는 곳마다 고생이 기다리고 있었습니다. 끝내는 몇 푼 안되는 노자도 떨어지고 올데갈데 없이 거지가 되어 밥을 얻어 먹어야만 했습니다.

집 떠날 때 입었던 반반한 옷차림도 갈기갈기 낡고 떨어져 누가 보아도 거지로밖에는 보이지 않았습니다.

그러나 아는 사람은 그를 알아 주었습니다. 제나라로 갔을 때 어느 집 사립문 밖에 서서 밥을 한 술만 주십사 하고 외쳤더니, 주인이 안에서 달려나왔습니다. 맑고 우렁찬 목소리가 보통사람의 목소리가 아니었기 때문입니다.

이 주인이 뒤에 백리해와 함께 진목공의 재상이 되는 건숙입니다.

건숙은 곧 백리해를 안으로 불러들여 이야기를 나눈 다음, 그 자리에서 의형제를 맺게 됩니다. 건숙이 한 살 위였으므로 형이 되었습니다.

건숙도 집이 넉넉한 편이 아니었으므로 백리해는 남의 집에서 품을 팔아 돕기까지 했습니다.

백리해는 고향에 남겨두고 온 아내와 자식을 생각하면, 조바심이 나 견딜 수가 없었습니다. 그래서 백리해는 나중에는 될 대로 되어라 하는 생각에서 아무에게나 가서 벼슬을 하려 했습니다.

그러나 그때마다 건숙이 말했습니다.

"그 사람은 오래 가지 못해. 굳이 그런 사람 밑에서 몸을 버리고 화를 입을 거야 없지 않은가?"

이렇게 몇 해를 지난 뒤에 백리해는 고향으로 돌아오게 됩니다. 아내와 자식을 버리고 객지에 와서 헛고생만 하는 것이 어리석게 여겨졌기 때문입니다.

"고향으로 돌아간다면 나도 함께 가겠네. 우나라에 내 친구 궁지기란 사람이 대부 벼슬에 있으니, 이왕 먹고 살기 위한 일이라면 내 나라에서 벼슬하는 것도 나쁘지는 않겠지."

하며 건숙은 백리해와 함께 길을 떠났습니다.

그러나 백리해가 집에 돌아왔을 때, 아내는 간 곳조차 알 수 없었습니다. 흉년을 만나 마을 사람들이 살 길을 찾아 다른 곳으로 떠날 때 함께 떠났다는 것이었습니다.

백리해는 건숙의 친구 궁지기의 추천으로 우나라의 대부가 됩니다. 대부는 장관과 같은 벼슬입니다. 아내가 언젠가는 돌아오겠지 하는 생각으로 나날을 보냈으나 아내는 끝내 돌아오지 않았습니다.

이때 바보같은 우나라 임금은, 궁지기가 말리는 것도 듣지 않고 진헌공의 꾀에 넘어가 나라를 망치고 몸은 진헌공의 포로가 됩니다.

이때 백리해도 우나라 임금을 위해 함께 포로가 되어 따라갑니다. 궁지기는 백리해의 권고로 망하기 전에 처자를 거느리고 떠났었습니다.

이때 우나라 임금은 백리해를 돌아보며 말했습니다.

"왜 그때 말리지 않았소?"

"그때 말린다고 들을 임금님이 아니였습니다. 아무 말 없었던 것은 오늘을 위해서였습니다."

백리해는 망할 것을 알면서도 떠나지 않았던 것입니다.

백리해가 진헌공의 포로가 되어 임금과 함께 지낼 때, 백리해가 어질다는 말을 듣고 벼슬을 하라고 권하는 사람이 있었습니다.

그러나 백리해는 원수의 나라에서는 벼슬할 수 없다며 이를 뿌리쳤습니다.

그러자 그 말에 앙심을 품고 있던 그가, 그뒤 진헌공의 딸 목희가 진목공의 부인이 되어 시집갈 때, 혼수 짐을 싣고 가는 하인 속에 백리해를 집어넣고 말았습니다.

하는 수 없이 하인의 신세가 되어 진목공의 나라로 끌려가던 백리해는, 도중에 도망쳐 초나라로 들어오게 되었습니다.

초나라에서는 백리해를 간첩으로 알고 잡아 가두었습니다. 그러나 간첩이 아닌 것이 밝혀지고 소를 잘 기른다는 말에, 목장 관리인으로 가 있게 되었습니다.

진목공은 하인 명부에 실린 백리해란 사람이 보이지 않자, 그를 데리고 오던 공손지란 장군에게 물었습니다.

그러자 공손지는 백리해가 어떤 사람이라는 것을 이야기하고, 그를 데려다가 크게 쓰라고 권합니다.

그래서 진목공은 초나라에 염소 가죽 다섯 장을 벌금으로 바치고, 도망간 하인이라며 백리해를 데려오게 됩니다.

　진목공은 이야기를 나눈 다음 백리해를 곧 재상으로 임명합니다. 그리고 백리해의 추천으로 건숙을 송나라에서 찾아내어, 하나밖에 없는 재상의 자리를 둘로 만들어, 건숙을 우서장, 백리해를 좌서장에 임명했습니다. 서장은 모든 사람의 우두머리란 뜻입니다. 백리해의 나이 이때 72살이었습니다.

　한편 남편의 소식을 물어물어 찾아 다니던 두씨 부인은, 초나라에서 다시 진나라로 찾아오게 됩니다.

　새 정승이 된 사람이 백리해란 말을 들은 두씨는, 몇 번이나 남편인지 아닌지를 확인하려고 지나가는 길목을 지키고 바라보았으나, 40년의 세월이 흘러 주름진 백리해의 얼굴에서는 옛날 남편의 모습을 찾아낼 수가 없었습니다.

　생각다 못한 두씨부인은, 재상 공관에서 빨래하는 여자를 모집한다는 말을 듣고 청을 넣어 공관의 세탁부로 들어갔습니다.

　그러나 '내가 당신 아내요.'하고 나타날 수는 없었습니다. 재상과 세탁부와는 하늘과 땅같은 거리가 있었고, 그러다가 이름이 같은 다른 사람이기라도 하다면 망신스런 일이기도 했기 때문입니다.

　그러던 어느날 백리해의 생일이 돌아와 공관에서 잔치가 벌어지게 되었습니다. 두씨는 이제 남편이 틀림없는 것을 알았습니다. 이름이 같고 생일까지 같은 두 사람의 백리해가 있을 리는 만무했기 때문입니다.

　넓은 마당에는 큰 차일이 쳐져 있고, 그 아래에서 악사들이 음악을 연주하고 있었으며 재상과 귀한 손님이 모인 대청에서는 여자들이 노래를 부르고 춤을 추고 있었습니다.

　이때 두씨부인은 다른 사람들의 틈에 끼어 마당에서 구경을 하고 있었습니다.

　한바탕 신나게 음악소리가 울리고 잠시 쉬게 되었을 때, 두씨부인은 악사장에게로 가서 청했습니다.

“오늘 같이 좋은 날에 제가 상공을 위해 거문고를 한 곡조 타 올 릴까 합니다.”

그러자 악사장은 두말 않고 거문고를 내주며 타라고 했습니다.

두씨부인이 타는 거문고 소리가 어찌나 맑고 고우며 슬픈지, 사람 들은 모두 귀를 기울이고 있었습니다. 타기를 마치자 악사들은 혀를 내두르며, 칭찬을 아끼지 않았습니다.

“우리보다 훨씬 솜씨가 뛰어나군요. 할머니, 어디서 언제 거문고 를 배웠기에 그토록 훌륭하십니까?”

하고 물었습니다.

“칭찬해 주시니 고맙습니다. 이왕이면 노래도 한 곡 부르고 싶습 니다만……”

하고 두씨부인이 말을 꺼내자.

“좋지요. 어서 한 곡 부르시지요.”

하고 악사장은 재촉하듯 말했습니다.

“이왕이면 대청으로 올라가 상공 앞에서 부르고 싶습니다.”

그리하여 두씨부인은 마침내 백리해 앞에서 노래를 부르게 되었습 니다.

이미 거문고 소리를 들어 보았던 손님들은, 모두 이야기 소리도 멈추고 주고받던 술잔도 놓은 채 귀를 가다듬고 있었습니다.

두씨부인은 옷을 다시 여미고 고운 목소리로 노래를 부르기 시작 했습니다.

그런데 뜻밖에도 두씨부인의 입에서 나온 첫 소리는,

“백리해 오고피야!”

하고 외치는 것이었습니다. 오고피는 다섯 마리 염소 가죽이란 뜻입 니다. 백리해가 초나라로 도망쳐 목장에서 소와 말을 기르고 있을 때, 진목공이 그를 데려오기 위해 벌금으로 염소 가죽 다섯 장을 보 내준 것을 꼬집어 말한 것입니다.

사람들은 모두 놀란 눈으로 바라보고 있었습니다. 두씨부인은 태연한 얼굴로 노래를 계속했습니다.

백리해 오고피야 !
그날 일을 잊었나요 !
빗장 뽑아 불을 지펴
씨암탉 삶던 그날 일을 !
부귀한 오늘에는
나를 영영 잊는구려 !

백리해 오고피야 !
오늘 일을 모르나요 ?
아비는 쌀밥고기 자식은 굶주리고
남편은 비단옷에 아내는 헐벗음을 !
부귀한 지금에는
영영 나를 잊는 구려 !

백리해 오고피야 !
어이 그리 무심하오 ?
그 옛날 떠날 적엔
잊지 말자 하였거늘
편히 계신 오늘에는
나만 홀로 이꼴이라 !
슬프다 부귀한 날
영영 나를 잊는구려 !

사람들은 영문을 몰라 어리둥절한 표정으로 백리해와 두씨부인을 번갈아 바라보고, 백리해는 꿈을 꾸는 듯 노래하는 두씨부인을 이모 저모 뜯어보고 있었습니다.

젊었을 때의 고운 모습이 남아있을 리야 없지만, 아내인 줄이야 왜 모르겠읍니까?

백리해는 일어나 두씨 부인이 노래를 마치기를 기다렸다가 와락 달려가 부둥켜 안고, 슬픔을 누를 길이 없어 소리내 통곡을 하고 말았습니다.

그리하여 30년이 훨씬 넘은 이날에야, 죽은 줄만 알았던 아내와 자식을 다시 만나게 되었습니다.

이 소식을 들은 진목공은 즉시 백리해에게 큰 집을 내리고 그의 아들 백리시를 대장에 임명하여, 건숙의 아들 백을병과 오랑캐 나라에서 넘어온 서걸술과 함께 진나라 군사의 일을 맡아보게 했습니다.

백리시는 자가 맹명이었기 때문에 맹명시라 불렀습니다. 이들 세 장수를 삼수라 부릅니다. 이는 세 원수란 뜻입니다. 그 가운데서 맹명시가 총사령이었고 두 사람은 부사령이었습니다.

정치는 백리해와 건숙이 맡고, 군사훈련은 이들 삼수가 맡아 십년 동안 진나라는 하루가 다르게 부강한 나라가 되었습니다.

그러나 진목공은 백리해의 의견에 따라 동남으로 세력을 뻗어 중원으로 나가는 대신, 먼저 서북쪽의 오랑캐들을 혹은 달래고 혹은 치고 하며 내편으로 만들고 있었습니다.

제환공과 진문공이 천자의 이름을 빌어 중국을 호령하고 있을 때, 진목공은 차분히 실속을 차리고 있었던 것입니다.

그러다가 제환공이 죽고 그 뒤를 이어 천하를 호령하던 진문공이 또 죽었다는 소식을 듣자, 이제는 내가 나설 때라는 생각을 하기에 이릅니다.

그런데 공교롭게도 이때 정나라에서 뜻하지 않은 소식을 보내온 사람이 있었습니다.

그는 정나라 성을 지키는 장수가 보낸 사람이었습니다. 그는 정나라 임금에게 남이 알지 못하는 큰 죄를 짓고 있었던 사람으로, 언젠가는 그것이 드러나 죽고 말 것이 두려운 나머지, 자기가 지키고 있는 성을 진목공에게 바치겠다는 것이었습니다.

군사 만 명만 거느리고 소리없이 국경을 쳐들어오면 자기들이 안에서 성문을 열고 맞아들이겠다는 것이었습니다.

중국을 호령하려면, 그 한복판에 자리잡고 있는 정나라를 손아귀에 넣거나 내편으로 만들어야 한다는 것은 그 무렵 하나의 상식처럼 되어 있었습니다.

중국으로 힘을 뻗으려고 결심을 하고 있는 참에, 진문공이 죽었고 그와 동시에 이런 비밀 연락을 받은 진목공은, 평소의 그닥지 않게 욕심이 불붙기 시작했습니다.

그러나 백리해와 건숙은 기를 쓰고 이를 반대했습니다.

"정나라를 치려면 남의 나라 땅을 거쳐야 합니다. 반역자의 말만 듣고 요행을 바란다는 것은, 그 일이 정당치 못할 뿐만 아니라 더없이 위험한 일입니다."

그러나 좋은 기회를 놓칠 수 없다는 생각에 조바심마저 곁들인 진목공은, 두 재상의 말리는 것도 듣지 않고 삼수에게 명령하여 정병 만 명을 이끌고 진문공이 죽은 틈을 타서 진문공의 나라 경계선을 몰래 넘어, 정나라로 치고 들어가 성을 점령하게 했습니다.

진목공이 말리는 말을 듣지 않자, 백리해와 건숙은 벼슬을 내놓고 말았습니다. 임금의 마음을 바꿔놓기 위한 마지막 수단을 쓴 것입니다.

그러나 진목공은 마음을 바꾸기는커녕, 같이 화를 내며 두 재상의 사표를 받고 말았습니다.

백리해와 건숙은 두 아들들이 정나라로 떠나는 날, 함께 아들들을 부둥켜 안고 통곡까지 했습니다. 이번 일이 절벽으로 뛰어내리는 것과 조금도 다를 것이 없는 것임을 잘 알고 있는 두 재상은, 아들의 죽음을 미리 알고 있었던 것이었습니다.

진문공이 죽어 국상을 치르느라 진나라는 어수선하기는 했지만, 그 강한 초나라를 꺾고 진문공으로 하여금 천하를 호령할 수 있게 만든 지혜와 용기를 겸한 선진이란 총사령관은, 그런 때일수록 더욱 물샐틈 없는 방비를 하고 있었습니다.

선진은 진목공의 군사가 몰래 들어오는 것을 모른 체하며 지나가게 내버려 두었습니다. 그리고 돌아가지 못하도록 효산이란 험한 산길을 곳곳에 막아두고, 그들을 모두 사로잡을 계획을 짜놓고 있었습니다.

비밀연락을 보내왔던 정나라 장수는, 진나라 삼수가 만 명의 정병을 이끌고 넘어왔을 때 이미 음모가 드러나 죽고 만 뒤였습니다.

성문을 굳게 닫고 안에서 화살이 비오듯 하는지라, 삼수는 더 이상 지체할 수가 없어 급히 되돌아서고 말았습니다.

그러나 효산에 이르렀을 때, 선진이 계획한 대로 오갈 수도 없게 된 그들은 한사람도 남김없이 죽거나 사로잡히고 말았습니다.

선진은 삼수를 사로잡아 감옥에 가두고 말았습니다. 그들을 죽이거나 항복을 받을 작정이었습니다.

감옥에 갇힌 세 대장은 죽을 날만 기다리는 신세가 되었습니다. 그러나 그들은 살아나오고야 맙니다.

진목공의 딸 회영은 진문공의 부인이었습니다. 진문공의 뒤를 이어 새 임금이 된 양공은 이 회영의 수양아들이었습니다. 회영은 아들을 낳지 못했으므로, 진문공이 피난살이할 때 만난 여자의 몸에서 난 이 양공을 자기 아들로 삼았던 것입니다.

천한 몸에서 난 그가 임금이 될 수 있었던 것은 이 회영의 덕이었습니다. 그리고 이 회영은 어질고 슬기로운 여자였습니다. 이런 이유로 양공은 회영을 존경하며 고마워하고 있었습니다.

이 희영이 친정 나라의 세 장군을 구해낸 것입니다.

그녀는 새 임금 양공을 보고 말했습니다.

"진나라 삼수가 잡혀 왔다면서요?"

"네, 그렇습니다. 어마마마."

"장차 어이 할 생각이신지요?"

"항복할 리가 없으니 죽여야 되겠지요."

"진나라 법에는 싸움에 패한 장수는 죽이게 되어 있습니다. 굳이 우리 손으로 죽여 두 나라의 정을 해칠 것까지야 없지 않습니까? 풀어서 돌려보내 제나라로 돌아가 죽게 하시지요."

"듣고 보니 그렇군요. 미처 거기까지는 생각지 못했습니다."
하고 양공은 그들 셋을 풀어주고 말았습니다.

그리하여 죽을 줄만 알았던 그들은, 함정에서 벗어나자 고맙다는 인사도 하지 않고 도망치듯 달렸습니다.

늦게야 이 소식을 들은 선진이 사람을 보내 뒤쫓았으나, 그때는 벌써 그들이 백리해가 대기시킨 배를 타고 강 중간에 떠 있은 뒤였습니다.

이때 이들 삼수를 죽여야 마땅하다는 사람도 많았지만 목공은 듣지 않았습니다. 목공은 그들의 죄가 아니라 자기의 죄라며 그들을 성밖에까지 나가 위로하고 맞아들였습니다.

그리하여 끝내는 이들 세 장군의 힘으로 진양공을 누르고 천하를 호령하기에 이릅니다.

이 제32장 진서는 바로 진목공이 이들 삼수를 위로하고 백리해와 건숙의 말을 듣지 않은 것을 뉘우치는 한편, 자기를 부추겨 정나라를 치게 한 젊은 무인들을 꾸짖는 내용으로 되어 있습니다.

임금은 말씀하였다.

"아아! 나의 관원들이여! 떠들지 말고 잘 들으라. 옛 사람이 말하기를 남을 꾸짖기는 쉬우나, 남의 꾸짖음을 받아들이기는 어렵다 하였소. 나는 경험이 많은 늙은이의 말을 들어야만 했었소. 날래고 총명스런 사람의 재주는 좋아하나 그들의 말을 그대로 따를 수는 없소.

　나는 지금 속으로 깊이 생각하고 있소. 한 신하가 다른 재주는 없어도 그 마음이 성실하여 남이 가진 재주를 자기가 가진 듯이 생각하고, 남의 훌륭한 것을 좋아하는 것이 말로서만 아닌 진심에서라면, 그는 내 나라와 자손들을 이롭게 할 것이오. 그러나 그 자신이 아무리 남다른 재주를 가졌다 해도, 남이 재주를 가진 것을 미워하고 시기하며 남의 훌륭함을 가로막아 뜻을 펴지 못하게 한다면, 그는 내 나라와 자손을 해치게 될 것이오. 모든 것은 다 내 한 사람에게 있소. 나라가 어려운 것도 나 때문이오, 나라가 편안한 것도 나 때문이요."

소설 **시경 · 서경**
해뜨면 일하고 해지면 쉬고

*
초판 인쇄일 • 2006년 10월 9일
초판 발행일 • 2006년 10월 13일
*
지은이 • 김영수
펴낸이 • 김동구
펴낸곳 • 명문당 (1926. 10. 1 창립)
서울특별시 종로구 안국동 17~8
대체:010041-31-001194
전화: (영)733-3039, 734-4798
(편) 733-4748 FAX: 734-9209
*
Homepage: www.myungmundang.net
E-mail: mmdbook1@kornet.net
등록 1977. 11. 19. 제1~148호
*
ISBN 89-7270-824-0 03820
낙장이나 파본은 교환해 드립니다.
*
값 9,500원